El alumno

El alumno

José Antonio Lucero

Papel certificado por el Forest Stewardship Council®

MIXTO
Papel | Apoyando la silvicultura responsable
FSC® C117695

Penguin Random House Grupo Editorial

Primera edición: junio de 2025

Printed in Spain – Impreso en España

ISBN: 978-84-666-8229-9
Depósito legal: B-6.280-2025

Compuesto en Llibresimes

Impreso en Rodesa
Villatuerta (Navarra)

BS 8 2 2 9 9

A Carmen y a Abril, os quiere tanto, tantísimo papá

Aún encuentra chispas de belleza
en la mirada verde de una chica
o en el gesto impulsivo
del muchacho que busca en los poemas
la respuesta del cuerpo.
Se perderán, lo sabe,
y ha de hundirse el deseo de palabras,
el sueño generoso de otro amor,
en los pantanos del oficio sórdido.
Olvidarán la poesía,
que les regala tiempo, corazones,
alegría, nobleza y sufrimiento.
En unos años,
será trabajo ya su juventud,
recuerdo el sentimiento,
ruina conyugal la noche que los quema.

Él seguirá enseñando, y persiguiendo
las chispas condenadas.

Pere Rovira, «El profesor»,
en *Cartas marcadas*

Cada hombre es lo que hace con lo que hicieron de él.

JEAN-PAUL SARTRE

Yo era un bruto, un zopenco, usted lo sabe bien. De mí poco parecía poder sacarse, como si fuera un fruto ya seco de nacimiento, deshidratado, la cabeza hueca, más fuerza en las manos con las que zurraba a los que llamaba «pardillos» o «mariconas» que materia gris en la sesera. Pero es increíble que —ahora lo sé bien, tantos años después— hay veces en que tocar una sola pieza es alterar las demás, como en el principio de entropía: quitas un naipe y todo se viene abajo de la manera en que se rompió el país por culpa de un puñado de militares.

Usted fue para mí esa pieza, esa entropía, y créame, señorita Lali, he imaginado un millón de veces cómo empezar a contarle mi historia, un millón de veces en que comenzaba, tal vez, por esa noche de septiembre en que las tropas franquistas entraron en el pueblo, o por aquella paliza que me dio mi padre —sus golpes maldiciendo a Dios, el fuego de su mirada, su «hijodelagranputa»—, pero todo aquello, es decir, lo que vino después de que a ustedes, mis maestras Juana y Lali, las apresaran bajo la acusación de «maestras rojas», no fue para mí más que una sucesión de días monótonos que arrancaban y concluían donde mismo, de cara al sol, con el manoseo de un rosario, con el parte de guerra que congregaba a la familia en torno a la radio para llevar a la España nacional, no a la republicana, la toma del Alcázar, la victoria en el Ebro o la caída de la capital cautiva y desarmada.

No, la Guerra Civil no tuvo para mí, en realidad, nada de

especial. Mi historia, la que yo quiero contarle, empezó, tal vez, el día del año 39 en que mi madre me dijo que mi padre había conseguido que me aceptaran en un colegio de Madrid, el San Miguel, «una institución prestigiosa», y que iba a llevar uniforme y habría de vivir en él lo que duraba el curso escolar.

«¿Un internado?», le pregunté recelando, porque por aquel entonces yo no confiaba en nada que saliera de él.

Petronela, mi madre, me miró con los ojos vidriosos. Me lo dijo ella porque mi padre no osaba dirigirme la palabra desde que yo intentara sacarlas del pueblo aquella noche de septiembre, la noche de los tiempos.

«Sí, hijo: interno».

Y no supe si mamá se había opuesto a aquella idea. Solo sé que delante de mí no mostró negativa alguna salvo aquella mirada humedecida; ni presentó resistencia, ni invocó a Dios en sus labios para defender a su hijo y decirle a aquel que yo había de llamar «padre» que no quería que me abandonaran en ese colegio como al perro pulgoso que atan al árbol de un ahorcado.

Y así fue como comenzó todo.

El primer recuerdo que guardo de aquella institución, el internado San Miguel, es el de un niño pequeño. El niño lloraba mientras la marabunta de críos lo señalaba con el dedo.

«¡Meón, meón, meón!».

La mañana rayaba en un albor frío y aquel tipo de larga sotana —como una cascada negra que cae de un acantilado desde el alzacuellos— lo cogía de las orejas y le hacía volar como quien se atreve a probar el proyecto de un inventor loco.

El niño se llamaba Miguel y no tenía más de seis años. Los demás, en torno a él, se burlaban al grito de «¡Meón!». Era la primera noche que yo pasaba en el internado y, como comprenderá, cuando uno duerme por primera vez en un lugar como ese, apenas es capaz de entornar los ojos y llamar a Morfeo. Yo los cerraba, los apretaba con fuerza y deseaba, como quien se encuentra con un hada madrina, poder volver a casa.

«¡Meón, meón, meón!».

Pero mi casa se encontraba muy lejos —a más de seiscientos kilómetros y trece horas de tren— y yo estaba, de pronto, contemplando cómo aquel tipo que se me presentó la noche anterior como don Pedro entraba en el dormitorio donde dormíamos una veintena de niños y prendía la luz al grito de «¡Arriba!» con la voz de un motor gripado.

«¡Buenos días!».

La luz parpadeó durante varios segundos. A don Pedro no le hacía falta luminaria, en realidad, pues parecía moverse por la estancia medio oscura como un topo a ciegas por sus túneles subterráneos. (Me lo enseñó la señorita Juana: que los topos eran ciegos, que se orientaban gracias al campo magnético terrestre).

«¡En pie todos!».

Al clac clac de sus zapatos contra el suelo de piedra, el hombre recorrió la habitación con paso firme —era profesor de Educación física y tenía cuerpo de atleta, a pesar de la edad—, mientras, algunos medio adormilados, nos apresurábamos a ponernos en pie junto a las camas. Tuve suerte de que, antes de irnos a dormir, un chico llamado Justo me pusiera sobre aviso: «¿Has ido al baño? Porque ojo con mearte en la cama, nuevo».

Le dije que no, que no iba a mearme encima, y concluí recordándole que me llamaba Roque, pero volvió a llamarme así, «nuevo», como me llamaron todos los demás durante algunos días, aquellos que todavía no conocían quién era yo.

«Tú procura no hacerlo, por tu bien».

Quién era yo: Roque Martínez, quince años, quince horas de viaje desde el culo de España —así lo dirá don Pedro: «Martínez viene del culo de España»—, alto, fuerte pero lleno de miedos, y el único de los que allí estábamos —que yo supiera, al menos— que era hijo de un falangista que no le dirigía la palabra porque al estallar la guerra osó ayudar a escapar, sin éxito, a sus maestras rojas.

Uno, de hecho, se atrevería a preguntarme: «¿Y qué carajo haces aquí si tu padre es de los que ganaron?».

Pero yo no supe darle una respuesta.

Volviendo a aquella mañana (disculpe si me enredo, pero recordar aquello es, a veces, recorrer las ramas de un árbol frondoso), Miguel apenas tuvo tiempo de frotarse los ojos antes de que el cura lo encontrara frente a su colchón húmedo, con el rostro encogido de terror y las piernas haciendo el baile de san Vito.

«¡Otra vez tú!», rugió don Pedro, acercándose a él con las cejas fruncidas y la boca apretada. Y fue entonces cuando, con un gesto brusco, lo agarró de las orejas y lo levantó del suelo como el trol de los cuentos.

«¿Es que no sabes comportarte como un hombre?».

No tardé en saber que sus palizas eran famosas en la escuela, lo mismo que sus insultos, todos muy cultos y literarios: «¡Cuáquero!», «¡Tizón del infierno!», «¡Pollino!». Miguel intentó reprimir un gemido, pero el dolor le arrancó un grito que se mezcló con las risas nerviosas de algunos de los otros chicos, que intentaban disimular su propio miedo. El cura lo sostuvo a la altura de su rostro, diciéndole: «¿Verdad que no te vas a mear más en la cama, bombero?».

«Bombero» era como llamaban a los niños que todavía se hacían pis en la cama, y algunos críos lo repitieron como un eco: «¡Bombero, bombero!». Yo estaba dos o tres camas más atrás y contemplaba la escena entre las cabezas de aquellos chicos que comenzaron a arremolinarse en torno al catre de Miguel.

«¿Verdad?».

Doblé el cuello para verle la cara, constreñida como si apiñara toda su fuerza alrededor de la nariz. Cuando fue capaz de lanzar una respuesta, un «Sí, señor» que arrojó como un esputo, don Pedro lo soltó de golpe, dejándolo caer al suelo.

Miguel se desplomó como un pájaro con las alas rotas, entre risas nerviosas y miradas furtivas.

«¡Ahora, todos juntos! ¡Díganle lo que es!», bramó don Pedro, señalando a Miguelillo, a ese niño que parecía un muñeco de trapo arremolinado, hecho un ovillo en el suelo. Y nos espetó a todos, mirándonos: «¡Meón, meón, meón!».

Las voces de los demás chicos, entrecortadas y temblorosas, llenaron el dormitorio. Yo lo observaba todo como quien se sienta en la primera bancada de una obra de teatro y los actores rompen, de pronto, la cuarta pared.

Los actores como Justo, que tiró de la manga de mi pijama y me dijo, entre dientes: «Grita, nuevo, joder».

Y vi las bocas de los demás, algunas desdentadas, otras con la baba aún cayendo por la comisura de los labios, los ojos legañosos, el pelo alborotado, todos a medio camino entre la burla y el miedo; vi sus bocas y luego la de él, firme, la vanidad de un dios bíblico ante su pueblo desvalido por sus designios; lo vi y no tuve más remedio que decirlo: «Meón», que gritarlo: «¡¡Meón!!», que arrojarlo de mis fauces como quien pide la muerte del gladiador en un anfiteatro romano.

«¡Meón, meón, meón!».

Don Pedro sería apartado del colegio un puñado de años después, antes de que, en 1968, un reportaje del diario *Pueblo*, del que le hablaré más adelante, denunciase, con una dureza y contundencia para nada habituales en los medios de comunicación del franquismo, las condiciones de vida y los abusos a los que sometía a los alumnos del San Miguel en aquellos años oscuros.

No fui capaz de leerlo, ese reportaje, aunque aquello quedara ya muy lejos, porque era recordar aquel lugar y seguir viendo a Justo, o a Sebastián, o a Miguel; era seguir llamando meón a aquel pobre bomberito.

«Ahora, meón, recoge tus sábanas y dirígete a la lavandería», le ordenó don Pedro. Al resto nos mandó que fuéramos al baño por turnos, según se encontraban distribuidas nuestras camas. A mí me tocaba el tercero y, mientras aguardábamos, todos en silencio, seguía pensando si lo que vivía era un sueño o si, por el contrario, estaba allí en realidad.

No sé cómo explicarlo, nunca me había sentido tan extraño dentro de mi cuerpo.

El tiempo del aseo era escaso: un par de minutos bajo una ducha fría, las toallas ásperas, mil veces lavadas, y un peine que compartíamos todos para adecentar la cabellera de aquel que la conservara libre de piojos.

Es curiosa la memoria de la piel. Hoy, cuando me seco con una toalla, por muy suave que sea, por muy de Portugal que venga, me sigue pareciendo áspera como aquellas del San Miguel que, cada día, lavaban las monjas que cuidaban de las niñas internas en el edificio contiguo al nuestro. (Siempre me pregunté por qué eso no lo hacía uno de los curas del nuestro, lavar las toallas o la ropa, como si también en las cosas de Dios hubiese escenas de matrimonio).

«¡Rápido, señores!».

Para mí era todo nuevo: compartir de pronto un mismo aseo con la veintena de niños de mi habitación, el sonido hueco del agua, que hiciésemos fila para asomar al agua del lavabo o para sentarnos en el trono, que nos viésemos la churra y con la naturalidad con la que uno se ducha con su hermanito pequeño.

Para mí era todo nuevo, pero para todos los demás, habituados Dios sabía desde cuándo a aquella rutina marcial, todo parecía ordinario, como si fuese cierto aquello que dicen: uno se adiestra a vivir hasta en alguno de los círculos del infierno de Dante.

«A formar en fila, ¡ya!», gritó el cura. Tras el aseo, que concluía con el uniforme reglamentario —a mí me quedaba pequeño, me tiraba de la sisa y me dejaba al descubierto los tobillos—, nos conducían a la capilla del internado, un espacio amplio y austero con muros de piedra encalada, la Virgen y un crucifijo al frente, y allí rezábamos y oíamos la homilía y cantábamos el *Cara al sol* con actitud reverente y patriótica.

Yo ya estaba acostumbrado a cantarlo, el *Cara al sol*. Todos los días, desde que los nacionales ganaron para España la sierra de Cádiz, hube de cantarlo brazo en alto, y a fuerza de hacerlo acabé por creer que aquello era cierto, que «volverán las banderas victoriosas al paso alegre de la paz», que «volverá a reír la primavera», que «en España empieza a amanecer». Voy a decir algo que lo mismo no es del todo adecuado, con esto de la Transición: que no he cantado himno capaz de despertar en mí tanto como aquel, que ninguno de la izquierda, ni la *Internacional* siquiera, tan épico como es, es capaz de erizar la piel de quien lo entona como cuando uno canta aquello de: «Si te dicen que caí».

«¡El que se salga de la fila se queda sin desayuno!», gritó uno de los mozos que ayudaban a los curas a organizar la rutina de la mañana. Me pareció curioso aquello. Había internos, a los que llamaban «monines», que gozaban de algunos beneficios —mejores raciones de comida, permisos para salir del colegio o darse una ducha caliente— a cambio de delatar a sus compañeros o de hacerles el trabajo sucio.

Yo acabaría siendo un monín, pero todavía faltaba algún tiempo.

«¡Venga, de uno en uno y sin empujones!», nos gritó aquel monín —un chico algo mayor que yo— para que formáramos la fila frente a la monja que servía las raciones del comedor, donde la luz del sol ya se filtraba a través de las ventanas.

(Otra vez me lo pregunté: por qué no lo hacía uno de los curas, por qué ellas).

Como supuse, la comida no era gran cosa: leche en polvo y legumbre, y algunos gusanos de añadidura, sobre todo a quien le tocaba la zurrapa de la olla.

Cogí mi bandeja, di las gracias a la monja de hábito blanco y me senté donde aquel monín me ordenó, que resultó ser, casualidad o no, al lado de Justo, el mismo chico que había dormido a mi derecha y cuyos ronquidos me acompañaron en la larga vigilia de mi primera noche.

«¿Y el caviar cuándo lo sirven?», bromeé intentando hacerme el duro.

Justo rio. Como yo creía en las casualidades (creo aún, con

los años), supuse que eran demasiadas las que se habían dado como para que ese muchacho extremeño, rudo, algo menor que yo —creo que trece por aquel entonces— no acabara siendo mi mejor amigo allí dentro.

«¿De dónde eres, nuevo?», me preguntó.

Tras dar un sorbo a aquella leche repugnante —me cuidé, tonto no era, de que no se me percibiera el asco en el rostro—, respondí para hablarle lo menos posible del lugar en el que nací, del que, por aquel entonces, yo no guardaba buen recuerdo.

«De la sierra de Cádiz», acerté a responder, y, tras algunos rodeos en lugares comunes, acabé hablándole de mi madre, porque ella, su recuerdo, era lo único capaz de arrancarme una sonrisa. Era mi refugio.

Luego Justo me habló de su familia, pero yo no pude escucharlo porque el recuerdo de mamá, de Nela, vino a mí; su mirada atenta, el calor de su abrazo, la prudencia de un cuerpo hecho para servir.

Yo fui su todo porque no tuvo más hijos, y porque mi padre no prestaba mucha atención a su mujer, como tampoco a su hijo.

«¡Vayan terminando, que tenemos que ir a clase!», gritó el monín, de pronto. Nos pusimos en pie y nos dirigimos a la salida del comedor para encaminarnos al aula y comenzar la jornada escolar. Al oír adónde íbamos, me apresuré a preguntarle a Justo, que marchaba en silencio delante de mí, por cómo eran las clases.

«Tú procura que no te elijan para leer o para salir a la pizarra», me susurró.

Ante su consejo, quise dármelas de listo: «A mí al principio no me gustaba leer, ¿sabes? Pero luego le cogí el gusto».

Ese «luego» fue obra de mis maestras, de Juana y de usted, señorita Lali, que con tesón inquebrantable lograron en mí, y en muchos otros chiquillos más, despertar la curiosidad por leer aquellos siete mares que surcaba el pirata Jim Hawkins de Robert Louis Stevenson, el centro de la Tierra de Julio Verne, los hombrecillos diminutos de los viajes de Gulliver.

Y sí, aunque leer no se me dio muy bien, hacerlo —y que mi padre me viera— fue mi forma de resistencia, mi Revolución soviética, porque a él tampoco le gustaba que lo hiciera, porque desconfiaba de los libros como también había recelado de mis maestras.

«¿Leer? Uf, me parece que no es lo mío», me desveló Justo, que agachaba la cabeza y me ocultaba sus ojos color azabache mientras avanzaba en la fila.

Lo miré extrañado.

«¿En serio? Yo siempre pensé que no servía para nada, hasta que conocí a una maestra», le confesé. Y sonreí por primera vez en aquel internado acordándome de usted.

Es curioso el modo en que todos nos hacemos nuestro relato fundacional, como si fuéramos dioses de nuestra propia mitología, y el mío, ese relato, esa mitología con la que hoy me cuento por qué, cómo y dónde nació mi vocación de maestro, empieza, quizá, con las siguientes palabras: «Yo te puedo ayudar, si quieres».

Primera parte

Un mago

1

Encinar de la Sierra (sierra norte de Sevilla), septiembre de 1955

El chiquillo se refugia de la lluvia con el tiritar de un pajarito hambriento. El maestro lo observa desde el autobús, tras los cristales cegados por el agua. Se pregunta, mirándolo: «¿Qué hace ahí ese muchacho?, caray».

Sobre este pueblo de la sierra norte de Sevilla cae el alud de una tormenta. Algunos paraguas valientes juegan al equilibrio con el viento. El niño, un crío menudo con los brazos en cruz bajo el soportal del apeadero, lleva el frío en el rostro como si se refugiara en un iglú de esos de los esquimales.

—Aquí cuando llueve, llueve con *cojone* —le había dicho el pasajero de su derecha, vecino del pueblo, un hombre rudo de manos agrietadas.

El maestro había asentido sin quitar ojo al paisaje. Hacía una hora que se había montado en ese autobús en la estación de Sevilla junto con un puñado de pasajeros. Por el camino, el pueblo se vislumbraba entre montañas como si quien lo trazara lo hubiese plantado sobre una duna amontonada con las manos. Desde lejos advirtió algunos detalles, a pesar del vaho de las ventanas: el campanario de la iglesia, el castillo medieval al borde del derrumbe, coronando uno de los cerros del valle de la Osa, los puentes que cruzaban el río, las tejas rojas, la cal de las paredes.

El autobús brincaba por el camino empedrado que, mientras remontaba la pendiente, devolvía un riachuelo que bajaba con intensidad.

—Lleva lloviendo lo menos tres días. —Y luego continuó el vecino entre risas—: A ver si el río de la villa no se va a acordar de su orilla, carajo.

El maestro le acompañó la ocurrencia con una sonrisa amable. Se imaginó la metáfora que el lugareño había construido: el río recogiendo sus aguas tras la tempestad, furibundo por no hallar sus límites.

Alguien le dijo una vez que la mejor poesía era la que salía del campo. Que lo que luego se escribía en la ciudad, en los sillones confortables de los poetas burgueses, no era más que una vulgar imitación de la tierra.

El poeta imprevisto, sentado a su derecha, decía llamarse Matías.

—Es que voy a Sevilla una vez por semana, ¿sabe *usté*? Allí tengo familia.

Lo llamaba de usted, al maestro, a pesar de que tal vez lo doblara en edad. Se debía quizá a la cuidada apariencia del joven: pantalón de pinza, ni una arruga en su camisa blanca, pelo engominado, barba rasurada y, sobre todo, ese maletín de cuero que solo llevan los hombres con estudios, los hombres de negocios o los hombres con poder.

—¿*Usté* no es de por aquí, no? —le preguntó el vecino.

A los campesinos no se les veía un maletín como ese, si acaso un zurrón o la talega del pan, o la fiambrera para el almuerzo como la que llevaba ese hombre.

El joven sonrió cortésmente.

—Soy Roque Martínez, el nuevo maestro del pueblo, caballero.

Y Matías esbozó un gesto de asombro.

—¡Epa! ¡Lo contento que se va a poner mi chaval!

Hablaba con un deje cantarín que iba a compartir —para curiosidad de Roque— con el resto de los vecinos de ese pueblo, como si en ellos la lengua hubiese tomado otros caminos extraños. Y eso que ese lugar no distaba mucho del de su nacimiento, algo más de un centenar de kilómetros de sierra y una carretera sinuosa más preparada aún para las herraduras que para las ruedas. Roque inquirió:

—¿Es usted padre de alguno de mis nuevos alumnos, por curiosidad?

Matías se tomó algunos segundos de silencio antes de responder, como si ahora fuese consciente de que quien le hablaba era el nuevo maestro del pueblo, nada menos, y no un fulano cualquiera con un maletín de piel. Seguro que se arrepentía, pensó Roque, de algunas palabras que habían salido un par de minutos antes de su boca, como «cojones», como «carajo».

—Así es, señor. Mi Manolillo es un buen muchacho, pero un poco bruto. Trátelo como se amarran las bestias, no tenga *usté* miedo.

Roque rio para sí, y los ojos de ambos se encontraron durante un breve instante, no mucho, lo estrictamente necesario. La de Matías era una mirada cuarteada por la crudeza del sol, que le habría hecho a su piel lo que un peletero con el cuero. Al retirar la vista, se fijó en cómo iba vestido: una camisola blanca, pantalón de lino, alpargatas.

—Descuide, caballero, que haré cuanto esté en mi mano —contestó Roque, que hubo de recordar todas esas veces en que le insistieron en la facultad que debía cuidar el trato en los entornos rurales.

Fue Matías el que rio entonces.

—Sí, en su mano sobre *to*, maestro. Dele con ella si hace falta, que así es como aprende mi zagal, a hostias. No me refiero a las de la misa, ¿me entiende?

El vecino azotó el aire con la palma de la mano y volvió a reír, jocoso. Roque, en cambio, se mantuvo impávido.

—No soy yo maestro de mano suelta, Matías —le respondió—. Siempre he sido de los que piensan que la autoridad se puede ganar de muchas formas, ¿no cree?

El hombre torció el gesto e hizo un silencio sin atreverse a contrariar al docente.

—Sí, créame, de verdad. Hay muchas maneras —insistió el maestro—. En ninguna de las escuelas en las que he estado de prácticas he necesitado recurrir a ello. Y motivos no me habrían faltado, créame.

Y mientras el vecino del pueblo asentía en señal de respeto, o quizá de subordinación, Roque se permitió varios segundos para irse a algunos recuerdos no muy lejanos: los de un maestro en prácticas, los de las muchas dudas atropellándole el pensamiento, los de las lecturas dramatizadas, el teatro y la música, o, fuera de clase, los de los juegos en el patio, ganándose a los chicos con el regate de un malabarista del balón.

Eran Rafaelito, José, Lucas, Adán y Martín, y recorrió Andalucía dejándolos atrás a todos hasta que sacó su plaza tras una oposición brillante.

—Bueno, *usté* sabrá, maestro —sentenció Matías.

Roque podría haberle hablado de todos ellos, de cuánto cariño le mostraron sin haber tenido que ponerles la mano encima, habría querido ofrecer a ese hombre una lección de pedagogía —«no con golpes, sino con mansedumbre y caridad», le habían recomendado alguna vez para ganarse el favor de los chicos—, pero, de pronto, el autobús frenó y, al volver a alzar la mirada, los hombres descubrieron el apeadero al otro lado del cristal mojado.

—¡Ala, pues ya estamos aquí!

Habían llegado al fin, y solo entonces, a punto de poner pie en el pueblo, Roque lo ve, al chiquillo, tiritando en la acera de enfrente y cubriéndose el torso cuanto puede con el calor de sus brazos. Le hace un gesto a Matías, que está amarrándose las alpargatas, cuyos nudos había deshecho para mayor comodidad en el viaje.

—¿No será su Manolito ese zagalillo de ahí, no? —Le señala al niño.

Matías arruga la mirada para ojear por la ventana.

—¿Ese? —Señala, negando con la cabeza—. Qué va. Ese me da a mí que es el Saulito, ¿sabe?

Y se permite un instante para refrendarse, haciendo visera con la mano.

—Sí, el Saúl. Juega con mi hijo a veces, pero no suele tener muchas amistades.

Roque asiente sin quitar ojo al chiquillo, que, ante la llegada del autobús, da un rodeo para colocarse frente a la puerta por la que bajarán los pasajeros.

«A quién buscará el muchacho», se pregunta.

—¿También es alumno de la escuela?

Se ponen en pie al tiempo que el resto de los viajeros. Roque coge del asa su maletín mientras, con la otra mano, sostiene el sombrero que había mantenido entre sus pies durante el trayecto.

—Sí, pero creo que no va mucho por allí —responde Matías mientras cede el paso al maestro para que sea el primero de los dos en bajar—. Ya se enterará usted. Los maestros *se* enteráis de esas cosas, ¿no?

El hombre lo mira, críptico, dando por entendido algo que Roque no atisba a comprender. Quizá es que todavía no tenga la experiencia suficiente. Quizá no haya aprendido aún a leer los mecanismos de las miradas, de las frases que se quedan en un limbo, que no concluyen.

—¿A qué se refiere? —le pregunta, oteando todavía por la ventana.

Matías titubea durante unos segundos. Roque insiste, curioso:

—¿De qué cosas?

Cuando el primer pasajero en bajar abre la puerta, el viento y la lluvia se cuelan adentro, violentos, sin pedir permiso. La escena es, de pronto, singular: una mujer debe sostenerse el recogido, otro da por perdido un periódico, cuyas hojas se esparcen por los asientos del autobús, y a un tercero casi se le escapa una gallina que mantenía sorprendentemente serena dentro de una cesta.

Matías, finalmente, responde acercando la boca al oído de

Roque, como quien desvela un secreto que le quema en la punta de la lengua:

—No soy yo de andar con chismes, maestro. Hay cosas de las que cuanto menos se hable, mejor, ¿no cree? Algo pasó con el padre del chiquillo, pero yo no me he *enterao* muy bien del asunto. Un padre que no se sabe quién es, por lo visto. Pero no me haga mucho caso. Todo lo que rodea a esa mujer, a la madre del Saulillo, es extraño. Dicen que se volvió loca. Que no anda muy allá, ya me entiende.

Roque calla y asiente con gesto serio. Sabe que en todos los pueblos de España hay cosas de las que es mejor no hablar, como dice Matías. Cosas sobre las que la gente guarda un silencio deliberado. La guerra, la represión y el hambre dejaron en las personas un miedo que anidó en el pelo y convirtió el mutismo compartido en ley universal: por mucho que pasara, nadie hablaba de nada bajo ningún concepto.

Roque también guarda de ese miedo, el que habita en ese lugar en el que sigue siendo un niño, y quizá por ello, la confesión del vecino lo atrapa hasta que, de pronto, oye a su espalda un «¿Va a bajar, señor?» con el que otro pasajero lo apremia a afrontar el par de peldaños del autobús para salir al apeadero.

—Sí, sí, disculpe.

Al bajarse del autobús, tras respirar fuerte un par de veces el aire húmedo y con aroma a los campos de cultivo próximos que coloniza sus alveolos, se urge a hacer fila frente al maletero para coger su única pieza de equipaje, una maleta en la que guardó con cuidado las mudas y las prendas que necesitará en las próximas semanas. Tras ello, y haciendo equilibrios con la maleta, el maletín y el sombrero —no se ha atrevido a ponérselo, por si saliese volando—, afronta la despedida de Matías con un buen apretón de manos.

—Ha sido todo un placer, caballero.

La del lugareño es una mano grande y ruda; la del maestro, en cambio, es más fina, menos curtida. Tras el adiós, el maestro centra la mirada en aquel niño, en ese Saúl que parece buscar a alguien entre los recién llegados. Se acerca a él y está a punto de abordarlo con un «¿Buscas a alguien, muchacho?», hasta que es el propio chico el que se le adelanta con una vocecilla de tenor:

—¿E-es usted el nuevo maestro?

Este esboza una amplia sonrisa.

«Que sea eso lo primero que el chico vea de mí», piensa.

—Sí, soy yo. Roque, Roque me llamo, muchacho. —Lo protege de la lluvia haciendo paraguas con su maletín de piel—. ¿Cómo lo has adivinado?

El chico le señala el maletín, precisamente. Debe de tener unos ocho años, tal vez nueve o diez. Espigado y flacucho. Un ligero tartamudeo al hablar. Ya en el soportal del apeadero, el maestro se apresura a abrir la maleta para sacar una chaqueta con la que cubrirlo, provocándole una carcajada al verse ataviado con una prenda en la que cabrían otros tres como él.

El maestro se inclina entonces para hablarle con una sonrisa pícara, teatral:

—¿Sabes que soy mago y puedo adivinar el nombre de un niño con solo mirarlo a los ojos? Venga, déjame probar.

Se miran. El niño, con ojillos de aceituna vareada, tuerce el rostro en un gesto curioso. Durante unos segundos, Roque escenifica su papel de mago apretando el rostro como si le costara entrar en la mente del chico con sus poderes psíquicos. Para bordar el personaje, hace con las manos el ademán de un ilusionista o un nigromante. Hasta que exclama:

—¡Saúl! Te llamas Saúl, ¿a que sí?

El chiquillo esboza un gesto de asombro al gritar un «¡Sí!» que le ha encendido los ojillos. Roque, mientras alude a unos poderes supuestamente heredados de unos magos de Oriente, sacude con la manga de la chaqueta el pelo del muchacho, que le cae empapado por la frente.

—Y dime, Saúl, ¿qué haces aquí, con esta tarde de perros?

—Pues qu-que el alcalde m-me pidió que esperase a que llegara el maestro —responde el niño, indicando con la mano la señal de parada de autobús, junto a la acera—. Bueno, me pagó m-más bien por ello. Unas perrillas, ¿sa-sabe?

Al alzar levemente la vista, Roque comprueba que el resto de los pasajeros del autobús ha abandonado ya el apeadero y que ahí, bajo el pequeño soportal, solo quedan ellos dos.

—Así que el alcalde se ha ahorrado el chaparrón a tu costa, ¿no?

Ante la pregunta, el niño se encoge de hombros.

—Te habrá pagado bien, por lo menos.

El muchacho echa mano al bolsillo del pantalón para hacer tintinear unas monedas. No se han dado cuenta, pero la tromba de agua ha comenzado a menguar.

—Solo dos perras chicas, señor —responde el chico.

Roque chasca la lengua y menea la cabeza mientras saca su monedero del bolsillo trasero del pantalón. Tantea un par de pesetas y se las ofrece al chico.

—Anda, toma dos pesetas. —Le guiña un ojo—. Y dile al alcalde que, la próxima vez que un nuevo maestro llegue a su pueblo, sea él mismo el que lo reciba.

El muchacho asiente, observando las monedas que le ha regalado el maestro como quien recibe oro, incienso o mirra en un portal para animales.

—¡Gra-gracias, señor! —exclama, y mientras se guarda las pesetas en el mismo bolsillo de antes, le hace un gesto para que lo siga calle abajo—. Pu-puede decírselo usted m-mismo, señor. Lo está esperando en el Ayuntamiento.

Minutos después, tras dibujar un zigzag en el trazado de calles empedradas y en pendiente —baja por sus márgenes un riachuelo en el que confluyen las lluvias que se dieron una tregua minutos antes—, el niño señala el edificio de fachada encalada que corona la plaza pública del pueblo.

—E-este es el ayuntamiento, señor —le instruye mientras apunta hacia el reloj de su torreón principal—. Y esta es la plaza. Su escuela cae al otro lado.

Roque echa una ojeada en derredor. En la plaza hay altas

palmeras, una fuente en el centro, varios bancos dispuestos en los laterales y, sobre el suelo, el fantasma de una rayuela difuminada por la lluvia con la que se habrían divertido unos niños.

Sobre su cabeza, el cielo juega al despiste con las nubes, que entran y salen como un prestidigitador. El crío le hace otro gesto.

—A-ahora tengo que vo-volver a casa, señor.

Roque le tiende la mano en saludo para luego zarandearlo del hombro.

—Llámame Roque, ¿de acuerdo, Saúl? Y si quieres descubrir qué otros trucos de magia conozco, no dejes de ir a la escuela. Te espero mañana, ¿vale?

El niño titubea, aunque al final acaba concediéndole un sí con el que el maestro se da por satisfecho. Roque aguarda hasta verlo marchar con el trotar de un potrillo, alza la vista hacia el consistorio y contempla las banderas que ondean en la balconada principal. La de España, la de la Falange.

—Buenos días, venía a ver al alcalde. Soy el nuevo maestro —se presenta ante el conserje, un hombre enjuto, achaparrado, de mirada seria.

Lo escrudiña, de hecho, con unos ojos aviesos.

—Sígame, caballero —le pide tras algunos segundos.

Lo conduce por una escalinata hasta la planta primera y atraviesan un pasillo decorado con algunos retratos de paisajes campestres.

El conserje se detiene ante una de las puertas para dar dos toques sobre el madero. Tras oír una voz al otro lado, abre y, con un gesto, le pide al maestro que pase. Este toma aire y asoma a una pequeña estancia con un escritorio y unas sillas, un diván sobre una alfombra con motivos geométricos y los retratos de Franco y de José Antonio coronando la pared principal, como un retablo. Desde los dos ventanales que dan al balcón principal de la fachada entra una luz tenue, por los claroscuros del cielo.

Dos hombres, al ver entrar al maestro, se vuelven. Hay una

nube de humo en torno a ellos que proviene de los cigarrillos que les cuelgan, en equilibrio, de la comisura de los labios. El de la izquierda, que se presentará como alcalde, es el primero en reaccionar.

—¡Vaya! ¡No sabe cuánto le estábamos esperando!

El regidor da un par de pasos hacia la entrada del despacho y se encuentra con Roque en un apretón de manos. Lleva la sonrisa puesta, luce bigotito y cara afable bajo una frente amplia, en retirada.

—Don Isabelino Díaz —dice llamarse—, alcalde de este hermoso pueblo de Encinar de la Sierra. Para servirle a usted y a la escuela.

Dos, tres segundos más de apretón, algún tiempo más de sonrisa.

—El gusto es mío, caballero —replica Roque, también afable, también caballeroso como el alcalde—. Soy Roque Martínez, de un pueblo de la sierra de Cádiz.

El alcalde lanza un soplido.

—¡Anda, un serrano! —exclama, socarrón—. Entonces nuestros niños están en buenas manos, eso seguro.

El maestro sonríe. A este siempre se le dio algo bien, una intuición que venía de su familia, como si la magia existiese en realidad y él la tuviese; el olfato de que sus primeras impresiones solían acertar.

—Bueno, y ¿qué tal el viaje?

Isabelino Díaz le ha dado buena espina, como si los augurios antiguos en los posos de café o en el vuelo de unas aves hubiesen dado su consentimiento.

—¡Bien! He conocido a gente del pueblo, y todo.

Mientras habla, el alcalde le hace un gesto para que se dirija al hombre que se mantiene aún junto al escritorio de madera noble, bajo los retratos patrióticos.

—Déjeme que le presente ahora, Roque, al señor que me acompaña. Él es don Francisco Pérez del Río, el gobernador civil del pueblo.

El hombre se acerca a ellos con gesto adusto. Tiene el rostro afilado y un perfil aguileño. Le ofrece la mano en saludo y, mientras tanto, busca los ojos del maestro para decirle algo que lo dejará en jaque, como un ajedrecista.

—¿Sabe una cosa, Roque?

Le cuelga el cigarrillo de los labios.

—Dígame...

Todavía siguen ahí, en el apretón de manos.

—Pues que ya había oído hablar de usted antes. Sé que ha sido el mejor de su promoción, ¿no es cierto?

Roque se esfuerza para que no se le turbe en el rostro su gesto cortés.

—¿Y cómo lo sabe, don Francisco? —pregunta, ruborizado.

El gobernador civil esboza una media sonrisa. El humo de su cigarrillo bambolea, ingrávido, en una columna que se interpone en su mirada, que la nubla.

—Pues porque he podido hablar con su padre, ¿sabe?

Roque arquea las cejas.

—¿Cómo?

—Así es —ratifica el hombre antes de dar otra calada—. Don Javier Martínez es uno de los grandes hombres de la Falange andaluza, un héroe de guerra condecorado.

Ese nombre, la potencia sonora de sus fonemas, la erre con la que termina y la alusión a aquella medalla al valor lo paralizan de repente, y no puede evitar pensar en esa magia suya, la de la primera impresión, que en esta ocasión sabe que no es buena por mucha sonrisa que este hombre esboce ahora, con ese cigarrillo manteniendo el equilibrio en la comisura.

—Espero que esté a la altura de su buen nombre, caballero.

Asiente. Lleva veinte años sin dirigirle la palabra a su padre.

2

Nada es equiparable para Roque, para cualquier docente, a este momento.

—Este cofre, señores, es un cofre mágico.

A este preciso momento: el cosquilleo en la piel, como si lo recorriera un enjambre de bichillos; la sensación de vértigo que se repite desde sus prácticas como maestro, cuando comprendió que la verdadera magia de la enseñanza reside en este breve instante en el que las mentes jóvenes se abren de par en par; los jóvenes, la tartera del desayuno dentro de su morral o de su macuto, con una rebanada de pan con aceite, una onza de chocolate terroso o cualquier engañaestómagos; el lápiz o el plumillero con el tintero de loza china; las musarañas esquivas que se llevan su atención; el antiguo mapa de España donde hasta no hace mucho había una jaula para meter a Filipinas; el perchero y los ventanales abriendo el aula hacia la plaza, por los que entra el olor a heno y a labranza; la carita de los zagales a medio camino entre la curiosidad y el asombro; el silencio de quienes tienen la atención secuestrada por una extrañeza inesperada; la sonrisa, los ojos ávidos, abiertos como un par de ventanas.

Solo uno abre la boca para decir: «¿Cómo que mágico, don Roque?», porque el resto no se atreve a preguntar ni a cuestionar al nuevo maestro, a quien hace solo unos minutos les ha presentado don Enrique, el director de la escuela: «Tras estos primeros días de curso sin tutor, por la jubilación de don Sebastián, aquí tenéis, señores, a don Roque Martínez, que se hará cargo de la clase hasta final de curso. Tenéis la suerte de poder aprender de un maestro joven y brillante, número uno en su promoción, ¿sabéis?».

Roque ha sonreído ante ese cumplido, sobre todo por lo de «joven»; a sus treinta y pocos, hace mucho que dejó atrás la mocedad. A la señal del director, ese hombre orondo, de camisa sin planchar, corbata a rayas y una frondosa cabellera blanca de la que le nevaba caspa sobre los hombros, los chicos, en pie desde su llegada, lo han saludado con coordinación marcial y una bienvenida parca y prudente que el directivo ha dado por concluida con alusiones al principio patriótico de la enseñanza y el rezo de un padrenuestro.

—Sí, es mágico, lo que oís —insiste, mostrando el cofre como quien ha descubierto una ruina maya.

Tras las palabras del director, Roque se ha limitado a sonreír, observando una a una las caras, escudriñando qué se advertía del carácter de cada alumno solo con mirarlos a los ojos, y no ha dicho nada, salvo un «Hola» y un «Muchas gracias por el recibimiento», hasta que don Enrique no ha abandonado la clase. Ha sido entonces cuando, con el proceder de un ilusionista, ha sacado el pequeño cofre de una bolsa de tela y se ha colocado, con un gesto teatral, en medio de la clase, entre las bancadas de los chicos altos del fondo y las de los más pequeños, situados delante, frente a la tarima. Ha guardado un breve silencio para permitirse observar que algunos de los más pequeños estiraban el cuello, como tratando de no perderse ningún detalle, mientras que varios de los mayores, los del fondo, pretendían mantener una actitud de falsa indiferencia —cruzando los brazos sobre el pupitre— que no les había durado mucho, pues no había tardado en advertir también en sus rostros el gesto del interés. Era como si, por unos segundos, todos esos niños fuesen iguales, sin las diferencias de estatura, ni de madurez ni de clase.

La curiosidad iguala a cualquiera, oyó decir alguna vez.

Y él lo sabía. Por eso, había orquestado este momento a la perfección.

—¿Sabéis qué, señores? —continúa, dando algunos pasos en zigzag por las mesas—. Este cofre me lo dio en herencia un viejo sabio al que conocí en el África negra, cuando estuve allí de aventurero en busca de los más antiguos conocimientos mágicos.

Hace silencio para oírlo: el «¡Oooh!» de algunas de esas boquitas.

Y lo piensa: ya los tiene ahí, donde quería. Y se permite disfrutar de este momento, del silencio que reina de pronto y se hace palpable como si cayera sobre la piel la lluvia desgarrada y trizada que golpea los ventanales, consciente de que cada palabra, de que cada gesto es un pequeño anzuelo lanzado a la imaginación de los chicos.

—El África negra, sí. Lo que oís.

Antes de entrar en el aula, don Enrique le había puesto al corriente de cómo era la clase que le había tocado en suerte, esa en la que se agrupaban los chicos varones de la enseñanza elemental, de seis a diez años, algunos que apenas sabían leer y escribir y otros en los que ya brillaba una inteligencia precoz.

—Tiene usted suerte, don Roque. Estos son buenos chicos, ya verá —le ha dicho, recorriendo un pasillo en el que se alternaban las orlas de generaciones pasadas con las peroratas y los alegatos patrióticos.

El maestro ha asentido mientras leía algunos de esos eslóganes, entre los que se repetía el rostro del Caudillo, afable, tierno, como un padre bueno.

—Pero, ojo —lo ha frenado el director al llegar a la puerta del aula, la tercera a la izquierda en el pasillo central—. Eso no quita que necesiten disciplina. Disciplina y mano dura. Tan solo la disciplina hace grandes a los pueblos. Un pueblo en que todo el mundo cumple con su deber es un pueblo ideal. Usted sabe para qué está aquí, ¿no?

Ha mirado fijo a Roque, concentrado en sus ojos con la firmeza de un interrogatorio policial.

—Claro, señor —ha respondido el maestro, sin vacilar—. Mi labor es educar a los chicos en los valores que nuestra patria necesita. Formarlos no solo en las materias escolares, sino en el respeto, la obediencia y el amor a España.

El director ha sonreído, satisfecho por la respuesta. Roque no tardará en saber que don Enrique también imparte clase en la escuela, al grupo de los alumnos mayores, a quienes prepara para obtener el graduado.

—Así es, caballero. Me alegra oírlo de maestros jóvenes como usted. Estamos aquí para educar a la próxima generación de españoles que sostendrá la patria. Que hará otra guerra, si hiciera falta —ha concluido justo antes de abrir la puerta del aula.

Minutos después, el cofre mágico acapara toda la atención de los colegiales.

—Ahora, decidme: ¿quién se imagina qué magia posee este cofre? —pregunta el maestro sosteniendo el pequeño baúl con la delicadeza de un arqueólogo.

Varios muchachos levantan la mano, entusiastas, deseosos de participar. Roque busca sus miradas y les da permiso con un gesto para oír las respuestas, a cuál más disparatada: «¡Te vuelve invisible!», exclama Pepe; «¡Te lanza un maleficio!», interviene Joaquín. Hasta que Roque los acalla llevándose a los labios el dedo índice para responder:

—Os lo confesaré, atención. Cualquier cosa que yo meta en este cofre, se volverá indestructible, ¿sabéis?

Los chicos vuelven a esbozar un gesto de asombro.

—¿Cualquier cosa? —preguntan algunos.

—La cosa más insignificante que podáis imaginar —contesta Roque—. Por ejemplo, ¿alguien es capaz de quitarle el cordón a uno de sus zapatos?

Muchos vuelven a levantar la mano, buscando la aprobación del maestro. Otros, más avispados, se apresuran por iniciativa propia a quitarse el zapato para desanudar el cordón. El primero que se lo ofrece a Roque se llama Isidro, a quien llaman el Largo por su altura, y el maestro no tardará en saber que se trata del delegado de la clase.

—Vaya, Isidro, muchas gracias.

Roque coge el cordón de piel con la mano derecha mientras sostiene el cofre con la izquierda. Vuelve a la tarima, donde todos pueden observarlo con facilidad, y se prepara para desarrollar su truco de magia. Primero deposita cuidadosamente el cofre sobre la mesa del profesor, luego saca unas tijeras de acero de la bolsa en la que guardaba el pequeño baúl y, finalmente, se dispone a cortar el cordón en dos.

—Ya que Isidro se ha prestado a colaborar, voy a cortar su cordón por la mitad. —Al chico, de pronto, le cambia el rostro. El resto de los alumnos ríen, expectantes—. Pero no temas, Isidro. Si el truco no sale, yo mismo le quitaré el cordón a mi zapato para dártelo, ¿de acuerdo?

El niño asiente. A continuación, el maestro agarra las tijeras y dobla el cordón por la mitad. Luego acerca las hojas metálicas y cierra las tijeras haciendo sonar el crac del corte del cuero, tras lo que todos los chicos contienen el aliento.

De pronto, de cada extremo de su puño derecho cuelgan dos trozos separados.

—Pero os dije que este era un cofre mágico, ¿no? —Sonríe, travieso.

Los murmullos de incredulidad recorren el aula.

—¡Tendrá que darle el suyo, maestro! —le grita uno de los chicos del fondo.

Roque apacigua a las fieras temiendo que el griterío llegue al despacho del director.

—Tranquilos, señores. Solo tengo que meter los dos trozos del cordón en el cofre para que nuestro amigo Isidro pueda recuperar lo que es suyo. ¡Y de una pieza!

Le hace un gesto al muchacho para que se ponga en pie y lo acompañe en la tarima. Tras encerrar el cordón dentro del cofre, pide al niño que dé un par de toquecitos y accione la pequeña cerradura para comprobar qué hay en el interior.

—Recuerda, te daré el mío si el cofre no ha hecho su magia —murmulla Roque, guiñándole el ojo.

Isidro, boquiabierto, será el primero en comprobar que sí, que don Roque conoce los secretos de la prestidigitación.

—¡Ala! —exclaman los chicos al ver el cordón colgando de los dedos índice y pulgar de su compañero, sin marca alguna de corte.

No habían podido apreciar, gracias a la pericia de su nuevo maestro, que Roque había doblado el cordón de tal manera que solo estaba cortando un pequeño cordel escondido previamente en el cofre.

—¿Qué os parece, muchachos?

Roque se permite unos segundos para maravillarse con estas caras de pasmo, con la incredulidad de algunos, con el asombro de la mayoría. Les sonríe. Ha llegado justo al momento que aguardaba. A ese en el que cobran sentido las palabras con las que quería comenzar su andadura como maestro de esta clase:

—Recordad una cosa, señores. Al igual que el cordón de vuestro compañero Isidro, vosotros también, a veces, os sentiréis separados, rasgados, cortados por una tijera. Sentiréis que las cosas no os salen como queréis, os sentiréis frustrados, como si algo se rompiera. ¿Y sabéis qué? Esta clase, este grupo del que formáis parte... —Abre los brazos y va señalando las cuatro paredes del aula hasta confluir con los dedos índice en el cofre sobre la mesa del profesor—. Este grupo es como el cofre mágico que os he traído hoy. Siempre que os sintáis rotos por dentro, será volver a entrar en esta clase y repararos. Esta aula, este edificio que es vuestra escuela tienen este poder. Juntos vamos a aprender y a corregir los errores, porque para eso estamos aquí: para aprender, para equivocarnos y para volver a intentarlo... ¿De acuerdo?

Las caras de asombro de hace algunos segundos se han

constreñido, de pronto, en el ceño fruncido de quien ha sido incitado a reflexionar. Por ello, ninguno responde apenas, no tanto como el maestro querría.

—¿De acuerdo, muchachos? —insiste, volviendo al centro del aula y abriendo de nuevo los brazos—. ¡Quiero un sí muy alto, vamos!

Los chicos responden al unísono con un sí que, por seguro, habrá escuchado el director de la escuela desde su despacho. Tras acallar a los muchachos y dejarles un rato para que hablen entre ellos sobre las palabras del maestro, vuelve hasta la tarima para decirles:

—Venga, ahora, coged los lápices y los cuadernos, que haremos una prueba inicial de ortografía, ¿vale? Trabajaremos en ella hasta el recreo.

Los chicos se disponen, diligentes, a sacar sus cuadernos de debajo del pupitre. Así transcurrirá el resto de la jornada, entre dictados, lecciones de ortografía y caligrafía y lecturas de poemas de Manuel Machado, que el maestro se afana por corregir en el aula a fin de comenzar a diagnosticar el nivel del que parten los alumnos.

Así, durante los siguientes minutos, se oirá tan solo la monotonía de la lluvia en los cristales, y Roque se paseará por entre las bancadas escrudiñando los detalles de esta aula, la suya: las láminas carcomidas del entarimado, la mancha de humedad de la pared que da a la fachada de la plaza, sobre la que la techumbre debe de bosquejar un río. Piensa en cuánto trabajo tiene por delante para adecentar la clase cuando el timbre suena y pilla a los muchachos ocupados en ponerle las tildes y las comas a un texto que el maestro había escrito en la pizarra sin acentuarlo ni puntuarlo. Tras el riiing, los chicos le preguntan si pueden salir al patio, deseosos de hincarle el diente al bocadillo, de beber agua en la fuente o de dirigirse al urinario, separado del patio con una celosía de celdillas de mármol, donde, supone Roque, muchos habrán de congregarse para alejarse de las miradas del maestro.

—¿Podemos salir?

Pero, antes de darles permiso, Roque los frena sobre el entarimado, «Un momento, por favor», para hacerles la siguiente pregunta:

—¿Alguien sabe por qué Saúl no ha venido hoy a clase?

3

Con una suave palmada en su pelaje, el burro comienza a caminar calle arriba cargando con dos pesadas alforjas en cada lomo. A su lado va un arriero, su dueño, que lo acaricia como quien mesa el pelo de un hijo. Roque los observa. El animal le ha recordado, de pronto, al protagonista de uno de sus libros favoritos, aquel «burro tan blando por fuera, que se diría todo de algodón, que no lleva huesos».

Quien primero le leyó sobre aquel personaje fue su maestra, Juana. Luego también lo hizo quien vino a sustituirla, Lali. Era una lectura recurrente, en realidad, de todos los maestros de aquella España. De pronto las ve, a ellas, porque este burro, de pelaje gris y tozuda determinación —sube por la cuesta como si arriba hubiera de encontrar una salvación divina—, lo ha llevado en volandas a la escuela de su pueblo, a cuando no estaba prohibido leer a Juan Ramón Jiménez.

—¡Buenos días, caballero! —saluda al arriero al pasar junto a él.

Juan Ramón Jiménez lo llamaría Platero, pero ahora no se les puede nombrar, ni a él ni a su inolvidable personaje, como tampoco a la mayoría de los autores que le leían sus maestras en la escuela, aquella «voz a ti debida», aquel «miedo a perder la maravilla de tus ojos de estatua», aquella infancia que eran «recuerdos de un patio de Sevilla, y un huerto claro donde madura el limonero». Todo aquello.

El arriero le devuelve el saludo mientras da una palmada al lomo de su Platero.

—¡Buenos días, buen hombre!

No sabe aún que es el nuevo maestro del pueblo. A Roque le gusta pasar desapercibido, aunque supone que eso no durará mucho. En aquellas localidades en las que ha dado clase, entre prácticas y alguna sustitución, ha acabado conociendo a la mayoría de los vecinos y ha sentido el respeto que infunde en los entornos rurales la figura del maestro nacional. Porque ya lo decían sus profesores de la facultad: «Allá donde estéis, no vais a enseñar solo a leer y a escribir. Vais a ser los ojos de España puestos en cada uno de los muchachos. Un pilar de la comunidad, una guía moral, un ejemplo». Con esas palabras hablaba el catedrático Calvo Serer desde la tarima y delante de una pizarra en la que se repetían los nombres de pedagogos, pensadores y filósofos como Ramiro de Maeztu, Manuel Siurot y José Pemartín, entre los que estaba también, cómo no, José Antonio Primo de Rivera, la guía, el faro que desde allá arriba, a la derecha del Padre, iluminaba la Nueva España.

Enfrascado en sus pensamientos, Roque camina unos pasos perdidos hasta darse cuenta de que se ha desorientado entre las callejas. Hace algunos minutos que ha dejado atrás al arriero y, tal y como le indicaron los chicos al terminar la clase, ahora debería encontrarse con una pequeña plaza arbolada desde la que sale una calle que sube hasta casi la parte más alta del pueblo. Por ello, vuelve sobre sus pasos e intenta hacer memoria hasta que consigue ubicarse; los chiquillos le dijeron que no tenía pérdida, que en cuanto encontrase la plaza, hallaría la casa que buscaba, tras «una calle *mu empiná*, maestro».

«Sí, por aquí es», se dice.

Por el camino no ha dejado de disfrutar del entorno. Aunque ha vivido gran parte de su vida en ambientes rurales, en todos ha encontrado siempre algo singular, como si la belleza también estuviese en los matices capaces de romper la cotidianeidad. En este pueblo, por ejemplo, el soplo moruno, con ecos andalusíes que recorren las calles empedradas, la orografía amable del valle de la Osa, el río y sus puentes, las fachadas encaladas reflejando el sol brillante del mediodía, las macetas rebosantes de geranios y buganvillas, la brisa pendenciera o el jazmín y las madreselvas de las callejuelas en las que debieron de darse besos robados.

Al llegar a la casa que estaba buscando —esa choza de aspecto como provisional que, según le indicaron, está a la salida del pueblo por el camino de tierra que conduce al castillo—, da dos toques en el madero y aguarda a que abran. Tamborilea con los dedos sobre el ala de su sombrero, del que se ha despojado para dejar a la vista su frondosa cabellera oscura.

—¿Sí, quién es? —contestan unos segundos después.

Pone su mejor sonrisa. Lo aprendió de su padre, eso de que una sonrisa, una cara amable, un porte garboso y una actitud decidida son las mejores herramientas para impresionar —o para manipular— a alguien.

—Buenas tardes, señora. Me llamo Roque y soy el nuevo maestro del pueblo.

La mujer —delgada, como escurrida, con rostro anguloso y un recogido en el pelo entreverándose de blanco— lo mira de arriba abajo antes de preguntarle con gesto de desconfianza, o eso le parece a él:

—¿Y qué quería, señor maestro?

Roque echa una ojeada al interior de la casa por encima de la mujer. No lo ve a él, al muchacho.

—Pues que pasaba por aquí y pensé en parar a preguntarle por su hijo, Saúl, si no es mucha intromisión, señora. Hoy no ha venido a la escuela. ¿Está en casa?

Roque vuelve a echar un vistazo, con el rabillo del ojo, hacia el interior. Desde la puerta se advierte un hogar humilde, un mobiliario viejo, una radio, una máquina de coser bajo una luz tenue. La mujer, al oír de boca del maestro el nombre de su hijo, consigue destensar el rostro.

—Pues...

Se presentará luego como Asunción. Al hablar, le ocultará la mirada y dibujará en su rostro un lamento barroco que proviene tal vez de un dolor antiguo, o eso le parecerá al maestro.

—Le agradezco mucho su interés, don Roque —contesta—. Pero mi Saúl está ahora en la finca de don Tristán. En casa no tenemos gran cosa y él tiene que *echá* una mano, por eso no lo verá *usté* mucho por la escuela, a mi zagal.

Roque asiente comprensivo, fraterno. Quiere buscar las palabras con las que poder convencer a la mujer, hacerle entender cuán importante, cuán vital es para su hijo el acudir a la escuela.

—Déjeme preguntarle algo, señora. ¿Le está pagando mucho don Tristán a Saúl?

La mujer arquea las cejas, como si aquella pregunta fuese para ella una ofensa.

—Comprenderá *usté* que no es que tenga el sueldo de un ministro del Aire. Cuando hace solo media jornada, le paga una peseta. Cuando hace la jornada completa, como hoy, peseta y media. Sí, sabrá *usté* que no es mucho. Pero es un mozo, qué más va a cobrar, digo yo. Con eso y con lo que yo saco remendando telas y zurciendo dobladillos, vamos tirando, maestro. Como podemos, sí. Tiramos como podemos.

Con esas últimas palabras se le ha quebrado la voz.

Roque piensa en cuánta gente usa esa expresión, «ir tirando», como si la vida fuese nada más que sostenerse con una cuerda para escalar una montaña de la que nunca se advierte la cima.

—¿Puedo sugerirle algo?

Roque la mira a los ojos. Más adelante sabrá muchas más cosas de esta mujer, cosas que ahora solo intuye pero que supone ciertas, porque él siempre atina con las primeras impresiones. Tras el gesto de doña Asunción, le pregunta:

—¿Y quiere que el trabajo de su hijo valga una peseta diaria toda su vida? Si deja usted que vaya al colegio este curso, don Tristán acabará por pagarle el doble o el triple. Hágame caso. Haré todo lo que esté en mi mano, la mano del nuevo maestro del pueblo —asegura mientras levanta el brazo y le muestra la palma, como quien jura frente a un tribunal—, para que él aprenda en la escuela.

La mujer titubea. Chasquea la lengua y dice, poniendo los brazos en jarra:

—Yo quisiera. Pero mi hijo no es muy inteligente, me parece a mí.

Roque ríe para sí.

—Se sorprenderá de lo que son capaces los chiquillos si se les estimula de la forma adecuada. Además, señora, yo siempre desconfío de la inteligencia, ¿sabe? —En el aire, ha entrecomillado con los dedos esa palabra, «inteligencia»—. En el colegio de mí decían que no lo era, y me pasé mucho tiempo en la vida pensando que era un bruto. Hasta lo sigo creyendo todavía, porque nunca dejamos de ser los zagales que fuimos. Piénselo, señora. Y háblelo con su hijo, de verdad. Creo que ya es todo un mozo como para escuchar su opinión. Hable con él y dígale que el maestro ha venido hasta aquí para pedirle que mañana se acerque a clase. Que lo espero en el aula como si mi trabajo dependiese de un alumno tan solo. Como la oveja descarriada de la fábula del Evangelio que habrá oído en misa. —Y otra vez esa sonrisa afable, como si con ella intentara trazar un puente hasta la mujer—. ¿Lo pensará?

Pero Asunción vuelve a torcer el gesto.

—Me lo pensaré. —Coge el pomo de la puerta y se dispone a cerrar—. Pero yo no voy a misa, caballero.

La puerta se cierra delante de él y, durante algunos segundos, flota, ingrávido, el silencio con el que Roque no sabe muy bien si su intentona surtirá efecto o no. Se permite algún tiempo más para aguardar a que la mujer se retracte, abra la puerta, le dé las buenas tardes y le garantice que su Saulito irá mañana a clase.

Pero no ocurre y sobre ese silencio cae la fuerza, el peso de la gravedad. Da media vuelta y abandona el zaguán para volver sobre sus pasos como quien retoma un camino de migas de pan.

Echa mano al bolsillo del pantalón y mira su reloj; son algo más de las seis y media y la misa vespertina comienza a las siete de la tarde en la parroquia de Santa María de la Encarnación —ubicada a media ladera del cerro del castillo y a pocos minutos de la Casa Consistorial—, cuyo campanario sobresale por encima de las casas, como un ciprés. En su encuentro con el alcalde del día anterior, le preguntó por el horario de las liturgias. «A las siete entre semana, a las doce los fines de semana. Allí lo esperará todo el pueblo, don Roque», le respondió.

De camino a la parroquia, que se encuentra no muy lejos de casa de Saúl, va fumando un cigarrillo. No deja de darle vueltas a cómo afrontar la vuelta de este chico al aula y cómo integrarlo con el resto del grupo. Por lo demás, piensa, está contento con los muchachos; la mayor parte de ellos han sido bien educados en el respeto y el silencio, y solo algunos, los menos, parecen querer sacar las manzanas del tiesto.

Ese tipo de chicos siempre le recuerdan a él mismo.

—Buenas tardes, don Roque. —Oye a su espalda, frente a la parroquia.

Unos segundos antes, Roque se había detenido frente a la fachada para admirar la altura del campanario. La de la Encarnación es una iglesia de estilo mudéjar cuya puerta principal, que llaman la del Perdón, se encuentra decorada con grifos platerescos y cabezas de ángeles. Tras atravesarla, por la nave central se llega hasta el retablo que sustituye ahora al que fue destruido por las masas anticlericales que tomaron el pueblo a comienzos de la Guerra Civil.

Roque da media vuelta y saluda a don Enrique, el director de la escuela, a quien acompañan una mujer —su esposa, presupone— y un par de mozos, de quince o tal vez diecisiete años.

—Ella es Puri y estos son mis dos hijos pequeños, José Luis y Francisco, mellizos. —Luego se dirige a los muchachos, dándole a Roque una ligera palmada en el hombro—: Él es el nuevo maestro del pueblo, ¿sabéis, chicos?

Puri es de complexión fina, rostro afilado y pómulos altos,

que parecen tensarle la piel hacia su moño cuidadosamente recogido, sin un solo cabello fuera de lugar. Sus ojos observan entre la curiosidad y la prudencia, como quien ha aprendido a mantener un perfil bajo en las conversaciones de su marido, siempre un paso por detrás.

—¿Y cómo se está adaptando? —le pregunta al maestro.

Roque pone su sonrisa y responde con amabilidad que «Muy bien, señora», que lo están tratando fenomenal. Mientras, mira a los hijos de ambos, el fiel reflejo de la disciplina que su padre predica. Altos para su edad, robustos, con la frescura de la adolescencia marcada por algún granito en las mejillas, el cabello cortado a cepillo y cada uno de ellos con la misma expresión seria, como una copia en serie de su progenitor.

Al encontrarse con los ojos del maestro, desvían la mirada hacia el suelo con timidez, como si temieran ser examinados por él. Mientras, la conversación recorre espacios comunes, «Parece que va a llover de nuevo», hasta que, de pronto, otra mujer aborda a la esposa del director para saludarlos, a ella y a sus hijos, dejando a solas a los dos docentes.

Roque aprovecha para compartir con él lo que viene rumiando.

—¿Sabe qué, don Enrique? Acabo de ir a casa de Saúl, el alumno de mi grupo, del que me han dicho que apenas viene a clase. El niño no estaba allí y me recibió su madre. Que trabajaba para no sé quién, me ha contado. —Y le transmite su preocupación, diciéndole—: ¿Hay algo que nosotros podamos hacer por él? Ya sabe usted que nuestro deber es velar por la escolarización de todos los chicos del pueblo.

El director, de pronto, guarda silencio. Da una última calada al cigarrillo y lo apura hasta el filtro para tirar la colilla al suelo empedrado de la plaza. Luego la pisotea.

—Como usted es un maestro novato, don Roque, mi labor es acompañarle. Y me va a permitir que le diga dos cosas, ¿de acuerdo?

Roque asiente, frío, desconcertado de pronto.

Comienza a caer otra lluvia minuciosa.

—Sí, claro. Dígame.

Un par de familias pasan a su lado de camino a la entrada principal de la iglesia. Puri, la mujer del director, aborda a su marido para entrar, pero este le hace un gesto y le pide que vayan tomando asiento. Luego vuelve la mirada hacia su subordinado.

—En primer lugar, voy a pedirle que se deje de magias en la escuela. Mi colegio no es ninguna feria ni los chicos vienen a disfrutar de trucos baratos. Vienen para aprender, vienen para recibir los sacramentos y vienen para ser españoles de bien, ya lo sabe.

Roque afirma con un leve movimiento, una inclinación sacramental de cabeza.

Piensa, de pronto, en la cara de los chicos ante el truco de la cuerda con el que se ha dirigido a ellos esta mañana y que ha concluido con una lección que, está seguro, no habría calado del mismo modo sin recurrir a esa magia cuyos primeros pasos aprendió después de la guerra, en aquel colegio en el que su padre lo internó. Y no puede evitarlo; ante las palabras del director, vuelve a aquel lugar sobre el que practica un obstinado olvido.

—¿Sabe, don Enrique, que el santo de la magia es un sacerdote? —le rebate.

El director lanza un bufido.

—A ver, yo no digo que la magia no sea algo que guste a los muchachos, pero no tiene cabida en mi escuela —se explica—. Y en segundo lugar, don Roque, permítame exigirle que no vuelva a insistir a ese muchacho ni por supuesto a su madre. Esa mujer no está bien, ya se lo digo yo. Aquí en el pueblo le dicen la Loca. Yo sé que usted está recién salido de la facultad. Que allí les habrán dicho que todos los niños tienen derecho a la educación, que Dios lo manda y es cosa de misericordia, y que el Caudillo quiere que todos los críos de España reciban del país un catecismo...

El director lo coge del brazo y le aprieta con determinación.

Roque no le aparta la mirada del rostro, de la barbilla carnosa, de la nariz porruda, de la caspa que le nieva en las solapas de la chaqueta. Ante la pausa del directivo, Roque hace un gesto para rebatirle y bosqueja con los labios un «sí, pero» que el hombre interrumpe para continuar con su particular homilía.

—Yo soy de la opinión de que hay familias a las que no merece la pena ayudar. Sé que al alcalde le da por hacer de hermanita de la caridad con él, y por eso lo tiene de chico de los recados. Pero si el niño va para mozo, que sea mozo. Hay sangre que no tiene por qué prosperar. Ya me entiende usted, ¿no?

4

Internado de San Miguel (Madrid), septiembre de 1939

En aquel internado de pasillos oscuros, con olor a cocina pobre, a retrete y a vientre que atravesaba el corredor desde los baños, con aquellas aulas donde hacíamos temblorosas y atormentadas caligrafías con el peso del nacionalcatolicismo cayendo sobre los pobres chiquillos que éramos —huérfanos algunos, desheredados y descarriados otros—, donde cantábamos que había nacido el imperio del Yugo, recordarla era, señorita Lali, una de las pocas cosas que lograban sacarme una sonrisa.

Y eso que, tengo que confesárselo, usted no me cayó muy bien de primeras.

Conservo un recuerdo nítido: cuando se presentó ante nosotros, mi primera impresión fue que, por mucho que hablara con aquellas palabras grandilocuentes —libertad, sabiduría, ciencia, libros—, no hacía más que ir de moderna y que, a fin de cuentas, no iba a ser capaz de ganarse el respeto de la chiquillería como sí lo hizo Juana, la maestra a quien sustituía. Ya sabe bien esa forma mía que yo tenía de ir de rebelde sin causa, de enfrentarme a cualquier autoridad, ya fuera la de mi padre o la de aquel Estado republicano que sobre mí caía en forma de maestra rural.

«Hoy, señores, practicaremos la caligrafía».

Pero todo ello cambió de buenas a primeras, y, cuando ahora pienso en la forma en que lo hizo, no dejo más que admirar a la maestra que usted era, una docente que dudaba y titubeaba, como novata, pero que poseía otras cosas, las más importantes en realidad, como si le fueran innatas.

Era una clase de Lengua y yo no quería esforzarme. No es que no supiera escribir —rematar las oes como nos pedía, o el rabillo de las eles—, sino que, sencillamente, no me salía de ahí darle a usted el gusto de que me viera esforzarme. Se acercó usted a mi pupitre y me sonrío.

«Y tú, Roque, ¿te has rendido?».

Y yo hinché el pecho como un palomo y la miré desafiante.

«Es que esto no me interesa nada —dije, cruzándome de brazos—. Yo estoy aquí obligado, ¿sabe? Y usted no va a poder hacer nada».

Otro, en su situación (lo sé hoy muy bien), habría puesto el grito en el cielo, me habría echado de clase, me habría abofeteado o impuesto algún castigo sádico con el lateral de una regla, por ejemplo, con la punta de un compás o con el peso de los tomos de historia de España que teníamos en la biblioteca del colegio. Otro habría hecho muchas otras cosas, pero usted, para mi sorpresa, se limitó a preguntarme: «¿A ti qué es lo que te gusta hacer, Roque?».

Y aunque continué sin quitarme la careta que tan bien ajustada tenía en la cabeza, casi no pude disimular que aquella pregunta no me la esperaba en absoluto.

«¿A mí? Nada».

Y usted insistía: «Algo habrá que se te dé bien, ¿no?».

Y volví a decirle que nada, que yo era un inútil, como decía mi padre. Hasta, que, de repente, me preguntó si sabía silbar.

Sí, silbar. La miré extrañado, como si no supiera muy bien si en realidad trataba con una maestra o con sabía Dios quién.

«Porque yo no. Seguro que a ti se te da bien», me dijo.

Y así fue cómo lo consiguió usted, señorita Lali. Como si fuera magia.

Tras un ligero titubeo, junté los labios y silbé, y sus palabras, «¡Eh, no lo has hecho nada mal!», consiguieron en mí algo que ni la señorita Juana ni mis maestros anteriores habían logrado jamás: que yo me sintiera, de pronto, realizado. Que pensara que para algo valía, aunque fuese para la cosa más tonta del mundo como era poner una melodía en mis labios, un fiu, fiu, fiu que luego usted repitió torpemente.

Luego, ante la atenta mirada del resto de mis compañeros, me pidió: «Mira, hagamos una cosa, Roque. Yo te enseño lengua y tú me enseñas cada día a silbar una melodía distinta, ¿de acuerdo?».

Y yo acepté. Y todo lo que vino luego, el torrente de cosas que aprendí, las poesías que grabé en la memoria, la lista de los reyes godos, el ciclo del agua, los sustantivos abstractos, la convicción, en definitiva, de que aprender era un acto de libertad, no hubiera ocurrido si aquel día yo no hubiese emitido aquel silbido.

«Ahora, ¡a continuar, chicos! —exclamó usted, dirigiéndose de nuevo al resto de la clase—. ¡Que el tiempo vuela!».

Por aquel entonces yo lo ignoraba, pero ahora sé que usted actuaba bajo sólidos principios pedagógicos, y que aquello del silbido no era algo casual ni anecdótico. Que había estudiado a Ángel Llorca cuando decía que nuestra profesión se limitaba a darle a cada niño lo que necesita. Que había estudiado a Maria Montessori, a Giner de los Ríos y a Giovanni Bosco, y hoy, tantos años después, sigo recordándola a usted cuando silbo, y silbo a menudo coplas, baladas y cancioncillas populares porque, después de la guerra, silbar se convirtió para mí en una forma de resistencia.

En el internado, a don Pedro no le gustaba que silbáramos. Si nos sorprendía con alguna melodía en los labios, nos daba un capón, y no pocos me llevé yo. No tardé en aprenderlo; cuando el sacerdote se acercaba a tu pupitre, había pocas cosas que podían hacerte pasar desapercibido. Justo, mi mejor amigo del internado, me previno que lo que más le valía a él era aguantar la respiración y no mover un músculo, como si un encantamiento o la ira de un dios vengativo lo hubiese petrificado.

«Hoy comenzaremos con la lección de historia de España, señores. Abran el libro por la página treinta y cinco».

Me fascinaba la forma en que «España» sonaba en la boca de don Pedro, la pe y la eñe vibrando como si el futuro de la nación se escondiera en sus cuerdas vocales. Luego, mientras esperaba a que sacáramos del pupitre el libro de texto y el cuaderno, comenzaba a pasear entre las bancadas —más que pasear, oteaba— como si tuviera el poder de escudriñar el alma o clavarte un piolet con la mirada.

Yo me limitaba a dejar de respirar y a mirar fijamente al crucifijo de la pared, a los ojos intensos en ese Cristo sufriente. Y solía funcionar, aunque, si corrías la mala suerte de que no le gustara cómo sonaba tu voz esa mañana, de que cometieras algún error en los deberes o de que, simplemente, movieras un músculo sin que él te lo pidiese, te exponías al asombroso catálogo de correctivos que cabían en aquella cabeza gris.

Que si golpear la yema de los dedos con una regla.

Que si sostener en alto una pila de libros.

Que si latigazos con su cinturón.

Que si permanecer de rodillas.

«Lea usted, Rebollo», se dirigió el cura, de pronto, a mi amigo Justo, a quien no le valió hacerse la estatua.

Si tenías suerte y se apiadaba de ti, se limitaba a corregirte sin las manos; eso sí, no te ahorraba el amplísimo inventario de insultos —cerdo, aborto, cara de culo, gordo, maricón— que, además, alentaba al resto de la clase a que gritara con él.

Yo acabé haciéndolo, no se lo niego, y ahora pienso cuán increíble es la capacidad del ser humano de convivir con situaciones indeseables, de adaptarse, de ser cómplice de hábitos que, en condiciones normales, nadie en su sano juicio reproduciría.

Pero ahí estábamos nosotros: una clase corriente, un chiquillo que balbuceaba al leer y no sabía decir la erre, y una treintena de niños mofándose de él al grito de «¡Tartaja!». Y a poco que el crío estallara a llorar, la burla se acrecentaba.

Hay mucha gente que se pregunta, por ejemplo, que qué tipo de histeria colectiva arrastró a los alemanes al Holocausto nazi, que cómo pudo ser posible que gente corriente —el hijo del panadero, el tipo que te sonreía por las mañanas— acabara por asumir como normal el hecho de que sus vecinos judíos fueran primero apartados en guetos y luego internados en campos de concentración de los que se decía que no iban a volver.

Que cómo era posible eso, oí a mucha gente preguntarse luego.

«¡Tartaja, tartaja, tartaja!».

Hoy, pensando en aquellas primeras clases que recibí en el internado, comprendo cuán frágiles somos, cómo de maleables, cómo de dóciles ante la convicción de un poder como el que don Pedro ejercía sobre todos nosotros.

El fascismo empezaba desde más abajo, con la violencia de un maestro, por ejemplo. Porque de habérnoslo pedido —me estremezco solo de pensarlo—, alguno quizá habría llegado a apretar el botón de una cámara de gas.

«Bueno, en vista de que don Justo Rebollo no es más que un tartaja llorón, le tocará a otro leer», dijo, y le pegó una colleja.

Tras la humillación de mi amigo, que volvió a sentarse en su silla conteniendo un sollozo —a sabiendas de que, si lloraba, podía llevarse otra tunda—, el cura volvió a otear la clase desde su metro ochenta de altura, a la espera de hallar otra presa.

Y se dirigió a mí.

«Martínez, lea usted», me pidió de pronto.

Creo que sabía que yo era buen lector. Me di cuenta rápidamente; de la misma forma en que a don Pedro le gustaba atormentar a aquellos chicos a los que consideraba indeseables, dignos de toda su sarta de crueldades, había otros a los que trataba como si ejemplificaran el poder magnánimo del Caudillo: el sentido de la escuela franquista encarnado en mi persona.

Yo, que era hijo de un falangista.

«Lea y enséñele a su compañero cómo se hace».

En la página treinta y cinco de aquel libro gordo y rojo, había una ilustración que unía bajo la bandera de España y una enorme cruz a tres personajes históricos: el Cid, Isabel la Católica y Franco. Comencé a leer: «Desde que el Cid defendiera la fe cristiana en España, nuestra nación ha sido cuna de héroes. Los Reyes Católicos, Isabel y Fernando, expulsaron al invasor musulmán y llevaron la fe y la bandera de España más allá de los océanos...».

Don Pedro me pidió que hiciera una pausa. Dio un par de zancadas hasta la pizarra y escribió en ella los nombres del Cid, de Isabel y Fernando y, por último, del Caudillo. Que había una unidad histórica que comenzaba con los godos y llegaba hasta el presente, nos dijo. Y me pidió que continuara.

Pero yo, de repente, hice una pausa. Me trastabillé: «A-ahora, el Ge-ge-generalísimo ha reto-retoma-mado...».

Levanté la vista del libro y, con el rabillo del ojo, miré a Justo, un par de bancadas más a mi derecha, sollozando todavía. Le sonreí.

«¿Algún problema, Martínez?».

Se acercó a mí. Yo quise hacerle ver que, como mi compañero, a veces tampoco leía del todo bien, que me ponía nervioso y me trababa. Le pedí: «Me tendrá usted que enseñar, don Pedro».

Me miró, duro, cejijunto, y aguardó unos instantes hasta que chasqueó la lengua, me tiró de la oreja derecha y cogió el libro de mi pupitre para disponerse a leer. «Ya sigo yo», y leyó con su voz honda: «El Generalísimo ha retomado esta gesta frente al comunismo ateo, liderando una nueva cruzada para salvar a España».

Justo me miró como se mira a un trastornado. Y con ese mismo gesto me habló luego en el patio, al que salimos después de clase y de dirigirnos al comedor para que nos dieran un chusco de pan que la mayoría de los días comíamos con un pellizquito de aceite y algún que otro gusano que asomaba en la miga como si te diera los buenos días. Eso sí, los domingos y las fiestas de guardar podía tocarnos chocolate.

«¿Por qué has hecho eso?», me preguntó mi compañero.

El pan estaba tan duro que teníamos que comerlo como debieron de roer las raíces los hombres prehistóricos. Me permití unos segundos para masticarlo.

«¿Lo de la lectura? Bah, no te preocupes por eso», me excusé, hallando en las miradas de los compañeros que me rodeaban una mezcla de extrañeza y admiración.

¿Acaso había yo retado a don Pedro?

Se hizo el silencio en aquella especie de cónclave. Continué: «Yo, cuando era más pequeño, también leía muy mal. Pero no tardé en cogerle el gusanillo, ¿sabéis? Lo que sí que está claro es que ese tipo no tiene mucho interés en enseñaros a los que vais un poco rezagados».

Y, de pronto, volví a recordarla a usted, señorita Lali.

«La maestra de mi pueblo nos cantaba una canción para ayudar a quienes aprendían a leer», dije, e hice memoria durante algunos segundos mientras saltaba de recuerdo en recuerdo hasta aquella aula de la escuela de Alcalá del Valle.

Es maravillosa la memoria. Da igual los años que pasen, que es volver a recordarlo y entrar de nuevo en aquella clase, y verla a usted, danzarina, de pupitre en pupitre, con aquella cancioncilla en los labios que yo seguía con un silbido, algunos con palmas y otros con una letra que, de repente, ponía yo en mis labios como si mi mente supiera que iba a precisar cantarla más adelante, en un internado, por ejemplo.

La a se va con la eme y juntas hacen «am»,
el ratón las escucha y dice: ¡qué bien suena ya!
La e se une a la pe y juntas suenan «pe»,
el ratón la repite mientras come su puré.

Y en los chicos vi una mezcla de ternura y sonrojo mientras aquella cancioncilla seguía saliendo de mi boca. A fin de cuentas, no dejaban —no dejábamos— de ser niños jugando a los patriotas.

Cuando el timbre sonó para dar por terminado el recreo,

todos marchamos hasta la posición que nos habían asignado en la fila, de menor a mayor estatura, una rampa ascendente de cabecitas entre las que la mía estaba de la mitad para el final, con esa altura que ya desde Alcalá del Valle fui tomando a partir de mis once años.

Don Pedro y el resto de los curas que ejercían labores educativas en aquella institución —como don Santiago, un cura joven, de las pocas caras amables que había en aquel lugar— se pusieron frente a nosotros y, como de costumbre, levantamos el brazo y entonamos el *Cara al sol*. Todo transcurrió con aquella monotonía a la que no tardé en acostumbrarme, hasta que mi maestro alzó la voz y, de repente, exclamó: «Los que yo vaya nombrando se quedan aquí, en el patio. Los que no, podéis ir a clase». Don Pedro había comenzado a caminar por entre las filas con su aire de torre esbelta, esa sotana larguísima y negra y su semblante serio y frío.

«Tú, Fernández; tú, Paredes», y así fue dirigiéndose uno a uno con su zigzag. «Tú, Vargas; tú, Torres», y señaló también a Justo, a quien yo tenía casi delante, pues era un poco más bajo que yo. Y siguió así: «Tú, Peña; tú, Soto», hasta que se acercó hasta mí y me dijo, casi en voz baja, como si quisiera esconder sus palabras del oído de aquellos chicos que también se habían quedado en el patio: «A ti también te habría descartado, Martínez, pero tu padre ha insistido en que esto servirá para curtirte».

Y yo asentí sin saber muy bien qué era lo que me decía, sin saber por qué lo nombraba a él, a mi padre, y sin comprender aún la magnitud de aquel descarte que había ocurrido en el patio. Miré de soslayo a los demás. Éramos una veintena.

«Todos los que estáis aquí partiréis mañana en un autobús hacia León. Hay zonas de España que necesitan la ayuda de brazos y espaldas jóvenes como los vuestros, y debéis dar las gracias por la oportunidad que se os brinda a través de esta escuela de colaborar en la reconstrucción de la patria».

No, no era consciente yo del frío tan terrible que habría de sentir cuidando de ese centenar de cabezas de ganado, de la barraca en la que habría de dormir, de la soledad de las lomas, con aquellos lobos aullando muy cerca de la choza, de las víboras, del hambre.

«Preparen en un macuto una muda de ropa».

Mucho tiempo después, supe que aquellos ganaderos de León, que aquellos dueños de minas a cuyos agujeros también enviaron a los chicos del San Miguel —Justo fue a parar a una de ellas— pagaron miles de pesetas por todos nosotros, pero que solo una pequeña parte acabó en manos de nuestras familias.

Mi padre, como no pudo ser de otra forma, lo rechazó.

«Ahora vuelvan a clase, rápido», nos ordenó don Pedro, y dio una palmada para que nos dirigiéramos al edificio principal de la escuela.

Busqué a Justo con la mirada e intenté hacerme el fuerte para insinuarle que aquello no habría de ser tan duro, y eso mismo quise decirle a los demás, a todos los chicos que me rodeaban, la mayor parte huérfanos, la mayor parte hijos de rojos o de familias pobres que no podían rechazar la miseria que les llegaba por el trabajo esclavo de sus hijos. Esa era la mayoría, y luego estaba yo, que solo había una razón para que me hallara entre ellos.

5

Encinar de la Sierra (sierra norte de Sevilla),
septiembre de 1955

La lluvia afuera, la melodía tenue y entrecortada del viejo tocadiscos y el tamborileo de la estilográfica contra el escritorio impiden a Roque oír el par de toques con los que doña Antonia avisa siempre de su llegada.

—¡Ya estoy aquí, don Roque!

Eso sí lo oye, su voz aguda y vivaz, lo que no impide que dé un respingo al verla bajo el marco de la puerta, con un cubo con agua y los avíos de limpieza. La mujer, a petición del alcalde, visita la casa anexa a la escuela una vez a la semana para dejarla como los chorros del oro, que diría ella con su deje cantarín, como si su residente no fuese un simple maestro rural sino un ministro del régimen.

Roque levanta la vista de las redacciones escolares y esboza una sonrisa mientras sacude las cenizas de su cigarrillo. Tras aquellos primeros días de clase, con los nervios y el esfuerzo por causar buena impresión en sus estudiantes, ya ha cumplido una semana al frente de la clase.

—¡Buenos días, doña Antonia! —exclama.

Luego se pone en pie e intenta adelantarse, «Deje, que ya recojo yo», pero la mujer comienza su labor colocando en el mueble del pequeño rincón de la cocina las tazas de café que él siempre acomoda sobre un paño para que se sequen junto a los hornillos.

—*¡Ojú! Usté,* a sus exámenes y yo, a limpiar, don Roque —le espeta ella, mordaz.

Y no tarda en empezar su tarea, esa que aprendió a hacer de pequeña, arrodillada con una bayeta o utilizando un plumero como quien ataca con el florete de un esgrimista. Roque se resigna, de vuelta al escritorio.

—Bueno, está bien, señora.

Y aguarda unos segundos, antes de retomar sus correcciones y volver a fumar, para comprobar que la mujer se ha puesto a canturrear, escoba en mano. Por suerte para ella, no hay mucho que limpiar; la casa del maestro es pequeña, apenas unos pocos cuartos que se distribuyen alrededor de la sala principal, donde el escritorio de madera desgastada ocupa el espacio central. Cuando el maestro llegó, hace una semana, intentó hacerlo suyo; colgó unos cuadros, colocó un par de estanterías para libros y dejó, bajo la ventana, ese viejo tocadiscos que había comprado en un mercadillo de baratijas.

En ese aparato de música ahora suena Strauss. La melodía brinca entre los labios del maestro mientras vuelve a empuñar la estilográfica.

—Alguna vez podría ponerme un bolero, don Roque.

Roque ríe. Antonia se afana por recoger los restos de carbón en torno al brasero, que el maestro encendió hace un par de noches para calentar la madrugada.

—Si me enseña a bailarlo, por supuesto que se lo pongo —bromea él con la vista puesta en los folios.

Ella le devuelve el ofrecimiento con un chascarrillo. Segundos después, con la concentración plena otra vez en su tarea —de fondo, la cantinela de Antonia, ajena a Strauss—, Roque vuelve a arrugar el entrecejo ante otra redacción más que no acaba de convencerle.

Y eso que las instrucciones fueron claras: «Un texto libre, muchachos. Solo eso. Que vuestra imaginación vuele. Que vuestra pluma viaje a senderos misteriosos. A lugares lejanos. Que vuestros personajes vivan aventuras inimaginables, ¿de acuerdo?». Los chicos se habían acostumbrado a sus ocurrencias desde aquel truco de magia con el que se presentó. Algunos preguntaron, extrañados, cómo era eso de «libre», hasta que el maestro lo explicó de nuevo mientras zigzagueaba entre los pupitres, ayudando según lo que precisaba. Habían trabajado los secretos de la narración unos pocos días, primero leyendo a los clásicos, como el *Lazarillo* y el *Quijote*, hasta que les propuso escribir sus propios relatos: «Ningún escritor nace sabiendo, señores».

Pero, al corregir los trabajos, y por mucho que él insistiera en el aula, se lamenta pensando que hay algo que les falta, algo que se le escapa entre esas líneas de una caligrafía cuidada que habrá entrado con sangre tiempo atrás.

Tras calificar con un suficiente una de estas redacciones, la de Gustavo, comienza ahora la de Juan Luis, uno de los chicos mayores de la clase. Chasquea la lengua. Cada historia parece sacada de un molde, rígida y obediente, como si el miedo a equivocarse les hubiera robado las alas.

—Les falta coraje, les falta querer romper el papel, ¿sabe, Antonia? —piensa en voz alta, aspirando una última calada antes de aplastar el cigarrillo en el cenicero repleto—. Muchos héroes y patriotas, buenos modales y frases correctas, muchos lugares comunes de los que hemos intentado huir en clase, pero nada, ni por esa.

La mujer asiente sin prestar demasiada atención a las divagaciones de Roque.

—El maestro anterior, don Sebastián, no se calentaba la cabeza tanto como *usté*, se lo aseguro. Ni el que estaba antes de él.

Roque vuelve a levantar la vista para posar los ojos sobre la mujer, que se afana ahora por limpiar los cristales del ventanal sobre el que hace unos minutos dejó de llover.

—¿Lleva usted limpiando esta casa desde hace mucho? Dígame al menos que soy el maestro más limpio —bromea.

La bayeta sube y baja por el cristal con presteza. Roque la observa.

—El más limpio no sé —responde, señalando sobre la pila de folios de la mesa—. Pero el que más trabajos se trae a casa, eso seguro.

—¿Cómo eran? Me refiero a los que me precedieron. Cuénteme, a ver.

Doña Antonia deja escapar una risa breve y retoma el movimiento de la bayeta mientras habla.

—Pues mire, don Roque, yo llevo ya unos cuantos años viniendo por aquí, limpiando esta casa. Don Sebastián, como le digo, era un hombre tranquilo. No se metía en muchas cosas. Antes de él estuvo don Ignacio. Ese era más serio, más malaje, ya me entiende. Yo llegaba y casi no me decía ni hola, el gachón. Pero enseñaba a los muchachos lo suyo; eso sí, con disciplina, decía él.

El maestro sonríe de nuevo. Tras un breve silencio, hay un interrogante que, de pronto, le sobrevuela. ¿Fue ese don Ignacio el maestro del pueblo antes de la guerra o hubo otro? Y en ese caso, ¿qué le ocurrió? Es una pregunta que no ha sido capaz de formular en ninguno de los pueblos en los que ha estado de prácticas, pero que ahora, de repente, siente la confianza para hacer, porque doña Antonia se la ofrece, porque su primera impresión nunca suele fallar.

—Dígame una cosa, doña Antonia —le suelta, tras el silencio—. ¿Cómo le fue al maestro que hubo aquí antes de la guerra?

Querría haberla nombrado, decir «República», pero sabe que hay cosas que desaparecen cuando dejan de ser nombradas, porque el primer olvido es siempre el de las palabras. Doña Antonia detiene el ir y venir de la bayeta. Roque percibe un cambio en su rostro, apenas un leve movimiento que le ensombrece, de pronto, ese semblante locuaz con el que se presentó en esta casa hace una semana, escoba en mano, contándole su vida como si eso fuera un confesionario: sus hijas, el vago de su yerno, las horas que su marido echa en la taberna, los cotilleos del pueblo. Ahora, en cambio, la mujer responde entonando un susurro, como si temiera que alguien la escuchara al otro lado de la ventana, porque hay cosas que se las lleva el viento, como estas.

—Ay, don Roque... Aquellos tiempos eran otros, lo sabrá *usté* seguro. Debía de ser ya mozo cuando llegó la guerra, ¿no? Por aquel entonces, el maestro del pueblo era don Sixto. Hay gente que le dirá que era un hombre bueno. A mí me parecía que a veces se sobrepasaba con las ideas que compartía con los chicos, pero yo solo me dedico a limpiar. Por ponerle un ejemplo, una tarde me vino mi niño, que era alumno suyo, diciendo que de buenas a primeras iban a unir a las niñas con los niños. Fíjese usted qué cosa. Y, bueno, ni que olvidar tiene que un buen día cogió y quitó el crucifijo de la clase. Que cumplía órdenes, decía. Pero bien podría haberse negado aludiendo a la ley que está más arriba de todas, la del Señor. —Durante unos instantes, la mujer guarda silencio, eleva la vista y se santigua—. Y la gente hablaba: que si les llenaba la cabeza a los chicos de ideas peligrosas, que si escribía en los folletines en favor de una causa política. Yo soy de la opinión de que los maestros deben ser maestros: sumar, restar, la ortografía, las partes de la planta. La escuela está para eso, ¿no cree usted? En fin, que la guerra vino para volver a ponerlo todo en su sitio, toda esa sinrazón que habían provocado los que usted ya sabe. —Vuelve a hacer una pausa y aprieta la bayeta con más fuerza, dejando una línea impoluta en el vidrio empañado—. Y un día, de repente, se lo llevaron. No me pregunte usted qué le pasó. Pero ya no se le vio más por aquí.

Roque asiente con la espalda apoyada en la silla, dejando que las palabras de Antonia resuenen en el silencio de la casa austera del maestro, que un día debió de pertenecer a ese tal don Sixto.

—Ajá —se limita a soltar sin atisbar otras palabras, esas otras con las que, al menos, querría responder a esta mujer, pero no se atreve.

La lluvia ha cesado, aunque todavía quedan el eco lejano de la tormenta ya pasada, el rocío que engalana la mañana, esa sensación húmeda en la ropa. Siente un nudo en la garganta y hace un esfuerzo por controlar sus recuerdos, aquellos de los que aprendió, obstinado, pertinaz, a llevar las riendas, como a un potrillo salvaje.

El recuerdo lo lleva a su pueblo, tiene el rostro de sus maestras y sabe a la sangre y a los golpes de aquella noche que sigue en su memoria.

—¡Por cierto, don Roque! —exclama doña Antonia, volviendo al tono habitual de su voz, a esa sonrisa abierta a la que le falta un premolar.

Este volantazo repentino a la conversación le ha espantado los fantasmas.

—Dígame.

Ella vuelve a los cristales.

—Supongo que nos acompañará *usté* mañana en la romería de la Virgen del Robledo, ¿no? Parece que va a aclararse el fin de semana. ¡No puede perdérsela!

Roque mira a la pila de redacciones por corregir y responde tras un resoplido.

—Si logro terminar con todo este trabajo, doña Antonia, ¡por supuesto!

La mujer asiente, suponiendo que sí, que le dará tiempo, que don Roque no querrá perderse la oportunidad de interactuar con los vecinos del pueblo, y por eso acabará por engalanarse —traje de pinza, camisa, sombrero— para la ocasión, sumándose a la peregrinación de la Virgen.

—¡Don Roque, ha venido! —exclama Antonia al día siguiente, cuando lo reconoce entre el gentío que atraviesa el sendero de olivos siguiendo a la Virgen hasta su ermita.

Este responde alzando la voz, «¡No podía faltar!», y la mujer le sonríe hasta que de su garganta salen un par de vivas a la Virgen que contagian a Roque, que le hace la réplica. Le siguen los cánticos, las palmas y el jolgorio de quien se prepara para disfrutar de una jornada campestre, de fraternidad y convivencia.

La mujer tenía razón. El fin de semana había terminado por aclararse y, tras las lluvias que anegaron gran parte del pueblo, la mañana había amanecido con un cielo azul despejado y la potencia de un sol que amenazaba, de pronto, con un estío prematuro.

Roque se lo ha oído decir a algunas vecinas, que eso era cosa de la Virgen del Robledo, la patrona, para cuya romería el pueblo se ha engalanado con luces y guirnaldas y la celebración propia de quien se sabe hijo de la madre del Señor.

—¡La Virgen del Robledo nos cuida!

Ya ha saludado a muchos chicos, también a sus familias. Todas con el respeto reverencial a su figura, el *usté* y el gesto de admiración, y la sonrisilla traviesa de los colegiales. Se acerca a un grupo de señores mayores que charlan sobre los preparativos de la misa en la ermita y de las bondades de la Virgen. Escucha atento, intentando desentrañar el sentido de cada gesto, de cada expresión, como quien trata de aprender un lenguaje nuevo. Ellos le preguntan por su vida en el pueblo, por la escuela, por cómo ve a los chicos, y él responde con cortesía, midiendo cada palabra con la precisión del cirujano, consciente de su condición de recién llegado.

—¡Don Roque, qué alegría verle! —exclama uno de sus muchachos, Benjamín, blandiendo una ramita de olivo.

El maestro le sacude la cabellera, sonriendo. Luego lo ve corretear por entre la multitud, esquivando los caballos en los que los hombres montan, hasta perderse por el grupo de mujeres, que cargan con las cestas de comida ataviadas con sus mejores vestidos, algunos de ellos bordados con esmero para la ocasión.

Al frente de la comitiva va el párroco del pueblo, don Alfredo, un cura cercano y afable en la confesión en el que Roque ha descubierto, desde el púlpito, una preocupación asombrosa por que sus fieles entiendan las Escrituras y sean capaces de reflexionar —haciendo uso de temas mundanos, de ejemplos cercanos— en cada homilía. Junto a don Alfredo van tres guardias civiles, con uniforme y tricornio; el de en medio, supone Roque, debe de ser el oficial al mando de la pequeña casa cuartel.

Los saluda. El párroco, con quien ha tratado ya a la salida de misa, le palmea afectuoso la espalda, moviéndole el sombrero.

—Confío en usted para ayudarme con la catequesis, don Roque —le recuerda, como ya le pidió hace unos días tras la confesión.

Roque asiente. Los del tricornio se mantienen, en cambio, serios, rectos frente a la Virgen cargada a hombros por los muchachos jóvenes del pueblo, guardianes de esa devoción ancestral que hunde sus raíces en esta gente como lo hace un olivar milenario.

Uno de ellos es Paco, el padre de un alumno de su clase, José. Se saludan.

—Mi hijo habla mucho de usted, ¿sabe? Por lo visto, le encanta.

El maestro asiente, ligeramente ruborizado. No esperaba ese cumplido viniendo de ese rostro adusto bajo aquel sombrero de picoleto.

Unos minutos después, espoleados por los vivas a la Virgen y las palmas flamencas de quienes en su boca ponen cánticos y rimas, los vecinos se dispersan para preparar el almuerzo. De pie frente a la ermita, Roque contempla la fachada blanca y encalada del pequeño templo religioso, donde un crucifijo preside la entrada, y la Virgen del Robledo, bajo un dosel, esperando para recibir la devoción de sus fieles.

A los rezos y los cánticos los sigue el almuerzo al aire libre, y el día transcurre como un lienzo de Edgar Degas: los colores verde y ocre de los pinares, el suelo ingrávido de los bailaores, los palmeros, las botas de vino de boca en boca, el chorizo de matanza, la butifarra, la manteca *colorá*. Y mientras tanto, todo el mundo quiere agasajar al maestro, que va de aquí para allá sin un grupo fijo, ahora con el alcalde, «Pruebe esto, don Roque», ahora con esos padres de la escuela, «Beba un poco más, don

Roque». Y así va cayendo la tarde y menguando el calor en los ecos de los cantes y las risas que se propagan entre los corros dispersos en la loma, entre los niños que corretean tras una pelota de trapo, entre los ancianos que levantan las copas en honor a la Virgen y las mujeres que intercambian recetas de la temporada.

El maestro detiene la vista, de pronto, en aquel grupo de muchachas al fondo de los pinares. Quizá por los calores del vino —comenzaron a subirle hace rato, como si hubiese encendido dentro de sí una caldera— no había sido capaz de advertir las señales que desde hacía algunos minutos provenían de allí. Las miradas, las risitas traviesas tapándose la boca, los cuchicheos que acaban chistándose las unas a las otras, no vaya a oírseles más allá de su comandita.

Son las jóvenes de las que le habló doña Antonia al comenzar la peregrinación: «Mírelas, las mocitas. Son las chicas de la Sección Femenina de la Falange. Tenemos jovenzuelas bien guapas en el pueblo, ¿a que sí, don Roque?». El maestro no había prestado mucha atención y respondió con un sí despistado, pero ahora, al darse cuenta de que en su figura confluyen los ojos de ese puñado de señoritas de camisa azul y falda negra, empieza a no saber qué hacer con las manos, a tragar saliva, a dar algunos pasos perdidos.

Hasta que una de ellas, al fin, se decide. Espoleada por el resto de las muchachas, la chica sale del centro del grupo y atraviesa la tierra de nadie hasta el maestro para dirigirse a él con la voz melosa de quien encanta una serpiente.

—¿Es usted el nuevo maestro, no?

Las miradas se encuentran. De pronto, esos ojos sobre Roque, intensos, desmedidos. Debe de tener veintipocos años. Lleva un lazo anudado al cuello y se recoge el pelo moreno bajo esa boina roja que le hace sombra en el lado derecho de la cara.

Él responde que sí, timorato, achicado.

El verde de sus ojos, espoleado por el sol, vuelve a recordarle a Degas.

—Yo colaboro con la escuela de niñas. Les imparto Formación del espíritu nacional y Educación física, ¿sabe?

Tras ella, a unos metros, sus amigas ríen y se dan codazos la una a la otra, contemplando la escena.

—Me alegra ver que no soy el único maestro joven del pueblo —bromea él.

La chica le dirá que se llama Lola, y Lola le recriminará más adelante, en tono de burla, que cómo fue capaz él de dejar que ella diera el primer paso.

—Bueno, no soy maestra del todo, pero me gustaría. —Y se le enciende la sonrisa, dejándole entrever un gracioso hoyuelo en una de sus mejillas—. Quizá podría ayudarme usted, ¿no?

6

El Bierzo (León), octubre de 1939

Cómo iba yo a imaginar que en eso del mundo de las vacas también había como nacionalidades, unas fronteras difusas que en nada se parecían a las nuestras, las de los humanos, que había vacas de razas diversas como los hombres son blancos, negros o morenos, o tienen los ojos rasgados, y que convivían unas con otras en lo que nosotros conocemos como España, pero que se ve que el reino animal desconocía.

Las de allí, las de León, eran vacas robustas, de pelaje espeso y oscuro, con degradaciones blancas hacia el hocico, cuernos en lira baja con pitones negros, abundante papada, dorso ensillado, patas cortas y mucha mucha mala leche, y no me refiero a la que daban sus ubres, que era abundante y grasa, ideal para aquel frío que helaba hasta los huesos, sino a su carácter recio y obstinado, a su mirada fría, desconfiada, acorde con los inviernos primero prematuros y luego interminables a los que los leoneses las habían condenado al hacer de ellas producto de ganado.

A mi cuidado habían dejado medio centenar de vacas en aquel prado, y mi único contacto con los hombres era un tipo llamado Germán, ese montañés que no tardó en pedirme que lo llamara Mediasuela, que era el apodo que tenía en Villafranca, el pueblo del que a veces, desde el prado en el que yo dormía, se atisbaba la columna borrosa de sus chimeneas.

Mediasuela era un hombre bajito, cejijunto, de poblada cabellera oscura que apenas le cabía en la boina, manos enormes, agrietadas y encallecidas, y una risa que se hacía más contagiosa a cada trago que daba a la bota que cargaba bajo el zurrón. Llevaba años, decía, tratando con chicos que, como yo, venían del colegio San Miguel, muchachos por los que un terrateniente llamado Lucrecio Romero pagaba una miseria y a los que jamás se dignaba a visitar.

«No esperes verlo», me dijo el montañés, y yo supuse que, en aquellas semanas que duraría mi estancia en aquel prado, él sería mi único contacto con la humanidad; él y ese zurrón con el que me proveía de comida cada dos o tres días y traía y llevaba el correo. «Este es el establo. Te recomiendo echarte a dormir en aquella esquina, porque el cierzo azota con fuerza la otra, orientada hacia las montañas, y rasca el frío por las noches una cosa mala».

Asentí, echando un vistazo a aquella cuadra desvencijada, con la techumbre carcomida, las fachadas de piedra tosca y mal encajada y un aire rancio que mezclaba el olor a estiércol con el de la madera húmeda. En aquella esquina que me señaló había un lecho de paja y, al otro lado, un pequeño comedor con algunos enseres de cocina frente a los rescoldos de una hoguera, donde supuse que habría de pasar la mayor parte del tiempo que no estaba cuidando del ganado.

Afuera mugían las vacas. Se colaba en el establo ese viento del que no tardé en aprender cómo rugía. El hombre se encendió un cigarrillo y me ofreció otro, pero yo le dije que no fumaba. Tras una calada, echó mano a su zurrón y lo dejó sobre el tablero de aquella mesa de comedor en la que solo cabía un comensal.

«Aquí tienes comida para tres días, pero cuidado con comértelo todo en uno solo. No serías el primero que se muere de hambre aquí arriba. Tienes también papel y lápiz, por si quieres escribir a tu familia. Vendré el lunes, ¿de acuerdo?».

Asentí por segunda vez, aunque no supiera a qué lunes se

refería, como tampoco sabía qué día de la semana era. Me asomé al zurrón y vi el papel en el que Mediasuela quizá esperaba que yo volcara la soledad de aquel prado y del medio centenar de vacas que habrían de hacerme compañía. Pero no tenía intención de hacerlo, de escribir a casa. No de momento.

«Ah, y otra cosa, ¿quieres que traiga algo del pueblo?», me preguntó mientras se dirigía a la puerta del establo.

Me mordí el labio inferior antes de responder.

«¿Un libro?».

Y en su rostro cejijunto advertí un gesto de sorpresa, como si no esperara que yo leyera, o que a mí me gustara hacerlo. «Vale», contestó, parco, porque no era de muchas palabras, y desde el pequeño ventanal del establo lo vi subirse a su burro plateado y tomar el camino empedrado hacia aquellas columnas de humo que a una treintena de kilómetros se elevaban en Villafranca.

Y sí, vino tres días después, un lunes que habría podido ser tanto miércoles como sábado, y para entonces yo ya había comenzado a hacerme a aquella rutina que tenía cierto parecido con el trabajo que en las tierras de mi padre hacían los jornaleros: seis de la mañana en planta, de noche todavía, un frío terrible hasta el tuétano, café de cebada en el fuego y un trozo de pan duro empapado en agua caliente; despertar a las vacas y revisar que ninguna hubiese enfermado; adecentar el corral y amontonar el estiércol fuera del establo, y, con las primeras luces del alba, empujar las reses una a una —qué tozudas que eran, las hijas de su madre— para guiarlas al pasto, con el rocío y la mañana helada, más allá de aquel valle que me indicó Mediasuela.

Era lunes, le decía, señorita Lali, cuando ese hombre vino con un libro. «Este te he conseguido», me dijo, ofreciéndome una edición ajada de *Las aventuras de Tom Sawyer*, de cuyo autor, Mark Twain, yo no tenía ni la más remota idea.

«Gracias», le respondí, pensando en que quizá ese fuera el primer libro, desde que yo me aficionara a la escritura —usted tenía buena culpa de ello—, que caía en mis manos sin que mediara la censura de mi padre, que hubo de vigilar escrupulosamente que no hubiera nada medio rojo que pudiera volver a contaminarme como lo hicieran mis maestras.

Me asomé a sus páginas, ansiando de pronto que sí que lo hiciera, que me contaminara, porque eso seguiría alejándome de él, y no advertí que el hombre volvió a dejar su zurrón sobre la mesa de comedor y se encendió un cigarrillo sin dejar de mirar hacia el papel todavía en blanco junto al lecho de paja.

«¿Tienes correo?», me preguntó.

Levanté la vista del libro y negué con la cabeza. A fin de cambiar de conversación —temeroso de que insistiera con aquello de las cartas que yo no quería escribir—, me dirigí al fuego de la cocina y cogí la cafetera que poco antes, al verlo llegar a lo lejos, desde el ventanal, había puesto a calentar. «¿Gustas?», le ofrecí, y el montañés me hizo un gesto para que le sirviera en aquella taza que yo coloqué a remojo después de fregarla bajo un caño de agua helada.

Esa escena, la humareda del café y el culín de leche que serví en la taza, no me libró de su reproche. Antes de irse, antes de decirme que vendría el jueves, volvió a señalarme el papel en blanco que yo había dejado junto al lecho.

«Hay que escribir a la familia, muchacho. Es importante», me dijo con tono paternal. Yo no respondí, pero ardí en deseos, de pronto, de hablarle de por qué estaba yo allí, en la otra punta de un país que para mí tenía la cara de mi padre, como si, en lugar de piel de toro, España guardase la forma de su rostro redondeado, y que su bigotito era como las cordilleras béticas atravesando en dos la península. Por qué estaba ahí y por qué sentía que me habían abandonado.

«Cuídate, Roque».

Usó mi nombre por primera vez, en lugar de llamarme muchacho o chico.

El día anterior a que aquel hombre volviera, que podría haber sido tanto martes como viernes, como también domingo, había comenzado a nevar. Aunque yo creía haber aprendido ya a presagiar qué tiempo haría el resto del día con solo advertir cómo se levantaba el sol, aquella nevada me pilló de sorpresa a cinco kilómetros del establo, con las vacas pastando allí donde yo pasaba la mayor parte de la jornada, tirado bajo una encina y con la única compañía de aquel granujilla del Mississippi cuya historia me había hecho llegar el montañés. Lo advertí primero en Josefa, luego en Esmeralda —puse nombre a algunas de las vacas, que todavía recuerdo, como los de Justina, Federica y Ramona—, que se turbaron ante el bramar del cielo. Yo alcé la cabeza y supe que barruntaba una tormenta que me pilló con las prisas de vuelta. «¡Epa! ¡Arreee! ¡Yiii-jaaa!», las fui espoleando, dándoles con la vara en el lomo, jugándome la cornada de alguna, «¡Venga, joder!», y llegué al establo calado de aquella nieve hasta los huesos, con el tiritar de un pajarillo mojado. Tan terrible fue aquel frío que ni la lumbre ni el sucedáneo de café lograron calentarme.

La fiebre me subió de forma súbita. Para cuando, al día siguiente, Mediasuela llegó al establo, con su zurrón y un nuevo libro de aventuras juveniles, yo apenas pude advertir su figura en la neblina que me arrojaban mis globos oculares, como si fuera un espectro entre delirios y ríos de sudor. Al verme, o quizá al oír mi lamento, se apresuró a tirarse de rodillas junto a mí —yacía sobre el lecho con la palidez de los difuntos o de los nobles victorianos— y me dijo: «Ay, muchacho, me cago en la Virgen», mientras se ponía en pie y me pedía que aguardara a que volviera con el médico del pueblo, que no me moviera ni hiciera nada más que arrejuntar mis fuerzas para contener la fiebre.

No sé cuánto tiempo pasó, pero, cuando el médico llegó, yo solo oí sus voces, «Ahí está, don Sabino, ay, pobrecito», y luego su diagnóstico como una cantinela: que si llegaba a mañana, que me diera un caldo de pollo bien caliente, que no dejara de colocarme paños húmedos en la cabeza, que le rezara a Dios.

Más adelante supe que Germán el Mediasuela hubo de discutir con el terrateniente que había pagado por mi estancia en aquel lugar, ese tal Lucrecio Romero, que se negaba a hacerse cargo de las costas de la visita de don Sabino.

Que, si había de morir, quién era él para quitarle a Dios el querubín que yo era.

Y creo que nunca he estado tan cerca de Él, de Dios, por lo menos si es cierto todo eso que nos cuentan los curas.

Mediasuela estuvo tres días a mi lado. Cuando, de repente, con la misma rapidez con la que me vino la fiebre, abrí los ojos y le pregunté que qué día era, el hombre lanzó un brinco, levantando su entrecejo fruncido en un gesto súbito de alegría, y se abalanzó a palmearme las mejillas de un rostro que por seguro me hubiera visitado en mis pesadillas en caso de contar con un espejo. Me incorporé y respiré el aire caliente de aquella lumbre que el montañés no había dejado de alimentar con leña. Luego me preparó un caldo sobre el hogar y, sin yo saberlo, me dio a beber un aguardiente asqueroso que me apresuré a escupir provocando su risotada.

«Ya verás como esto te mejora».

Di un sorbo de aquel caldo en el que flotaba un hueso de gallina e hicimos silencio, y pasó quizá una hora mientras yo recobraba la vitalidad y él me observaba.

Hasta que, de repente, levanté la vista y vi su mirada puesta sobre mí más seria, más tosca de lo normal. Me preguntó: «¿Quién te hizo eso, Roque?», señalándome la cicatriz que se entreveía tras la camisola que él me había puesto, pues la reconocía de entre mis pocos enseres. Seguro que las había visto, esas marcas que me recorrían el torso y que desde el verano del 36 yo ocultaba.

Me llevé el tazón a la boca para apurar el caldo.

«¿Y por qué estás aquí, muchacho? —insistió—. No tienes pinta de necesitar este trabajo. Ningún otro muchacho de los que vinieron me había pedido libros para leer. Ni ningún otro parecía instruido como tú».

De pronto volví a sentir esas mismas ganas de contarle, de abrirme en canal.

«Fue mi padre», respondí.

Los recuerdos volvieron a mí.

«¿Tu padre? —inquirió el montañés con los codos apoyados en la mesa de comedor y esa luz titilante de la lumbre que crepitaba—. Por eso no quieres escribir cartas a tu casa, ¿no?».

Asentí, pero yo casi no estaba en aquel establo berciano, sino habitando aquellos lugares que yo había querido alejar deliberadamente de mí, y por eso de aquella noche, de la noche en que intenté ayudarlas a Juana y a usted, señorita Lali, me quedarían solo un puñado de detalles, como el expediente de una madrugada efímera, una imagen borrosa, en fuga. La imagen, por ejemplo, de mi padre golpeándome.

Le hablé de él a Mediasuela. De mi padre. Reproduje sus palabras: «Tú a mí no vuelves a joderme la vida, ¿me has oído?». Y aunque olvidé —gracias a Dios— muchos fragmentos de aquella noche, nunca me he desprendido del dolor agudo en el rostro o del sabor ferroso de la sangre abriéndose paso por mi boca, como quien hace manar leche y miel en la tierra prometida.

Ese mismo dolor, ese mismo sabor que volvió a mí frente al montañés.

«¿Tu padre?», me preguntó incrédulo.

Volví a asentir.

Todavía hoy lo siento, el dolor, el sabor, las palabras con las que mi padre abrió en dos los cielos, ese «¿Cómo se te ha ocurrido, maldita sea?». En el recuerdo, estoy inerte como un espantajo, no me muevo, y los golpes llueven sobre mí, a mis tiernos trece años, amoratándome los ojos con la cadencia con la que un conejo patea el suelo.

Un pum y otro pum y ahora otro, porque te lo mereces, por hijo de puta.

«¡Ayudarlas a escapar, a las maestras, por el amor de Dios!».

En aquel establo fue la primera vez que osé verbalizar todo aquello, y me di cuenta de que nada existe hasta que le ponemos palabras, que recordar no es un proceso de memoria, sino de aceptación. La aceptación de aquel guion confuso que he ido redactando a lo largo del tiempo, por mucho que quiera huir de lo que me sucedió.

«¡Tú, mi zagal, mi único hijo!».

La aceptación, por ejemplo, de que el hombre que me dio aquella paliza era mi padre, o de que mi madre, Petronela —Nela, le decían—, no hiciera nada para frenar a su marido y se limitara a mirar al quicio de la puerta, mano en rostro, cariacontecida, petrificada como la estatua de sal de la esposa de Lot.

El montañés me contemplaba con gesto de asombro. Antes de pedirme que continuara, abrió su pitillera y sacó un cigarrillo, que encendió rascando un fósforo en la cajetilla de cerillas. Me ofreció, pero yo volví a rechazar.

«Continúo, si te parece».

Él me hizo un gesto de anuencia, y yo pasé a hablarle de usted, de mi maestra Lali, y de por qué todo se precipitó aquella noche por mi culpa, cuando cometí un error impropio de alguien que se conocía los caminos del campo como si los hubiese trazado yo mismo.

Un error: que me vieran mientras guiaba a mis maestras a aquel cobertizo familiar.

A primera hora de aquella mañana, las tropas nacionales del general Varela habían tomado Ronda y se precipitaron sobre aquellos pueblos de la sierra gaditana que hasta entonces controlaban las milicias anarquistas. Huyeron muchos, escapando de la justicia indómita que se avecinaba, e intentaron huir las maestras del pueblo con mi ayuda. «No se preocupe por mí, sabré aviármelas —le dije a usted—. Cogeremos el camino de los pastores y saldremos del pueblo atravesando el valle. No nos verá nadie y no correrán peligro, ¿de acuerdo?».

Tampoco olvidaré la mirada de ambas, el miedo en sus rostros, la forma en que Juana, la maestra embarazada, se tocaba la barriga como si quisiera reconfortar a quien tuviese dentro.

Sí, asintieron.

Y, tras creerlas en lugar seguro, regresé a casa esperanzado.

Pero alguien nos vio. Y ese alguien —Felipito, un chico

rudo, algo lelo, dos brazos fuertes nada más— fue a la taberna del pueblo a buscar a mi padre para decirle, entre jadeos: «Dodon Javier, me da a mí que he visto a su zagal con las maestras huyendo por el camino de los cabreros».

Mi padre daba un trago a un chato de vino. Camisa abierta, vello rizado y frondoso, espumarajo por la boca al oír la noticia.

Me imaginó: «¿A mi zagal?».

Los vítores, las palmas y las coplillas se acallaron de pronto. En la taberna, el grupo de falangistas que mi padre lideraba celebraba junto con otros prohombres del pueblo la toma del valle por los nacionales.

«Sí, a su zagal. Era él. Eran las maestras. La embarazada y la sevillana. Los vi desde el Sotillo camino del valle, don Javier, *fitetú*».

Y alguien añadió, lacónico: «*Ojú*, qué plan».

Mi padre se mesó el mentón, rasurado aquella mañana. Luego se dejaría bigote durante treinta años.

«¿Estás seguro de eso, Felipito?».

De pronto, sintió las miradas de sus compañeros, la vergüenza de que en su propia casa, en el día en que el valle se liberaba de la tiranía roja, había un desertor a la patria.

«Sí, don Javier. Por mi madre que se me muera ahora mismito».

El chico se santiguó. Felipito era uno de los muchachos del pueblo a los que mi padre pagaba un jornal cada vez que necesitaba un par de brazos para esquilar sus ovejas o acarrear pacas de cereal de sus latifundios. Nunca le había fallado, ni siquiera cuando, tras el alzamiento militar del 18 de julio, los campesinos anarquistas entraron en nuestras tierras al grito de «¡Colectivización o muerte!».

El humo de los cigarrillos dibujaba una nueva patria densa y brumosa en el aire de la taberna. Mi padre chascó la lengua y preguntó: «¿Fue hace mucho?».

Habían buscado a las jóvenes maestras por todo el pueblo. Llamaron a la casa de cada alumno y tiraron abajo la puerta de la pequeña choza detrás de la escuela, allí donde vivía el docente titular del colegio. Al no hallarlas, ni a la titular ni a su sustituta, hicieron un fuego con todos los libros que encontraron, como si los textos guardasen el alma de quienes alguna vez los leyeron.

«Hace un par de horas, señor».

Y ardieron Elena Fortún y Julio Verne, y Maria Montessori, y Célestin Freinet.

«¿Un par de horas?».

Felipito asintió. «Así es. Los seguí desde el Sotillo hasta que les perdí la pista. *Cagüendios*, iban rápido para tirar de una preñada».

Mi padre trazó en su cabeza el camino sinuoso del que se tiene una buena panorámica desde el arroyo del Sotillo, que había recorrido cientos de veces conmigo. Allí, a varios kilómetros del pueblo, nuestra familia tenía un corral en el que solíamos hacer parada cuando salíamos o volvíamos al pueblo.

Le dio en la nariz que nos había descubierto: «Creo que ya sé adónde las ha llevado». Se puso en pie y, dibujando una flecha con el gesto de su mirada, pidió a otros tres falangistas que lo acompañaran. Los cuatro enfilaron la puerta de la taberna, hasta que el latifundista se giró para gritar: «¡Arriba España!». Y oyeron los «¡Arriba!» de vuelta ya afuera, con las mejillas coloradas y el ardor guerrero de quien se siente llamado a salvar la patria.

«Vayamos a mi casa primero —ordenó mi padre—. Quizá haya vuelto allí».

No precisaron mucho tiempo para encontrarme. Sí, yo estaba en casa y disimulaba en mi dormitorio hundiendo la mirada en algún librito como esos que habían ardido frente a la escuela. Primero oí a mi madre: «¿Qué sucede, Javier, por el amor de Dios?», y luego un golpe rudo contra la puerta y las manos de mi padre cogiéndome del cuello de la camisa.

«¿Adónde te has llevado a las maestras, eh?».

Tras el primer porrazo, el recuerdo se hizo difuso, si acaso la forma escurridiza de un susurro, el de mi padre, insistiendo: «Están en el corral, ¿a que sí?».

Siempre lo pensé: la guerra duró para mí lo que duró esa paliza.

Un pum, y otro, y otro.

El miedo se me quedó en el cuerpo, pegajoso como un aceite.

Y otro pum.

Hasta que minutos después vino la sombra, y por eso no recordaré cómo me subieron en volandas a una camioneta que recorrió el camino hacia el corral, ni tampoco cómo a una veintena de metros apagaron el motor para que allí adentro, con el conticinio de la noche, las maestras no oyeran nada.

Solo volví en mí tras un par de azotes de mi padre.

«Escúchame bien. Llamarás a las maestras y les pedirás que salgan».

Eso sí lo recordaré: esas palabras y el olor pútrido, a alcohol y a tabaco, de la boca de mi padre.

«Dime que sí».

No pude negarme.

«Sí, padre».

Cantaban las cigarras, ufanas, como si España no se desangrara.

Luego silbé: era la señal establecida.

Y segundos después, «¿Roque?», se oyó tras la puerta de madera, hacia donde los falangistas apuntaban con sus fusiles.

Tampoco olvidaré eso, el gesto de las maestras, el pavor en su rostro bajo la luz ambarina de un candil: el de Juana, que seguía echándose la mano al vientre; el de Lali, que vino al pueblo a sustituir a la otra.

«Hola, señorita», acerté a decir, dirigiéndome a esta última.

De ella aprendí que enseñar era cosa del corazón.

Por eso me petrificó su mirada, la de Lali, mi maestra.

Luego el recuerdo volvió a ser difuso frente al montañés, cuyo humo del cigarrillo bamboleaba entre nosotros dibujando aquellas figuras difusas que yo había visto con la fiebre. Me preguntó, tras un silencio, con los claroscuros de la lumbre haciéndole sombras en el rostro: «¿Y qué pasó?».

Yo tragué saliva y volví a viajar hasta aquellos recuerdos. «Pues que Juana, la embarazada, le gritó a mi padre: "¿Qué le has hecho a tu hijo? Por el amor de Dios", y él, dando un paso al frente, me zarandeó y les respondió que, más bien, debían ser ellas quienes explicaran cómo habían logrado que yo me atreviera a esconder a dos prófugas».

El montañés volvió a arrugar el entrecejo y preguntó: «Pero ¿dos prófugas? ¿Por qué? ¿Qué habían hecho?».

Y yo me encogí de hombros porque no sabía qué habían hecho exactamente, si la culpa era de la forma en que daban clase, tan poco convencional, tan alejadas de la tarima, abriendo un debate, yendo de aquí para allá, retando, proponiéndonos jugar.

Le respondí: «Sí, debía ser eso, los juegos, porque lo oí muchas veces de la boca de mi padre, que "esas maestras no enseñan lo que deben enseñar, joder, con tantas vainerías"».

El expediente de depuración de las maestras, en cambio, no mencionará nada de los juegos. Sí de su supuesta irreligiosidad, su simpatía con el Frente Popular, su desafección por el Movimiento Nacional.

«Aprendemos jugando, papá», repliqué, a lo que mi padre bufó: «¡Vainerías!».

En el recuerdo, los fusiles permanecían en alto. Juana volvió a gritar: «¡Eres un fascista, un cabrón!», y, un par de segundos antes de que todo se precipitara, alcé mi vista amoratada y quise pedirles perdón, pero no me salieron las palabras.

Usted, Lali, no las necesitó, esas palabras. Como buena maestra, había aprendido a leer en la mirada de sus alumnos. Por ello, antes de que la embestida de uno de los falangistas la tirara al suelo, ya me había contestado con los ojos: «No es culpa tuya, cariño, tranquilo».

Hice silencio y, para cuando levanté la vista frente a Mediasuela, el hombre descubrió que me corrían dos riachuelos por el meandro de mis mejillas. Alzó la mano y quiso secarme las lágrimas con la asombrosa suavidad de sus enormes dedos.

«No fue culpa tuya, chiquillo», me dijo.

Y yo asentí. Desde aquel episodio, yo había intentado creer eso, hacérmelo tatuar en la piel que no era culpa mía. Y llevo toda la vida pensándolo, señorita Lali, o queriéndolo pensar, más bien: que usted no me guardó rencor.

7

Encinar de la Sierra (sierra norte de Sevilla), septiembre de 1955

—Pero *vamo a ve*, don Roque. Aquí hay algo que yo, que de lo que entiendo es de *doblá* el lomo *namá*, no llego a *comprendé*.

El que habla es Anselmo, uno de los jornaleros que trabajan en las tierras de don Tristán. Roque, frente a los padres de los chicos de su clase, vuelve a hacer un esfuerzo por mantener la sonrisa, mirándolo con cordialidad. Una sonrisa afable, la misma con la que ha recibido a todo este grupo que abarrota su aula en esta tarde de un verano en ocaso.

—Yo se lo explicaré todas las veces que requiera, don Anselmo —responde.

No era habitual que el maestro los convocara hasta al menos el final de curso. Lo normal, o al menos aquello que venía haciéndose desde hacía años, era un breve encuentro justo antes de la época estival: las palabras de agradecimiento del delegado de la clase, un discurso breve y patriótico del maestro, la entrega de notas y la foto de rigor.

Pero, tras la primera semana de trabajo con los chicos, en la que se ha afanado por realizar una evaluación inicial que le sirviera de diagnóstico, Roque juzgó necesario encontrarse con las familias para hablarles de algunas cosas. Con la aprobación del director —aunque torció el gesto, no pudo negarse—, el alcalareño ha preparado la reunión a conciencia. Lo primero: una buena sorpresa inicial, y por ello les ha ofrecido pastas y café recién hecho; lo segundo: ha pedido a los chicos que les dejen una pequeña sorpresa en el pupitre en que cada uno se sienta.

—Vais a dejar un mensaje a vuestros padres, muchachos —les había dicho—. Esta tarde se sentarán ahí mismo donde están ustedes. Y vais a redactarles algo bonito. Coged un papel y continuad a partir de las palabras que voy a escribir en la pizarra, ¿de acuerdo? Y, ojo, mucho cuidado con la ortografía. Como haya algo mal escrito, quien va a quedar mal seré yo.

Roque, de espaldas a los chicos, había escrito en la pizarra: «Gracias por...».

Luego, a la tarde, sus progenitores se han encontrado con los más variopintos mensajes de agradecimiento: «Gracias por tu paciencia», «Gracias por el pan de cada día», «Gracias por los zapatos nuevos», que Roque ha compartido en voz alta con los padres que no sabían leer, muchos más de lo que él esperaba.

En todos los rostros, ha visto el maestro, amenazaba con asomar alguna lagrimilla de emoción, con la única excepción de la persona que asistía al encuentro sin que su hijo estuviera en la clase de don Roque. Para sorpresa de este, el gobernador civil del pueblo, don Francisco Pérez del Río, se hallaba sentado en las bancadas del fondo, las de los chicos malos.

La reunión ha comenzado con Roque en mitad de la clase, diciendo:

—Si por algo les he querido reunir es, en primer lugar, para presentarme ante todos los que todavía no he tenido el placer de conocer. Me llamo Roque Martínez y, como sabrán, soy el nuevo maestro de sus hijos. Y, en segundo lugar, también les he convocado esta tarde para pedirles ayuda. —Ha hecho un silencio para observar las caras de asombro—. Sí, ayuda.

Varios de los padres se han mirado entre ellos, sin entender bien qué era lo que el maestro les solicitaba. Roque ha dejado unos segundos más para que la confusión reinara. Mientras, ha mirado al gobernador civil de la última fila, a su ceño fruncido.

—Si por algo soy maestro es porque tengo la firme convicción de que en cada uno de sus hijos se esconde un diamante en bruto. Mi trabajo es excavar hasta encontrarlo, sacarlo de las profundidades y hacer que brille. Y eso no es algo que pueda hacer un maestro solo, por muy bueno que uno sea, ojo. Necesito su ayuda. Necesito que me ayuden a que sus hijos aprendan mejor, a que aprovechen todo el potencial que tienen. La escuela no es solo un lugar donde aprender a leer y escribir. Es un espacio donde pueden soñar, donde pueden imaginar la España del mañana, más grande, mejor.

En una nueva pausa, ha observado si alguno de los padres asentía. Algunos lo han hecho, acompasados, dejando reposar sus palabras. Otros, en cambio, se han mantenido con los brazos cruzados y el gesto serio. Ahora venía lo complicado.

—Y la principal ayuda que necesito de todos ustedes tiene que ver con la asistencia a clase de sus hijos. Extraer, pulir y hacer brillar ese diamante del que les hablaba requiere cinco días a la semana y seis horas al día. Sé que muchos de ustedes no se pueden permitir que sus hijos acudan con regularidad a clase. Sé que el campo es exigente, que en esta época del año andan recogiendo el cereal, o las habas, o las ciruelas, podando los viñedos y los olivos. Y, por ello, muchos de sus hijos vienen a clase tras largas jornadas en el campo, molidos, cansados, con sueño, con la mente en otro lugar. O ni siquiera vienen; hay algunos a los que apenas he visto una o dos veces desde que llegué. Otros a los que todavía no conozco. Comprenderán, queridas familias, que en estas condiciones me es muy difícil, diría que imposible, hacerles entender la importancia de las matemáticas, de la biología o de las grandes obras de la literatura universal.

Ha dejado entonces que hablen entre ellos, aguardando al murmullo que supuso que llegaría y que ha llegado, entre la aprobación y los gestos tensos de quienes, de pronto, se habían sentido atacados por las palabras del maestro.

No se habían dado cuenta; tras los cristales del aula llovía de nuevo.

Es entonces cuando Anselmo, el jornalero, ha levantado su mano ruda y ha dicho que no lo entiende. Tras la respuesta de Roque, interviene Segundo, el padre de Camilo, que no está conforme:

—¡Cómo se atreve *usté*, don Roque, a venir a este pueblo a decirnos que descuidamos la educación de nuestros hijos!

El jornalero agría el gesto mientras tamborilea sobre la mesa con sus nudillos rudos. Tras él, la madre de Jesusito, uno de los pequeños, toma la palabra:

—Lo que el maestro quiere de nosotros es ayuda, solo eso. Ahora, que cada uno haga lo que crea conveniente.

Otra madre alza la voz:

—Sea sincero, don Roque. *Usté* se está refiriendo a los hijos de padres que no están aquí. Como el chiquillo de la Loca, que sé que no lo está llevando a la escuela. La mayoría de nosotros sí que traemos a nuestros hijos a menudo, lo sabrá *usté* bien.

Tras aquella alusión a doña Asunción, la madre de Saúl, el murmullo de voces se acrecienta. Roque levanta las manos y solicita silencio a los padres con el mismo gesto con el que se lo pide a los hijos.

—Le pediría, doña Pilar, que no se refiera de esta forma a ninguna vecina, más aún si no está presente —la reprende, serio, contundente.

Después de un breve silencio y del gesto de disculpa de la mujer, Anselmo vuelve a levantar la mano. Roque, frente a su rostro adusto —ese bigote frondoso, unas cejas pobladas y las grietas de un desierto cruzándole el rostro—, le da permiso para hablar.

—Mi hijo ya sabe leer y escribir correspondencia. Sabe sumar y restar fanegas o litros de leche. Ya está listo para la vida que le espera. Para la vida que nos ha esperado a todos. Yo quiero que vaya a la escuela, don Roque. Pero tiene dos brazos fuertes y los necesito. Y *usté* no me va a poner la cara *colorá* delante de los demás padres porque los requiera conmigo de vez en cuando.

Toda el aula ha vuelto a quedar en silencio, y durante algunos segundos, los que Roque se permite para meditar su respuesta —otra vez con su sonrisa, que no es más que una forma de resistencia—, solo se oye sobre los cristales la lluvia que ha regresado tras la tregua de la romería. El maestro sabe que la forma en la que gestione las palabras del campesino será determinante para su imagen ante las familias del pueblo.

Da un par de pasos al frente y chasquea la lengua en un gesto teatral.

—Hágame un favor, Anselmo. Saque de nuevo de su billetera el mensaje que le dejó su chiquillo sobre el pupitre.

El campesino obedece. Saca el papelillo y lo desdobla un par de veces.

—¿Puede leerlo? —le pregunta Roque, sabiendo ya, como saben todos, la respuesta—. No, no puede. Y yo les pido a todos que piensen una cosa. Muchos de ustedes, como Anselmo, han necesitado de mi ayuda para leer los mensajes de agradecimiento que sus propios hijos han escrito. Y por eso se sientan ellos aquí, por eso está la escuela. Para que sus hijos tengan la oportunidad que quizá ustedes no han tenido. Para que cada uno de ellos, cada uno de sus muchachos, sea un poco más libre. —Vuelve a dirigirse a Anselmo, que se aferra al papelillo, a su «Gracias por tu esfuerzo», como quien aprieta un talismán—. Imagine, Anselmo, adónde puede llegar su chico, su Isidro, si llega a aprender todas las cosas que yo intentaré enseñarle.

De nuevo, silencio.

Mira al gobernador civil, allí, al fondo, con la frente arrugada.

Sobre los cristales la monotonía de lluvia.

—¿Alguien quiere añadir algo más? —pregunta el maestro.

Pero nadie se atreve a hacerlo, y el maestro se decide a concluir la reunión reiterando su petición de ayuda, «Espero la colaboración de ustedes», para luego, tras la aprobación de la mayoría, volverse hacia el crucifijo sobre la pizarra e iniciar el rezo compartido de un padrenuestro.

—«Padre nuestro, que estás en el cielo...».

Minutos después, habiéndose despedido de las familias con palabras cordiales y un agradecimiento mutuo, el gobernador civil, que había aguardado, paciente, al fondo del aula, se dirige al maestro con gesto altanero y el humo de un cigarrillo dibujando una estela difusa detrás de su espalda.

Al iniciar la reunión, Roque les había pedido que no fumaran para que en el aula de sus hijos no quedara el olor a tabaco. Pero este hombre no tiene ningún hijo estudiando en la clase ni intención alguna de que los hijos de los demás se libren mañana, al reanudar la jornada, de ese tufo.

—Hola, don Francisco —lo saluda Roque, estrechándole la mano—. ¿A qué debo el placer de su visita?

El apretón es rudo, casi hostil, al igual que sus palabras, en las que no media saludo.

—Déjeme preguntarle algo, Roque. ¿Usted sabe cuál es mi papel en este pueblo? El del gobernador civil, me refiero.

Roque arquea las cejas.

—Representar al Gobierno central, ¿no, don Francisco?

El hombre asiente antes de dar una calada.

—Déjeme decirlo de otro modo. Los gobernadores civiles somos el Caudillo en cada rincón de España. Sí, representamos al Gobierno central, pero no solo eso; velamos por que todo esté en orden, supervisamos la lealtad y controlamos la actividad política de los municipios. Somos los ojos de España, ¿comprende?

Roque inclina la cabeza sin llegar a comprender dónde quiere llegar este hombre.

—El director me previno de sus métodos, Roque, por eso he venido —continúa—. Dijo que eran poco convencionales. No me ha hecho falta mucho para apreciarlo. Ojo, yo soy partidario de que la savia nueva renueve siempre a la vieja. Y, si le soy sincero, he disfrutado mucho oyéndole, enfrentándose a esos padres para defender lo suyo, que es lo de todos: la necesidad de que esos chicos vayan a la escuela. Debe ser usted un gran maestro, estoy seguro. Pero, permítame decírselo, está usted muy equivocado en algunas cosas. En una cosa, sobre todo.

Vuelve a dar otra calada.

Se miran, entre ellos bambolea el humo que sale de su boca.

—¿En qué?

—Si diese usted clase en otro lugar, me habría levantado a aplaudir sus palabras. Pero tiene que ser consciente de dónde se encuentra. Este es un pueblo de agricultores. Sus hijos y los hijos de sus hijos también serán agricultores. Deben serlo. España los necesita: sus brazos, el lomo de su espalda. Si no lo hacen ellos, ¿quién lo hará?

Hace una pausa. Roque no mueve un músculo.

—Déjeme explicárselo de otra forma, que seguro que me entiende mejor. Imagine, don Roque, que nuestra patria es un cuerpo. Algunos españoles son los pies, como, por ejemplo, los empresarios industriales, que hacen avanzar el país. Otros son las manos, ¿sabe quién? Todos los que trabajamos para el Estado y ejecutamos las órdenes de arriba. Otros son los pulmones, como los banqueros, que nos dan oxígeno a través de las divisas. El Caudillo, como usted podrá imaginar, es la cabeza. Los religiosos, el alma. —Hace una pausa—. Y los maestros, ¿qué serían?

Roque no sabe qué responder para ubicarse en esa metáfora que don Francisco bosqueja como una gran patria corpórea. Se encoge de hombros.

—Yo diría que ustedes los maestros son la sangre, fíjese —se responde el gobernador civil—. Llevan el alma del cuerpo al resto de los órganos.

El maestro asiente. Aún no sabe dónde quiere ir a parar este hombre.

—Pues bien, Roque, los agricultores, los campesinos y los jornaleros serían, en este cuerpo simbólico, la espalda. Ellos son el lomo que nos mantiene en pie al resto. Cuando usted habla de libertad, cuando usted le dice a cada uno de esos padres que su hijo es como un diamante, le está diciendo que una espalda puede ser un pie, o que la espalda puede ser una mano o un pulmón.

La lluvia se acrecienta afuera, pero adentro hay un desierto árido.

De repente, unos pajarillos pían refugiándose del agua en el alféizar de la ventana.

Roque los mira.

—Hágame caso. —El gobernador civil pone sobre el hombro del joven maestro su mano como de Caudillo, magnánima, paternal—. Si no quiere tener problemas, dedíquese a lo que se le ha encomendado en este pueblo. Enseñe a los chicos a leer, a escribir, a contar. Hágales ver lo grande que es España. Lo gloriosa que es nuestra historia. Pero no les pida que sean algo para lo que no han nacido..., ¿de acuerdo?

El maestro asiente con un ligero meneo de la cabeza. Luego levanta la vista hacia el reloj de pared del aula, que marca las seis y media de la tarde.

Piensa fugazmente en ella, en la chica. De repente, le entra la prisa.

—¿Tiene algo más que decirme, don Francisco? —pregunta al gobernador civil, haciéndole un gesto para acompañarlo a la puerta del aula—. Ahora me va a disculpar, pero tengo que irme. He quedado con alguien...

Pero el hombre lo frena. «Sí, una última cosa», le dice, con un ademán con el que le expresa que no, que no vaya con tanta prisa, que «aquí soy yo quien marca los tiempos».

—Usted dirá.

El gobernador da una última calada al cigarrillo, apurando hasta el filtro.

—He estado investigando un poco sobre usted, Roque. Me gusta saber quién es quién en mi pueblo. Y desde las instituciones educativas me dieron una información que me sorprendió un poco. ¿Por qué eligió esta escuela? ¿Por qué Encinar de la Sierra?

Roque enmudece.

—Sí, no me mire así. Sé que usted sacó la mejor nota de su tribunal de oposición. Que pudo elegir el destino que hubiera querido, pero que escogió este expresamente, saltándose otros que por seguro habrían sido más atractivos para un joven maestro como usted. La gran ciudad, por ejemplo. Jerez, Sevilla o Madrid, tal vez, allí donde estudió, tal y como me dijo su padre.

Se miran.

—¿Por qué razón escogió este colegio, si se puede saber?

8

Que ella quería ser maestra titulada, eso le dijo Lola, pero que necesitaba ayuda, y aquella petición en medio de la romería, con el jolgorio de los cánticos, las palmas alegres de la vida sencilla, la bota de vino y la Virgen sedente junto a la ermita, no despertó en Roque sino una especie de ternura, porque quizá, detrás del aspecto de aquella chica, de su aire descarado, sus mejillas sonrojadas, su risita y su hoyuelo, se escondía el pájaro que quería volar fuera de la jaula.

—¿Le apetece que nos tomemos un café un día de estos?

Y quizá por ello, bajo la influencia del alcohol o por intersección de la Virgen del Robledo, acabó diciéndole que podían encontrarse en la tarde del próximo día, tras la reunión de padres que había programado para tratar un tema urgente —lo dijo así, «urgente», con cierto aire de importancia— con las familias de la escuela.

Y ella le citó en la cafetería al final de la calle que lleva al castillo.

—¿Le parece bien a las siete?

Y él titubeó unos segundos más.

—Está bien.

Ahora son las siete menos cuarto de esta tarde lluviosa y es la primera vez que Roque se asoma a este mirador, el de la ladera que conduce al castillo y se abre como un paisaje impresionista, entre castaños y olivos, hacia el valle de la Osa. Hace unos minutos que ha dejado de llover, y la humedad ha apelmazado la brisa que sopla en una dirección y otra de la calle, recorriendo por el lado de extramuros la muralla medieval que en otro tiempo hubo de contener las acometidas de algún ejército de caballeros.

Respira hondo y juguetea con su paraguas como quien hace girar una peonza. Mira hacia el horizonte de campos de labranza y olivos, que se extienden con los trazos de un Manet. Pero el maestro apenas se presta a admirar el paisaje. Chasquea la lengua sin poder quitarse de la cabeza la conversación que acaba de mantener con don Francisco, el gobernador civil del pueblo. Sigue viendo, de hecho, cómo se arremolinaba el humo de su cigarrillo, sigue oliendo su perfume varonil, sigue oyendo sus palabras que no había sido capaz de rebatir, esa pregunta —por qué había elegido la escuela de niños de Encinar de la Sierra después de una oposición brillante— tras la que se había limitado a poner en sus labios alguna mentira.

«Quería un lugar no muy lejos de mi pueblo natal. Y quería un entorno rural, don Francisco —había respondido, ocultándole las razones verdaderas, las que le han llevado a esta escuela precisamente, y no a otra, las que guarda bajo llave como se esconden las cosas a las que en realidad no se quiere volver—. Ahora, si me permite, tengo que recoger la clase antes de irme, don Francisco. Si no es molestia...».

Al despedirse, el gobernador había esbozado una sonrisa, le había palmeado las mejillas y había lanzado un chascarrillo que había hecho temblar el pitillo que le colgaba de los labios, ya sin vida. «Sea buen maestro», le había dicho antes de salir por la puerta. Y Roque se había quedado allí echando raíces, uno, dos, tres minutos, recogiendo el aula y oyendo aquellos pajarillos en la ventana como las golondrinas de Bécquer, mientras en su cabeza seguían bullendo mil respuestas a aquella pregunta, y no solo eso, sino mil formas también de objetar aquella terrible idea que condenaba a toda una generación de hijos del pueblo a ser la espalda del país.

—¡Buenas tardes, don Roque! —lo saluda el hermano de uno de sus alumnos.

Él inclina el ala de su sombrero en señal de saludo.

Tras ver pasar de largo al muchacho, hace un esfuerzo por espantar los malos pensamientos, para que el gobernador se quede ahí, habitando el contorno del humo del cigarrillo que tuvo la osadía —o la sinvergonzonería, tal vez— de encenderse.

Al llegar junto a la cafetería en la que Lola lo citó, Roque levanta la vista hacia los surcos que el agua ha dibujado en la fachada encalada y que atraviesan las paredes como un meandro. Luego, tras aguardar algunos segundos por si ella apareciese, sacude las varillas del paraguas y, bajo el zaguán del establecimiento, restriega en el felpudo las suelas embarradas de sus zapatos.

Su reloj de bolsillo marca las siete menos cinco de la tarde. Desde la puerta del establecimiento, vuelve a mirar al horizonte de la Osa, el paisaje ondulado y sinuoso del que se tiene una vista privilegiada desde la cafetería, como quien se asoma a una proyección en Cinemascope. Hasta que, al fondo de la calle, la ve remontando el empedrado junto a otra chica —tal vez alguna de esas que estaban con ella en la romería—, ambas protegiéndose de la lluvia con el mismo paraguas y sorteando los riachuelos que escupen el agua por los márgenes del pavimento. En esta ocasión, Lola no viste con el uniforme de la Sección Femenina, sino con un vestido oscuro y un jersey a juego con el rojo intenso del lazo con el que se ha recogido la melena. Roque observa el contoneo de sus caderas al caminar, cómo se le dibuja la silueta. Su acompañante va con la mirada baja, más discreta, un rostro redondeado y sereno, el pelo corto y la estatura baja.

Al llegar a su lado, Lola es la primera en saludarlo.

—¡Hola! Creí que no ibas a venir, por la lluvia —dice, sacudiendo el paraguas.

Él se apresura a responder: «Yo siempre cumplo mi palabra», para luego saludarse con los dos besos reglamentarios. Al acercarse a sus mejillas, le llega el olor de su perfume, una fragancia tal vez francesa, atrayente y seductora, que con el rojo de sus labios carnosos y el rímel de sus ojos dibujan una intención, un propósito que por seguro habría de censurar alguna de las coordinadoras de la Sección Femenina a la que pertenece esta chica. Al separarse, ella le presenta a su amiga.

—Esta es Pepi.

La chica se lo especificó en la romería, antes de que se despidieran, que iría acompañada al encuentro en la cafetería para que nadie hablase de más, porque ya se sabía hasta dónde podían llegar las lenguas viperinas del pueblo. Roque esboza su sonrisa.

—Encantado, Pepi.

Esta, con el gesto travieso de una colegial, mira a su amiga, diciéndole:

—Es más guapo de cerca, ¿eh?

Roque, conteniendo su rubor, se apresura a abrir la puerta de la cafetería, de donde proviene el rumor de las voces que hacen la tarde a refugio de la lluvia, para dejarlas pasar con un gesto caballeroso. Luego buscan asiento.

—Y la reunión de padres, ¿cómo ha ido? —se interesa ella guiando a los demás hacia una de las mesas vacías.

Roque se apresura a retirarles la silla.

—Bien, he logrado hacerme entender, que era mi mayor preocupación. Que comprendieran que necesito su ayuda, ¿sabes?

Y luego pasa a relatarles cómo fue la conversación, la oposición de algunos de los padres, el efecto sorpresa que consiguió con los mensajes de agradecimiento de sus alumnos, el discurso final con el que logró —o eso cree— hacerlos entrar en razón.

Lola traza un gesto de asombro con sus labios carmesí, mientras que Pepi, con tono socarrón, exclama:

—¡Si es que el que tiene palique...!

Roque sonríe ante la ocurrencia de la chica y se dispone a cambiar de tema para ocultarles lo que vino después de la reunión —le palpita, todavía, como a un animal rumiante—, esas palabras con el gobernador civil de las que no se siente del todo orgulloso. No obstante, el camarero de la cafetería —un hombre huesudo, de bigotito y pelo graso— irrumpe en la conversación para echarle un cable.

—¡Buenas tardes! ¿Qué vais a tomar?

Luego saluda a Lola y a Pepi como si las conociera, como si este fuera su lugar habitual de reunión. Le piden unos cafés y unas pastas y, tras la marcha del camarero —se llama Federico, aunque le dicen el Turco, le dirá Lola—, los tres jóvenes hacen un breve silencio, roto solo por el murmullo de los parroquianos y el golpeteo de la lluvia en los cristales, que ha vuelto a hacer acto de presencia.

—Entonces quieres ser maestra, ¿no, Lola? —le pregunta Roque.

La chica asiente. El maestro se fija en cómo, al sonreír, se le marca graciosamente su hoyuelo en la mejilla derecha.

—En la escuela de niñas ya hago las veces de maestra. Organizo actividades deportivas y talleres, y también doy formación en valores tradicionales. Pero lo que yo querría sería titularme, ¿sabes?

Roque hace una mueca de aprobación, aunque no es él, sino Pepi, quien replica las palabras de su amiga, otra vez con ese mismo tono de antes.

—¡Qué ganas de estudiar, *maripuri*! Anda que me iba a poner yo a coger todos esos libros. Si yo fuera tú —dice mientras la mira, mordaz—, ya los habría tirado por la ventana.

Lola la observa entre divertida y reprobatoria, como si ya conociera que su amiga habla mucho sin pensar.

—No exageres, Pepi. Ya sabes que me gustan mucho los niños y las niñas. Y que me gustaría dedicarme a algo más que educar a los míos propios, los que en el futuro lleguen. Pero no tengo tan claro cómo voy a hacerlo. Necesito prepararme bien, y aquí no hay muchas oportunidades para estudiar.

Su amiga no se desprende de ese tono burlón.

—Pues a este paso, querida, eso de tener tus hijos… ¡Para vestir santos vas a quedar!

Ella, Pepi, tiene a su Carlitos, uno de los sobrinos de don Tristán, el señorito del pueblo, aquel del que dependen buena parte de los jornales de los braceros que trabajan el trigo o la aceituna. Entre Carlos y Pepi ya suenan campanas de boda —sabrá Roque, por intermediación de Lola—, ya se deben estar cosiendo los ropajes de la cuna, los encajes y los bordados, la ropita de lana para los retoños próximos, esos que en la familia de Lola también llegarán pronto, o eso suponen todos, porque su hermano Francisco, el mayor, y su hermano Alfredo, el mediano, se casaron recientemente.

Lola le hablará de todos ellos.

—Sí, estuve a punto de sacarme el bachiller —responde Lola mientras trocea una servilleta sobre la mesa—. Pero ya sabes lo que pasa en las casas, a las chicas sobre todo. Me tocó cuidar de mi abuela y se me pasó el tiempo de estudiar. Pero ella, la Rosarito, que en paz descanse, murió el año pasado y ahora he vuelto a pensar que quizá pueda retomar aquello, ¿sabes?

Roque siente de nuevo esa mezcla de ternura y admiración que le despertó Lola en la romería. Le hace un gesto y se apresura a darle el pésame por su abuela, «Lo siento», a sabiendas de cuánto se sufre con la pérdida de los abuelos, que a él le llegó tan de repente, siendo un muchacho todavía. Luego se lo aclara con tono paciente, compasivo, ayudándose de los objetos sobre la mesa como si fueran piezas con las que hacer más comprensible aún su explicación.

—Después de sacarte el Bachiller Elemental —le explica mientras coge el servilletero y lo adelanta en dirección a la chica— habrás de superar un examen de ingreso que, estoy seguro, no tendrás ningún problema en aprobar. Luego deberás estudiar tres años en una Escuela Normal como la de Sevilla, que, por lo que me han dicho, tiene a muy buenos docentes entre sus profesores. Para finalizar tus estudios de magisterio, habrás de superar una reválida y, tras ello, podrás presentarte a la oposición —concluye tras mover el cenicero.

La chica resopla con una media sonrisa. Rumia las palabras del maestro como si ya trazara en su mente el camino hacia ese futuro incierto.

—¿Y tú hiciste todo eso? —le pregunta, tras un silencio.

Roque ríe.

—Sí. Y tampoco era un lumbreras precisamente, al menos en el colegio. Pero, además, al terminar en la Escuela Normal de Madrid, decidí estudiar en la universidad, licenciándome en Filosofía y Letras, ¿sabes? Por eso soy algo mayor que los maestros interinos que suelen llegar a las escuelas.

Pepi, que asentía con atención a la explicación del maestro, le interrumpe con su deje y el gracioso movimiento de su mano.

—*Ojú*, ¡cuánto estudiar! ¿Y qué necesidad tenías de ir a la universidad? Si ya tenías tu título de maestro, ¿no?

—Sí, es verdad —responde Roque, devolviéndole la pregunta con una sonrisa—. Es algo que solían preguntarme mucho. Que si quería dedicarme al magisterio, ¿qué hacía yendo a la universidad? Pero ¿sabéis qué? —Mira a Lola, a quien dirige en realidad su contestación—. Que cuando superé aquella reválida en la escuela de magisterio me di cuenta de que apenas había aprendido nada sobre tantas y tantas cosas que se suponía que yo debía enseñar a mis futuros alumnos. Por ejemplo, si casi no sabíamos de literatura, ¿cómo iba a yo a conseguir que se emocionaran leyendo el *Quijote*? No, un maestro que no sabe es un maestro que no puede enseñar. Y me di cuenta de que yo necesitaba muchos más conocimientos de los que había adquirido en la Normal.

Las chicas asienten. Reaparece entonces el camarero, «Háganme un huequito, queridas», que porta una bandeja con los cafés y las pastas. Roque observa un instante cómo el vaho bailotea sobre las tazas.

—Y eso de ser educador, ¿de dónde te viene, Roque? —le pregunta Lola.

El maestro hace silencio. Responder a esa pregunta, hacerlo, al menos, de una forma sincera, sería irse irremediablemente a lugares en los que no querría estar ahora: un cobertizo de Alcalá del Valle, un internado en Madrid. «Pues, veréis…». Y es por ello, por los recuerdos que afloran, por ese torrente repentino, por lo que debe hacer un esfuerzo por moderar sus palabras, porque nunca respondió francamente a esa pregunta. No lo hizo cuando hubo de enfrentarse a la oposición; no lo hizo cuando, tras la reválida en la Escuela Normal, hubo de pasar un verano en el Frente de Juventudes de la Falange; no lo hace ahora tampoco, no del todo, al menos.

—Vengo de un pueblo pequeño, un pueblo como este, ¿sabéis? Y si alguien fue capaz de hacernos mirar más allá de las montañas del valle, esos fueron los educadores —contesta, mientras acalla en su interior las voces de sus maestras, de Juana y de Lali, las dos hablando de libertad y del poder transformador de la educación, las dos resonando desde allá donde estén ahora, en la cuneta o la tumba que les dé cobijo—. Porque entendía que —continúa explicándose, mientras coge la taza por el asa y se dispone a soplar en el borde—, si quiero ayudar a mi país, no hay mejor forma que hacerlo educando a la generación de niños que serán los adultos del mañana.

Las chicas asienten otra vez. Pepi, espontánea, divertida, vuelve a exclamar:

—*Ojú*, yo no podría, ¿eh? Si ya me sacan de mis casillas mis dos hermanos pequeños, no quiero imaginarme una clase de treinta. Acabaría pegándoles a todos, ¡pum, pum!, con la mano abierta.

Roque sonríe.

—Yo siempre digo que para esta profesión hay que tener algo que se tiene o que no se tiene. Y ese algo consiste en la habilidad de plantarse delante de todos esos chicos y, sin que se sepa en realidad cómo, lograr secuestrar su atención, ¿sabéis? Y si para ello algún maestro debe recurrir a la violencia, a la intimidación, es que no tiene precisamente ese don y no encuentra otro modo de suplir sus carencias. A mí me enorgullece decir que nunca he tenido que pegar a un alumno.

—¿Nunca? —pregunta Pepi, incrédula, dando un sorbo a su café.

Roque piensa, de nuevo, en sus maestras. Ellas nunca tuvieron que pegar.

—Nunca. Y mira que no me han faltado ganas en algún que otro momento, ¿eh?

Y se dice: si ha habido alguien a quien un maestro habría tenido que pegar es, sin duda, a él mismo, a ese niño insolente y abusón que él era, ese niño al que su padre molía a palos cuando llegaba a casa pasado de alcohol.

Otra vez, para espantar los recuerdos, se apresura a cambiar de tema.

—¿Y qué tal estáis en la Sección Femenina? ¿Sois muchas chicas en el pueblo?

Lola, que ha dejado en el borde de la taza la huella de carmín de sus labios, se dispone a responder:

—Pues sí, medio centenar. En la última asamblea regional nos alabaron por cómo iba creciendo el número de afiliadas. Y es que no solo ayudamos a las chicas jóvenes, también organizamos colectas y ayuda para los necesitados, e incluso actividades para los chicos de tu escuela.

—¿Los chicos? —pregunta Roque, interesado—. ¿Mis alumnos, por ejemplo?

—Así es. Los preparamos también, pero en otros aspectos. Es importante que los muchachos de este país sepan cómo deben tratar a una dama. Deben saber que su lugar es proteger y ser útiles para el país. A veces organizamos actividades deportivas y talleres, y otras veces les damos formación en valores tradicionales.

Roque las observa. No es la primera vez que hoy le hablan de «valores tradicionales».

Y se vuelve a hacer el silencio hasta que Lola ríe de pronto, jocosa.

—Pero no quiero que pienses que somos unas chicas mojigatas de pueblo. ¿Sabes una cosa, Roque? —le pregunta Lola, risueña, buscando la complicidad de Pepi como quien está a punto de confesar una travesura—. Si te propuse que nos viésemos, era también por otra razón.

Roque arquea las cejas, sorprendido. Observa a Lola y luego a Pepi, que ha sonreído tras la confesión de su amiga.

—¿Ah, sí? ¿Y por qué entonces?

La joven lo mira, pícara, sagaz.

—Te lo voy a revelar. Pero me tienes que guardar el secreto, ¿eh? —Las jóvenes vuelven a mirarse, cómplices—. Si te pedí que nos viésemos, era en realidad para fastidiar a mi padre. Porque siempre me ha dicho que debo aspirar a más. Que debería buscar a alguien con la posición que él cree que merezco. Y como una vez le oí decir que un maestro de pueblo no era nadie digno de mención... y que me olvidara de eso de ser maestra... ¿Sabes qué fue lo que pensé al verte? Pues que me moriría de ganas de que alguien le fuera a mi padre con el chisme de que nos habían visto juntos.

La muchacha guarda silencio, esperando a que el maestro reaccione. A pesar de su mirada firme, Roque advierte un temblor en sus manos que, de pronto, la hace vulnerable, como si, a fin de cuentas, todo lo que se desprende de esta chica intrépida, casi osada, no fuese más que una máscara, la fachada de una joven devota de la Virgen del Robledo, miembro de la Sección Femenina.

—Va-vaya... —exclama él, titubeante.

Como no sabe qué responder, como se muere de ganas de preguntarle por su padre —quién es, a qué se dedica, qué relación tienen—, pero no lo hace por miedo a que ella le devuelva todas esas preguntas —«y tú con tu padre, ¿qué tal?»—, se limita a poner una media sonrisa y a decir, también pícaro, también travieso:

—Así que soy tu manera de rebelarte, ¿no?

Ella le responde con una risa entrecortada mientras cruza las piernas y se lleva un mechón rebelde de su melena hacia detrás de la oreja. Roque calla. Ese gesto —el mechón, su mirada, las piernas— le recuerda, de pronto, a una chica que habita aquellos recuerdos antiguos.

—Así es, maestro. —Ríe divertida.

Una chica que tenía por nombre Azucena.

9

Internado de San Miguel (Madrid), octubre de 1939

Pasé veinticuatro días en los montes de León. La despedida con aquel hombre, con Mediasuela, fue parca, recia, como habrían de ser las despedidas entre los hombres de las montañas. Yo siempre recordaré cómo acariciaban sus dedos enormes.

Cómo acabó obligándome a que escribiera no a mi padre, sino a ella, a mamá.

«Cuídate, muchacho».

En el autocar de vuelta, mientras dejábamos atrás aquellas lomas escarpadas y bajábamos a la meseta, me di cuenta de que la veintena de chicos que fuimos de ida —absortos, muchos de nosotros, en aquellos paisajes que se bosquejaban tras la ventanilla, porque era la primera vez que viajábamos tan al norte— retornábamos hechos un puñado de guiñapos pálidos, ojerosos, de hombros cansados y andar desmadejado, como si no hubiera vida en nosotros, y ni tan siquiera palabra, porque no se oyó un alma durante el trayecto. A Justo hube de saludarlo con la energía de los que aguardan el último sacramento, y él me respondió con aquel mismo semblante, también pálido, también ojeroso, lleno de tizne de carbón y hollín por las minas que, hoy sé, le dejaron para siempre una tos crónica, el asma por la sílice y una ligera sordera en uno de sus oídos.

Ochenta pesetas les pagaron a sus padres.

«Bienvenidos, muchachos», nos recibió don Pedro, brazos abiertos, gesto de mesías, como el apóstol que recibe a sus discípulos.

De vuelta al internado, no nos dieron tregua para volver a la rutina de las clases, y por ello, hasta que no pasaron por lo menos dos semanas, no me enteré de nada de lo que nos enseñaban. En el patio también hube de volver a mis hábitos; por ejemplo, a esos corrillos con lecciones que habrían de librar a los rezagados de los capones y los castigos de don Pedro, y que yo solía protagonizar en compañía de algún que otro muchacho avispado. Ocurrió ese día, con un grupito de niños en torno a mí, en esas clases de lengua que yo les daba dibujando con un palo en el albero, bajo una higuera, cuando recibimos la visita don Santiago, uno de los curas jóvenes. Al verlo llegar, me apresuré a borrar con los zapatos las letras que había dibujadas en el suelo, pero este no hizo alusión a qué era aquello que había sido barrido bajo mis suelas.

Disimular era parte de nuestra supervivencia allí.

«Buenas tardes, Martínez. ¿Podrías acompañarme un momento?», me dijo don Santiago.

Asentí, mirando de reojo al suelo embarrado por si se podía advertir algo de la caligrafía desde la altura de un adulto. Me apartó unos metros y añadió: «Hacen falta un par de muchachos para llevar unos muebles al colegio de las niñas. Don Pedro me pide que te lo diga».

Asentí, poniéndome en pie. No sabía por qué me había elegido a mí cuando él solía tener siempre a su alrededor a su grupo de monines, esos chicos que todos sabíamos que disfrutaban de un trato de favor. Le pregunté al cura: «¿Puede acompañarme mi amigo Justo?».

Miramos hacia el corro de los chicos, que disimulaban charloteando entre ellos.

Don Santiago asintió: «Pues claro, como quieras».

Y yo me sentí, de pronto, como si tuviera algún poder sobre alguien, como si unas motas de polvo de dictador, de Franco, me hubiesen rozado en ese momento. Era una sensación extraña, inquietante, que mezclaba el orgullo y una pizca de culpa. Yo siempre pensé que el poder tenía que ver con los uniformes, con las sotanas, con las liturgias. Que nacía de alguien a quien llamaban Padre, o Caudillo, o monarca, o señorito, que sonaba a marcha marcial, a redoble de tambores o a salvas, que en la garganta carraspeaba con un «¡Arriba España!» o susurraba meloso con un padrenuestro y la cabeza gacha ante las órdenes de un terrateniente. Mi padre lo era, terrateniente, y yo, como llevaba su sangre, estaba llamado a sucederlo, pero nunca me sentí partícipe de aquel poder al que yo estaba predestinado como quien no puede evitar su muerte.

Justo se levantó con presteza al escuchar su nombre de boca de don Santiago: «Presentaos ahora en la recepción. Allí el conserje os dirá qué hacer».

Y de camino a la entrada de la escuela, donde nos esperaba Jenaro, el conserje, le expliqué a mi amigo en qué consistía el cometido que don Pedro nos había encomendado.

«¿A la escuela de niñas? —me preguntó, incrédulo—. ¿Y qué le has hecho a don Pedro para que te haya escogido?».

Hizo el gesto obsceno de una felación, llevándose el puño a los labios, pero yo lo acallé con rapidez. Jenaro nos interrumpió, preguntándonos si éramos nosotros quienes debíamos llevar los pupitres viejos a la escuela de niñas. Asentí, sabiendo que la conversación con Justo quedaría pendiente para cuando volviésemos a la poca intimidad que nos dejaba ese internado.

«Seguidme, señores».

Yo había oído hablar un poco de la escuela de niñas que se encontraba a la derecha del San Miguel. Apenas se divisaba el edificio desde la valla que dividía ambas instituciones, y mi única noticia era que, cada semana, las monjas venían a llevarse nuestra ropa sucia para lavarla y devolverla limpia a los pocos días.

Para realizar el trabajo en cuestión, el conserje nos dijo que, según las directrices de don Pedro, disponíamos de un par de horas de esa mañana. Justo y yo nos miramos, sonriendo. Aquello significaba que podíamos perder algunas clases, aunque, eso sí, no iba a ser una tarea sencilla. Cuando Jenaro abrió una de las aulas vacías de la primera planta y prendió la luz, nos encontramos con medio centenar de pupitres polvorientos y sus respectivas sillas que debíamos trasladar a la escuela contigua. Resoplamos con un «¡Fiuuu!» que hizo reír al conserje, quien dejó a la vista el hueco de un par de dientes de su boca pestilente.

Luego nos pidió que cogiéramos un pupitre y una silla cada uno y nos guio hacia una puerta que, al final del pasillo del ala derecha de la escuela, conectaba el San Miguel con el Santa Catalina.

«*Ale*, que os vaya bien», se despidió de nosotros.

Al otro lado de la puerta —el conserje la abrió con una de las llaves de su manojo—, aguardaba una monja, con su hábito blanco y una cofia almidonada que parecía querer alzar el vuelo, como un aeroplano. La saludamos. No quisimos dejar el pupitre y la silla en el suelo, a pesar de lo que pesaban, para que no pensara que éramos unos débiles. Nos dijo: «Buenas tardes, señores. La señorita Azucena os guiará hasta la clase en la que debéis dejar todo eso, ¿de acuerdo?».

Y no la vimos, a ella, a Azucena, porque esperaba al otro lado de una figura de Cristo sedente que se encontraba junto a la puerta, con el porte enhiesto de un rey. La chica dio un par de pasos que movieron graciosamente los bajos de su uniforme y se paró frente a nosotros, seria, también regia. Dijo un parco «Por aquí» para darse media vuelta y hacernos un gesto para que la siguiéramos a lo largo de un pasillo en el que se alternaban figuras de cristos y vírgenes con consignas religiosas tan distintas, curiosamente, a las que poblaban nuestra escuela de niños.

«Obedecer es reinar». «El silencio es el eco de Dios». «La humildad es la paz del alma».

Justo y yo nos sorprendimos mirándole tanto el trasero, que se le marcaba con la falda del uniforme, como sus piernas largas.

Reímos de forma entrecortada, acalorados por el esfuerzo que suponía cargar con las mesas sin darnos un descanso, no fuese a pensar también la chica que éramos unos blandengues.

Tras atravesar el pasillo, la muchacha se paró frente a la puerta de un aula y dijo: «Esta es la clase. Cuando terminéis, dad un aviso a sor Mercedes». Y luego nos advirtió, clavándonos dos ojos fríos en nuestra mirada sufriente por el esfuerzo en parecer machos fornidos: «Y no robéis nada, que los chicos de vuestra escuela tenéis esa fama».

Justo y yo asentimos. Entramos en el aula y dejamos al unísono la mercancía sobre el suelo. Solo entonces me recompuse; resoplé, eché hacia atrás los hombros y me acicalé el flequillo, que se me había revuelto por el esfuerzo. La miré y le guiñé un ojo.

Yo no quería intimidarla, solo juguetear para ver su reacción de chica seria, de alumna favorita de colegio de monjas.

«¿Pues sabes qué, Azucena?».

Más tarde me confesaría —en la intimidad furtiva de la tierra de nadie entre las dos escuelas— que aquellas palabras que yo estaba a punto de soltar, a medio camino entre la burla y el piropo, estuvieron el resto del día dando vueltas en su cabeza.

«Aquí lo único que podría robar es tu corazón».

Quizá por ello no dijo nada, se dio media vuelta sin despedirse y Justo y yo nos quedamos mirándola hasta que nos buscamos la risa con un gesto varonil.

Volvimos a clase un par de horas después, con los brazos entumecidos y las muñecas doloridas, pensando, quizá, que lo mejor habría sido quedarnos en aquella lección espesa, como acostumbraban a ser las de don Pedro, que nos recibió en el aula agradeciendo parcamente nuestra predisposición.

Luego, tras aquella clase de *Fundamentos del espíritu nacional* y sus enseñanzas sobre la grandeza de la patria y el deber hacia la nación, se acercó a mí y me pidió que lo acompañara a su despacho. Sentí de pronto una fatal incertidumbre.

¿Me había ganado un castigo y no sabía por qué?

El despacho de don Pedro se encontraba al final de un largo

pasillo repleto de trofeos de competiciones escolares y orlas de grupos graduados del pasado. Él, que había llegado antes, me invitó a pasar.

«Adelante, Martínez».

Su despacho parecía una sacristía. Al olor de madera noble se le unían sus tonos cálidos y los crucifijos y estampas de la Virgen, que se alternaban con anaqueles de libros y archivadores. Al frente, delante de una ventana que daba al patio de recreo, se encontraban la mesa y, para mi sorpresa, el rostro afable y paternal de don Pedro.

«Siéntese».

Sí, no había sido una alucinación, en el rostro de don Pedro se bosquejaba la forma de una sonrisa, sus labios agrietados en curva ascendente, los ojos achinados. Me senté, atónito. Y soltó: «¿Sabe por qué le he hecho llamar, Martínez? Porque quiero decirle dos cosas».

Hizo una pausa. Asentí sin saber muy bien qué responder en ese momento, él y yo rompiendo la soledad de aquella estancia, las dolorosas mirando bajo su palio, sufrientes.

«El hecho de que esté usted aquí le da sentido a esta institución, ¿sabe? —continuó—. Si por mí fuera, esta escuela se encargaría únicamente de proporcionar una educación a aquellos hijos de España que de verdad lo merecen. Cuando su padre me escribió para pedirme que lo aceptara en el colegio, porque el Movimiento lo imposibilitaba para ocupar tiempo en su educación, moví todos mis hilos para que lo matricularan cuanto antes. Me conmovieron las palabras que usó. Su amor por la patria, su sentido del deber y su preocupación por que usted fuese educado conforme a lo que debía ser el hombre nuevo, incluso en las más duras adversidades, como habrán sido esas semanas en los montes de León de las que espero que haya podido aprender mucho».

Volvió a hacer una pausa, esperando de mí un sí, aguardando quizá a que la forma en que hablaba de don Javier, mi padre, también me conmoviera. Por el contrario, me limité a guardar silencio tras asentir, reservándome para mí lo que realmente pensaba acerca de mi progenitor y de su patriotismo.

«Tiene suerte de tener el padre que tiene, Martínez».

Porque habría tenido que decirle a don Pedro que la única patria por la que mi padre sentía algo era la de su bolsillo, que nunca se preocupó por mí nada más que cuando sintió que yo ponía en duda el honor de la familia, que no había nadie en el mundo a quien quisiera salvo a él mismo. Me lo guardé, pero supe que algún día acabaría soltándoselo a ese hombre que frente a mí, de pronto, transmitía una humanidad impostada, esa que sonaba al locutor del NO-DO, a homilía y a la unidad de una España grande y libre.

«¿Y sabe qué me dijo también? —prosiguió don Pedro—. Que tuvo usted la mala suerte de haber sido alumno de dos maestras rojas. Dos indeseables que intentaron meterle ideas perniciosas en su cabecilla. No pude evitar emocionarme, en definitiva. Usted debía ser alumno del San Miguel. Por ello, cuando le escribí a su padre dándole la noticia de que usted había sido admitido, le garanticé que aquí sería educado en los más altos valores: la disciplina, la devoción y la fidelidad a la fe y al Caudillo».

Contuve otra vez la rabia, con los puños apretados debajo del escritorio, mientras le oía hablar de usted, señorita Lali.

¿Cómo había sido capaz mi padre de hablarle de ustedes dos?

Don Pedro volvió a guardar silencio para, segundos después, posar los ojos en la ventana que daba al patio, de donde llegaba el rumor de unos chicos que jugaban al fútbol. El silbato de don Santiago se oía de vez en cuando, como el canturreo de unos pajarillos.

El cura reanudó sus palabras: «Ojalá, le decía, pudiésemos tener solo a alumnos como usted. Pero esta escuela también cumple, Martínez, una misión que a veces me resulta especialmente complicada y que me obliga a tomar medidas drásticas. Sabrá usted que la guerra que provocaron los rojos dejó huérfanos a muchos de sus hijos. Si por mí fuera, esos niños no merecerían la oportunidad que se les ofrece, porque, aun habiendo sido separados de sus padres, algo en ellos siempre queda. Por eso, solo el trabajo, el trabajo y el trabajo logra extirpar ese mal de los muchachos. Por eso los mando cada año a León antes del invierno».

Aquella sonrisa con la que me recibió se había tornado, de pronto, en el gesto siniestro de un verdugo. Y no pude remediarla, la reacción involuntaria de un escalofrío recorriéndome el espinazo.

¿Qué culpa tenían los hijos de los rojos, o de cualquiera, del pecado de sus padres?

(Todavía hoy, tantos años después, me hago esta misma pregunta).

«Como verá, usted no es un colegial más de esta escuela —continuó tras mi silencio—. Sabrá usted que en esta institución hay algunos alumnos que tienen un trato especial conmigo. Alumnos en los que confío para que me acompañen en la tarea que el Caudillo nos ha encomendado. ¿Sabe usted cómo llaman aquí coloquialmente a este tipo de alumno?», me preguntó.

Sí, lo sabía. Lo había oído en boca de Justo desde el primer día: que tuviese cuidado con ese o con aquel, que eran unos…

«Monines. Los llaman monines, ¿no, señor?», respondí.

El cura sonrió.

«Así es. Me hace gracia ese nombre, no lo puedo remediar. Pues bien, Martínez, quiero que usted sea mis ojos en este internado. Mis ojos en la habitación, cuando la luz se apague, mis ojos en los baños, en el aula o en cualquier rincón del patio al que no alcance la figura de uno de los educadores. Quiero que usted sea mi monín para delatar a los pecadores y llevarlos ante mí, ¿de acuerdo?».

Asentí.

Del patio de la escuela volvió a llegar el rumor de otro gol.

«¿Y la segunda cosa? —le pregunté de pronto, alzando la

mano para dibujar con los dedos la señal de la victoria—. Dijo que tenía que decirme dos».

Don Pedro se apresuró a disculparse.

«Ah, sí, lo olvidaba. Qué cabeza la mía, muchacho», dijo antes de abrir uno de los cajones de su escritorio y sacar una carta en la que no tardé en reconocer la dirección que figuraba como remitente.

Cómo imaginarme qué es lo que iba a decirme.

«Ha llegado una carta precisamente de su padre. Me pide que le permita salir del colegio para asistir a su condecoración con la honorífica Medalla de la Campaña por su labor patriótica durante la guerra. Haga la maleta. Partirá mañana a primera hora en un tren hacia Sevilla».

Que iba a volver a verlo. A él.

Segunda parte

Un calambur

10

Encinar de la Sierra (sierra norte de Sevilla), octubre de 1955

El niño no quiere entrar en el aula. Recula, titubea de pronto, pero ya ha llegado hasta ahí, «Venga, tú puedes», y solo dos pasitos torpes con esos dos zapatos gastados —tras la guerra, los heredó de su padre—, con sus pantalones cortos, porque aún era como un zagalito, y con la raya perfectamente trazada en su cabellera lo separan del resto de la clase. Al otro lado de la puerta entreabierta suenan las voces de sus compañeros, los jugueteos entre los pupitres, las risas que aguardan aquella novedad que don Roque ha anunciado unos minutos antes: «¡Hoy tendréis una sorpresa, señores!».

El alboroto no parece incomodar al maestro, como si su principal afán, el único, no fuera otro que aquella oveja que se había salido del rebaño y que regresaba al fin.

—Todo irá bien, Saulillo. Ya verás. Solo tienes que confiar en mí, ¿de acuerdo?

Saúl, con sus ojos de aceituna, mira al maestro y asiente meneando ligeramente la cabecilla. Roque, de cuclillas frente a él, sonríe.

El chico se aferra a su sonrisa, la abraza.

—Ya has sido muy valiente llegando hasta aquí. Pero te falta el último paso, ¿vale? Solo el último —le dice.

Luego se pone en pie y le tiende la mano derecha, que el chiquillo contempla como si fuese un asidero al que agarrarse para dar un salto al vacío. Le costó mucho decidirse, a ese salto. Y no fue sino gracias a la insistencia de Roque, que no cejó en su empeño de querer traer de vuelta a la escuela al muchacho, por mucho que el director le advirtiese y que la madre del chico le dijese cuánto le hacían falta sus manos para llevar dinero a casa.

El maestro sabía que necesitaba convencerla a ella, a doña Asunción. Y como no estaba hecho a obtener un no por respuesta, la visitó de nuevo. Al cabo de unos días de la primera vez que llamó a esa misma puerta, dos toques rompieron otra vez la quietud de la casa. Toc, toc.

—¿Puede abrirme, doña Asunción?

—¿Qué quiere ahora? —le preguntó la mujer unos segundos después, sin disimular un ápice su despecho.

Pero Roque, esta vez, estaba preparado. Sabía que no le serviría de nada intentar persuadirla con las palabras, hablarle, como la vez anterior, del valor de la educación, de cuánto bien sería capaz de hacer en el futuro de su hijo Saúl. Por contra, echó mano al bolsillo del pantalón y cogió varias monedas de peseta.

—Necesito un mozo que me eche una mano por las tardes, señora. La casa del maestro está descuidada y tengo que arreglar algunas tejas rotas, reparar varios desconchones y darle una manita de cal.

Y dejó caer sobre su mano un puñado de monedas.

Porque él lo sabía: donde no llegan las palabras, llega el vil metal.

—Aquí tiene ocho pesetas. Creo que será suficiente como para que su hijo trabaje durante varios días conmigo. Es más, de hecho, de lo que le paga don Tristán. Ahora bien, el único requisito es que el niño, mientras me ayude por las tardes, venga todos los días a clase. Todos los días, doña Asunción. Sin falta. —Y sonrió, encantador, galante, caballeroso—. ¿Hay acuerdo?

Frente a la puerta de la clase, Roque da una palmada en el hombro del chiquillo y lo empuja a atravesar el umbral.

—No tengas miedo, Saúl. Los conoces a todos.

Y este asoma al aula sintiendo, de pronto, las miradas de aquellos compañeros que han advertido su presencia en el pasillo, con ese tira y afloja con el maestro que, minutos antes, había anunciado que iban a recibir una sorpresa.

Será una pequeña desilusión para muchos: la sorpresa no es otra que Saúl.

—¡Mirad quién ha vuelto a clase!

El chico respira hondo y se aferra a la asas de su macuto para adentrarse en el aula bajo la protección del maestro. Roque acalla el runrún de algunos muchachos, otea la clase hasta hallar un sitio vacío, «Ahí, Saúl, junto a José», y acompaña al crío hasta ese pupitre ante la mirada atenta de los demás. Luego vuelve a la tarima, deja su macuto sobre la mesa y se da la vuelta para comenzar con el ritual de cada mañana.

—En el nombre del Padre, del Hijo...

Terminada la oración, el maestro se detiene un momento a observar la atención vaga, trivial, que muchos de sus alumnos prestan a la lectura mañanera del Evangelio. Por ello, al concluir con la señal de la cruz, cambia el tono de su voz y anuncia, enérgico:

—¡Señores, hoy vamos a volver a hacer magia!

De pronto, al unísono, tiene todos esos ojillos clavados sobre sí.

—Pero haremos una magia muy especial —continúa, con ese gesto pícaro, casi infantil, que los chicos ya conocen bien—. La haremos no con las manos ni con una baraja de cartas, ni tampoco con un conejo dentro de una chistera. La haremos con las palabras.

Se toca con el dedo índice los labios y guarda silencio, a la espera de la reacción de los muchachos. Algunos preguntan:

—¿Cómo que con las palabras?

—Sí, señores —responde mientras camina lentamente por entre las bancadas—. Haremos poesía, que no es otra cosa que un truco de magia con las palabras. Cuando juntamos palabras en el orden correcto, cuando le damos un nuevo e inesperado significado a una palabra concreta, podemos hacer que sintamos cosas, como amor, alegría, desazón, desesperanza y entusiasmo, que no sabíamos que teníamos dentro. Dejadme que os ponga un ejemplo —enuncia, levantando la mano como quien sostiene una varita mágica—. Si alguno de vosotros se asoma ahora por la ventana y dice: «El cielo está oscuro», todos entendemos, claro está, que va a llover, ¿no?

Hace ademán de asomarse a una ventana y observar el cielo que, efectivamente, preludia la lluvia fina que caerá en pocos minutos.

—Pero ¿qué pasa si digo: «El cielo llora»? —Hace una pausa y observa las expresiones, que pasan de la confusión a la curiosidad—. ¿No parece que el cielo de repente sienta tristeza, que no solo sea la lluvia lo que cae, sino algo más? Eso, muchachos, es una metáfora, una manera de hacer magia con las palabras.

Algunos chicos empiezan a asentir, intrigados. El maestro sigue su caminar por entre los pupitres hasta que se detiene frente a un chico, José, uno de los que piensan que viene a clase a perder el tiempo porque no se entera de nada.

—O imaginad que digo: «Tus ojos, José, son dos luceros». No estoy diciendo que tengas dos velas en la cara, ¿eh? Estoy diciendo que tus ojos iluminan, que brillan, y tal vez que hasta nos hacen sentir calor. Con solo esas palabras, ya sabemos cómo son esos ojos sin haberlos visto, porque una metáfora transforma y embellece, da la vuelta a las palabras y las retuerce hasta que ya son otra cosa. Y eso, chicos, ¡es magia!

Camina hacia el fondo del aula, donde Saúl lo sigue observando con admiración, cautivado por el entusiasmo del maestro.

—Y no hace falta que seamos poetas famosos para usar estas imágenes. A veces, incluso sin darnos cuenta, las decimos. A ver, Ernesto, si puedes responderme: si una mocita por la que estabas locamente enamorado acabara pasando de ti, ¿qué sentirías?

Los chicos estallan en una carcajada imaginando a su compañero como un frustrado galán. El muchacho responde entre risas:

—Pues que me habrá partido el corazón, maestro.

Roque asiente, satisfecho.

—¡Eso es! Decimos que esa muchachita nos ha roto el corazón, pero, claro, nadie coge el corazón del otro y lo parte en dos. Lo que queremos decir es que nos han hecho sentir dolor. Las palabras, cuando se usan con imaginación, son capaces de hacernos viajar, de llevarnos a lugares insospechados.

Siente ese silencio, el que evidencia que dentro de las cabezas de sus pupilos está entrando una idea, o incluso que alguno de ellos —como les pedirá dentro de unos minutos, cuando los ponga a trabajar en grupos— ha empezado a trazar metáforas dándole la vuelta al sentido de alguna palabra, creando su magia propia.

Con una sonrisa y tras una pausa, pregunta, inquisitivo:

—¿Sabéis quién fue el mago más grande de todos los magos de las palabras?

La clase guarda silencio, expectante. Roque mira a Saúl, que desde su pupitre lo observa con gesto de fascinación.

—Se llamaba Francisco de Quevedo, vivió hace mucho tiempo y tenía un enfrentamiento legendario con otro poeta, Luis de Góngora. Como además tenía fama de ser un gran bromista y un poco temerario, se dice que un día se atrevió a insultar a la reina en público, pero de una forma tan ingeniosa que ella ni siquiera se dio cuenta.

Algunos niños sueltan una risita, imaginando la escena.

—La reina era coja, ¿sabéis? Y Quevedo, con su lengua afilada, decidió hacerle una reverencia especial. Al pasar por su lado, se inclinó más de la cuenta y le dijo, con toda seriedad: «Entre el clavel blanco y la rosa roja, su majestad escoja».

Tras la reiteración del maestro, «Su majestad es... coja», las risas inundan el aula a medida que los chicos van captando el juego de palabras. Finalmente, Roque les guiña un ojo, encantado de ver cómo la picardía de un tipo de hace tres siglos aún puede divertir a sus alumnos.

—Venga, y ahora os toca a vosotros —les arenga, zigzagueando entre las mesas—. ¿Alguien sabe algún poema? ¿Alguno de vosotros ha escuchado alguna vez unos versos que le hayan gustado? Decidme.

El aula vuelve al silencio, un mutismo denso y pertinaz. Hasta que, cuando Roque está a punto de darse por vencido, «¿Nadie? Venga, seguro que alguno podría recitarnos algo», una mano se levanta, tímida, lenta, y junto a ella se oye la vocecilla de aquel compañero que había entrado en el aula unos minutos antes con los miedos de un proscrito.

—Yo..., yo sé uno, maestro —suelta Saúl.

Roque se vuelve para mirar al chiquillo. Sorprendido, entusiasmado, chista al resto de los alumnos que, entre el asombro y la suspicacia, habían despertado en otro runrún. Se acerca a él.

—Venga, Saúl, compártelo con todos, no tengas miedo.

El chico inspira. Solo Roque advierte cómo se agarra con fuerza a las patas de la mesa, cómo patea inquieto el suelo con su pie derecho.

—E-es el poema de u-un pa-pastor... —anuncia el chiquillo.

El maestro asiente, de cuclillas —otra vez— frente a él. Sin que ninguno lo advierta, vuelve la lluvia a picotear en los cristales, vuelve el cielo a llorar.

Tras el silencio, el niño se arranca:

—E-en cu-cuclillas, ordeño...

Y tras el miedo inicial, suelta los versos de corrido.

En cuclillas, ordeño
una cabrita y un sueño.

Glu, glu, glu,
hace la leche al caer
en el cubo. En el tisú
celeste va a amanecer.

Glu, glu, glu. Se infla la espuma,
que exhala
una finísima bruma.

(Me lame otra cabra, y bala).

En cuclillas, ordeño
una cabrita y un sueño.

Los versos brotaban de su boca, para sorpresa de todos, con la ternura y la sensibilidad de un poeta novel. La leche de la cabrita, el celeste del amanecer, palabras que no diría un niño que casi no ha ido a clase en todo el curso, «exhala», «finísima bruma». Mientras el grupo reacciona de manera dispar —algunos han comenzado a reír; otros, en cambio, se miran entre la admiración y el asombro—, Roque no da crédito a lo que acaba de oír, como si la cabrita de esos versos brincara, saltimbanqui, dentro de su cabeza. Porque ha reconocido esos versos, pero no puede decir el nombre del poeta que los imaginó.

Por ello, se limita a preguntar:

—¿Y de dónde has sacado esa poesía, Saulillo?

No puede decirlo porque la generación del 27 es un espejismo, es un paréntesis, es gente que no existió. Federico García Lorca, que no escribió. Pedro Salinas, que nunca pensó que podía cambiar España con sus rimas. Rafael Alberti, alguien que no soñó con alumbrar con sus letras a los desheredados. Tampoco Manuel Altolaguirre. Como tampoco existieron Maruja Mallo y Concha Méndez, mujeres que no entendieron que ellas pudieran habitar un espacio de reivindicación, o Rosa Chacel, que no quiso hacer su revolución obrera, la suya, la feminista, como Josefina de la Torre y tantas otras.

Y no es el autor de esos versos que ha recitado el chiquillo Miguel Hernández.

Mientras que con una mano briosa acalla el rumor de voces de los compañeros, con la otra palmea el hombro de Saúl, que aún tiembla, aún repiquetea con el pie, aún mantiene cogidas las patas de la mesa como si conservara un miedo antiguo.

Roque siempre lo ha pensado, que su profesión es maravillosa precisamente por la capacidad que un chiquillo cualquiera tiene para sorprenderte, como si la humanidad aguardara, paciente, a brotar en cada una de esas personitas. Como si la magia existiera.

—Maestro, ¿qué es «tisú»? —pregunta uno de pronto.

—¿Qué es «finísima bruma»? —dice otro.

Ante la avalancha de preguntas, el maestro mira a Saúl y, pícaro, le guiña un ojo para luego girarse hacia los chicos y responder uno a uno. «¿Un tisú? Es un tipo de tela suave», contesta a Federico. «¿La finísima bruma? La niebla que a veces vemos en el campo al amanecer», responde a José. Y de una pregunta surge otra, «¿Cómo se ordeña una cabra, maestro?», que salta de las metáforas a la ganadería, «¿Por qué tienen leche sus ubres?», y de ahí a otros temas que, de repente, dan al traste con la programación que Roque había preparado para el resto de la clase —una dinámica grupal en la que los chicos debían inventar metáforas—, pero que, lejos de contrariar al maestro, satisfacen ese viejo anhelo de todo docente.

—¿Y cómo se escribe un poema, maestro? —inquiere Manolillo, el hijo de Matías.

Ese viejo anhelo: que la curiosidad guíe a sus alumnos como si fuera el cochero que lleva las riendas de su propio aprendizaje.

—¿Y cómo se hace una met-met-túfira? —pregunta Juanito.

Roque les responde yendo hacia la tarima con un par de zancadas, «Se dice metáfora», y coge una tiza de la bandeja de la pizarra.

—Para escribir un poema necesitamos antes componer unos versos, que se agrupan, a su vez, en estrofas —expone, didáctico, mientras escribe algunas de estas palabras, «verso», «estrofa», ante la atenta mirada de los chicos.

Mientras tanto, los versos infantiles que Saúl ha recitado

hace unos instantes continúan revoloteando en su cabeza, así como la pregunta que le hizo al muchacho y que quedó sin responder ante el aluvión del resto de sus compañeros: ¿de dónde habían salido esas estrofas del poeta cabrero?

Lo mira allí, al fondo de la clase, atento a la exposición que el maestro hace en la pizarra, trazando líneas que unen los conceptos de verso y estrofa y luego los de métrica y poema. No deja de preguntarse: ¿cómo es posible que Saúl guarde en su cabecilla aquella poesía de quien murió en una cárcel y a quien nadie puede leer ahora?

De repente, un par de toques en la puerta de la clase interrumpen la explicación y las divagaciones en la mente de Roque. Segundos después, la puerta se abre.

—¿Se puede, don Roque?

Don Enrique no espera a que el maestro responda y entra en el aula junto con otras tres personas, al tiempo que los chicos se apresuran a ponerse en pie. El maestro los mira, sorprendido por una visita que no esperaba. El director lleva el traje de los domingos, corbata azul y pelo repeinado. Tras él, el primero de los que lo acompañan es ya un viejo conocido de Roque, el gobernador civil del pueblo, don Francisco Pérez del Río.

Y no puede creerse quién entra a continuación: la chica de la romería, la del café en aquella cafetería concurrida, la de la amiga socarrona y la Sección Femenina.

Ella.

—Hola, buenos días.

Lola y Roque se encuentran con la mirada. Se preguntan sin palabras, se interrogan con el movimiento de las pupilas, y de él sale un «A ver, dime, ¿qué haces aquí?» que no halla respuesta en los ojos oscuros, en la mirada gatuna de la muchacha. Tal es la incredulidad del maestro que apenas puede oír las palabras que le dedica el gobernador civil para presentarle —antes que a la chica— a la última de las personas que irrumpe en el aula, un tipo orondo, de voz potente y presencia autoritaria.

—Don Roque, le presento a don Ireneo Fernández, consejero del Ministerio de Gobernación. Está de visita en el pueblo y quería conocer de primera mano la escuela.

El consejero y el maestro se encuentran en un apretón de manos. El director insta al visitante a que se dirija a los muchachos, que aguardan firmes y silenciosos, como estatuas de terracota, a que los adultos concluyan el juego de hacer creer que se llevan bien. Don Ireneo asiente, dando un paso al frente.

—Claro, faltaría más.

Y suelta una breve arenga sobre el deber patriótico y la obediencia a la autoridad que Roque escucha haciendo un esfuerzo por centrar la mirada en sus chicos y no en Lola, que aguarda junto a la tarima con las manos entrelazadas a la altura de la cintura.

—Así que espero, qué digo espero, deseo que sepáis valorar la oportunidad que vuestro maestro don Roque y vuestra escuela os brindan, señores —finaliza el consejero.

El hombre mira a Roque, pero este no lo escucha, como tampoco oye el aplauso que, tras las palabras de la autoridad ministerial, el director ha iniciado y que secundan los alumnos. El maestro sigue preguntándose qué hace ella en su aula; ella, Lola, con su melena negra, su vestido color azabache y esa forma suya de parecer unas veces una chica angelical y otras una guerrera.

—Y ahora, don Roque…

No tarda en salir de dudas. Tras el silencio del consejero, don Francisco hace un gesto a la chica para que dé un paso adelante y se dirige al maestro con un tono afable muy distinto al que usó con él en esta misma aula tras la reunión de padres.

—Me gustaría presentarle a Dolores, mi hija, que tampoco ha querido perderse la visita a la escuela de los niños.

Roque y Dolores se encuentran con dos besos cordiales.

Él hace un esfuerzo para que no se le note en el rostro el estupor súbito.

—Encantado, Dolores —le dice a la hija del gobernador civil del pueblo, fingiendo que no la conoce, que no ha compartido con ella un café en una tarde lluviosa, que la muchacha no le confesó que, si por algo se había visto con él, era por fastidiar a su padre.

Los dos se sonríen cómplices, jugando al engaño.

—Encantado de conocerle, don Roque.

11

Alcalá del Valle (Cádiz), noviembre de 1939

Era la primera vez que yo veía una medalla. Era curioso que en la mano uno pudiera tener el valor, la grandeza y la gloria de un país, concentrados en esa monedita de metal como quien en una cruz contempla de verdad al Mesías. En el anverso, bajo un ribete dorado, había un león. El león atrapaba en sus fauces un dragón en cuyo lomo se distinguían una hoz y un martillo, el símbolo del comunismo derrotado en el campo de batalla. Tras el fiero felino, en metal dorado, podía observarse la cruz laureada de san Fernando, y a ambos lados del crucero había un sol naciente y se leía la inscripción 17 JULIO 1936, el día del alzamiento nacional. El reverso no era menos espectacular: un águila de san Juan dorada posaba como si hubiese sido fotografiada al vuelo; sobre ella, un ARRIBA ESPAÑA en letras mayúsculas, el escudo de España y el yugo y el haz de flechas falangistas.

España y su historia reciente me cabían de repente en la palma de la mano.

(Para eso, y no para otra cosa, se inventaron las medallas).

Había un sol impropio del mes de noviembre, y buena parte del pueblo allí presente achinaba los ojos ante la luz refulgente del mediodía. Estaban todos: el alcalde, el cura, el maestro que ahora daba clase en la que fuera mi escuela, los braceros que mi padre tenía en la hacienda trabajando por una miseria, mi familia, los vecinos de Alcalá —entendían que debían estar ahí, porque a los sitios había que ir no para estar, sino para que se les viese— y, en representación del Caudillo, el líder provincial del Movimiento. Este era el encargado de condecorarlo, a él, a papá.

Hasta ahora he intentado obviar su nombre de este relato, señorita Lali, porque supongo que no le hará mucha gracia encontrárselo aquí. Pero entenderá que era inevitable; todos los caminos de mi vida conducen a varios nudos y quien aprieta o deshace la cuerda que me amarra es siempre la misma persona. Es él.

El del Movimiento era un tipo gordo que se llamaba Valentino —me quedé con el nombre por lo llamativo que me resultó—, que llevaba la boina roja a juego con sus mejillas sonrojadas, producto, sin duda, de aquel vino de la tierra que desde bien temprano se había pimplado. Junto a él estaban el alcalde y el párroco. Frente a los tres —la tríada que entonces sostenía los destinos de España—, mi padre subió al estrado entre aplausos y con la única sonrisa de verdad que le había visto en su vida, la camisa azul reluciente, otra boina roja, el brazo en alto. Saludó al público, feliz.

Yo lo miraba, aplaudía como quien en realidad no estaba dentro de su pellejo.

El alcalde se dirigió a los presentes. Mientras tanto, el falangista orondo se preparaba para formular un discurso, uno que a buen seguro habría memorizado de tantas medallas al valor con las que habría condecorado a tipos corrientes como mi padre, cuya actuación en la guerra se limitó a sumarse a las escuadras falangistas que esparcieron el terror en la sierra de Cádiz, emulando a los guerrilleros que un día hicieron la guerra contra el francés.

«En nombre de la patria, del Caudillo y de todos los buenos hombres que han luchado y vencido en la guerra de liberación, entregamos esta medalla al camarada Javier Martínez Buendía, por su firme defensa y leal servicio a nuestra amada España —soltó del tirón el falangista—. Hoy, su ejemplo y su sacrificio se graban en la memoria de Alcalá del Valle, recordándonos que, en tiempos de dificultad y lucha, hombres como él se mantuvieron firmes en sus convicciones, ofrecieron su vida a la cruzada nacional contra el comunismo y la masonería y se mostraron fieles a la promesa de España como una, grande y libre».

El gentío estalló de nuevo en aplausos. Luego hubo un banquete con vino y productos de matanza y queso de tetilla —lo pagó mi padre y lo prepararon las mujeres de sus jornaleros—, y yo pasé el resto del día esquivando las preguntas que sobrevolaban aquel maldito internado del que me libró momentáneamente la medalla al valor de mi padre.

«Bien». «Genial». «Estupendamente».

Un día antes, casi diez horas de viaje me habían llevado desde la estación del Mediodía, en Madrid, hasta Sevilla. Al bajar del tren, con la espalda triturada y las piernas entumecidas, supe que habíamos llegado a Andalucía por como olía el aire, porque ya no dolía en las fosas nasales al respirarlo ese ambiente salino, humedecido por el río y una mayor cercanía del mar. Yo respiré hondo para sentirme en casa, aunque luego quedaba el trayecto hasta la sierra en otro tren más inestable, más pobre, porque alejarse de Madrid era adentrarse en la precariedad.

Visitar el pueblo era como la travesía de los hebreos hasta la tierra prometida; cuarenta años parecían las interminables horas de ese desierto en forma de un tren que traqueteaba a cada resalto de las vías —muchos tramos continuaban en mal estado desde la guerra—, que te helaba de frío, que dibujaba tras los ventanales el paisaje monótono del trigo como si afuera todo lo demás hubiera desaparecido. Viajar en tren es comprender la grandeza del mundo. Uno observa el mapa en la clase de Geografía y piensa que está todo a tiro de piedra, hasta que tiene que atravesar España montado en uno de esos monstruos de acero.

Al pueblo llegué en coche de caballos. El cochero era un tipo que durante la guerra era funcionario en el Ayuntamiento, pero que, supongo, perdió el trabajo y tuvo que dedicarse a otros oficios. Se veía que mi padre no había escatimado en detalles para con la magnificencia de su condecoración: su único hijo llegando a Alcalá como arriban los infantes a la coronación de un rey, y las calles engalanadas para rendir tributo a uno de los caudillos locales.

Mi padre era uno de ellos, y en su banquete, con el pecho bien arriba para que la medalla reluciera sobre su camisa azul, se movía de grupo en grupo de invitados como debían de hacerlo los marqueses que recibían a los príncipes en su palacio. Habló con todos en su día de gloria fugaz: arregló España, solucionó la Segunda Guerra Mundial y acabó con el comunismo planetario mientras alguna chica de mi edad le iba rellenando la copa de vino. Habló con todos, pero a mí me dedicó apenas un puñado de palabras, un «Hola, hijo» al verme llegar, el apretón de manos de quien va a clavarte un puñal y, ya en el día de su condecoración, los gestos ante el gentío con los que había de hacer notar que no había nada extraño entre nosotros, más allá de los recelos de un adolescente díscolo a quien había enviado a un prestigioso colegio de la capital.

Lo supe hacía mucho: si quería que mi padre me hiciera caso, habría de estar presente alguien más.

Mi madre, Nela, sí que me colmó de besos y achuchones nada más verme bajar del coche de caballos conducido por aquel antiguo funcionario. Llevaba más de dos meses sin verla y no puedo negar que su abrazo me pareció una tregua en medio de aquel espectáculo teatral. Me sorprendí llorando al calor de sus brazos, me sorprendí acurrucado en el ovillo del niño que fui.

«Roque, mi Roque, ay, mi niño».

Todas las preguntas que me hicieron mis padres me las hizo ella, que cómo me había ido el viaje, que cómo me estaba yendo en el colegio interno, que por qué escribía tan poco —cuando lo hacía era porque don Pedro nos obligaba, bajo pena por no cumplir el cuarto mandamiento—, que si estaba aprendiendo mucho. A todas ellas le respondí con monosílabos, no fuese a descubrir el murallón que había levantado entre lo que decía —«Sí». «Genial». «Por supuesto»— y lo que realmente pensaba, que aquel lugar que para ella debía de ser un privilegio no era en realidad más que una terrible prisión.

Hasta que una pregunta me desarboló. Estábamos en el salón de recepción de la casona y nos llegaba el canturreo de doña Elvira en la cocina, que ultimaba los detalles del banquete que se celebraría después de la condecoración. Me dijo: «¿Y eres feliz, cariño mío?». Su mirada se hundió en la mía y a los ojos de mi madre yo ya no podía mentirles.

Intenté responder, pero no salió sonido alguno de mi boca. Me esforcé por articular un «sí» o un «claro» que pudieran tranquilizarla, pero el peso de mis silencios, de mis noches sin dormir, de las palizas que en el internado se daban y de aquellos días que pasé en León, cuidando vacas aterido de frío, parecía bloquear cualquier intento. Ella lo notó. Las madres tienen ese poder.

«Roque, hijo, sé sincero…».

Apretó mi mano. Me acarició los nudillos. Yo tenía ya cuerpo de hombre, pero, a menos de un metro de Petronela, enlazado a sus manos carnosas, seguía siendo su niño pequeño.

«Queríamos darte una vida de oportunidades, hijo mío —continuó—. Cuando tu padre insistió en que fueras al internado, pensé que sería lo mejor. Pensé que te ayudaría a ser alguien respetado. Alguien mejor».

La miré de soslayo.

«¿Mejor que quién, mamá? ¿Mejor que él?», solté.

Ella parpadeó, sorprendida, y desvió la mirada. Intentó explicarse, vacilante, incapaz. Nunca fue mujer de muchas palabras.

«Roque, no hables así de tu padre. Él te quiere a su manera, te quiere y te da lo que él piensa que necesitas, aunque…, aunque a veces no estés de acuerdo».

Sonreí, irónico. Cómo era esa curiosa forma de mi padre de quererme, me pregunté, que ni siquiera me había dado un abrazo nada más verme. Había muchas cosas que quería decirle a mamá, tantas que me sentí incapaz, como quien teme desatar los infiernos. Que cómo había dejado que me pegara aquella paliza cuando capturaron a las maestras. Que por qué dejó que durante los años de la guerra me mantuviera recluido en la casona, instruido únicamente por don Saturnino, el cura del pueblo, por esos profesores particulares incapaces y con la sola compañía de los libros que pasaban la censura del Movimiento. Que por qué no fue capaz de oponerse a aquella idea del internado, como si yo también le sobrara a ella, yo, su único hijo.

Había tantas cosas que quería decirle que no fui capaz de decirle nada, y me limité a no responder, a provocar un silencio pesado y sombrío que se instaló entre nosotros hasta que nos interrumpió Elvira, la criada, que apareció en la sala con su deje cantarín:

«¿Podría decirme qué le parecen los canapés que he preparado, señora?».

Mi madre asintió, «Huelen muy bien, desde luego», y las dos se perdieron camino a la cocina mientras mamá se secaba la emoción de sus ojos con el dorso del dedo índice.

No me miró, y aquella conversación pendiente me persiguió durante mucho tiempo: todas las cosas que no me atreví a decir, los silencios que ocuparon su lugar.

Volví al libro que dejé a medias en el viaje de tren, y luego recorrí la casona dejándome absorber sin reparo por la nostalgia, esa de cuando uno regresa al sitio donde se agolpan los recuerdos.

Después de la condecoración de mi padre y del banquete en su nombre, las mujeres se fueron a la sala de costura de mamá y los hombres se reunieron a fumar puros y a charlar de forma jocosa y superficial en el porche de la casona, desde donde se tenía una panorámica completa de las tierras de papá, esas que yo, algún día, habría de heredar como hijo único suyo que era.

Era pasmoso verlo hablar de mí en público.

«Mi Roque estudia en uno de los colegios más exclusivos de Madrid, ¿sabéis? Vino ayer para asistir a mi condecoración. ¿A que sí, campeón?». Me rodeó con el brazo y me palmeó el hombro un par de veces mientras de la comisura de sus labios colgaba el puro. Luego dio una calada y me sonrió, diciendo: «Cuéntales, muchacho, cómo te va por allí, venga».

Respiré hondo, puse la cara de los ventrílocuos y respondí con un relato que no se parecía en absoluto a lo que yo estaba viviendo en el colegio San Miguel, un cuento de autoridad, disciplina, clases de historia de España, fe y patriotismo con el que cualquiera de esos señores se habría sentido orgulloso. Hasta que ese tipo orondo venido desde Sevilla, ese tal Valentino, se dirigió a mí para preguntarme: «Y después del graduado, ¿querrás estudiar algo, muchacho?».

A aquellos hombres del régimen les encantaba imaginar qué iba a ser de sus cachorros, cómo una nueva estirpe de grandes próceres llevaría a España hasta más allá del siglo XXI, ese futuro de coches voladores y de un comunismo por fin derrotado. Yo respondí sin querer encender el fuego que se avecinaba.

Se lo prometo, señorita Lali, no fue mi intención.

Fueron cuatro palabras. Mientras las enunciaba, con la inocencia de quien todavía no conocía cómo pensaban los franquistas, vino usted a mi mente, vino Juana y vinieron también los chiquillos a los que yo había comenzado a enseñar en el recreo del colegio San Miguel, en esas lecciones clandestinas a riesgo de que nos descubrieran.

«Yo quiero ser maestro».

Y mientras alguno de aquellos tipos puso cara de aprobación, otros trataron de evitar un gesto de burla o reprimir una carcajada con una calada a su puro.

«¿Maestro, muchacho? —me preguntó Valentino, socarrón—. ¿Sabes acaso cuánto les pagamos?». Otro me respondió señalándome aquel horizonte de olivares: «Para eso te quedas aquí, ayudando a tu padre en estas tierras preciosas».

El resto se atrevió a hablarme de mi futuro como si no fuera yo quien decidiera, y, mientras yo no sabía qué contestar, me di cuenta de que había uno de ellos que no había dicho nada todavía.

Mi padre se inclinó hacia mí y me habló al oído: «Ven adentro conmigo».

Y yo ya supe lo que estaba por venir, porque en sus ojos sabía leer la ira que se le encendía en algún punto de sus iris marrones. Nos metimos en el salón y cerró el ventanal que separaba aquella estancia del exterior.

Sus ojos prendieron como tantas veces vi arder.

«¿Cómo que maestro, imbécil? ¿Acaso nunca vas a dejar de dejarme en ridículo?».

Me quedé paralizado. Intenté articular una respuesta, algo que sonara mínimamente convincente, como que en el internado me había dado cuenta de que me gustaba enseñar, que había otros chiquillos a los que ayudaba en sus estudios durante el tiempo libre y que, después de mis lecciones, habían empezado a mejorar sus resultados académicos.

Un padre normal, como lo soy yo ahora —tantos años después de entonces—, se habría sentido orgulloso. Pero mi padre no lo era.

«¿Maestro como esas maestras rojas que hubo en el pueblo?», me preguntó, refiriéndose a usted y a Juana, cuyo paradero yo desconocía por aquel entonces. «Cómo esas, ¿eh? Pero vamos a ver, desgraciado, ¿acaso quieres acabar como ellas?».

Guardé silencio.

«Sí, como ellas... —continuó ante mi gesto de perplejidad—. ¡Anda!, pero ¿es que el señorito no lo sabe? Tus maestras están muertas, Roque. Muertas. Se las llevaron a la cárcel de Málaga y allí les dieron su merecido, ¿sabes? Yo mismo me preocupé por que mi testimonio terminara por condenarlas...».

Me quedé en blanco. Un calor me revolvía las entrañas, las ganas de vomitar y de echar la sangre que maldecía haber heredado de aquel que tenía enfrente. Las sienes me dilataban el espacio del cráneo, mis ojos enrojecían. Él, al verme a punto de la explosión, pareció disfrutar.

No, no podía ser verdad. No podía estar usted muerta, señorita Lali.

«Así que…».

Alzó la mano, esa que tantas cachetadas, con la palma y con el dorso, me había dado, y me amenazó con su justicia.

«Ten cojones de decírmelo a la cara. Que quieres ser un maestrucho. Que quieres renunciar a todo lo que tu madre y yo te hemos dado. Dímelo, que a veces pienso que tendría que haberte pegado más, mucho más. Que tendría que haberte dejado en aquel cobertizo, maldito desagradecido. ¿Qué es eso de que no eres feliz en el internado? Cómo te atreves a irle a tu madre con ese cuento, ¿eh?».

Tomó impulso y la cachetada me golpeó la mejilla como tantas veces en el pasado. Mi padre tenía cogida la medida a mi cara, como si esta hubiese crecido justo lo necesario para que sobre ella impactara su palma ancha y encallecida. Retrocedí, con la mano en el rostro.

«Escúchame bien. Todo lo que te pase, todo lo malo que te ocurra es porque se lo debes a Dios por aquel pecado que cometiste. ¿Me has oído? Y si lo pasas mal allí, y si te pegan, como cree tu madre, te aguantas. ¡Con lo que me costó que te admitieran! Es más, si me entero de que te han zurrado los curas, más fuerte te daré yo cuando regreses, ¿me has entendido?».

Volvió a alzar la mano, amenazándome con otra cachetada, hasta que una voz a su espalda lo frenó: «¡Javier!». La voz que debería haberlo detenido tantas veces antes, pero que nunca se atrevió. La voz de mamá.

«¿Qué haces, Nela?», le preguntó mi padre.

Ella corrió al salón y tiró de mi cuerpo para volver a hacerme un ovillo.

«No es momento, Javier, por el amor de Dios. Con la casa llena de gente».

Y me llevó hacia la cocina, lejos de mi padre, mientras yo jugaba a ser un hombre que no lloraba por cosas como esa. «Ya está, cariño, tranquilo», iba diciendo, poniéndome a refugio de las miradas indiscretas en una casa llena de personas que celebraban la medalla al valor de don Javier Martínez Buendía. Seguía consolándome en vano: «Ya está, Roque».

Al llegar a la cocina, me senté en un taburete y me mordí el labio superior hasta hacerme sangrar. Mamá me acarició las mejillas —en la izquierda tenía los dedos marcados de mi padre—, pero yo apenas podía levantar la vista.

«Ya conoces a tu padre. Bebe, se pone nervioso y...».

Chasqué la lengua, saboreando el sabor ferroso de la sangre.

«Y pierde el control, tesoro. Ya sabes...».

Pero no dije nada. De pronto, un sentimiento extraño me embargó. Pensé en Justo, pensé en Azucena y en los chicos del patio de recreo, pensé, para mi sorpresa, en don Pedro, y me di cuenta de que no quería otra cosa en ese momento que volver a verlos, que regresar a aquel lugar.

«Venga, volvamos a la fiesta, ¿vale?».

Sí, señorita Lali, lo que le digo: echaba de menos el internado.

12

Encinar de la Sierra (sierra norte de Sevilla), octubre de 1955

—Imaginad, por un momento, que os doy una bolsa de caramelos. Una bolsa enorme, con cientos, qué digo cientos, con miles de golosinas de esas que tanto os gustan.

Fanegas de campo, espuertas de grano, la distancia de portería a portería en un campo de fútbol reglamentario o también los caramelos son algunos de los ejemplos que Roque utiliza para que esa materia a veces abstracta e incomprensible como pueden parecer las matemáticas acabe por interesar a sus pupilos.

—¿Una bolsa de caramelos, don Roque?

En la cara del maestro se dibuja una sonrisa pícara, mientras, con la mano derecha, simula sostener esa enorme, esa quizá imposible bolsa de caramelos imaginaria. Al oírlo, los chicos ríen. Es la última hora de clase antes del recreo y en ellos ya apremia algo mucho más elemental que la comprensión de las matemáticas: descubrir lo que guardan en su tartera —pan, queso, fruta o, los más afortunados, unas onzas de chocolate—, con lo que se llenarán el estómago mientras juguetean, charlan y pasean por el patio.

—¿Cómo podríamos contar cuántos caramelos tenemos? —continúa el maestro, zarandeando su bolsa de caramelos imaginaria.

—¡De uno en uno! —responde Manolito, al fondo de la clase.

Roque niega con la cabeza de forma exagerada, teatral.

—¿De uno en uno? ¡Nos llevaría hasta el final del curso! —bromea, provocando algunas risas más entre sus alumnos.

Luego baja la mano, como si depositara en la mesa la bolsa imaginaria, y los mira con una seriedad juguetona que no tiene otra intención que activar su curiosidad.

—No, amigos míos, tenemos que ser más listos... —Tras una pausa, insiste—: ¿Se le ocurre a alguien?

Ninguno responde. Aguarda a que lo haga alguno de los que suelen contestar a sus preguntas en clase, aquellos chicos de mente despierta, como José, Fernando e incluso el pequeño Saúl, de quien cada día descubre algo nuevo, como un tesoro oculto.

—¿Nadie? Bueno, lo diré yo. Lo que vamos a hacer, señores, es agruparlos en montones. Montones de diez, de cincuenta o incluso de cien, si queréis. Si los contamos en grupos grandes, de repente, ese número que parecía enorme, con todos esos miles de caramelos que nos llevaría una tarde entera sumar, empieza a hacerse más pequeño, más manejable.

Algunas carillas se iluminan despiertas, ávidas. Roque les guiña un ojo.

—Las matemáticas, queridos alumnos, nos sirven para descomponer el mundo, que no es otra cosa que una suma infinita de números, como si de esta bolsa imaginaria jamás pudiésemos dejar de sacar caramelos. —Los chicos ríen de nuevo—. Nos sirven para mirar el mundo en trocitos más pequeños, y así poder entenderlo. Si aprendemos a descomponer los números, los problemas más complejos ya no serán un obstáculo.

Vuelve a mirarlos y concede un breve silencio. Es hora de lanzarles el reto, y se gira para escribir en la pizarra, en números bien grandes, la cifra 1.000.

—Imaginad que el número de caramelos de nuestra bolsa es mil. A ver quién es el primero en decirme cómo podemos descomponer este número en, al menos, cinco montones. Y, cuando terminéis, retad a vuestros compañeros de al lado a descomponer algún número que escojáis, ¿de acuerdo? —Mira al reloj de pared y avisa—: ¡Venga, que tenemos solo quince minutos hasta que toque el recreo!

Los chicos asienten y, prestos, se afanan por realizar la actividad. Solo se oye el rascar de los lápices en el papel y algún que otro bisbiseo, «Cien y cien, doscientos...», o algún crío que, a pesar de las indicaciones que el maestro les dio hace unos días, sigue contando con la yema de los dedos. Roque se acerca a ellos, a los que requieren ayuda, «Mejor contar con la cabeza, Miguelillo», pero el riiiiing retruena para que alcen las cabecillas y se les encienda el ímpetu. Con el permiso del docente, los muchachos se levantan con su desayuno para correr hacia el patio.

—¡Mire, don Roque! —Fernando le enseña el interior de su tartera, donde entre dos panes lucen unas rodajas de producto de matanza—. ¡Hoy tengo morcilla!

El maestro sonríe al muchacho y bromea con intercambiarle la manzana que él suele llevarse al recreo para llenar el estómago a media mañana. Luego lo ve perderse camino del mejor sitio del patio, que los chicos se disputan nada más salir de la escuela.

—¡Eh, que he llegado yo antes!

El patio no es otro que la plaza pública frente al colegio, en la que los chicos —en fila y con la cabeza entre las piernas del de delante— juegan al burro preguntándose «¿Churro, media manga o mangotero?», o saltan la rayuela, o bailan el trompo, o corretean tras un balón remendado mientras los vecinos del pueblo cruzan el improvisado campo de fútbol de acá para allá, el arriero junto a su mula, las mujeres de camino al arroyo con la colada, el aguador con sus pesadas garrafas, el leñador, el cestero, el que vende cuerdas y cordeles, todos compartiendo unas palabras con el maestro o con los alumnos, sorteando pelotas y cabriolas o el salto de una canica, y sonriendo ante la maravillosa provisionalidad que allí se exhibe: el mundo detenido para estas personitas, el mundo que para el resto no deja de girar.

Tras unos minutos a la deriva de sus pasos, en los que mordisquea la manzana y vigila la monotonía del recreo —el partido reñido entre los chicos mayores, los que juegan a pillarse, los otros que se sientan en corro—, Roque se acerca a Saúl, que sale del baño remetiéndose la camisa por un pantalón que, dos tallas más grande de lo que necesitaría, se sostiene a la altura de su cadera con un viejo cinturón.

—Ven, acércate, Saulillo. Quiero preguntarte algo.

Roque repara en ese papel que le sobresale de uno de los bolsillos del pantalón.

—¿Y eso?

El chico se apresura a metérselo dentro del bolsillo sin demasiado cuidado.

—¿Esto? No, nada —disimula—. ¿Era eso lo que quería preguntarme?

El maestro niega con la cabeza. No, es algo a lo que no ha dejado de darle vueltas desde aquel día en que el muchacho volvió a clase.

—¿Me vas a decir dónde leíste aquella poesía de la cabra y el sueño?

El niño patea el albero con los zapatos y le rehúye la mirada, posándola en el corro de compañeros hacia el que se dirigía.

—¿No me lo quieres decir?

Al cabo de unos segundos, ante la insistencia del docente, Saúl comienza a hablar:

—Fue un libro viejo que encontré en casa. Y que me leían de pequeño.

—¿En casa de don Tristán, quizá? —inquiere Roque, en alusión a la finca de la que, con las artimañas propias de un embaucador, terminó por sacarle.

Ya lo ha oído en alguna ocasión, que buena parte de las tierras del pueblo se gestionan desde su casona, que en ella se dirimen la mayoría de las políticas que atienden a la vida de los vecinos.

—¿Allí? ¡Qué va! —responde el niño con un bufido—. En

esa casa lo único que se lee es la Biblia, y lo hace un viejo cascarrabias, don Simón, el tío de la señora, que siempre anda dando sermones. ¿Sabe? Nos obliga a los trabajadores a rezar en la capilla de la casona al terminar la jornada, y a mí me coge de monaguillo, porque soy el más pequeño de todos.

Roque asiente. A pesar de lo que el chico le cuenta sobre la casa de don Tristán, sigue dándole vueltas a aquellas preguntas sobre la poesía de Miguel Hernández que recitó en clase, que quién, que cuándo, que cómo le leían al poeta alicantino, pero, de pronto, una tangana entre los chicos que juegan al fútbol, «¡Tú, tonto del bote!», llama la atención del docente. Se acerca hacia ellos, presto. Dos muchachos se han enzarzado tras una jugada brusca frente a una de las porterías, en la que un equipo ha estado a punto de marcar un gol. Tras la disculpa de los implicados —requisito que el maestro impone para reanudar el partido—, los jugadores vuelven a disputarse el balón, y Roque los observa durante unos minutos, dando ánimos y aplaudiendo jugadas por si la gresca se repitiera —sabe, como jugador de patio de colegio que fue, que siempre quedan rescoldos cuando en una jugada hubo fuego—, hasta que se da cuenta de que don Enrique, que había bajado al patio mientras él solucionaba el conflicto de los precoces futbolistas, ha abordado al corrillo en el que estaba Saúl y los regaña con su gesto severo de director.

Se dirige hacia allí observando cómo el hombre coge del brazo a uno de los chicos y alza su voz ruda y déspota, como de oficial de un ejército imperial, para darle una cachetada que casi lo tira al suelo.

Roque atraviesa el patio con rapidez, como un ave zancuda, y a unos metros del corro de chicos y del director advierte quién es el alumno sobre el que parecen haber caído todos los infiernos.

Don Enrique lo sostiene en volandas, zarandeándolo del hombro. Es él, Saúl.

—¿A que no sabe qué ha hecho este malnacido, don Roque?

El chico, bajo la autoridad del director, hace un esfuerzo por no llorar. Los demás muchachos, Manolillo, Fernando, José, siguen sentados, pálidos, tiesos, como si los hubiese congelado una tormenta de nieve.

—¿Qué ha pasado? —pregunta Roque, estupefacto.

Solo entonces lo ve: el papel que el director agita con la mano izquierda, mientras que con la derecha aprisiona a Saulillo. Ese mismo papel que minutos antes el crío había escondido en el bolsillo para evitar que su maestro se lo requisara.

—¿Que qué ha pasado? —responde el director, enrabietado—. ¡Que estos mequetrefes, estos sinvergüenzas tramaban algo! Mi olfato no me engañaba. Al acercarme, he visto que este mocoso se guardaba rápidamente un papel y que el resto acallaba sus risitas de hiena. ¡Mírelo, don Roque! —Le ofrece la hoja arrugada mientras señala hacia los muchachos—. ¡Estos se van a pasar una buena temporada bajo arresto! Y este hijo de perra ¡¡no volverá a ver la luz del sol!!

Al enfadarse, a don Enrique se le despeina la raya del pelo, le salen esputos de la boca y se le arruga el morro como a un animal. Roque toma el papel y lo mira en un intento por sosegarlo, pero es en vano. Antes de asomarse al contenido de esta cuartilla, escrita con la caligrafía torpe de un colegial, mira a los chicos implicados, que contienen la respiración como si sobre ellos pesara, de pronto, el juicio de un inquisidor.

Comienza a leer y la reconoce: es la letra de Saúl.

Don Enrique es un cerdo enfadado,
su aroma es peor que el del pescado.
Siempre grita y nos mira con furia,
más vale alejarse de su penuria.

Al levantar la vista de la cuartilla, Roque se encuentra con la misma mirada con la que don Enrique ha descubierto al improvisado poeta y sus versos furtivos.

La mirada de un caudillo.

—Venga a verme a mi despacho, don Roque —le ordena el director.

Roque no reacciona. Mira a Saúl y busca una respuesta a todas las preguntas que le surgen. Pero ¿cómo has podido hacer algo así? Tonto, vaina, carajote. ¿Cómo has sido tan poco discreto, tan osado? ¿Cómo?

—Y tú... ¡vas a enterarte de quién soy yo!

El director vuelve a cachetear al muchacho y luego, como a un guiñapo, le propina un puntapié para empujarlo hasta la fachada que sirve de linde al patio de la escuela. Entonces echa mano al bolsillo del pantalón y saca una moneda que se apresura a sujetar contra la pared, haciendo presión con el dedo índice.

—¡Pon la nariz aquí y no la levantes hasta que termine el recreo! —ordena al niño—. Y como se caiga la moneda, ¡más tiempo pasarás contra la pared!

El muchacho posa la naricilla sobre la perra chica. Llora.

Luego llueve una advertencia sobre el resto de sus amigos:

—¡Y que nadie se atreva a hablarle!

Seguidamente, el director le hace un gesto a Roque para que se dirijan a la escuela, ante la atenta mirada de todos los chicos del patio, que han acallado las risas y paralizado el esparcimiento al advertir la escena de ese corro de chiquillos.

«¿Qué ha pasado?», oye el maestro de fondo, entre bisbiseos.

Nadie se mueve salvo los dos adultos y ese par de pajarillos que se han cruzado, revoloteando, jugando a quererse, en el camino de los docentes, que afrontan la escalinata de acceso a la escuela como si también Roque estuviera bajo arresto.

Este traga saliva. De pronto, se siente pequeño, como si don Enrique fuese el cura de su pueblo cuando él era un zagal, como si fuese don Pedro en el internado, como si fuese su padre descubriendo su traición. Los pájaros pían; son el augurio antiguo de una tormenta.

—Dígame que usted no tiene nada que ver con esto. —El

director zarandea el papel como hace unos segundos hacía con el hombro del muchacho.

—Estos días hemos estudiado a los poetas clásicos —responde Roque, divisando desde la ventana del despacho a Saúl, de espaldas al mundo—. Les hablé a los chicos de Quevedo. Les leí algunas de su poesías satíricas. Saúl ha debido querer emularlo. Y se ha equivocado, no hay duda. El castigo que usted decida estará más que merecido.

El director aprieta los dientes. La cabellera no deja de nevarle al compás de su vaivén.

—Le voy a decir una cosa, Roque. Y se lo diré por última vez. No confío en usted. Creo que usted ya se habrá dado cuenta. Ahora comprendo la advertencia que me hicieron, que lo atara en corto. Creo que no es consciente todavía de la escuela en la que enseña. Esos chicos no tienen por qué escribir poesía. Tampoco aprender usando esa estupidez de la magia, como ya le dije. Que se limiten a contar la métrica y a distinguir las rimas asonantes y las consonantes. ¿Qué quiere, que sean poetas? ¿Ellos? ¿Esos pobres hijos de campesinos? No sea tan idealista. ¿Por qué no les dice usted dónde está ese maricón de Lorca? ¿O todos los que tuvieron que huir del país como ratas? Limítese a enseñar lo que le toca, ¿de acuerdo? Si no, me veré obligado a dar parte en el Ministerio de Gobernación. A don Ireneo le cayó muy bien el otro día, cuando visitamos su clase. Le hice ver que era un privilegio que usted eligiera expresamente esta escuela habiendo podido obtener plaza en muchas otras, como me confesó don Francisco, el gobernador civil. Y yo se lo agradezco, ojo, que nos escogiera. Alguien preparado como usted nos es necesario. Pero no así. ¿Sabe? Con una sola llamada puedo hacer que lo aparten del magisterio para el resto de su vida. ¿Quiere eso, Roque?

El maestro vuelve a tragar saliva. Niega. Callado, inmóvil.

Don Enrique alarga la mano y le cachetea levemente la mejilla.

El maestro vuelve a ver a don Pedro.

—Así me gusta. Y, ahora, déjeme decirle otra cosa. Veo que ha hecho usted muy buenas migas con ese desgraciado. Ya le dije que no merecía la pena que se esforzara con ese Saúl. ¿Le han contado de dónde le viene esa vena de poeta? Porque es posible que no lo sepa. Vaya esta tarde a casa de su madre, de esa ramera. Pregúntele quién era su marido antes de la guerra.

Roque asiente, mudo todavía.

—Pregúntele a esa Asunción —le insiste el director—. Se va a llevar una sorpresa.

Y vuelve a mirar por la ventana. En el patio, mientras el resto de los chicos juega, Saúl no mueve un músculo contra esa moneda que sostiene entre su nariz y la pared.

13

Verlo dormir, a Saúl, acurrucadito en la cama de la casa del maestro como si no hubiese en él culpa o mácula, tapado con la sábana suave de las primaveras o los otoños prematuros, le es como recordar, de pronto, cuando él también dormía sin que los fantasmas lo rondaran, como duermen los niños sin que nada les curve la espalda, salvo el macuto escolar. Roque era un crío que dormía a pierna suelta. Cuando su madre, Nela, lo acurrucaba, tardaba apenas unos segundos en estar en brazos de Morfeo. Recordándolo, recordándola, Roque mira a Saúl y sonríe, paternal, bajo el quicio de la puerta de su modesta habitación. El chiquillo se ha quedado dormido nada más llegar a casa del maestro, tras el tormentoso día de hoy en el que se creyó Enrique de Quevedo y acabó siendo una suerte de Miguel Hernández.

Pero cómo pudiste ser tan torpe, Saulillo.

Al llegar a la casa, Roque le ha dicho que esta tarde, después de las clases vespertinas, no era necesario que continuaran adecentando la casa —en los últimos días venían reparando la techumbre y repintando aquellas estancias en las que las paredes habían perdido su color—, que si quería descansar, que lo hiciera. Y Saúl había accedido finalmente, tras lo cual le había curado las magulladuras y limpiado los restos de embarrado de la ropa, no fuese a descubrir la madre del niño, doña Asunción, qué le había sucedido en la escuela.

—Pero mi madre acabará enterándose seguro, don Roque —se lamentaba Saúl.

El maestro saneaba con una gasa la mejilla malherida.

—Bueno, si se entera, por lo menos que no te vea hecho un cristo.

Porque los golpes que le había propinado don Enrique y aquella jugarreta de la moneda no fueron los únicos palos que tuvo que soportar el chiquillo. Porque el director también tiene sus propios monines, chicos que saben bien a qué árbol arrimarse, que insultaron, patearon y dieron collejas a Saúl al salir de clase, recriminándole esa poesía satírica digna del Siglo de Oro.

Que cómo era tan desagradecido, que si era un antiespañol, un idiota, un atontado.

Roque jugó a un equilibrio, a sabiendas de que no podía actuar del todo, no sin que se notara que, a pesar de la afrenta a un adulto, estaba de parte del chico. Por tanto, se limitó a separar a los alumnos mayores que Saúl, pero culpó a este de haber forzado toda esa situación con la poesía de marras. Hasta que luego, a solas, le confesó que no había tenido otro remedio y lo reprendió.

—Pero cómo has sido tan estúpido, Saúl, por el amor de Dios. Jugártela así.

El niño no sabía cómo mirar a su maestro, como si esperase de él otra reacción.

—Pero eso era poesía, ¿no? Como la de Quevedo.

Tampoco Roque supo responderle, porque si con algo habría querido contestarle, hubiese sido arrojándole, como quien lanza un proyectil, el nombre de todos esos poetas que solo por componer versos ya no estaban en este lado del mundo.

—Es poesía, sí. Pero la poesía no es un arma arrojadiza. Hacer poesía para insultar, para ridiculizar a otra persona, no es hacer poesía. Y sí, ya sé que leímos en clase a Quevedo. Pero este llamó coja a la reina sin que ella se enterara. Cuando seas capaz de escribir de esa forma sutil, jugando con las palabras para decir sin decir nada, entonces podrás escribir sobre don Enrique o sobre quien quieras. Pero ahora, esto ha sido una imprudencia, ¿me oyes?

El niño asintió. Roque terminó por sacudirle el polvo de la ropa y le ofreció su cama para que descansara un rato. Se durmió a los pocos segundos.

El maestro está ahí cuando el niño se despierta.

—¿Has podido descansar, Saulillo?

Este se resiste a abrir los ojos. Querría quedarse ahí a vivir eternamente, pero sabe que tarde o temprano tendrá que enfrentarse a su madre. Se incorpora sobre la cama, ocupa el aire con los brazos para desperezarse y se ayuda del maestro para bajar de la cama, porque no le llegan al suelo los pies, que le cuelgan como los de los condenados.

—Venga, que te acompaño a casa, por si necesitas un cable con mamá.

El niño sonríe, apenas convencido. Minutos después, tras terminar de recoger un poco, salen afuera, a una tarde suave y mansa, y caminan hacia la choza del muchacho imaginando todos los escenarios posibles para con su madre, cuya justicia teme más que la del Caudillo. Hasta que, unos metros antes de abordar la calle en la que se encuentra la casa del chiquillo, Roque, que no ha dejado de darle vueltas a lo que ha ocurrido hoy, a su responsabilidad como docente, se frena para romper el silencio y, poniendo una mano en el hombro del niño, le dice:

—Mira, Saúl. No es que no debas escribir lo que sientes o piensas. La poesía es un refugio, pero también es un espejo, ¿entiendes? Refleja lo que llevamos dentro, y hay momentos en los que hasta nosotros mismos nos sorprendemos de lo que encontramos ahí. Y tenemos que ser precavidos. Más aún en el mundo en que vivimos hoy.

Él lo sabe bien. Lo que llevamos dentro a veces es un lobo que nos come las entrañas. Se miran.

—¿Pero entonces...? —murmura Saúl, dubitativo—. ¿De qué sirve escribir?

Roque se arrodilla frente a él, a su altura, y sonríe.

—Si lo que quieres es escribir poesía, Saulillo, yo te enseñaré. Pero una poesía que construya. Para enseñar al mundo que dentro de un muchachito como tú puede haber un alma de poeta, ¿de acuerdo?

Saúl asiente, procesa con gesto serio, de adulto casi, la proposición del maestro. Se le ilumina el rostro al recordar algo.

—¿Pues sabe qué, don Roque? Que hay otros chicos de la clase que también quieren aprender a escribir poesía.

—¿Ah sí, quiénes? —le pregunta Roque cuando retoman el camino, imaginando, curioso, que detrás de esas palabras quizá estén Manolillo, el hijo de Matías, Fernando o José.

—Los que estaban sentados conmigo en el corrillo.

Levantan la vista hacia la casa del muchacho. Allí, en las escalinatas del zaguán de la puerta, aguarda, brazos en jarra, doña Asunción, pero ellos no han podido verla todavía. Lo hacen en cuanto la mujer sale a la calle con un grito como quien lanza una salva de fusiles.

—¡Tú, malnacido!

Cómo se habrá enterado, si no es con ese poder de madre de saber todas las cosas.

El niño se frena y, en un acto animal, busca refugio detrás del maestro. Este lo coge de la mano y le pide valentía para afrontar la llegada de su madre, que, con una zapatilla en la mano —una babucha, como dicen aquí—, camina hacia ellos con el rostro enrojecido, hecha un basilisco.

—¡Con el director, Dios santo! ¿Cómo te has atrevido? —continúa gritando.

Roque intenta frenarla con el gesto conciliador de un hombre bueno, «¡Un momento, doña Asunción!», pero esta lo aparta, «¡No quiero hablar con *usté*!», y busca dar caza a su hijo como el gato que zigzaguea tras un ratón. Hasta que el maestro interviene interponiendo el cuerpo entre madre e hijo.

—Déjeme explicarle, doña Asunción, porque yo he tenido algo que ver...

Solo entonces la mujer se contiene. Asiente y, con el gesto de una institutriz, levanta la barbilla y ordena a su hijo que entre en casa de inmediato. De camino, les explica, encrespada, que al salir de clase unos chiquillos habían pasado por allí para advertirla de lo que había sucedido esta mañana. Que le dijeron con sorna: «Oiga, ¡don Enrique ha castigado a su hijo por una poesía que escribió!».

Al cruzar el umbral de la casa, doña Asunción cierra la puerta con un golpe seco. Sin mediar palabra, dirige otra mirada gélida a Saúl y, antes de que el muchacho logre balbucear una explicación, le asesta una bofetada, la segunda del día además de los golpes que ha recibido de aquellos chicos mayores. El niño retrocede, aturdido, con el rostro enrojecido tanto por la vergüenza como por la palma dura y encallecida de su madre.

—Si el director te ha castigado, yo lo haré aún con más razón —espeta la mujer, que aprieta los labios con la voz cargada de reproche—. ¿Qué demonios has hecho para avergonzarme así?

Roque, que había permanecido en un respetuoso segundo plano, da un paso al frente y extiende una mano, como si quisiera frenar el ímpetu de la madre.

—Doña Asunción, le ruego que me escuche un momento —le pide con un tono calmado pero firme—. Saúl se ha excedido, sí, no se lo niego. Pero ha sido algo sin malicia. Todo fue por una poesía.

La mujer lo observa sin aflojar la expresión severa, hasta que, finalmente, lanza un suspiro y vuelve la vista a su hijo para ordenarle, con la voz de un filo cortante:

—Vete a tu cuarto. Ya hablaremos luego.

Saúl asiente, esquivando la mirada de Roque, y se retira con pasos ligeros, como si quisiera desaparecer tras un agujero negro. Una vez que la puerta de la habitación del niño se ha cerrado, doña Asunción se cruza de brazos y fija los ojos en el maestro, como si este también fuese su hijo, como si sobre él también pesara su poder de madre.

Le pregunta, escéptica:

—¿Una poesía? ¿Todo lo que se ha montado es por una poesía?

Roque se permite unos segundos para escoger con esmero las palabras con las que responder. El silencio de esta casa en penumbra huele al guiso que debe reposar para la cena en el fuego de la cocina. Da un pequeño rodeo con la mirada: un mobiliario austero, croché sobre la mesa camilla en torno a la que se han sentado y ninguna estampa familiar, como si aquí no vivieran más que los figurantes de una película de Berlanga.

—Pues verá, doña Asunción —dice al fin—. Saúl escribió unos versos... satíricos, burlones, intentando emular a los clásicos. E insultó al director con ellos. Lo llamó cerdo y no sé qué más. Por supuesto, es algo que no tendría que haber hecho. Se ha equivocado del todo, y ya se lo he recriminado yo con firmeza. Pero déjeme decirle que el niño no pretendía causar daño. Solo intentaba hacer una travesura con las palabras. En su ingenuidad no previó las consecuencias. Eso fue.

La madre suelta un suspiro y baja la mirada. Al trasluz de una ventana, una claridad tenue dibuja los meandros de su rostro, de un pelo rizado domado en un moño bajo y con numerosas canas blancas que le nacen de la raíz, de los ojos de un atardecer, del negro de su luto sempiterno. Responde, críptica:

—No sabe *usté* cuánto daño ha hecho la poesía en mi vida, don Roque...

El maestro extiende el brazo sobre la mesa para atravesar la tierra de nadie y apretar la mano de la mujer.

—Si quiere contarme algo, soy bueno escuchando, doña Asunción.

Sí, algo sabe por cuanto ha oído en este pueblo desde que ese jornalero, Matías, le puso al corriente en el autobús de Sevilla sobre Saúl y su madre: que se había quedado viuda durante la guerra, que al chiquillo no se le conoce padre.

—¿Tiene que ver con su marido? —insiste.

Otro suspiro, como si hablase un dolor antiguo. Y más silencio, denso, mientras suena el compás de un reloj de pared marcando el final de la tarde. Y los ojos de ella —aceitunos, heredados por su hijo— son los agujeros por los que se cuelan los ríos dúctiles de un llanto callado. Debe de rondar la cincuentena, podría ser su propia madre, pero la soledad y los pesares parecen haber hecho mella en ella y aparenta incluso más edad.

—Yo era ingenua y estaba *enamorá*, don Roque —responde la mujer, con una voz entrecortada y manoseando nerviosamente el mantel que le cubre las rodillas—. Y pensaba que la guerra era cosa de unos señores que se daban tiros en lo alto de un cerro o desde una trinchera. Cómo iba a pensar yo que se iba a llevar lo que más quería. Cuando los falangistas se hicieron con el poder, señalaron a mi marido. Yo le dije que nos fuéramos, pero él era otro ingenuo, tanto como yo, y no dejaba de repetir que qué iban a hacernos, que él no iba a ningún lado. Hasta que vinieron, claro que vinieron. Una noche tiraron la puerta abajo y lo sacaron de la cama. Ni despedirme de él me dejaron esos. Esos... Mejor no le digo lo que pienso de todos esos a los que ahora se les llena la boca al hablar de la patria y de lo buenos españoles que son. Y caí enferma. Se lo podrá imaginar *usté*, don Roque. Enferma de tristeza, ya me entiende.

Así que por eso la llaman en el pueblo la Loca, piensa Roque de pronto.

—Lo siento mucho, doña Asunción...

La mujer guarda silencio. Apenas puede contener con sus reservas, con su prudencia de viuda, un gesto de rabia en su rostro compungido, en el llanto que le brota como de un precipicio. Roque vuelve a buscarle la mano para apretársela, pero ella se la esconde bajo la mesa, manoseando el mantel cada vez más violentamente, como si pudiera canalizar el arrebato de sus palabras estrujando algo entre las manos.

—Y me quedé sola y viuda de rojo —continúa tras una larga pausa—. Así que se puede usted imaginar a qué tuve que dedicarme, porque no tuve derecho a nada, ni a la limosna a la puerta de la iglesia.

Roque asiente. En el mutismo de sus labios, en el titilar de los ojos de esta mujer se bosquejan, de pronto, las ausencias de su relato: el paseo que le obligaron a realizar bajo la mirada —la burla, la humillación más bien— de todo el pueblo, «¡Puta! ¡Traidora! ¡Roja!», la cabeza rapada, el vacío de su cama y aquellos encuentros bajo transacción comercial que fueron su forma de resistencia, porque Asunción, aun sin ser mocita, seguía siendo una mujer deseada, «Cinco minutos y no me manches, ¿eh?», y no le faltó el sustento de aquellos hombres que jadeaban sobre ella como si siguieran ganando la guerra cada vez que la penetraban.

—Y en alguno de aquellos encuentros me quedé *preñá*. Y así fue como llegó mi niño. Mi Saúl. Saúl se llamaba mi padre y decidí rendirle homenaje; a él, que se le murió a mi madre tan de repente, como a mí mi marido. A mí los hombres me han abandonado de forma prematura, ¿me comprende *usté*? Solo espero que mi niño no lo haga. Por eso no quiero por nada del mundo que lo señalen. Que me aterrorice otra vez el *mieo* de pensar que puedan volver a entrar en casa y llevárselo como se llevaron a mi Sixto. Por eso no quiero volver a saber nada de la poesía, ni de los libros, ni de la ciencia... De todo lo que condenó al amor de mi vida.

Al oír ese nombre, Sixto, recuerda de repente el que le mencionó unos días antes doña Antonia, mientras terminaba de limpiar la casa de detrás de la escuela. Le pregunta, arqueando las cejas:

—Su marido, Sixto, ¿no sería...?

Y doña Asunción asiente, trémula, estremecida, porque ya sabe en quién está pensando el maestro. En él.

—Sí, ya debe *usté* saberlo, don Roque. Mi Sixto era el maestro de la escuela durante la República. Un maestro querido y respetado, aunque le digan lo contrario. Y usted ha heredado su aula, ¿sabe?

14

Internado de San Miguel (Madrid), noviembre de 1939

Escribí la nota bajo las sábanas de mi cama, al alba, antes de que los demás despertaran, con un lápiz que birlé de la escuela a propósito. Era un mensaje breve, sin rodeos: «Mañana, en el patio, junto a la reja, a las 11.55». La doblé con cuidado y me la guardé en el bolsillo hasta que, en el momento de recreo, me acerqué a aquella reja que en uno de los laterales del patio del colegio nos separaba del internado contiguo. Era el único lugar que hacía accesible a las niñas de esa escuela melliza de la nuestra.

«Creo que sé cómo puedes hacerlo...», ideó Justo. Y me dijo que había una forma de contactar con el otro lado durante el recreo, que don Pedro solía quedarse en su despacho hasta las doce —cuando tocaba el timbre y había que hacer fila para cantar el *Cara al sol* brazo en alto antes de volver a clase— y que, con la habilidad adecuada, a don Santiago no era difícil distraerlo poniendo como excusa alguna chiquillada.

Mi amigo se prestó a hacer de gancho. «Tendrás cinco minutos, no más», me dijo.

Y así fue como, cuando vi que Justo se acercaba al cura joven para pedirle que lo acompañara al extremo opuesto del patio —leí en sus labios algo así como «He descubierto algo»—, corrí hacia la valla metálica rezando por encontrarme al otro lado con cualquier chica a la que poder darle esa nota enunciando el nombre de su destinataria.

Aguardé unos segundos inquieto, danzarín, mirando de soslayo hacia el patio de los chicos, hasta que una niña con coletas rubias apareció junto a la valla persiguiendo una pelota furtiva que se les habría escapado en sus juegos.

(Que las chicas también jugaban a la pelota, me sorprendí).

«¡Eh, oye!», le grité.

La niña se acercó, desconfiada primero, luego curiosa. Extendí el brazo, atravesando la frontera de las dos escuelas, para entregarle el papel doblado. Finalmente, ella lo aceptó mientras yo le susurraba: «Es para Azucena. Búscala para dárselo».

La chiquilla asintió y, ante las voces que sonaron de pronto detrás de ella —sería una sus compañeras, que reclamaría la pelota para el juego—, se perdió de mi vista, sosteniendo el papel doblado y sin decirme adiós ni garantizarme que el mensaje furtivo llegaría a su destinataria.

Se podrá imaginar, señorita Lali, cómo pasé aquel día y la noche, y también la mañana del día siguiente mientras íbamos a misa al amanecer, dábamos clase y cantábamos el himno de España de Pemán —«Alzad los brazos, hijos del pueblo español que vuelve a resurgir»— antes de bajar al recreo.

A seis minutos de las doce, Justo volvió a distraer a don Santiago con una excusa distinta. Le dijo, en esa ocasión, que necesitaba ayuda con las tablas de multiplicar, que no había manera de hacerse con ellas, y el cura comenzó a cantárselas desde la primera mientras yo volvía a recorrer el patio en dirección a la valla metálica del fondo con la esperanza de verla a ella al otro lado.

A ella, a Azucena. Qué bien me suena su nombre todavía.

«He estado aquí antes que tú», me dijo al verme llegar.

¡Era ella! ¡Había aceptado mi invitación!

«Gra-gracias por venir, Azucena», le dije.

Yo seguía intentando hacerme el duro con ella. Poner cara de galán y evitar que se me notara el corazón desbocado saliéndoseme por la boca o los nervios turbándome la mandíbula inferior.

Ella miró hacia el patio de los chicos, temiendo que alguien pudiese vernos. Le dije, presuntuoso: «Tranquila, lo he organizado todo para que tengamos algunos minutos para vernos. Eso si no nos descubre ninguna monja desde tu lado». Señalé hacia su patio, donde podía ver a otras niñas jugando, saltando a la comba o a la rayuela, entre las cuales también se dejaba vislumbrar algún hábito bailarín, porque bien conocido era cómo les gustaba a las monjas interactuar en el tiempo libre con sus pupilas.

«Si nos descubren, diré que es tu culpa, ¿de acuerdo?», me amenazó ella.

Yo volví a tirarme un farol: «Tengo la protección de don Pedro, no te preocupes».

Ella arrugó las cejas e hizo un silencio que yo no supe muy bien cómo romper, y eso que había ensayado durante el día entero todas las formas posibles de iniciar la conversación. Y en todas ellas (buena era mi imaginación, ya sabe usted, señorita Lali), la chiquilla acababa enamorada perdida de mí.

Pero no fue ese el resultado. No al menos en aquel primer encuentro fugaz.

Azucena se impacientó, mirando de reojo hacia su patio.

«Y ¿para qué querías verme? ¿Para decirme hola?».

La pregunta de la chica me desarmó de inmediato. Claro, ¿para qué quería verla? Había imaginado un sinfín de razones, pero ninguna salía de mis labios en aquel momento. Yo, Roque Martínez, que había roto multitud de corazones en el pueblo, que ya había robado besos en las esquinas de las plazas, me había quedado mudo de repente.

Me rasqué la nuca y me decidí por una pregunta recurrente: «Quería saber más de ti. ¿De dónde eres, por ejemplo?».

Los dos miramos hacia atrás, temiendo que nos descubrieran. Vi a Justo, al otro lado del patio, charlotear con don Santiago, que le seguía el juego sin atisbar qué estaba ocurriendo a ambos lados de la valla.

«¿Que de dónde soy?», me preguntó.

De pronto contestó con gesto altivo, el mismo ademán de

misterio al que jugará conmigo todas las veces que nos fuéramos a encontrar. «Se supone que de una buena familia, pero, en realidad, es como si no fuera de ningún lado —me dijo cruzándose de brazos, como si de golpe hubiese levantado un muro entre los dos—. Me crían las monjas de este colegio desde que era niña, porque, dicen, eso me hará una buena mujer».

La miré atónito y me di cuenta de que detrás de esa apariencia de chica guapa y lista se dejaban entrever las hendiduras de un jarrón roto. Tras esa inesperada confesión, que desarboló todas mis respuestas ensayadas, todos los cauces por los que yo suponía que podía discurrir la conversación, guardé silencio sin saber qué decir. Supuse que esperaba que yo, incomodado, diese por concluido nuestro encuentro secreto y volviera al refugio de mi mundo de hombres.

Pero no lo hice. Me quedé allí, con los dedos rozando la fría reja de metal, y le respondí sin titubear, intentando tender un puente entre ambos. «Yo también me siento como abandonado, ¿sabes? Estoy aquí porque mis padres decidieron librarse de mí durante un tiempo», le dije sin saber muy bien por qué le contaba eso a ella, la primera persona a quien le hablaba de mis padres en aquel lugar.

Azucena afirmó con un leve gesto, en silencio, con los ojos enfocados en algún punto perdido entre los dos patios. Parecía comprender el drama por el que yo pasaba desde hacía dos años sin necesidad de palabras.

«Lo siento mucho», dijo.

Y yo le contesté que no se preocupara, y seguimos mirándonos, serios, acongojados de pronto, hasta que decidí que la conversación no podía morir así, con aquella zozobra repentina. Miré hacia el patio de las niñas y le hice un gesto para que se volviera hacia esa monja que saltaba a la comba. «Menos mal que las monjitas llevan ropa interior, ¿no?», le pregunté entre risas.

Azucena esbozó una carcajada que mostró en su mejilla un precioso hoyuelo. Su risa era suave aunque contagiosa, y de pronto, en medio de ese patio frío, con el rumor de las voces de los niños y las niñas a cada lado de la valla metálica, sentí que el mundo se iluminaba.

«Tienes una sonrisa muy bonita», la piropeé, y ella pensó quizá en responderme —o eso quise creerme yo—, decirme tal vez que yo también era un chico mono a pesar del aspecto desvalido que compartíamos todos los alumnos del San Miguel, decirme todo eso hasta que, de sopetón, alguien nos sorprendió.

«¿Hola?».

Me había pasado del tiempo que estipulé con Justo en nuestro plan maestro y, sin darnos cuenta ninguno de los dos, una voz nos había sacado de la conversación trayéndonos de vuelta a ese horrible lugar. Me giré y lo vi. A don Santiago. «Así que es por esto por lo que tu amigo Justo lleva dos recreos entreteniéndome con preguntas absurdas, ¿no?», me preguntó.

Detrás venía Justo, cabizbajo y avergonzado.

Pero, contra todo pronóstico, el cura rio. «Lo que se hace por hablar unos minutos con una chica guapa, ¿eh, Martínez?». Y le hizo un gesto a Azucena para que volviera a su patio, con sus monjas y sus combas y esos juegos de las niñas destinadas a ser las madres de España.

La vi alejarse sin que nos pudiésemos despedir, y la congoja me azotó de nuevo al pensar que tal vez nunca volveríamos a vernos. (Déjeme decirle, señorita Lali, para su tranquilidad, que no será así).

«¿Va a decírselo a don Pedro?», le pregunté, temeroso, a aquel cura joven a quien todavía yo no conocía lo suficiente.

Él me respondió, pícaro y mordaz: «¿Y darle ese disgusto a mi compañero? Le tiene mucha estima a usted, Martínez...». Me guiñó un ojo y me rodeó con el brazo. «Dejémoslo en un secreto de tres, ¿de acuerdo? —nos preguntó a Justo y a mí—. Pero no vuelvan a acercarse aquí».

Asentimos sorprendidos y, con alivio, regresamos al grupo de niños. Mientras hacíamos la fila para cantar el *Cara al sol*, brazo en alto, mi mente seguía en esa reja, en la sonrisa de Azucena y en la confesión que le había hecho. Volví a preguntarme: ¿por qué le había hablado de mis padres? Apenas la conocía y, sin embargo, ahí estaba yo, revelándole una parte de mi vida tan privada que nunca la había compartido en el internado, ni siquiera con Justo. La pregunta me atormentaba y, aunque me esforzaba por mantenerme firme y cantar con el resto, sentía que mi mente seguía atrapada en aquel instante breve de la valla, jugando a ser libre como quien busca el amor de las mocitas en la verbena del pueblo.

Volvimos al aula con el paso firme y acompasado de una marcha fúnebre. Esperamos a don Pedro de pie y en silencio, como era costumbre, y cuando el maestro entró, con su perfil aguileño, su espalda curvada como un alto ciprés enfermo, nos sentamos frente al pupitre y sacamos el plumier con el material para iniciar la clase.

Durante el resto del día no dejé de pensar en Azucena. Mi mente navegaba como un barco a la deriva en los futuros posibles, todos en los que me casaba con ella y de esa unión nacían muchos hijos que por seguro no se parecían a mi padre, todos en los que los besos nos los dábamos sin una reja de por medio, todos con sus «ojalá» y todos sus «¿y si?». Retomé las clases de la tarde e hice gimnasia, y recé la oración vespertina habitando más aquel mundo, el de esos futuros con Azucena, que este, hasta que, mientras me ponía en la cola para aguardar a mi turno de la ducha, la mano de Justo y luego el gesto de terror de su rostro me pidieron que lo acompañara al baño.

«¿Qué pasa?».

Él se había pasado la tarde limpiando la clase y luego el despacho de don Pedro. Yo, que era uno de sus monines, me libraba de todo aquello.

«Pero dime, Justo, ¿qué pasa, joder?».

El terror. El terror en su rostro, señorita Lali.

«Creo que estamos en un buen lío, Roque. En uno muy grande», me dijo mi amigo, pálido y cariacontecido, tras cerrar la puerta del baño.

15

Encinar de la Sierra (sierra norte de Sevilla), octubre de 1955

Preparaban en clase, para el día de la Raza, la aventura de Colón. Ante la atenta mirada de los chicos y en plena batería de preguntas curiosas, «¿Cómo no se murieron en la travesía, don Roque?», «¿Cómo se comunicaron con los indios, maestro?», don Enrique entra en el aula diciéndoles a los chicos, con un gesto, que no es necesario que se pongan en pie, que no entonen ese bosque de cipreses al que se asemejan cuando todos se levantan de la silla.

—Disculpe que los interrumpa, don Roque —se excusa, de camino a la mesa del maestro—. Pero hay algo que tengo que proponerle.

Roque asiente tiza en mano, con aquella explicación del día de la Raza en pausa.

Que requieren su presencia en la escuela de niñas para la asignatura de Formación del espíritu nacional, le explica el director. Que le han pedido que le dé permiso a don Roque, él, que estudió en Madrid y conoce la gran ciudad, para que vaya una horita a hablarle a las niñas.

—¿Sabe quién me lo ha pedido? —le pregunta el director.

Roque ya sabe la respuesta. Habrá sido ella.

—¿La señorita Dolores? —responde.

El director asiente.

—Así es. La hija de don Francisco, miembro de la Sección

Femenina. La conoció cuando nos visitó junto al representante del ministerio, ¿la recuerda?

Roque disimula con un mohín, «Ah, sí, ahora la recuerdo», y accede al requerimiento del director sabiendo que no puede negarse.

—Yo me quedo con su clase, no se preocupe —se ofrece don Enrique.

La escuela de niñas se encuentra a un par de calles de la de los chicos. Su fachada es la de un edificio en piedra, con algún que otro arreglo precario, un letrero austero que reza ESCUELA DE NIÑAS y un pequeño patio anexo en el que deben de jugar las colegialas bajo la vigilancia de las maestras.

Solo un hombre imparte clase aquí, el cura del pueblo, don Alfredo, que también da Religión en la escuela de los niños. El resto de las asignaturas se las reparten maestras a las que Roque ya ha tenido oportunidad de conocer: Bárbara y Gertrudis, docentes dispuestas y voluntariosas para con sus alumnas. Eso sí, de las materias que se enseñan en esa escuela, las de Formación del espíritu nacional y Educación física, por mandato del ministerio, son impartidas por voluntarias de la Sección Femenina como Lola, con la que no sabe muy bien si quiere encontrarse en esta encerrona que ella ha orquestado.

Al acceder a las escalinatas que se adentran en la escuela, ella sale a su encuentro.

—¡Roque! —lo saluda la chica: sonrisa preciosa, vestido de encaje, moño que le recoge el cabello—. ¡Muchas gracias por venir! ¿Cómo estás?

Se dan dos besos. Ella huele a aquel perfume.

—Bien, Lola. Cada vez más hecho a mi clase y a la vida de este pueblo. —Entran en la escuela, en cuya entrada aguarda con expresión severa el conserje, que les abre el portón—. Y tú ¿qué tal?

Al subir el resto de los escalones, Roque se fija en cómo le baila con gracia el vuelo del vestido, un poco por encima —un poco, solo— de lo que los cánones marcan para una mocita como ella, representante de aquel abnegado modelo de feminidad que proviene de la mismísima Pilar Primo de Rivera. La mira por el rabillo del ojo, la espalda recta, la apariencia de una auténtica maestra salida de esas Escuelas Normales que formaban docentes para el ejercicio de magisterio.

—Esta semana hemos estado preparando el encuentro trimestral de las Secciones Femeninas de la sierra, que será la semana que viene. No he parado, Roque. Ni para sacar tiempo para otro cafelito he tenido... —Ríe.

Él no responde. Se internan por un pasillo que a Roque le recuerda a su misma escuela y a todas las que ha visitado en España, las mismas paredes frías sin distinción de sexo salvo por algunas consignas colgadas en las paredes, como si los colegios estuvieran irremediablemente conducidos, a pesar del régimen, hacia el igualitarismo.

«La obediencia es el primer deber de la mujer», reza en una de las paredes. «La pureza de cuerpo y alma como camino a la santidad», lee más adelante. Piensa que son mensajes destinados a mantener a estas niñas dentro de un molde estrecho, a asegurarse de que crezcan para convertirse en ese modelo del que Lola es uno de sus referentes, a pesar de que su falda no sea tan larga como a doña Pilar le hubiera gustado.

Mientras camina por el pasillo y fija los ojos en cada detalle, un pensamiento, de pronto, le sobreviene, una idea fugaz e intrusiva: qué pensarían —como si los fantasmas del pasado tuviesen la condición de pensar— sus maestras, Juana y Lali, al recorrer ese pasillo como él, qué impresión tendrían al leer esos rótulos, qué discurso darían para incendiar con las palabras la escuela de niñas.

—Esta es mi clase, Roque. —Lola le señala la puerta frente a la cual se detiene—. Es la de las niñas mayores, las de último año antes del graduado. La mayoría ya piensa en los novios, ya me entiendes. Espero que no se revolucionen mucho con la llegada de un maestro alto y guapo como tú.

Roque no puede evitar ruborizarse ante el piropo de la muchacha, tan poco propio —como tantas cosas en ella, sabe ya— de una chica que fue Margarita hasta los diez años y que ahora ostenta en la Sección Femenina el rango de Flecha Azul.

Al abrirse la puerta, las niñas de la clase se ponen en pie.

—Buenos días, señoritas —exclama Lola, haciéndole un gesto a Roque para que la siga hacia la tarima de la clase—. Como ya os anuncié ayer, hoy tenemos la visita del maestro don Roque Martínez, ¡saludadle!

Al unísono, las voces limpias y finas de las niñas profieren un «¡Buenos días, don Roque!» que parece, por la perfección de su sonoridad, como si lo hubieran ensayado. Él, frente a la pizarra y bajo los retratos de Franco y José Antonio, entre los cuales se interpone el crucifijo, levanta su mano en saludo y responde de forma cordial. Lola da un paso al frente y dice, con la sonrisa puesta:

—Como ya sabéis, don Roque es el nuevo maestro de la escuela de los niños. Aunque nació en un pueblo pequeño de la sierra de Cádiz, como el nuestro, logró sacar adelante sus estudios y se hizo maestro en Madrid, nada menos, antes de obtener su plaza aquí. Dios tenía para él un cometido como tiene otro para cada una de vosotras. Vuestro objetivo en la vida es, señoritas, encontrar qué os tiene Dios reservado, ¿sabéis?

Lola busca los ojos de las chicas. Conecta la pasión de su discurso con la mirada ávida de las alumnas, ya mocitas y, probablemente, rondadas por algún pícaro zagal de su escuela. Él las observa, curioso. En la mayoría destaca la rigidez de su postura, el gesto obediente y falto de espontaneidad, como si un movimiento en falso pudiera acarrearles algún tipo de reprimenda. En ningún caso se las educa en la audacia, en el pensamiento propio, en la determinación. Mientras los chicos estudian en profundidad matemáticas e historia de España, ellas reciben lecciones de costura o de cuidado doméstico, encaminadas a hacer de ellas buenas esposas y madres.

—Pues bien, chicas…

Qué curiosa contradicción, piensa Roque de repente. Mientras los designios de Dios son capaces de llevar a los chicos adonde ellos quieran, a Madrid, si hiciera falta, como lo llevaron a él, los de las chicas siempre terminan donde mismo: frente al fuego de una cocina, a una máquina de coser o a una tabla de planchar.

—Le pedí a don Roque que viniera a esta clase para que os explique cómo es vivir en la ciudad en la que vive nuestro Caudillo. Para que, a través de sus vivencias, podáis conocer mejor cómo es la urbe desde la que se dirige todo el Movimiento Nacional.

Se sonríen. Luego ella le pide que tome asiento a la mesa del profesor, pero Roque se niega con un gesto caballeroso, «Prefiero estar de pie», y se dirige a las mocitas con la misma determinación con la que Lola les ha hablado hace unos instantes.

—Madrid... —Al comenzar, se da cuenta de que lo mira, desde el fondo del aula, una Virgen que sostiene a un Jesusito en sus brazos. Es un precioso querubín, alegre y gozoso—. Madrid no es solo la capital de España, sino también el corazón de nuestra nación, el centro desde donde el Movimiento nos guía para preservar la grandeza de nuestra patria.

Vuelve a guardar silencio. Nota, de repente, cómo la expectación con la que las chicas han comenzado a escucharle se va perdiendo a medida que repite las palabras recurrentes —patria, Caudillo, Movimiento—, esas que ya por seguro habrán oído multitud de veces en las homilías del cura y en los discursos de algún prócer local, como el padre de la propia Lola, el gobernador civil.

—Pero Madrid es también una ciudad vibrante... —Voltea su discurso, para sorpresa de las mocitas, con tono entusiasta—. Una ciudad que nunca duerme, llena de luces, cafeterías, cines y teatros, de avenidas enormes por las que los tranvías y los coches circulan con rapidez. Una ciudad que alberga a Velázquez y a Goya, el Pasapoga y la barra de Chicote, y a gente, a muchísima gente de todos los rincones del país que se cruza por las aceras, cada cual con sus propios sueños, con su propia vida.

Advierte, de pronto, la fascinación en su rostro, la forma en que su imaginación de chicas de pueblo bosqueja esa ciudad luminosa y vibrante, a medio camino entre la realidad y la fantasía. Al volver a poner Madrid en sus labios, tiene, de pronto, diecinueve años y lo aturden los viandantes de la Gran Vía, tanta gente yendo de aquí para allá, tantas vidas que no sabía que podían confluir de esa forma, enlatadas como sardinas, bajo el cielo neón y ámbar de la capital. Tiene diecinueve años y lo espera la facultad de Filosofía y Letras, lo esperan los cafés de tertulia y los tablaos donde se bailotea y se desgarran las gargantas con el compás del sur, lo esperan algunos amores furtivos, lo espera el sueño del que nunca quiso desprenderse a pesar de las reticencias de su padre, como quien se aferra a la veracidad de una revelación mariana: el de ser maestro, el de tener sus propios alumnos.

—Eso es todo, ¿don Roque?

El maestro asiente. En el rostro de ella también lo ha advertido: el hechizo de sus palabras, la fascinación de quien es probable que, como sus alumnas, tampoco haya podido viajar más allá de Despeñaperros.

Lo sabrá más adelante, que adonde más lejos ha ido es a Málaga y a Granada, en un encuentro regional de la Sección Femenina.

—¿Qué os ha parecido, señoritas? —pregunta Lola, retomando el control de la clase—. Seguro que, si algún día tenéis un matrimonio próspero, podréis viajar a la capital. Ahora, si os parece, podéis hacerle todas las preguntas que queráis, ¿de acuerdo?

A pesar de la reticencia inicial —fruto, piensa Roque, de esa forma de educarlas en la prudencia, no en la audacia—, las chicas acaban por arrancarse a enunciar preguntas que Roque intenta responder con el mismo entusiasmo con el que les habló de la ciudad. Cuando el timbre suena, Lola finaliza la clase dando la enhorabuena al maestro y emplazándole a que, en otra ocasión, venga a hacerles otra visita.

Que les hable de la escuela de magisterio o de la universidad, o de las oposiciones, o de lo que él considere oportuno. Luego, mientras salen del aula ya vacía, ella le ofrece:

—En la sala de profesores te han dejado un tentempié, Roque. ¿Te apetece?

Roque no se atreve a declinar la invitación, aunque ya ha desayunado antes de salir de casa. En la sala de profesores le han preparado una pequeña merendola: café recién hecho con unas magdalenas y pastas perfectamente dispuestas en una bandeja sobre un manto de croché, todo tan bonito y tan bien puesto que mucho le extrañaría que, en la escuela de niños, ellos —don Enrique, don Alfredo, él— hubieran hecho lo mismo.

—Ay, por Dios, no hacía falta —exclama.

Se decide por una de esas pastas en forma de lacito, que se lleva a la boca ante la atenta mirada de Lola, deseosa por alagarle. La muchacha le sirve un café del termo humeante que una de sus compañeras ha preparado hace unos minutos en la pequeña cocina de la escuela, la que también utilizan para enseñar a guisar a las alumnas.

Lola da un sorbo a su taza de café y se acerca a Roque bordeando la mesa. Le sonríe, de pronto, con ese gesto que ya él reconoce; esa mueca pícara, ese hoyuelo.

—¿Me dejas preguntarte algo, Roque?

Este terminaba de masticar el dulce. Asiente.

—Claro.

De las ventanas angostas, llega el rumor de los juegos de las muchachas, el conteo de las rayuelas, una comba contra el suelo que una de ellas salta con celeridad.

—¿Te ha molestado que no te dijera que mi padre era el gobernador civil?

Roque se apresura a negar con la cabeza, «No, ¿por qué iba a molestarme?», aunque en realidad no ha podido evitar sorprenderse por la pregunta, tan certera en la realidad, como si ella lo conociera de mucho tiempo atrás, como si ya tuviera las claves para desentrañar su pensamiento.

—Te voy a decir la verdad, Roque. Si por algo te lo oculté era porque oí hablar a mi padre de ti antes siquiera de que llegaras al pueblo. Se lo decía al director de tu escuela. Que quien iba a sustituir a don Sebastián era un maestro joven que había obtenido una nota muy buena en la oposición y que había elegido este pueblo como destino. Y mi padre lo sabía porque había hablado con el tuyo, a quien conocía del Movimiento, y que este le había pedido, ojo, no que te cuidara ni que velara por que estuvieras bien aquí, sino que te mantuviera atado en corto. Tu padre le dijo al mío que no confiaba en que fueras un maestro nacional como mandaba Dios. Y le pedía que te vigilara.

Roque guarda silencio, paralizado. Ella da un paso al frente y se acerca a un palmo.

Otra vez su perfume.

—A veces, me da la sensación de que estás escondiendo algo, ¿sabes?

Él arruga el entrecejo.

—¿Cómo?

—Es decir, no te lo tomes a mal. Pero hay algo en ti como de impostado. Por ejemplo, oírte hablar del Caudillo o del Movimiento Nacional como lo hiciste antes, frente a mis alumnas, es como si en ti se hubiera reencarnado el mismísimo José Antonio. Tienes ese don de los políticos, o quizá de los mártires. Pero a poco que uno preste atención no en lo que dices, sino en lo que dicen tus silencios, hay algo que no me termina de convencer. Es como cuando sabes que, en una película, el actor no deja de ser un actor a pesar de que realmente parezca que el villano lo ha asesinado. Que tus palabras ocultan algo más, Roque.

Lola lo mira. Los ojos, fijos en él tras el vaho de su taza de café.

—No te lo tomes a mal, por favor —le suplica ella, preocupada por el mutismo de Roque—. Pero entenderás que hay muchas cosas que no sabemos de ti. Que no sé.

Se acerca a él, conquistando el espacio vacío entre los dos.

Roque, mientras, recula sin decir nada.

—Por ejemplo. Todos los vecinos saben que fuiste el mejor de tu promoción.

El maestro asiente.

—¿Y qué es lo que te trajo a este pueblo? Si se puede saber.

Silencio.

Vuelven a rondarle los fantasmas del pasado. Está allí, en aquellos fríos pasillos, está en todos esos recuerdos, en los niños meones del internado, los golpes y la redención de un Dios ausente. Se miran.

—Puedes abrirte —insiste ella—. Puedes hacerlo conmigo.

Roque titubea durante unos segundos con la respuesta rondándole la punta de la lengua. Le esquiva la mirada.

—Confía en mí. —Lola le coge la mano, fría y distante.

Él sigue allí, en aquellos pasillos, con los fantasmas regresando, como siempre hacen.

Justo, Miguelillo, Antoñito y Azucena, su Azucena.

Respira hondo y finalmente responde:

—Se lo prometí a alguien.

16

Internado de San Miguel (Madrid), noviembre de 1939

El terror tiene muchas caras. Usted lo sabe bien, señorita Lali. La primera vez que lo vi —el terror, me refiero— fue en su rostro. Luego volví a verlo muchas veces; eran contextos distintos, pero el mismo gesto, la misma constricción de los ojos y de la nariz, el modo en que se ahoga un grito en la boca, ese Dios en los labios del susodicho o la susodicha, y lo vi, curiosamente, en muchos tipos de rostro, de gente rica y de gente pobre, porque si, como dicen, la muerte nos iguala a todos, también lo hace el terror.

Y aquel día, en el internado, advertí el terror en el rostro de Justo cuando me dijo en el baño que había metido la pata hasta el fondo.

«Pero ¿qué ha pasado?», le pregunté, intentando comprender qué era tan urgente para que mi amigo me pidiera que lo acompañara al aseo.

Justo respiró hondo, como si necesitara un segundo para asimilar lo que estaba a punto de confesarme. En la penumbra del baño, con el débil eco del goteo de un grifo mal cerrado, sus ojos bailaban de un lado a otro, buscando una salida que no existía. Finalmente, me miró y, con un susurro cargado de pánico, soltó: «Como sabes, esta tarde me tocaba a mí limpiar el despacho de don Pedro…».

Ahí se detuvo.

«¿Y qué has hecho? —insistí—. Desembucha».

Sostenía la puerta del baño para evitar que nadie pudiera entrar. Pero no estábamos a salvo de oídos chismosos, por lo que respondió entre bisbiseos, diciendo: «Vi una pluma en un cajón. Pero no era una pluma cualquiera, Roque. Era preciosa, con detalles dorados, de esas que deben costar una fortuna. Y pensé..., pensé que él debía tener muchas más y que yo podría escribir muy bien con ella, ¿sabes?».

Lo fulminé con la mirada. «Me voy a cagar en la madre que te parió», pensé.

Justo tragó saliva y prosiguió: «Me la guardé en el bolsillo y salí del despacho como si nada. Don Pedro no se iba a enterar. Pero al cerrar la puerta y volver al pasillo, me choqué con uno de los monines de don Pedro, ese grandullón de Julián. ¡Y me cago en la mar, Roque, qué maldita casualidad! La pluma cayó al suelo y... él la vio».

Me llevé las manos a la cabeza. ¡Julián, claro! Era uno de esos que hacían todo lo posible para quedar bien con los curas. Nosotros no habíamos tenido mucha relación con él, pero, siempre que coincidíamos en algo, en el patio, en el comedor o en la misma bancada de la capilla, nos miraba por encima del hombro.

«¿Y qué le dijiste?», le pregunté, sin ser consciente de que lo peor estaba por llegar.

«Le dije que...».

Lo peor. Justo se llevó las manos a la cara, desesperado, y añadió:

«Que tú me la habías dado. Que me la habías traído del pueblo cuando fuiste al acto ese de tu padre».

Sentí que un frío helado me recorría la espalda. Era típico de Justo meterse en algún lío, pero usar mi nombre como salvavidas era otra cosa bien distinta. No le culpé, al menos no de inmediato. El miedo te hace reaccionar de formas absurdas. El terror. Ese mismo terror que no se le iba del rostro, como una marca de nacimiento.

«¡Pero cómo se te ocurre, Justo! —exclamé, tratando de no alzar demasiado la voz—. ¿Sabes lo que pasará si Julián se lo cuenta a don Pedro?».

Me puso una mano en el hombro y me buscó la mirada como si yo no fuese su amigo, sino su confesor. Se excusó diciendo: «¡Lo sé, lo sé! Pero no sabía qué más decir. Estaba paralizado, Roque. Fue lo primero que se me ocurrió».

Suspiré, sabiendo que quizá ya no había nada que hacer. En aquel internado, cualquier rumor corría como la pólvora. Y si Julián decidía abrir la boca, no solo Justo estaría en problemas, sino también yo.

«¿Dónde está ahora esa pluma?», inquirí, urdiendo ya alguna especie de solución.

Justo metió la mano en el bolsillo de su chaqueta y la sacó con un cuidado reverencial. Era, en efecto, una pluma magnífica. Brillaba bajo la escasa luz del baño, con su cuerpo negro y dorado y un grabado diminuto que no alcanzaba a distinguir.

«Tienes que devolverla al despacho cuanto antes», le dije con un tono que no admitía discusión.

Justo asintió, tembloroso. A pesar de sus muchas meteduras de pata, siempre había algo en su expresión que te hacía querer socorrerlo, como a un hermano pequeño. Pero esta vez no podía protegerlo del todo: si no devolvía la pluma antes de que alguien lo descubriera, ambos estaríamos perdidos.

«¿Y cómo lo hacemos?», me preguntó.

Pero yo ya tenía en mente la solución. Le pedí que me siguiera y, mientras caminábamos por los fríos pasillos hacia el despacho de don Pedro, hice un esfuerzo por acallar los reproches que se me venían a la mente. ¿Pero cómo has podido ser tan tonto, Justo? ¿Acaso necesitabas esa pluma de verdad?

El miedo crecía a cada paso que dábamos. Justo iba a mi lado sin decir palabra, cabizbajo, con la pluma apretada entre los dedos como si fuera un puñal. Yo mantenía los ojos fijos en el fondo del pasillo, rezando para que nadie nos viera. Cuando llegamos a la puerta del despacho, mi amigo se giró hacia mí, con los ojos llenos de miedo.

Miramos a un lado y a otro del pasillo desierto y frío, con la única compañía de esos retratos de santos y fundadores de órdenes clericales que nos observaban como si se vanagloriaran de encontrarse a la derecha del Padre. Le susurré: «Yo vigilo mientras tú entras. Si hay moros en la costa, toseré tres veces».

Justo asintió. Miré de nuevo en derredor y le hice un gesto para que entrara de una vez en el despacho y todo aquello terminara cuanto antes. Nos latía el corazón a mil a los dos, porque su respiración entrecortada y esa mirada fija y asustada me indicaban que él también estaba al borde de un ataque de pánico. Observé cómo abría la puerta y se internaba en el despacho oscuro con los pasos pequeños de un espía. Aguardé unos segundos, esperando verlo de vuelta, pero no salía. Hasta que, desde el despacho, oí una voz. Una voz familiar.

«¿Buscaba algo?».

No hubo respuesta. Me llevé la mano al rostro y dudé un instante si lo mejor era salir corriendo en estampida. Pero él, don Pedro, ya sabía que yo estaba al otro lado de la puerta.

«¿Puede decirle a su amigo que nos acompañe?», dijo a sabiendas de que yo escuchaba.

Tragué saliva y me acerqué, sin esperar a que Justo y su cara de difunto se volvieran hacia mí para pedirme que entrara. Cerré la puerta detrás de mí. Don Pedro, con su porte imponente y sus gafas brillando a la luz de un quinqué, se encontraba sentado tras su escritorio, con las manos entrelazadas sobre la superficie de madera y una expresión de calma imperturbable, como si hubiese estado al tanto de cada uno de los pasos que habíamos dado desde que Justo y yo hablamos en el cuarto de baño.

«Julián me ha contado una historia muy interesante —comenzó. Su voz suave era cortante como una navaja, y la ironía le arrugaba la nariz aguileña y le curvaba un solo lado de la boca—.

Me ha dicho que se encontró a Justo saliendo de aquí con una pluma que, según él, tú le habías dado como regalo, Roque».

Estaba seguro de que don Pedro podía oír cómo nos latían los corazones, el de Justo y el mío, los dos de pie frente a su escritorio. Lo miré de reojo. Tenía los nudillos blancos por la fuerza con la que apretaba la pluma.

«¿Es cierto eso, Justo? ¿Te la dio Roque como regalo?», insistió don Pedro.

Justo asintió, incapaz de articular palabra. Don Pedro se incorporó para extender la mano, una mano grande y huesuda, y ordenar: «Dame la pluma, Justo».

Mi compañero dio un paso adelante y se la entregó entre temblores. Don Pedro la sostuvo y la inspeccionó buscando en ella signos de familiaridad. Levantó la vista, con la sonrisa con la que debían de sonreír los demonios, y la descapuchó diciendo: «Os voy a revelar ahora por qué sé que al menos uno de vosotros dos me está mintiendo».

Luego, frente a nuestra cara de pasmarotes, volvió a incorporarse desde su asiento para señalarnos con el dedo índice el anillo que rodeaba la boquilla que separaba la punta metálica de la pluma de la sección de agarre. Ahí, advertí, había grabadas unas iniciales.

Lo primero que pensé: «Pero seremos imbéciles…».

«¿Veis estas letras? Ese, te y pe. Son mis iniciales. Esta pluma es un regalo que recibí hace muchos años y tú, mequetrefe insensato, has intentado robármela».

Miró a Justo con los ojos de los inquisidores, se encendió de rabia y volvió a arrojar esputos con su lengua viperina, como siempre hacía cuando se enfadaba. Tras unos instantes de silencio, dejó la pluma sobre el escritorio y me miró fijamente.

«Dígame, Martínez. ¿Ha tenido usted algo que ver con esto?».

Bajé la cabeza e hice silencio. Creo que pasaron solo unos pocos segundos, pero a mí me parecieron una eternidad, porque estaba en un callejón sin salida, porque no me veía con otra opción —si quería seguir sobreviviendo en un lugar como aquel— que decirle la verdad a don Pedro. La verdad, por mucho que doliera.

«No, padre. Yo no tuve nada que ver», dije al fin con voz quebrada.

Me he arrepentido toda la vida de aquellas palabras.

La expresión de don Pedro no cambió, como si ya supiera la respuesta, como si esperara de mí justo esa confesión, las palabras precisas de alguien a quien llamaban monín. Pero sentí que algo en la habitación se había roto. Justo levantó la cabeza y me miró. No dijo nada. No le hizo falta.

«Gracias por tu sinceridad, Roque», dijo don Pedro, poniéndose en pie.

Luego se volvió a mí y colocó su mano huesuda sobre mi hombro, diciendo: «Ahora déjeme hablar a solas con su amigo Justo. Puede salir».

Me hizo un gesto para que me dirigiera a la puerta. Yo asentí y di media vuelta, sintiendo que no era yo el que se movía, sino el suelo bajo mis pies, como si ya no hubiese voluntad dentro de mí que me dominara. Salí del despacho y cerré la puerta. Aguardé unos instantes allí plantado, esperando no sé a qué, porque no era capaz siquiera de abrir la boca. Oí murmullos, pero no me quedé a poner la oreja. Me marché.

Nada pesa tanto como la culpa. Hoy, cuando pienso en cómo actué aquel día, lo achaco al miedo, a cómo paralizó todas y cada una de las partes que componían mi ser, un miedo irracional que nacía de mi hipotálamo y que había enraizado en mi sistema nervioso. Sé que no es excusa, pero qué más podía pedirle a aquel zagal que yo era, con todo lo que yo había pasado antes de que me aparcaran en aquel lugar.

«¡Todo el mundo a dormir, vamos!», gritó don Pedro después de la misa de tarde.

No vi a Justo hasta entonces, cuando, tras rezar nuestras oraciones, nos encontramos en el baño para asearnos antes de irnos a la cama. Estaba frente a uno de los lavabos, el espejo reflejando su semblante serio, mientras se lavaba furioso los dientes con las cerdas de un cepillo que ya había perdido casi toda su integridad —apenas teníamos uno para todo el año—. Se había dado una ducha y todavía tenía el pelo mojado. Me acerqué, quise preguntarle por cómo estaba, quise decirle tantas cosas —que lo sentía, que no querría haberlo dejado solo—, pero, de nuevo, el miedo me paralizó. Al verme, mi amigo no hizo gesto alguno; como si yo no existiera, se enjuagó la boca con premura y se dio media vuelta para enfilar hacia los dormitorios. No me di cuenta hasta entonces, hasta que lo vi caminar: tenía algunas magulladuras y una pequeña herida en el cuello, en la que se le había resecado la sangre.

Unos minutos más tarde, en el dormitorio, al encontrarnos en las dos camas contiguas de la larga fila de literas en la que todos los chicos compartíamos el momento más íntimo de la vida, el del sueño, Justo tampoco quiso dirigirme la palabra. Apocado, me tumbé y busqué el amparo de mis sábanas, jugando a que aquello me transportaba a un hogar invisible. Pero allí dentro tampoco encontré refugio, tan solo algunas lágrimas que intenté contener mientras buscaba convencerme de que no había hecho otra cosa que protegerme. Pero eso no hacía que la culpa pesara menos, más bien al contrario. Si no era capaz de salvar a los amigos, me decía martirizándome, qué tipo de amigo era.

Y fue entonces cuando la recordé a usted, señorita Lali. Y a Juana. Volví, de pronto, a aquel instante en que mi padre me pidió que las delatara, que confesara dónde las había escondido aquella noche en que la guerra cayó en el valle, tan lejos de donde yo estaba entonces. Había vuelto a hacerlo. Había vuelto a traicionar a quienes confiaban en mí.

Me lo decía apretando los dientes y los puños: «Eres una rata, un paria, un villano» (uno de esos de los tebeos, me refería, de los que nadie ponía en duda su baja catadura moral, su traición, su ignominia). Al rato cerré los ojos e intenté dormir, pero la culpa y los recuerdos no me dejaron conciliar el sueño. Mientras la mayor parte de mis compañeros sí que lo conseguían —a algunos los delataba el concierto acompasado de ronquidos de cada noche—, pensé una y otra vez en ese día, en la concatenación de hechos, en las acciones que se habían sucedido desde que, por la tarde, Justo me pidiera que lo acompañara al baño para contarme algo que había sucedido.

Rememoré todos los detalles, señorita Lali, pero hay uno al que no presté importancia, uno tal vez ínfimo, que pasé por alto, pero al que, muchos años después, habría yo de volver.

¿Por qué las iniciales grabadas en aquella pluma eran STP si su dueño se llamaba don Pedro?

17

Encinar de la Sierra (sierra norte de Sevilla), octubre de 1955

El día en que Saúl volvió de su castigo, don Enrique entró en el aula anunciando que, durante esa mañana, don Roque estaría en el colegio de las niñas.

—Yo lo sustituiré en sus clases —dijo el director desde la tarima.

Los chicos se cuidaron de que no se les notara el disgusto en el rostro, sobre todo él, Saúl, que aguardaba con expectación encontrarse con su maestro. Había pasado una semana desde aquel poema de marras, su nariz pegada a la moneda, los golpes y la regañina de su madre mientras don Roque intentaba ayudarlo a duras penas a mitigar las reprimendas que le caían de todas partes.

—Espero que hayan ustedes aprendido la lección, ¿no, Saúl? —le preguntó el director junto a su mesa, con el cigarrillo colgándole de los labios.

El chiquillo levantó la mano para hacer girar la muñeca, que sonaba como una maraca, y enseñarle los callos que en diversos puntos de sus dedos habían producido las decenas de horas que pasó escribiendo, una y otra y otra vez, exactamente lo mismo. Día tras día, exactamente lo mismo, ese fue el correctivo de don Enrique.

—Cada día de castigo te recluirás en la biblioteca para escribir quinientas veces: «No puedo usar la poesía para faltar al respeto a nadie».

Pero el escarmiento no se quedó ahí. Después del recreo, al que por supuesto no iba a salir, debía barrer todo el patio hasta que no quedara ni una hoja ni un simple papel, y al terminar las clases, esperaría a que todos se marcharan a casa para adecentar las aulas de la escuela. Eso incluía limpiar las pizarras, ordenar cada pupitre y recoger las cenizas de cigarrillo de la mesa del profesor.

—¿Me has oído bien?

El director no esperó a la confirmación del muchacho, que se limitó a asentir cabizbajo, resignado, como quien se rinde a un destino funesto.

—Sí, señor. Gracias, señor.

Al tercer día se le ocurrió una idea. Mientras se tomaba un descanso para hacer rotar su muñeca y calmar el dolor de dedos de tanto escribir aquel maldito mensaje, «No puedo usar la poesía para faltar al respeto a nadie», Saúl pensó de repente en Quevedo.

La mañana en que Roque se ausentaba de la clase, el niño pidió permiso para ir hasta la mesa del profesor. Con pasitos ligeros y el corazón bombeándole a toda velocidad, se acercó al director con un sobre en cuyo reverso había escrito: «Mi disculpa».

—¿Puedo darle algo, don Enrique?

El director levantó la vista y, a través del humo de su cigarrillo, advirtió el gesto en el rostro del niño, a medio camino entre el miedo y la osadía, el temblor de sus manos sosteniendo el sobre, una sonrisilla temerosa. Respondió con un «¡Claro!» y cogió la carta para sacar de dentro un papel doblado, en cuyo interior se escondían, para sorpresa del directivo, unos versos escritos con una esmerada caligrafía de colegial.

Mi querido don Enrique, mi comandante...

Tras leer la poesía, el director sonrió al muchacho, zarandeó su cabellera lisa con un «¡Ay, granuja!» y se puso en pie para dirigirse al resto de la clase.

—Escuchad con atención, señores —dijo, dando un paso al frente junto al chico.

Los alumnos de la clase de Roque levantaron la vista de sus lápices y cuadernos de actividades y miraron hacia don Enrique y Saúl, que aguardaban sobre la tarima.

—Todos sabéis qué hizo vuestro compañero la semana pasada. Durante cinco días ha pagado con creces su falta de respeto hacia mi persona, así como también lo habéis hecho quienes fuisteis encubridores de su falta. —Miró a Fernando, a José, a Manolillo, a los que le rieron la poesía satírica a Saúl, sobre quienes también había caído la justicia en forma de castigo por ser cómplices del improvisado poeta—. Pero Dios nos enseña a perdonar. Y vuestro compañero ha tenido un bonito gesto conmigo con el que ha querido reparar su falta. —Cedió el papel al muchacho, que no estaba preparado para recitar sus versos en voz alta—. Venga, Saúl. Lee la poesía a tus compañeros.

Saúl miró de soslayo a don Enrique con los ojillos del becerro que va camino del matadero. El director le hizo un gesto, un «¡Venga!» con el que el chico dio un ligero respingo sobre la tarima de madera que alzaba su pequeño cuerpo unos pocos centímetros más del suelo. Sabía que no podía negarse, así que respiró hondo, recordó las palabras de don Roque sobre cómo era declamar una poesía y, de la mejor manera que pudo, colándosele algún que otro titubeo y con aquel viejo tartamudeo del que había mejorado mucho, recitó:

Mi querido don Enrique, mi comandante,
no quería causarle ninguna amargura,
me equivoqué de una forma muy relevante,
por eso escribo esto con gran ternura.

Yo sé que a veces soy un poco desbordante,
pero quiero ser bueno y usted es mi figura.
Por eso le pido de forma vibrante
que espero que me perdone, aunque se aburra.

Cuando el chico levantó la vista del papel, sus compañeros arrancaron en un aplauso que don Enrique dio por concluido con el gesto de un director de orquesta. Luego mandó a Saúl a su sitio y le pidió que continuara con su tarea, en la que había de aplicarse, le dijo, para recuperar los días perdidos por el castigo.

Durante el resto del día, el chiquillo aguardó ansioso a encontrarse con Roque, porque, más que para el perdón de don Enrique, aquella poesía había sido escrita para que su maestro la leyera.

No es hasta la mañana siguiente cuando, en el patio, Saúl aparta a Roque del resto de sus compañeros y le habla en susurros al maestro.

—Don Roque, ¿puedo hablar un momento con usted?

Este lo mira intrigado, imaginando que algo ha debido de pasarle otra vez al muchacho, y lo emplaza a que hable mientras lo acerca a la esquina inhabitada del patio, esa a la que no llega el campo de fútbol que ocupa casi toda la extensión de la zona de recreo.

Ya los dos a solas, Saúl le ofrece el papel con la poesía a su maestro y le pide que la lea mientras le explica que ha querido con ella disculparse ante don Enrique. Había pensado que, si con poesía había metido la pata, con poesía podría también arreglarlo.

Tras leer el último verso, Roque esboza una sonrisa y felicita a su alumno dándole un par de palmadas en el hombro.

—Has tenido un gesto precioso, Saulillo. Te felicito.

A unos metros, un balón disputado por los jugadores de fútbol casi da comienzo a una reyerta. Roque dirige la mirada hacia el campo y lanza un grito a los contendientes, un «¡Cuidado!» que, a fuerza de repetirse en cada recreo, le está minando la garganta. Luego vuelve a Saúl y, de pronto, encuentra en él una sonrisa pícara, un mohín que ya conoce bien y que no esperaba.

—¿En qué piensas? —le pregunta, intrigado.

El niño le pide que lea la poesía por segunda vez, «Lea, lea, don Roque», avivándole con su manita menuda. El maestro accede sin encontrar nada reseñable.

—¿Qué ocurre?

Saúl ríe, comedido, prudente, no vaya alguien a descubrirlos otra vez.

—Creí que usted iba a darse cuenta —dice.

Roque arquea las cejas.

—¿Cuenta de qué? —pregunta.

El niño sigue riendo.

—Quevedo, don Roque. Vuelva a leerlo pensando en aquello que nos enseñó de la reina y la poesía. El cal-cala-calamb... ¿Cómo era?

—Calambur —le corrige el maestro.

—Eso, eso —asiente Saúl, insistiendo con un gesto en que la lea por tercera vez—. Lea buscando esos calambures.

Es entonces cuando, con esa tercera lectura, Roque abre los ojos y se lleva la mano a la boca en un gesto de incredulidad. Luego vuelve a mirar a los ojos del niño, los ojillos aceituna que conoció en aquel apeadero del autobús, aterido de frío, y casi no puede evitar soltar una carcajada. Exclama:

—Pero ¡cómo has sido capaz!

Y vuelve la vista hacia el papel, a esos versos primero y octavo en los que Saúl ha escondido dos calambures al más puro estilo quevedesco, con aquella sinvergonzonería misma con el que el poeta madrileño hacía magia con las palabras.

—«Mi comandante» puede leerse también «mico mandante», como si fuera un mono que manda —le explica Saúl entre bisbiseos, con el gesto vanidoso de quien ha puesto en marcha una pequeña revolución proletaria—. Y luego, en el último verso, «aunque se aburra» también se lee «aunque sea burra».

«Burra, don Roque», le insiste, y su maestro asiente diciéndole que sí, que ya lo había cogido, mientras en boca del chiquillo la historia de cómo se le ocurrió aquella mezcla de ingenio y necedad adquiere los matices épicos de un valeroso héroe del romanticismo, de un corsario enfrentado a un imperio ultramarino o de un bandolero que asalta al invasor francés.

Le pregunta a Roque, con esa misma sonrisa pícara del principio:

—¿Qué le parece?

Y este no puede evitarlo. Primero prudente y comedido, rompe en una risilla que contagia al chiquillo y viaja de ida y de vuelta, y que luego se agranda, le llena la boca y la garganta, y acaba por desternillarse como hacía mucho mucho tiempo que no hacía, doliéndole las costillas, doblándosele el cuerpo.

—Pero ¡cómo se te ha ocurrido!

La risa atrae a algunos chiquillos, a aquellos a los que Saúl ya había puesto sobre aviso de que algo iba a ocurrir, algo relacionado con la poesía que había escrito y que, cuando don Roque leyera, iba a adquirir un sentido distinto. A ellos, Fernando, José y Manolillo, don Enrique también los castigó por haber sido cómplices del poeta y les hizo escribir, en menor número que al principal culpable: «No debo reír las gracias de los imbéciles». Roque recompone su postura y su entereza al verlos llegar, secándose las lágrimas traviesas que se le han escapado de los ojos, pero no así Saúl, que sigue riendo despreocupado, hasta que, al hacer un gesto a sus compañeros para que se acerquen con precaución, vuelve a la seriedad de su rostro y a mirar en derredor, no fuese a tener alguien la oreja puesta.

Roque también se gira para asegurarse de que nadie ha oído sus carcajadas salvo esos tres chiquillos. Al otro lado del patio, don Enrique charla con el cura y el profesor de religión, don Alfredo.

—¿Sabéis que en la poesía que le escribí a don Enrique había escondido dos *calambrunes*? —pregunta Saúl a sus compañeros con cierto gesto arrogante y engreído—. Don Roque me enseñó cómo hacerlo.

—Se llama calambur —le corrige Fernando, cruzándose de brazos—. Y no creo que te hayas atrevido, mentiroso.

El niño sonríe ofreciendo el papel a sus amigos. Luego pasa

a explicarles su gesta, que provoca sorpresa y las risas que Roque se apresura a acallar. Es Manolillo, el hijo del campesino Matías, el primero que lo dice:

—¡Queremos que nos enseñe, maestro!

Y también José.

—¡Sí, también queremos aprender a hacer un *cal-clamblur*!

El maestro los mira, pasmado, rumiando un dilema con el que no contaba tener que enfrentarse, que no esperaba hallar en una escuela como esta de hijos de campesinos y labradores, de muchachos que serán la espalda de España en un futuro no muy lejano. Que haya niños con esas ganas de aprender es algo maravilloso; que lo que quieran es aprender poesía es algo peligroso.

—Ve-veréis, chi-chicos... —titubea.

Pero no, no puede decir que no a esas carillas ávidas, deseosas.

Se hizo maestro precisamente para encontrarse con ellas.

—Está bien —sentencia. Con un chistado y llevándose el dedo índice a los labios, acalla la posible reacción de los chicos—. Esta tarde, después de clase, acercaos a la casa detrás de la escuela. Pero no podéis decírselo a nadie, ¿de acuerdo?

Roque llamará a aquella reunión clandestina el Club de los Calambures.

Tras la aceptación de los muchachos, hace un gesto para que se dispersen. Los chicos se apresuran a corretear en direcciones opuestas del patio: Fernando hacia el campo de los futbolistas, José hacia las escalinatas en la que varios chicos se apostan a la espera de que el timbre suene, Manolillo hacia la entrada a los baños. Pero a Saúl, con un ademán, el maestro le pide que aguarde algunos segundos todavía junto a él.

—Por cierto, Saulillo. Nunca me dijiste quién te enseñó aquella poesía del glu, glu, glu. ¿Te acuerdas? —No ha dejado de dar vueltas al poemita de Miguel Hernández desde que el colegial lo recitó de memoria en el aula.

El niño asiente. Mira otra vez a su alrededor y le pide a Roque

que se aparten aún más de los compañeros y profesores, que se concentran, la mayoría, en torno al campo de fútbol. Allí, en la portería opuesta, junto a don Enrique y al cura, uno de los equipos ha marcado un gol. Los alumnos que han contemplado la jugada estallan en vítores y lamentos, como si fuesen el Real Madrid y el Barcelona —se habían disputado la pasada liga hasta casi la última jornada, con victoria final del primero— los que se enfrentaran en este recreo.

Los ojillos aceituna se clavan en los de Roque.

—S-se lo diré si m-me promete que no va a co-contárselo a nadie, ¿vale? —El maestro asiente, posando sobre él su mano cálida—. Y por supuesto, no puede decírselo a mi mamá, que me hizo jurar que nunca lo revelaría. Pero en usted puedo confiar, don Roque, ¿no? Me lo ha demostrado con todo esto de la poesía.

A medida que hablaba, su voz se desgarraba en temblores, como si la sacudiera un maremoto, y jadeaba y palidecía mientras se acercaba el momento que el chiquillo parecía haber esperado toda su vida, como si los secretos, ese secreto, dolieran en su corazón desbocado.

—Por supuesto que puedes confiar, muchacho.

—Esa poesía de la cabra me la recita mi padre, que me lee desde que yo era pequeño. Papá sale de su agujero solo para leerme y darme las buenas noches. Solo lo he conocido así. Se llama Sixto, era el maestro de la escuela antes de la guerra y sigue viviendo en casa, pero nadie lo sabe.

Tercera parte

Un club

18

Un par de tardes a la semana, con el sol en su deriva y una brisa suave moviendo las cortinas del salón de la casa detrás de la escuela, los cuatro chicos y su maestro, ajenos a cuanto ocurre afuera, a las noticias del NO-DO y a las homilías de la misa, dan rienda suelta a su creatividad como si los únicos límites del mundo fuesen las palabras.

Roque lo ha pensado muchas veces: qué difícil es construir espacios de libertad, qué difícil encontrar recovecos, escondrijos por donde practicarla.

—Escribir poesía, señores, es como intentar atrapar el aire con las manos —les dice el maestro, recorriendo con la mirada cada rostro, cada expresión a medio camino entre la incomprensión y el estímulo—. No se puede, ¿verdad? Pero lo sentimos, lo olemos, sabemos que está ahí. Por eso, la poesía sirve para decir lo que no se puede decir... Es como pintar lo que no se puede ver.

Frente a él, cuatro cabecillas, los lápices y cuadernos en blanco y el tocadiscos cuya música Saúl y Manolillo han oído por primera vez de tan de cerca en esta casa. Un aparatejo en el que suenan una sinfonía de autoría impronunciable, «Chaikovski, Saulillo», el swing de Glenn Miller, la voz aterciopelada de Sinatra o un bolero de Los Panchos pidiéndole muchos besos a alguna chica enamorada.

Ahora suena jazz. Tras la reflexión del maestro, el primero

en participar es Fernando, con esos ojillos curiosos en los que hasta ahora pocos docentes habían confiado.

—¿Y cómo se hace eso, don Roque? ¿Cómo decimos algo que no se puede decir?

El maestro sonríe y toma un trozo de tiza que guarda en el bolsillo. El Club de los Calambures —así lo bautizó Roque al principio en tono de broma— se reúne desde hace una semana. Roque convenció a los padres de los cuatro muchachos con la excusa de que necesitaban un pequeño refuerzo en sus tareas escolares, y que él se prestaba a dárselo de forma gratuita.

—De gratis nada, don Roque —terció burlona la madre de Fernando—. Que si no quiere que le paguemos con *jurdeles*, le vamos a pagar con chorizos.

El maestro rio. Ninguno de los padres puso pegas, ni siquiera doña Asunción, la madre de Saúl, que seguía pensando que lo que su hijo hacía en casa del maestro era ayudarlo a adecentar la vieja propiedad de la escuela.

Roque escribe en una pequeña pizarra que hay junto al sofá: «Tus ojos son dos luceros».

—Esto es una metáfora. —Señala las palabras—. Lo que hacemos aquí es comparar los ojos con algo que conocemos, que nos resulta hermoso. No decimos que los ojos son en verdad unos luceros, claro está, sino que creamos una imagen, algo que podéis imaginar al leerlo.

Saúl, sentado al borde de su taburete, se inclina hacia delante.

—Entonces ¿se trata de inventar? —pregunta con el ceño ligeramente fruncido.

Roque niega con la cabeza.

—No, Saúl. No se trata de inventar, sino de mirar de otra forma. Una metáfora no surge de la nada, surge de lo que ya conocemos. Cuando mires algo, pregúntate: ¿a qué se parece esto? ¿A qué me recuerda?

Manolillo alza la mano, con las orejas coloradas.

—¿Podemos intentarlo, maestro?

—Por supuesto —responde este, instándoles a que abran su cuaderno por una página en blanco—. Pensad en algo simple, como una flor. Cerrad los ojos, si hace falta, imaginadla. Y ahora decidme, ¿a qué os recuerda esa flor?

Los chicos se miran entre sí, incrédulos. Saúl es el primero en hablar.

—¡A una sonrisa!

—Muy bien —aplaude Roque—. ¿Y por qué a una sonrisa, Saúl?

—Porque cuando la puedes ver, te pone contento —responde el muchacho.

—¡Eso es exactamente lo que buscaba! —exclama el maestro, con un gesto enérgico—. Muy bien, Saúl. Ahora vamos a convertirlo en una metáfora. ¿Qué os parece decir que la flor es una sonrisa del campo?

Los chicos asienten, iluminándose sus caritas. El juego comienza a gustarles.

—Venga, ¿se os ocurre alguna otra metáfora? —les reta.

Guardan silencio. En el tocadiscos suena la melodía armoniosa de un saxofón, jugando a ir y venir con las notas. José, de pronto, levanta la mano.

—Don Roque, ¿puedo decir que el río es un espejo roto?

—¡Maravilloso, José! —exclama el maestro—. Eso es lo que buscaba. Has creado una imagen poderosa. Muy bien pensado.

Tras la metáfora de su compañero, Saúl, con su eterna sonrisa pícara, alza la mano al tiempo que en sus labios se forma ya una idea traviesa.

—Los bigotes de don Enrique son dos gusanitos que se han quedado dormidos debajo de su nariz —suelta.

Los chicos estallan en risas. Roque alza una ceja, reprimiendo una sonrisa que por nada del mundo habrían de advertir los colegiales.

—Saúl, no olvides que la poesía debe ser, ante todo, respetuosa —le regaña, aunque sin poder ocultar del todo su admiración por el ingenio del muchacho—. Si don Enrique lo oye, me temo que volverás a meterte en problemas.

Las risas cesan y los chicos vuelven a sus cuadernos. Roque pasea entre ellos, observando cómo esas manos pequeñas garabatean metáforas y versos que nacen por sí mismos por primera vez, como si pudiésemos contemplar el maravilloso espectáculo de una espiga de trigo que brota en el campo.

—Recordad algo importante, chicos —añade Roque, apoyando las manos en el respaldo de una de las sillas—. La poesía no es solo un juego de palabras. Es un espejo, pero no roto, como decía antes José. Refleja lo que llevamos dentro. Es nuestra forma de decirle al mundo quiénes somos, qué sentimos. Y cuando lo hacemos bien, logramos que otros también sientan lo mismo.

El grupo guarda un breve silencio, impresionado por las palabras de su maestro. Hasta que Manolillo, con cierto rubor en las mejillas, rompe la quietud del momento con una pregunta que Roque no esperaba.

—¿Usted ha escrito alguna vez una poesía?

El maestro calla con la mirada perdida en algún rincón de la sala. Luego sonríe y asiente, suave, melodioso como ese blues del tocadiscos.

—Sí, Manolillo. He escrito poesía muchas veces.

El rostro de los chiquillos vuelve a iluminarse.

Eran decenas de versos los que escribió cuando aquel internado era su guarida, cuando, al salir de allí, logró empezar sus estudios de magisterio, unas poesías que guardaban, como un frasco, a aquel muchacho que era, los miedos que lo azoraban, el recuerdo de Lali, el conflicto con su padre, sus primeros amores.

—¿Eran poesías de amor? —inquiere Saúl con los ojos llenos de curiosidad.

Roque ríe por lo bajo, navegando entre la incomodidad y el deseo.

Cuánto querría hablarles a estos muchachos de él. De quién fue. De qué le ocurrió.

—Algunas lo eran, sí. —Hace una pausa, mirando el cuaderno vacío de Saúl—. Poesías de amor a mi enamorada.

Eran versos torpes que rimaban «amor» con «corazón», y el nombre de aquella muchacha, Azucena, con toda una variedad de palabras: pena, morena, escena y condena. Eran versos que escondían una furia indómita, la pasión juvenil de un albatros, la de un pavo real en su cortejo, y de los que siempre acababa pensando que ojalá, algún día, su maestra Lali pudiese leerlos.

Al pensar en ellos, se da cuenta de que hace mucho que no escribe algo así. ¿Volverá a escribir versos como esos de entonces, rimando Lola con «aurora», «amapola» o «carambola»? Desde que visitó la escuela de niñas, a raíz de la invitación de la hija del gobernador civil, no ha dejado de pensar en ella.

—¿Va a leernos alguna, don Roque? —le pregunta Fernando.

Decidido a cambiar de tema, «Quizá otro día, chicos», el maestro se pone en pie y camina hacia su estantería de libros. Mejor espantar esos pensamientos: el recuerdo de Azucena, la incertidumbre de no saber qué siente por Lola.

—Ahora vamos a leer un poco de poesía, pero no mía —dice, provocando una pequeña decepción en los zagales.

En la estantería se apilan los volúmenes de historia, las novelas decimonónicas, las poesías del Siglo de Oro, las obras teatrales y los tratados de pedagogía. Roque dispuso sus libros con el mimo de un bibliotecario, de tal forma que en los diversos estantes se ordena por temática y a la vez por autor todo lo que ha sido capaz de llevarse hasta allí.

No le importó cargar con sus libros hasta esta villa serrana.

—¿Y qué vamos a leer hoy? —pregunta Manolillo.

Tras unos segundos buscando entre los libros, saca un ejemplar oculto deliberadamente entre unos manuales de historia de España. Regresa con él a la mesa de estudio del club, en torno a la cual se distribuyen los muchachos.

—Voy a leeros un poema muy especial —anuncia con un tono de misterio en su voz que los chicos ya conocen bien, pues es el que emplea siempre para intentar captar su curiosidad.

Miran el libro ajado en manos del maestro, que, por su forma, las cubiertas pardas y la ausencia de detalles llamativos, se asemeja a un misal.

—¿De quién es, don Roque?

Enigmático, el maestro guarda silencio ante la pregunta de Fernando. Se había pensado muy bien si introducir o no esta lectura, pero finalmente se ha atrevido confiando en que esta curiosa fraternidad creada con estos cuatro alumnos pueda sortear los cauces de la censura y la represión.

Esos espacios de libertad en los que antes pensó.

—Os lo diré después —dice, consciente de que, eso sí, quizá nunca termine por confesarles el nombre del autor de la obra que va a leer, como si esas dos palabras tan comunes, tanto Miguel como Hernández, soltasen un veneno letal al pronunciarlas una tras la otra—. Ahora escuchad y decidme qué sentís al oírlo.

Hojea hasta dar con la poesía que había seleccionado para esta lectura, se aclara la garganta y comienza a recitar:

Tristes guerras
si no es amor la empresa.
Tristes, tristes.

Tristes armas
si no son las palabras.
Tristes, tristes.

Tristes hombres
si no mueren de amores.
Tristes, tristes.

Levanta la vista y mira a los ojillos abiertos y expectantes de los chicos.

—¿Qué os ha parecido? —pregunta, dejando que sus palabras caigan con cuidado en el aire, con la pesadumbre de una ausencia fúnebre.

No solo no quiere decirles de quién es, sino que tampoco les confiesa cómo llegó a sus manos este ejemplar de *Cancionero y romancero de ausencias*, traído desde Argentina y comprado hace algunos años en una librería clandestina de Madrid, la de Ginés.

—Pues…

Ninguno se atreve, de primeras, a verbalizar su impresión.

El maestro mira en especial a Saúl, aguardando a que el chiquillo esboce algún gesto que indique que quizá su padre, el maestro don Sixto, también le haya leído en su cautiverio estos versos de Miguel Hernández, como aquellos de la cabra y ese glu, glu, glu de las rimas infantiles del poeta pastor. Pero no, Saulillo no hace gesto alguno.

Ha aprendido a disimular bien el chiquillo, piensa el maestro, mientras José, a su lado, se arranca a realizar el primer comentario:

—Habla de tristeza, ¿no, maestro?

Luego interviene Fernando:

—También de la guerra, ¿verdad?

Roque asiente, cruzando los brazos mientras deja que ellos continúen con sus reflexiones.

—¿Y por qué creéis que dice que las armas deberían ser palabras? —pregunta tras unos segundos de silencio, avivando el debate entre los muchachos.

Fernando ladea la cabeza pensativo, con el ceño fruncido.

—Porque las palabras no matan, ¿no?

Manolillo asiente con un gesto vigoroso.

—Mi abuelo siempre dice que a los hombres de verdad no les hace falta usar la fuerza, que con hablar deberían bastarse.

—Eso es muy sabio, Manolillo —responde Roque esbozando una sonrisa.

El pequeño Saúl, que había permanecido en silencio hasta entonces, contemplando con sus ojillos ávidos cómo participaban sus amigos, levanta la mano para intervenir. Roque le hace un gesto, acallando al resto y sus murmullos.

—Creo que está diciendo que la guerra no sirve para nada. ¿Es así?

El maestro asiente. A esa reflexión es a la que había querido llegar con este poema, y se alegra de que sea el propio Saúl quien la haya sacado, él, cuyo padre lleva casi dos décadas escondido en un agujero de su casa.

—Eso es lo que este poema nos sugiere, sí. Que la guerra nunca es justa, ni para quienes la luchan ni para quienes la padecen.

Los muchachos asienten, silenciosos, absortos, sabiendo quizá, porque los niños saben más de lo que los adultos piensan, que esta misma reflexión que don Roque ha provocado en el recién estrenado club podría ser, precisamente, como un calambur que escondiese en su interior una idea peligrosa, como aquel «escoja» en el que Quevedo disimuló un ultraje a nada menos que la reina de España.

Es Saúl quien de nuevo rompe el silencio con una demanda directa, una pregunta nacida, tal vez, de todas las que el zagalillo se habrá hecho a lo largo de su vida.

—¿Y por qué ocurrió la guerra, don Roque?

La mirada del maestro se pierde un instante en algún punto de la sala. La imagen de un cobertizo, dos maestras adentro, los himnos en su garganta, las sacas, las manos en alto, todos aquellos recuerdos lo asaltan como un relámpago.

Quizá sacar este poema no ha sido lo mejor.

—Yo tenía vuestra edad, algo mayor, tal vez, cuando empezó —responde, descubriendo para su sorpresa que un nudo le aprisiona la garganta al poner la guerra en sus labios—. Y fue algo tan terrible, algo tan devastador que seguramente ninguno de vuestros padres, de vuestros tíos o abuelos os querrá contar nada sobre ello.

Manolillo se retuerce en su asiento, inquieto.

—Mi padre dice que es mejor no preguntar sobre las cosas que pasaron. Que de eso no se habla.

Roque asiente con gravedad. Sabe que en este pueblo aún quedan heridas latentes, que palpitan en los silencios y en las ausencias de buena parte de sus vecinos, porque Encinar fue uno de los pueblos más afectados por la represión que siguió a la toma de la villa por las tropas franquistas.

—¿Sabéis qué es lo que pienso yo? Que habrán de pasar en España muchos años y varias generaciones para que hablemos sin tapujos de lo que ocurrió. La guerra dejó marcas que no se borran fácilmente. No solo en los campos de batalla, sino en cada una de las personas que llevan una herida a cuestas...

Mira de soslayo a Saúl, sabiendo que quizá sus palabras hagan mella en el chiquillo.

—Pero ¿sabéis qué? —Se decide a cambiar de tema, volviendo a la literatura—. Como os contaba, la poesía puede servirnos para decir las cosas que no queremos decir. Cuando no encontramos las palabras, los poetas nos prestan las suyas. Es una manera de entender el dolor, de mirarlo de frente y, a veces, hasta de curarlo. Eso es lo mismo que intentaba el autor de estos versos que hemos leído. Hablar de lo tristes que son las guerras sin casi tener que mencionarlas.

Los chicos asienten con un silencio solemne, casi de homilía, que, de pronto, es roto por las campanas que desde la iglesia de la Encarnación llaman a los vecinos a misa.

¡Din don dan! Es la señal que, según les dijo Roque, indica que la reunión del club ha terminado. Los chicos se levantan de sus asientos, recogen sus cosas y se despiden del maestro, que les recuerda con una sonrisa cómplice, mientras los acompaña a la puerta:

—Todo lo que leamos debe permanecer entre nosotros bajo pena de expulsión del club, ¿de acuerdo?

Sabe que, en caso de enterarse algunas personas, de conocer los detalles, la autoría de las rimas o las reflexiones que inspira este repentino club de poesía, se meterá en un buen lío. Podría despertar recelos, poner en peligro, tal vez, su puesto de trabajo, y por eso conviene con sus chicos que esto es un secreto que habrá de quedar entre ellos, y por eso concluyen la reunión entrelazando los meñiques como quien lacra con sangre un juramento.

—¡Hasta mañana, don Roque! —se despiden los chicos.

Saúl se queda rezagado a la espera de hablar a solas con el maestro.

—¿Todo bien, Saulillo? —le pregunta Roque, inclinándose hacia él y posando una mano sobre el hombro del niño.

El muchacho asiente, timorato, como si no supiera cómo decirle algo que lleva toda la tarde rumiando. Hasta que, al fin, se decide.

—¿Sabe, don Roque? Esta mañana le hablé a mi padre de usted.

El maestro pone un gesto de sorpresa.

—¿Y eso?

Saúl mira de refilón hacia la plaza de la escuela, donde apenas hay una luz tenue, crepuscular, la de una tarde en muerte lenta. Luego se inclina y pone un pie sobre el empedrado para comprobar que sus amigos ya enfilan las calles que conducen a su casa, perdiéndose por los nervios que desangran el pueblo, y que nadie puede oírlos de entre quienes con paso rápido cruzan la plaza cargados con la compra o el aletargamiento de un chato de vino.

—Hay algo que quiero proponerle, don Roque…

—Claro, dime.

El niño vuelve a mirar en derredor. Le hace un gesto para que vuelvan a meterse dentro, tras la puerta.

—Le dije que le había revelado que él seguía con vida dentro de casa. Al principio se puso hecho una furia, pero luego comprendió qué era lo que yo quería decir, que si había alguien que podía ayudarlo a salir de ahí, ese era usted.

Roque levanta una ceja. No es consciente aún de adónde le llevará esa proposición.

—¿Ayudarlo?

De los caminos oscuros, de los desvelos, de las ausencias que provocará este sí.

—No quiero que mi padre muera en ese agujero, don Roque. Intenté convencerlo diciéndole que usted conoce a mucha gente de la gran ciudad que podría echarle una mano. —El niño sonríe de pronto—. ¿Qué le parece, se viene mañana a casa para conocerlo?

No sabe qué responder salvo un escueto «Me lo pensaré...» que, al menos, contenta a un Saúl que se despide del maestro suponiendo que sí, que irá a ver a su padre.

—Gracias. Y hasta mañana, don Roque.

Y continúa con el libro de Miguel Hernández en la mano, «¡Hasta mañana, Saúl!», con este *Cancionero y romancero de ausencias,* mientras ve al niño perderse plaza arriba.

Tristes guerras. Tristes.

Luego da media vuelta, ladea la cabeza y regresa al salón para dejar el poemario en el mismo lugar que ocupaba en el estante de los libros, en ese sitio estratégicamente elegido para que nadie pueda advertir su presencia a primera vista.

En un último vistazo a la estantería, antes de sentarse en el escritorio, sonríe al posar los ojos sobre uno de los libros más especiales entre los que atesora, ese en cuyo lomo reza el título de *Sombras agrestes* junto al nombre de su autor, Justo Rebollo.

Y esa sonrisa, con la que se sienta en el escritorio y se dispone a corregir unos ejercicios de sus alumnos, lo lleva en volandas a otro tiempo.

19

Internado de San Miguel (Madrid), diciembre de 1939

Que iba a ausentarse durante una semana.

Don Pedro se dirigió a nosotros en una fría mañana de diciembre desde el altar de la capilla de la escuela para decirnos que se marcharía unos días del colegio para dirigir unos retiros espirituales de Adviento. «Cuarenta sacerdotes esperan a que yo les instruya, señores. Siéntanse orgullosos del maestro que tienen».

Antes, como era habitual, había vuelto a desatar los infiernos. Por sorpresa, nos emplazó a dirigirnos a la habitación comunal para comprobar si lo habíamos dejado todo recogido, y usó a sus monines para evitar que alguno se adelantara para terminar de hacer la cama o recoger su ropa. Detrás de nosotros, entró en el dormitorio helado con su semblante de gárgola, con aquella forma fría y distante de hablar de ese Dios a quien yo no reconocía de entre las enseñanzas que recibí de pequeño, como si el cristianismo no fuera en realidad monoteísta y nuestro Señor adoptara múltiples formas.

Al asomar a uno de los primeros lechos, el del chiquillo al que llamábamos Lolito, descubrió que la ropa de cama no se encontraba en el orden perfecto que él exigía: bajo la almohada, cuidadosamente doblada, primero la camisola y luego el pantalón, y a continuación los calzoncillos, que habían de estar limpios, y, cómo no, los calcetines. A mí me tocó, como monín, descubrirle las sábanas.

«Así que es usted un guarro, ¿no, señor?», le recriminó.

El niño arrancó a llorar. Yo, a su lado, le apretaba el brazo. «Don Pedro, es que no me daba tiempo a llegar a la capilla para los rezos de la mañana», se excusó.

Pero a él no le importó lo más mínimo. Alzó la mano y abofeteó el rostro del chico con su contundencia habitual. El guantazo resonó en la habitación, en los oídos de todos, que guardábamos silencio. Creo que ninguno podrá olvidar jamás cómo atronaban las cachetadas de nuestro maestro.

Lolito se desplomó y a don Pedro solo le hizo falta un gesto con la barbilla para ordenarme que lo levantara. Luego se dirigió a otra cama. Un par de minutos después, volvió a oírse otra cachetada. Si el Señor en el que me instruyeron para hacer la catequesis era perdón, era amor y compasión —enseñaba a poner la otra mejilla, azotaba a los mercaderes del templo y murió por todos nosotros—, el que preconizaba aquel tipo enorme con sotana negra, los ojos hundidos en un rostro cadavérico y la sonrisa de los desequilibrados se parecía más bien al Dios que ahogó a toda la humanidad salvo a la familia de Noé, hizo llover azufre y fuego sobre Sodoma y Gomorra y castigó a los israelitas a vagar cuarenta años por el desierto.

Tras la misa en la capilla, don Pedro nos acompañó al aula y se despidió de nosotros cuando su sustituto llamó a la puerta de la clase. Yo contuve un gesto de sorpresa al verlo, a don Santiago, cómo entraba y se saludaba fríamente con don Pedro, cómo luego, una vez nuestro maestro se hubo marchado —en ninguno de nosotros dejó un vacío, sino al contrario—, caminaba ante nuestra mirada atenta para sentarse en el trono de nuestro particular Herodes.

«Hola, muchachos. Yo sustituiré a don Pedro durante su ausencia», nos dijo.

Sonreí mientras volvíamos a sentarnos, aunque por aquellos días yo no tenía mucho ánimo. Lo de Justo seguía estando muy reciente y el que hasta entonces era mi mejor amigo continuaba sin querer dirigirme la palabra.

«Don Pedro me ha puesto al corriente de la tarea que os toca hacer hoy, pero yo creo que no se enfadará si nos saltamos un poco esa lección, ¿de acuerdo?». Nos guiñó un ojo y cautivó con ello la atención de todos los chicos, tan poco acostumbrados a que nada se saliera lo más mínimo de la férrea monotonía en que se había convertido nuestra vida en aquel lugar.

«¿Alguno de vosotros sabe hacer algún truco de magia?», preguntó de sopetón.

Se abrió la sotana, echó mano del bolsillo del pantalón y nos enseñó una moneda de peseta. «¿Veis esta perra? Vamos a estudiar las fracciones con ella. Pero antes, dejadme que os cuente una parábola...».

A continuación, levantó la moneda con un gesto teatral, asegurándose de que todos la viéramos. La giró entre los dedos, de forma que el brillo del metal reflejara la escasa luz que entraba por las ventanas empañadas del aula. Aquella perra se convirtió, de pronto, en el centro de nuestra atención, algo raro en una clase donde solíamos luchar por no dormirnos ante las tediosas lecciones de don Pedro.

«Habéis escuchado, imagino, la parábola de la moneda perdida. Es una de las que Jesús contaba para explicar cosas importantes de una manera sencilla...».

Asentimos con curiosidad, con aquel mismo gesto de expectación que recordaba en mis compañeros de clase cuando iba al colegio del pueblo y usted, señorita Lali, nos relataba algún misterio.

Yo me quedé en silencio y alerta, observando a aquel cura joven que aguardó unos segundos más —se aclaró la garganta con algunos pasos perdidos en medio de la clase— antes de continuar: «Resulta que una mujer tenía diez monedas de plata, pero un día perdió una. ¿Qué creéis que hizo? Pues no se quedó sentada lamentándose, no. Encendió una lámpara, barrió toda la casa y buscó por todas partes hasta que la encontró. ¿Sabéis qué hizo entonces? No se la guardó para ella sola; llamó a sus amigas y vecinas y les dijo: "¡Alegraos conmigo! Porque he encontrado la moneda que había perdido"».

Hizo una pausa, dejando madurar sus palabras, que se mantuvieron flotando en el aire de la clase. Como algunos chicos no parecieron comprender adónde quería llegar, dio un paso al frente y volvió a alzar la moneda.

«Por si no habéis entendido la parábola de la moneda, permitidme que os la demuestre de otra forma…».

Caminó por entre los pupitres buscando un cómplice o una víctima, hasta que sus ojos se posaron directamente en los míos. «Roque, ven aquí un momento», me pidió. Me levanté, consciente de todas las miradas que se dirigían hacia mí, y me acerqué hasta él. Me puso las manos sobre los hombros y me dio la vuelta para que me viera toda la clase. Algunos chicos rieron.

«Fijaos bien, porque voy a hacer desaparecer esta moneda».

Colocó la peseta en la palma de su mano derecha y la cerró rápidamente. Luego, levantó la mano izquierda y la movió por encima de mi cabeza como si estuviera haciendo algún tipo de conjuro. Finalmente, abrió ambas manos, cuyas palmas abiertas y vacías mostró al resto de compañeros acompañando el truco de magia de una sonrisa traviesa.

¡La moneda había desaparecido! Un murmullo recorrió la clase. Vi sus caras, unos rostros de asombro y de curiosidad. Algunos chicos se inclinaron hacia delante, intentando averiguar dónde estaba. Don Santiago preguntó: «¿Dónde creéis que ha ido a parar?».

Hubo varias sugerencias: «¡En la manga!», gritó uno; «¡en el bolsillo!, ¡detrás del escritorio!», los demás. Pero él negó con la cabeza cada vez. Se volvió hacia mí y me puso una mano en el hombro con un gesto teatral.

«¿No la habrás cogido tú, Roque?».

Negué con la cabeza.

«A ver…, déjame mirar».

Extendió la mano hacia mi cabeza mientras se llevaba la

punta de la lengua a la comisura izquierda. Y entonces sacó la moneda de detrás de mi oreja.

«¡Aquí estaba!».

El aula estalló en risas y aplausos. Don Santiago levantó la moneda como si fuera un pequeño trofeo y se dirigió a toda la clase: «Muchachos, a veces, como la moneda que acaba de aparecer tras la oreja de vuestro compañero Roque, podemos sentirnos perdidos, insignificantes o incluso olvidados. Pero Dios, como la mujer de la parábola, nunca deja de buscarnos. Él nos busca, no importa cuánto tiempo tarde o cuánto esfuerzo le cueste. Ni tampoco si la oreja de algún muchacho decide esconder la moneda...». Se inclinó para guiñarme un ojo mientras con un par de palmadas en el hombro me pedía que volviera a mi asiento.

El resto de la mañana, hasta que el timbre nos arrojó al patio con premura, como de costumbre, don Santiago se afanó por continuar con la explicación de matemáticas —las fracciones, tal como había anunciado al sacar la moneda— que don Pedro le había encargado. Al terminar la clase, mientras los chicos se despedían de él y bajaban al recreo, el cura me pidió que aguardara unos instantes a que el aula se quedara vacía.

Dije a mis amigos —los que prefirieron continuar conmigo en lugar de con Justo, como Rodrigo y Antonio— que iba a tardar un poco más en bajar y esperé a quedarme a solas con don Santiago con la inquietud que siempre me generaba la posible reprimenda de alguno de los maestros de aquella escuela. Pero no era nada de eso.

«Te he notado un poco triste, Roque, ¿te ocurre algo?».

Guardé silencio unos segundos, sorprendido por la pregunta y, sobre todo, por la calidez con la que la había formulado. (Por qué narices no me habría tocado a mí él como maestro).

«No es nada, don Santiago...», respondí con evasivas. Pero él no se dejó engañar. Me observó con atención, ladeando la cabeza como si tratara de encontrar en mis gestos las palabras que me negaba a decir, hasta que esa afectuosa mirada me hizo bajar la guardia. Suspiré profundamente y, con la vista en el suelo, murmuré: «Es Justo, padre. Antes éramos amigos. Muy amigos. Pero ahora... ya no me habla. Dice que lo traicioné».

Don Santiago asintió, acariciándose el mentón.

«¿Y eso?».

Por las ventanas de la clase ya llegaban los juegos, las risas y el bullicio de los muchachos. Yo sabía que don Santiago debía estar ahí abajo, vigilando el patio, pero en cambio decidió dejarlos a todos para hablar conmigo. Continué, vacilante: «Yo no quería hacerle daño. Pero..., pero creo que se sintió traicionado porque... no le cubrí en algo. En algo que estaba mal. Y ahora ya no quiere saber nada de mí».

No me atreví a contarle qué había pasado en el despacho de don Pedro con la pluma grabada y recé por que no decidiera indagar. Don Santiago se apoyó en el escritorio, cruzando los brazos, y se quedó pensativo durante un momento.

«Roque, la amistad es una de las cosas más valiosas que podemos tener, aunque también es una de las más frágiles. A veces, sin querer, la dañamos. Pero ¿sabes algo? Si esa amistad era verdadera, puede sobrevivir. Solo necesitas dos cosas: honestidad y valentía. ¿Has hablado con Justo sobre cómo te sientes?». Volví a negar con la cabeza. Nunca había sabido cómo expresar mis emociones, y menos aún frente a alguien que pudiese rechazarlas.

Solo usted, señorita Lali, me habló alguna vez en esos mismos términos.

«Pues entonces empieza por ahí. Habla con él, dile lo que sientes. No importa si las cosas no se arreglan de inmediato. A veces, la amistad necesita tiempo para sanar. —Me sonrió y me dio otro par de palmadas en el hombro—. Anda, ve al patio. Y no te preocupes demasiado. Las cosas tienden a encontrar su camino..., como la moneda perdida».

Nos sonreímos. Luego me volví para salir, dispuesto a buscar a mi amigo para hablar con él, pero, antes de cruzar la puerta, llamó de nuevo mi atención. «Por cierto, Roque. La madre superiora del colegio de niñas necesita la ayuda de un chico fuerte, y don Pedro me dijo que siempre manda a algún alumno de confianza. ¿Te animas?», me propuso.

Y esbozó de nuevo una mueca pícara y traviesa para soltarme: «Dicen por allí que rondas una muchacha que llama mucho tu atención, ¿no?».

Sentí cómo la sangre me subía al rostro al instante. Balbuceé una respuesta afirmativa, intentando parecer indiferente a aquella alusión a Azucena, en la que, por aquel entonces, no podía dejar de pensar ni siquiera en esas noches en vela que me provocaron la riña con Justo.

«¿Y cuándo quiere que lo haga?», le pregunté.

Me dijo que podía ir en ese mismo instante. Yo asentí, me apresuré a despedirme de él y salí volando de la clase para dirigirme a la consejería de la escuela y ponerme a las órdenes de don Jenaro, que solo levantó la vista del periódico que leía en la garita a la tercera vez en que llamé su atención.

«Don Santiago me ha dicho que me requieren en el colegio de niñas».

El hombre arrugó su entrecejo peludo, chascó la lengua, visiblemente contrariado, y cogió su llavero del mostrador para pedirme que lo siguiera hasta la puerta que comunicaba ambas escuelas. De camino, nos acompañaba el tintineo del manojo, con el que jugueteaba entre los dedos al compás de la melodía que iba tarareando. Frente a la puerta, fue descartando algunas llaves hasta que dio con la que abría, la introdujo en la cerradura y la accionó para darme permiso para que pasara primero. Me dijo, con un gesto burlón: «Usted primero», y caminamos en tierra de nadie hasta alcanzar la otra puerta, la que daba directamente al Santa Catalina.

«El despacho de la madre superiora está al final de ese pasillo —me dijo, señalándome hacia la derecha—. ¿Necesita que lo acompañe?». Negué con la cabeza, y ni siquiera se despidió de mí antes de dar media vuelta y regresar por aquel corredor angosto. Yo sí le dije adiós.

Aunque por aquel entonces no era yo un chico muy observador, caí en la cuenta de que don Jenaro había usado la misma llave para abrir las dos puertas, lo que significaba que, o bien ambas tenían la misma cerradura, o bien esa era una llave maestra.

Caminé unos pasos perdidos como si hubiese aterrizado en la luna, volví a leer las consignas dirigidas a educar a niñas cristianas y españolas —obediencia, prudencia, caridad— y me dirigí hacia el despacho de la madre superiora. De pronto, reparé en el rumor de voces que llegaba del final del pasillo.

¡Las niñas debían de estar en el recreo! Me sorprendí y, con pasos prudentes, como el espía que se adentra en territorio enemigo, seguí el sonido de las voces y los juegos pensando a toda prisa una coartada convincente en caso de que alguna monja me descubriera. Me asomé a una ventana que daba directamente al patio, apoyado en el alféizar, y busqué a Azucena entre las muchachas que saltaban a la comba o paseaban cogidas del brazo, mientras un par de religiosas se iban sumando a los juegos o a la charleta.

Miré hacia la valla metálica que separaba ese patio del de nuestro colegio —donde Azucena y yo tuvimos nuestra «primera cita»— por si ella estuviera rondándola, pero tampoco estaba allí. Finalmente, chisté a una chica que jugaba bajo la ventana en la que me encontraba y, cuando hube captado su atención, la tuve primero que calmar porque se había llevado un buen susto al verme. «Tranquila, señorita... ¿Podrías decirle a Azucena que se acerque hasta aquí?», le dije.

La niña arqueó las cejas. «¿Azucena?», preguntó, hasta que cayó en la cuenta de que me refería a una de las niñas mayores del colegio. Me dijo que quizá se encontraba con los ensayos de la escolanía, que se practicaban en el auditorio, y me pidió si quería que fuera a buscarla. «Sí, por favor», y le hice un gesto, llevándome el dedo índice a los labios, para que fuera prudente. La chica asintió y se perdió en el patio haciendo volar graciosamente la falda de su uniforme.

Yo aguardé temiendo que alguien me encontrara donde no

debía, ensayando las palabras que le diría a la monja de turno: «La madre superiora me ha mandado venir». Esperé sin que nadie apareciera, cosa extraña, durante algunos minutos. Qué curioso, pensé, que en aquel colegio de monjas nadie pareciera preocuparse demasiado por vigilar los pasillos y el patio, como si de la mente de las chicas no pudiesen salir las ideas perversas que se nos atribuían en el San Miguel.

«Pero ¿qué haces tú aquí?», oí a mi espalda. Me giré habiendo reconocido su voz, la de Azucena, la que me susurraba en los sueños más húmedos que entonces yo tenía, en los que la besaba y daba rienda suelta al calor adolescente que solo por las noches o con la complicidad del cuarto de baño —a riesgo de que Dios me viera y me dejara ciego, como decían los curas— podía aliviar.

Puse voz de galán: «La madre superiora me había pedido un recado. Pero le dije que quería visitar a una amiga que tenía en su escuela, y por eso te he buscado». No sé si se lo creyó del todo, pero sonrió y pareció gustarle esa terca intención que yo demostraba por verla, fuera como fuese.

Miré en derredor, sabiendo que quizá no disponíamos de mucho tiempo. Le musité: «Se me ha ocurrido un modo de que podamos vernos sin que nadie nos pille, ¿sabes?». Ella puso cara de expectación, una cara lindísima con la que yo me derretía.

«¿Cómo?».

Volví a otear a un lado y a otro y respondí con el ademán de los bandoleros o los forajidos que viven al margen de la ley, de nuevo entre susurros: «El conserje de mi escuela tiene una llave maestra. Si algún día le desapareciese, su portador podría entrar y salir del colegio cuando quisiera».

20

Encinar de la Sierra (sierra norte de Sevilla), noviembre de 1955

El día en que lo iban a matar, a don Sixto Díaz lo despertaron de madrugada los golpes que en el madero de la puerta de su casa pegaba su primo Isabelino.

—¡Primo, primo! —gritaba, mientras el maestro del pueblo se calzaba las babuchas y bajaba al zaguán con los ojos medio pegados, los cuatro pelos de su calvicie incipiente yéndose por peteneras y el regusto en la boca a la saliva rumiada en los estertores del sueño. Abrió temiéndose una desgracia.

—Dime —preguntó, entre bisbiseos, asomado a la oscuridad de una calle que dormía todavía.

Y escuchó cuatro palabras como cuatro puñales:

—Van a matarte hoy.

Era agosto. Él bramó en alguna ocasión que en agosto no se podía hacer una guerra, y doña Asunción, su mujer, hubo de recordar aquellas palabras muchas veces, porque la guerra cayó sobre el pueblo como una ola de calor estival.

—Pero qué dices, primo. Me cago en Dios.

Don Sixto se cagaba en Dios muchas veces, pero nunca delante de sus alumnos, porque el respeto, ya fuese ante el más pobre de los vecinos o ante un altísimo dios justiciero, había de ser el mismo. «Respeto ante todo, muchachos», solía decir.

Pero aquella vez le salió el genio por la boca.

—Me cago en Dios —volvió a blasfemar.

Isabelino, camisa azul y el mismo gesto adusto que heredó de su padre —el tío de Sixto, que era músico de la banda municipal—, dio un paso adelante y escrudiñó con la mirada en la penumbra de la casa.

—¿Está la Asunción despierta? —le preguntó.

Tres días antes había caído sobre el pueblo la justicia de aquella España que despertaba como un oso. El 8 de agosto de 1936, el rugido seco de los motores y el retronar de las botas quebraron el silencio de la villa, hasta entonces gobernada por un Comité municipal revolucionario que tomó el poder en el pueblo tras el golpe de Estado del 18 de julio. Un día antes, conocida la ocupación por las fuerzas golpistas de las localidades vecinas de Lora del Río y Villanueva del Río, muchos lugareños comenzaron a evacuar el pueblo, entre los que habría querido estar doña Asunción, «Vayámonos, Sixto, por el amor de Dios», porque el docente se negó a abandonar el lugar que había hecho suyo desde hacía más de diez años, cuando tomó posesión de la plaza como maestro de la escuela de niños.

—¡Arriba España! —Atronaba de pronto en las calles.

Pero aquella huida desesperada resultó infructuosa. A la altura del Ventorrillo de la Angelita, los tres camiones y dos automóviles en los que viajaban buena parte de los miembros del Comité, así como decenas de vecinos del pueblo, fueron detenidos y obligados a regresar a Encinar, condenados a la justicia patriótica que estaba a punto de desencadenarse en el pueblo.

—¡Arriba!

Fue en la tarde del día 8, una de tantas jornadas tórridas de aquel verano —el asfalto y la grava en ebullición, la asfixia, el polvo del camino, la fatiga—, cuando la vanguardia de la columna del comandante Buiza, compuesta por fuerzas mercenarias de la Legión, un escuadrón de caballería mora y un pelotón de infantería, con el apoyo del fuego de mortero, logró infiltrarse en la población por el camino de los Molinos y la ermita de la

Virgen del Robledo. Facilitó su entrada —formaban la columna más de mil hombres— la huida de un vigía destacado en el cerro Montón de Trigo, quien, al abandonar su puesto, causó la desbandada de los defensores y vecinos de Encinar.

—¡¡Arriba España!!

Francisco Buiza Fernández-Palacios, un militar de segunda fila con ínfulas de general, tomó Encinar de la Sierra tras la breve resistencia de un centenar de milicianos. Entró en el casco urbano a pesar de que aún resistían algunos pacos, los francotiradores que, desde el campanario de la iglesia y desde algunos tejados, sostuvieron la guerra unas pocas horas más. Desfiló, aunque no de la forma en que él hubiera deseado. Por el entramado de calles desiertas y silenciosas, marchó con la cabeza alta, la raya a un lado como si le cortara en dos el cráneo, los brazos atrás y el paso agarrotado de un legionario, pero sin los vítores, los cánticos y las banderas ondeando en los balcones que en otros lugares sí que saludaban con aires de libertadores bolivarianos.

—¡¡¡Arriba!!!

Ante ese extraño vacío, los falangistas, los soldados y los requetés que formaban la columna se afanaron por hacer salir de su casa a todo el mundo. Tiraron las puertas abajo a culatazos, vencieron las cerraduras con la virulencia de las hachas y sacaron a la fuerza a los vecinos para que asistieran al maravilloso espectáculo de saberse conquistados.

Uno de aquellos falangistas era Isabelino. Veinte años después sería el alcalde de Encinar de la Sierra.

—Que si está la Asunción despierta, primo —insistió al maestro de escuela.

Sixto miró hacia atrás y aguzó el oído por si oyera los pasos de su mujer, o los muelles de la cama, o el crujir del entramado de madera que les servía de suelo en esa pequeña casa del maestro de detrás de la escuela.

—Sigue durmiendo —le dijo a su primo.

Isabelino asintió, visiblemente nervioso.

—Óyeme bien, primo, que no tenemos mucho tiempo. Al

amanecer de hoy vendrán a buscarte para llevarte preso. Te dirán que te conducirán al campo de detención de Sevilla, pero a todos los que os saquen hoy de vuestra casa os darán dos tiros y os dejarán tirados en una cuneta.

Sixto asintió, perplejo, sabiendo pero sin haber querido saber que ese momento iba a llegar, porque a nadie en el pueblo escapaban sus vivas a la República, su activismo en favor de Izquierda Republicana, de cuyo comité local formó parte, sus publicaciones en el periódico local, su formación freinetista y sus ansias de democratizar la escuela.

—¿Estás seguro? Mira si se habrán equivocado de nombre... —se resistió, ingenuo, porque si hay algo que nunca perdió el maestro fue el optimismo.

El primo chasqueó la lengua.

—Pero, joder, primo. ¿Acaso iba a salir yo de casa a esta hora? Lo dijeron hace unas horas en la taberna. Que el comandante había vuelto a autorizar otra saca. Y tu nombre salió.

Se miraron a los ojos. Durante años, Sixto e Isabelino apenas intercambiaron palabras de tan lejos que se encontraban, en las antípodas casi, por sus ideas políticas: uno de cara al sol y con la camisa abierta y el otro maestro sindicalista.

—¿Y por qué has venido a decírmelo?

No fue siempre así. La niñez los cogió cercanos en edad y, por tanto, fueron compañeros de largos juegos a la fresca de la plaza, de pescar en el río y de rondar a las mocitas hasta bien entrada la juventud.

—¡Porque eres mi primo, coño! Escúchame bien, que está a punto de amanecer. —Miraron al cielo, a los tonos añiles que se entreveían en la negrura—. Ya lo he hablado con Joaquín el Torta, que custodiará la camioneta en la que irás detenido. Le he pedido que no te ate como sí que atará las manos de los demás. Me debe ese favor y sé que lo va a cumplir. Eso sí, guárdate de que te vean con las manos desatadas, por el amor de Dios. Y, cuando la camioneta salga del pueblo, pegas un salto y echas a correr campo a través como alma que lleva el diablo.

Se miraron de nuevo. Sixto no volverá a ver a su primo de esa forma, cara a cara, los ojos de uno frente a los del otro. Durante muchos años, eso sí, lo oirá desde su agujero visitar su casa, tirarle los tejos a Asunción, pretender conquistar lo que no fue suyo porque ella eligió al más letrado de los primos.

—¿Lo has entendido?

Asintió, preguntándose si era cierto lo que estaba ocurriendo: Isabelino jugándose su adhesión a la nueva España por ayudarlo, el horizonte de una huida sabe Dios adónde, la caída en desgracia de un pueblo que sufrirá como casi ninguna otra localidad española la furia de quienes asesinaron a miles de personas que solo pidieron tierra y libertad, como decía Blas Infante, quien moriría dos días después de aquella saca en la que Sixto Díaz también iba, supuestamente, a perder la vida.

El acta de defunción llegaría tres meses después, cuando Sixto ya se había instalado en aquel agujero que entre Asunción y él excavaron aprovechando una oquedad en la estructura de la vieja choza, la que pertenecía a la familia de ella, la que la mujer se vio obligada a ocupar cuando la echaron de la casa de detrás de la escuela, porque ya no había maestro alguno en su pequeña familia de dos.

Ahora, veinte años después, Sixto, sentado frente a Roque y junto a aquel armario que se abre y se cierra como una puerta mágica, vuelve a recordar la anécdota que le resultó tan sumamente divertida aquel día de noviembre de 1936 en que Asunción recibió la carta certificada.

—Imagínese, don Roque. Asunción me entrega una carta para que yo la lea y resulta que no es otra cosa que mi acta de defunción. Que me habían fusilado en el campo de internamiento de Sanlúcar la Mayor, decía. ¡Ja! ¡Vaya panda de mentirosos! —El hombre ríe buscando la complicidad del joven maestro—. ¿Acaso conoce el caso de alguien más que haya podido leer su propio documento de fallecimiento? ¿Eh?

Roque sonríe con una mezcla de asombro y ternura. Todavía siente el ligero temblor, la agitación en el pecho al encontrarse con este hombre en lo más hondo de esta pequeña casa. ¿Cómo lo han hecho durante tanto tiempo sin que nadie alcance a sospechar?, se pegunta.

—Es increíble, don Sixto. Que esté usted aquí.

Sixto es un hombre de espalda ancha, facciones vastas, manos rudas y callosas, como si todo en él lo hubiera conducido al campo o a cuidar del ganado, salvo que en algún momento se desvió hacia la docencia. Por todos los años de encierro, tiene la tez pálida, los ojos hundidos bajo una ciénaga, apenas ese pelo que una vez fue negro. Habla, eso sí, con voz melosa, como de locutor de radio, lo que ha sorprendido a Roque nada más encontrarse con él cara a cara y oírle decir: «Buenas tardes, don Roque. Tenía muchas ganas de conocerlo. Saúl me ha hablado mucho de usted».

De la cocina llega el rumor del hogar de carbón, en el que Asunción se afana por preparar una cena en la que habrá un invitado por primera vez en mucho tiempo. En el dormitorio, los dos maestros charlan.

—Y cuando saltó de aquella camioneta, ¿qué hizo? —inquiere Roque.

El viejo docente tamborilea con los dedos sobre la cama, en un gesto con el que parece echar de menos un cigarrillo entre el índice y el anular. Se lo confesará más adelante: dejó de fumar para que Asunción no se viera en la obligación de seguir comprándole tabaco a un marido cuyo paradero nadie podía conocer.

—Comencé a andar por los montes y me refugié en unas cuevas en las que de pequeño había jugado infinidad de veces. Allí aguardé durante una semana, bebiendo del agua que manaba por entre las rocas y cazando, por suerte, algún roedor poco astuto. Hasta que decidí volver al pueblo para intentar contactar con Asunción. Tenía que decirle que seguía con vida, que mi cuerpo no estaba entre los de todos aquellos vecinos asesinados por los golpistas. Lo hice de noche. Crucé el pueblo como un animal nocturno y salté por la ventana del dormitorio para, con mucho tacto, despertar a mi mujer mientras intentaba aplacar cualquier grito que saliera de su boca. Que estaba ahí, que era yo, le decía. Y aquella noche hicimos el amor y decidí esconderme de manera provisional, por si hubiese alguna forma de salir más adelante. Y así pasaron, don Roque, primero las semanas, luego los meses y al final los años.

Roque lo mira como quien asiste a una revelación mariana.

—Su vida parece un milagro.

Y no puede evitar pensar en su antigua maestra, en Lali. Ojalá siga con vida, sea donde fuere, aunque lo haga en un agujero de dos por tres, como el de este hombre.

—Un milagro no, muchacho. —Sixto niega con la cabeza y vuelve a pedirle, como hizo nada más verse, que lo tutee—. Te diré que fue por pura tozudez, más que por gallardía. Yo no tenía ganas de morirme. Solo fue eso. Y mírame, de aquella terquedad fui padre incluso. De buenas a primeras vino mi Saúl, a quien llevábamos años esperando. Y mi pobre Asunción hubo de fingir que yo no era su padre... porque yo ya no existía.

Roque se inclina un poco hacia delante con los codos apoyados en las rodillas, como un estudiante atento al relato de su maestro.

—¿Y nunca intentaste escapar definitivamente del pueblo?

Sixto niega con la cabeza.

—¿Escapar? ¿Adónde? España era una ratonera. Salías de aquí para caer en otra parte. No tenía dinero ni contactos fuera del pueblo, y si me pillaban... Bueno, ya sabes lo que hacían con los que consideraban rojos. No, Roque, me quedé porque esta casa era mi único refugio. Y porque Asunción estaba aquí. ¿Cómo iba a dejarla sola, cargando con el peso de mi ausencia?

Roque asiente, comprendiendo la verdad detrás de aquellas palabras. Asunción no solo había sido su compañera, sino su salvadora. La fortaleza de una mujer que mantuvo a su marido oculto mientras el pueblo entero se llenaba de delatores y verdugos. Era, de algún modo, un milagro que ambos siguieran vivos.

—Ahora entiendo de dónde le nace la valentía a tu hijo, Sixto. Saúl tiene mucho de su madre y de ti.

Sixto observa a Roque con una media sonrisa. Ambos piensan en ese pequeño Saulillo, a quien su madre mandó a jugar a la calle mientras el maestro visitaba a su padre.

—Es un buen chico, sí. Tiene más de su madre que de mí, por suerte. Por cierto, ¿sabes que todos los días me cuenta cómo van sus clases? Tengo que felicitarte por cómo has conseguido reengancharlo a la escuela.

Roque arquea una ceja, intrigado.

—¿Ah, sí? ¿Y eso?

—Pues todas las noches, mientras cenamos, me cuenta qué ha hecho en clase. Que si le hiciste escribir un poema sobre las golondrinas, que si has puesto a los chicos a inventar palabras nuevas porque el idioma también es cosa de ellos, que si les propusiste investigar en el campo... Déjame decirte, Roque, que hacía tiempo que no oía algo así. Y que me alegro mucho de que la escuela siga teniendo maestros como tú.

Este siente que un leve rubor le sube por el cuello hasta colonizar sus mejillas.

—No es gran cosa, Sixto. Intento que aprendan algo más que a leer y escribir.

El viejo maestro agita el dedo índice en señal de afirmación.

—Ahí está, muchacho, ahí está. Esa es la esencia. ¿Sabes cuántos años me costó hacerles comprender eso? Que no basta con enseñarles las tablas de multiplicar. Hay que enseñarles a ser libres. Y tú lo haces. Eso lo sé porque Saúl no se cansa de hablar de ti. Don Roque dice esto, don Roque dice lo otro. El chiquillo te admira. Y yo, por supuesto.

Las palabras golpean a Roque con fuerza. En los ojos de Sixto hay un brillo de orgullo y gratitud que trasciende los años y las heridas. Por un instante, todo lo demás —el miedo, la opresión, los secretos que ambos guardan— se desvanece y el joven maestro siente que no está solo en su lucha.

—Gracias, Sixto.

Luego hay un silencio que no incomoda a ninguno de los docentes. La mirada de Roque recorre esta habitación austera, en la que la ventana está tapiada por dentro y que, supone, habrá de iluminarse cada hora del día con el candil que aguarda sobre la cómoda junto al armario, el único mobiliario del dormitorio.

—Bueno, y cuéntame más de ti. ¿De dónde eres? ¿Dónde estudiaste? ¿Estás casado?

Sus ojos chispean, pícaros, traviesos. Cuánto se habrá perdido este pueblo con este hombre confinado en su propio hogar.

—Nací en Alcalá del Valle, un pueblo de la sierra de Cádiz. Pero, como mis padres podían permitírselo, me enviaron a un internado en Madrid, y en la capital me quedé para estudiar en la facultad de Filosofía y Letras de la Universidad Complutense. Y aquí estoy, tras alguna que otra sustitución, con mi plaza definitiva en la misma escuela en la que tú enseñaste.

El viejo maestro asiente sin desprenderse de ese gesto retozón.

—¿Y novieta no hay? —insiste—. ¿O mujer?

Roque no puede evitar ruborizarse de nuevo.

—Bueno, algo... —responde, pensando de repente en Lola—. Pero nada serio, por el momento. Es una buena chica de este pueblo, ¿sabes?

Este hombre es la primera persona a la que le habla de ella, de la chica de la Sección Femenina. Pero Sixto no parece muy convencido.

—Ese «algo» no suena muy convincente, muchacho.

Roque suelta una risa breve.

—Es complicado, don Sixto. Hay diferencias. —Hace una pausa, buscando las palabras adecuadas—. Ella tiene sus ideas, yo las mías.

Sixto asiente como si ya hubiera oído esa historia antes, una y mil veces.

—Ay, muchacho... —responde con un gesto paternal—. Las cosas complicadas son las únicas que merecen la pena. Si no chocáis, si no discutís, si no te remueve el alma, entonces no es amor, es compañía. Asunción y yo también éramos distintos como el día y la noche. Ella, práctica, con los pies en la tierra;

yo, soñador, con la cabeza siempre llena de libros y de una revolución que nunca llegaba. Hubo días en que casi nos arrancamos los ojos. Pero ¿sabes qué? Siempre nos encontrábamos de nuevo en el punto que importaba. En que nos queríamos. A veces solo basta con amor, ¿sabes?

Roque asiente, aunque no sabe —ni se ha atrevido siquiera a pensarlo— si lo que siente por Lola podría definirse con esa misma palabra que ha usado el viejo maestro. O siquiera con alguna otra. Tras un breve silencio, doña Asunción irrumpe en la habitación para informar de que la cena ya está lista. En realidad, el olor con el que el caldero lo colmaba todo avisaba ya de la inminencia del aviso de la mujer.

Los hombres se ponen en pie. En un primer momento, le extraña que Sixto vaya a salir de la habitación, pero supone que dentro de casa habrá de encontrarse seguro. Ahora cae, de hecho, en algo en lo que no reparó la primera vez que estuvo aquí. Que todas las persianas están bajadas. Que en esta casa nunca entra luz natural.

—Hay algo que quería decirte, Sixto.

El maestro se da media vuelta, dejando que Asunción se adelante en dirección a la estancia que distribuye en la casa el salón a un lado y la pequeña cocina al otro.

—Claro, dime.

No ha podido dejar de pensar en la petición que Saúl le hizo tras la reunión del Club de los Calambures. De darle vueltas en las noches intempestivas que vinieron luego, las de sus insomnios. Que si alguien podía ayudar a su padre, ese era él, así se lo dijo el chico. Y al fin acabó por tomar una decisión, a pesar de que, bien lo sabía, eso lo conducía directo a la boca del lobo, a asomarse a sus fauces, a olerle el aliento casi.

—Tengo un amigo que podría ayudarte a salir de aquí, Sixto —le dice al viejo maestro, posando sobre su hombro una mano fraternal—. A ti y a tu familia. Se llama Justo. Nos conocimos después de la guerra, en aquel internado del que te hablé, y sé que tiene contactos en la resistencia antifranquista.

21

Poner de nuevo algunos nombres en sus labios es volver a habitar los vacíos que Roque ahuecó en su memoria de forma deliberada. Nombres como los de esas personas con las que se cruzó en el colegio San Miguel mientras su padre jugaba a la patria y su madre llenaba su vida de una terrible monotonía, aquella que la condenaría a ese andar pesaroso y melancólico, como si pidiera permiso —tal vez perdón— por estar viva.

Nombres como el de Justo.

«Estimado Justo...».

Siempre le ha costado escribir una carta. Más aún una carta como esta, en la que debe medir las palabras como si cada una fuese el peón de una partida de ajedrez.

Los comienzos, por ejemplo, suelen atascársele.

No, estimado no, se corrige. ¿Por qué no un «Justo, mi querido amigo»?

Sí, mejor así. Más cercano, más cariñoso.

El bolígrafo tamborilea sobre la mesa al compás de los dedos nerviosos de Roque, que ha tachado y vuelto a escribir lo mismo varias veces, sabiendo que de un «estimado» a un «querido» hay un trecho, como también lo hay de un «amigo» a un «conocido», y que no sabría decirse muy bien si Justo sigue siendo lo uno o es solo lo otro.

—¿Qué hace, don Roque? —le pregunta Antonia, que se ha parado junto a él tras terminar de limpiar el polvo de los estantes con libros entre los que se esconde alguna que otra edición clandestina.

El maestro levanta la vista de la carta y mira a la mujer.

—¿Esto? —señala con la punta del lápiz el documento—. Nada, le escribía a un viejo amigo, solo eso.

«Un viejo amigo». La última vez que se vieron fue hace dos años, tras el acto de graduación de la promoción de Roque en la Universidad Complutense de Madrid, donde el futuro maestro dio un discurso en el paraninfo como delegado de clase. Justo participaba en la organización de un congreso de jóvenes escritores que no llegaría a celebrarse por las presiones del SEU, el sindicato de estudiantes universitarios que la Falange usaba para mantener a raya a los primeros disidentes del franquismo, y que no eran más que los cachorros del régimen, hijos o nietos de quienes hicieron y ganaron la guerra, pero a quienes —porque bicho malo nunca muere— algunas ideas peligrosas seguían rondándoles por la cabeza como si no se hubiese depurado a bastantes maestros ni fusilado a suficientes rojos.

Roque no esperaba entonces visita, ni mucho menos esa visita.

—Hola, viejo amigo.

Y tras los saludos iniciales, ambos compartieron una breve conversación en la que afloraron, cómo no, los recuerdos ya tan lejanos y los nudos gordianos que los unían a aquel internado en el que empezaron a ser hombres, al patio en el que Roque hizo los pinitos de una improvisada docencia, a don Pedro y a aquella maldita pluma grabada con unas iniciales extrañas.

—Pero no he venido solo para recordar tiempos pasados, Roque. He venido por otra cosa... —le confesó su amigo.

Minutos después, salieron y tomaron caminos separados con la convicción de que era posible que nunca volviesen a encontrarse. Eso sí, antes de la despedida, Justo le dio a Roque una dirección a la que, según decía, podría escribirle.

—Hay una mercería en Madrid, que regenta doña Carmen, a la que podrás enviarme correspondencia. Aquí tienes la dirección. —Le puso en la palma de la mano un pequeño papel que el maestro se metió rápidamente en el bolsillo—. Es un lugar seguro, pero debes extremar las precauciones. Ya me entiendes.

Ahora, mientras doña Antonia revolotea con la mopa en la mano por la casa del maestro y en el tocadiscos suena otra melodía de jazz, Roque se dispone a escribirle con una petición a la que sabe que su amigo —su antiguo amigo, más bien— no podrá negarse.

—Pues le dejo, don Roque, no vaya a molestarle yo con mis cosas. —La mujer da media vuelta y lanza un bufido al comprobar que el maestro ha vuelto a dejar la cocina como los chorros del oro antes de que ella llegara—. ¡Ya le he dicho que no hace falta que recoja usted la cocina! —le recrimina en la lejanía.

Roque esboza una media sonrisa mientras vuelve la vista a la carta. Le ha mencionado varias veces a la mujer que, si por él fuera, no necesitaría de su trabajo, que la del maestro es una casa muy pequeña y que él se apaña solo con la limpieza. Pero el alcalde insiste y lo que don Isabelino dice a misa va.

—Algún día habréis de poneros en huelga todas las mujeres. A ver cómo se sostenía el país —le dice Roque a la limpiadora con sorna.

Esta vuelve a bufar con su deje aflamencado y esa graciosa forma de mover la mopa, haciendo lo que mejor sabe hacer. O lo único que le habían enseñado.

Tras titubear unos segundos más, Roque continúa con la redacción de la misiva.

Justo, mi querido amigo:

Espero que estés bien, que tu carrera de periodista y escritor siga creciendo y que la nueva novela que estás escribiendo esté próxima a publicarse. Ya te dije, aquella vez que nos vimos en persona, que disfruté enormemente de *Sombras agrestes*, que me sentí partícipe de la historia y que me pareció encontrarme ante el texto de un novelista consagrado y no ante un viejo amigo y confidente, con aquellos recuerdos que compartimos cuando aún éramos muchachos.

Por si te lo preguntas, te confirmo que finalmente la plaza de maestro que estoy ocupando está en Encinar de la Sierra, un pueblo de la sierra norte de Sevilla. Aquí se vive muy bien, todo parece atrapado en un tiempo sereno y lento, sin la prisa que devora las grandes ciudades como esa en que tú y yo nos conocimos. Me recuerda mucho a mi pueblo natal gaditano: el mismo aroma a gachas o a matanza, el tiempo de la siega, las calles empedradas, las campanadas de la iglesia y los juegos de los niños en la plaza. La escuela, pequeña pero acogedora, es un reflejo de la comunidad: humilde, generosa y siempre dispuesta a ayudar con lo poco que se tiene. Tengo mucho trabajo que hacer con estos chicos, pero a nada que he comenzado a darles clase, ya estoy notando su mejoría. Todo es cuestión de saber mirarlos no solo a los ojos, sino al corazón. Sabes que eso es lo que me enseñaron mis maestras.

Te escribo esta carta no para decirte esto (aunque quería aprovechar para hacerlo), ni tampoco por aquel tema del que hablamos en nuestro último encuentro, sino porque necesito tu ayuda en un asunto en el que creo que nadie mejor que tú podría echarme un cable. Lo que quería pedirte es lo siguiente: necesito enviar fuera de España un ejemplar de un libro de pedagogía, un libro antiguo que ha servido en otro tiempo en este pueblo, y me gustaría que tú lo recibieras para hacer con él las gestiones pertinentes. El libro es igual a uno de esos que tú me comentaste que te encargabas de mover entre librerías y bibliotecas tanto nacionales como extranjeras. En caso de que aceptes, puedes escribirme a la dirección que aparece en el remite, la casa de la escuela del maestro.

Mientras tanto, te informo de que las gestiones de las que hablamos en nuestro último encuentro siguen su curso, si bien, como imaginarás, algo lentas en la ejecución, con todo el tiempo que ahora me ocupa mi labor de magisterio y la asistencia que a algunos chiquillos estoy prestando por las tardes.

Me despido con mis mejores deseos y agradeciéndote, de antemano, tu ayuda.

Un fuerte abrazo de tu amigo,

Roque Martínez

Al poner el punto final, el maestro hace una rápida ojeada para comprobar que su coartada parezca verosímil a ojos de cualquier lector intruso. Tras darla por buena, rubrica en el pie de la hoja con su firma característica, que elonga el rabillo de la erre para acomodar el resto de su nombre como si fuese el lecho de las letras restantes.

—Ya terminé, doña Antonia —le anuncia a la mujer, poniéndose en pie—. Ahora voy a salir a echar la carta al buzón, ¿de acuerdo?

La limpiadora asiente desde el dormitorio, por el que ha comenzado a barrer después de terminar de limpiar la cocina, y despide al maestro con una gracieta que hace reír a Roque de camino a la puerta.

Afuera hay un sol radiante que ha empujado hasta la plaza a los niños, que corretean detrás de un balón o compiten a las canicas o a bailar el trompo. Los que son alumnos de Roque se toman una pausa en sus juegos para saludarlo, agitando las manos o poniendo en sus bocas —desdentadas e infantiles muchas de ellas— un «¡Hola, don Roque!» que despierta la ternura del maestro. Tras devolverles el saludo, deja atrás la plaza y callejea hasta encontrar la pequeña oficina de correos del pueblo.

Echa la carta al buzón y se concede unos segundos para orientarse en el entramado callejero del pueblo que ya ha logrado hacerse en su cabeza. Tras asentir para sí, toma una de las calles que se dirigen hacia el castillo y camina siguiendo el sendero de la antigua muralla hasta volver a hallarse en la calle de aquella cafetería en la que se encontró con Lola por segunda vez.

No le había sido del todo sincero a doña Antonia, porque no solo había salido para dejar en el buzón la carta a Justo, sino también porque había quedado con la hija del gobernador civil para tomarse un helado y dar un paseo por el pueblo.

—¿Pero vendrá tu amiga Pepi? —le preguntó Roque.

La chica negó con la cabeza y bromeó.

—Si alguien le va con el cuento a mi padre, mejor.

Como la tarde sigue siendo apacible cuando Roque y Lola se encuentran en la puerta de la heladería —dos besos protocolarios y el recuerdo de los primeros encuentros en un lugar como ese—, deciden subir hacia el castillo dando un paseo por la calle que bordea el límite del pueblo.

—Esta suele ser la calle de los enamorados —comenta Lola, pícara.

Él la mira: su pelo ondulado, su vestido de estampados que le deja al aire las pantorrillas y que tanto contrasta con el uniforme de camisa azul, ribetes rojos y falda de tubo, esos hoyuelos que se dibujan en un rostro por el que deben suspirar buena parte de los chicos del pueblo.

—¿Y eso? —Roque ya supone cuál es la respuesta.

Efectivamente, ellos no son la única pareja que aprovecha la larga calle con vistas al valle para pelar la pava con el cuidado suficiente de que nadie los vea cogerse de la mano, ni acercarse más de lo debido, ni, por supuesto, darse un beso. Eso queda relegado para los callejones oscuros, para los lechos furtivos, para aquella vida que muchos viven detrás del telón de fondo del franquismo, mientras que la mayor parte del día se escenifica a la perfección la función de charanga y pandereta, cerrado y sacristía que escribiría el poeta exiliado.

—Bueno, ¿y qué tal? ¿Cómo van las clases, maestro? —le pregunta Lola tras cruzarse con otra pareja de jóvenes que baja la calle en sentido contrario.

Roque —manos en los bolsillos, andar tranquilo y sosegado— responde poniéndola al día de los avances que está logrando con los chicos en la materia de lengua y en matemáticas, que se les resisten a muchos de ellos —herencia, cuenta, del anterior maestro, que no prestó mucha atención a que intentaran comprender qué eran en realidad el cálculo y la proporcionalidad—. Luego le detalla su preocupación por algunos de los muchachos, en los que ha advertido carencias que, con los pocos recursos que tiene a su alcance, le será muy difícil atender como debiera.

—¡Así cómo vamos a llegar a todos los chicos! —se lamenta con un resoplido.

Conversan unos minutos más sobre educación —él le pregunta a ella por la escuela de chicas y Lola le narra algunas anécdotas que le han ocurrido durante la última semana— o sobre la labor que en la sección Femenina lleva a cabo la chica. No muy lejos del final de la calle y del sendero que sube hasta el castillo, el silencio los acalla como si un ángel pasara.

—Hay algo que quería decirte, Roque... —le confiesa Lola de pronto, parándose en el camino y cambiando el tono de su conversación.

Él la mira, intrigado. Frente a ellos, el sol comienza a dibujar los tonos anaranjados del atardecer, ocultándose detrás del castillo.

—Claro, dime.

—Pues que mi madre me ha preguntado por ti, ¿sabes? —Para sorpresa de Roque, Lola ha esbozado otra de esas sonrisas socarronas que le marcan el hoyuelo.

—¿Y qué te ha preguntado?

La chica ríe.

—Que qué es lo que me traigo contigo. Parece que alguien nos vio juntos. En la plaza, o quizá después de tu clase en la escuela de niñas. Y le fueron con el chisme a mi madre, cómo no.

Roque permanece inmóvil. No sabe qué pensar.

—¿Y qué le has dicho?

Ella le golpea el hombro en un ademán cariñoso.

—¡No te preocupes, hombre! Solo le dije que hablábamos de cosas de la escuela. Pero ya sabes cómo son en este pueblo. Mi madre está intrigada..., aunque mi padre no sabe nada. Aunque… —Hace una pausa, riendo ante el gesto serio y adusto del maestro—. Pero no sé cuánto tiempo más podré evitar que se entere. Lo mismo te va a tocar ir a hablar con él de mí, Roque.

Este aparta la vista y la fija en el horizonte, donde el castillo comienza a recortarse contra el cielo rojizo.

Otra vez esa sensación —la de un peligro inminente— lo invade.

—Para decirle ¿qué?

Ella vuelve a reír.

—Eso mismo digo yo… Para decirle ¿qué? No se puede decir nada que no se es, ¿no? Y ahora, dime, porque yo estoy hecha un lío: ¿tú y yo somos algo?

Se encuentran en una mirada intensa, vibrante.

En un árbol cercano se oye piar a unos estorninos, que Roque reconoce por su plumaje verdoso, su pico fino y su canto melodioso. Guarda silencio, oyéndolos.

—¿Cómo que «algo»?

Es como si no fueran estorninos, sino las golondrinas de Bécquer anidando en el balcón de Lola. Esta vuelve a reír, mordaz.

—Ay, maestro. No te hagas el tonto. No creo yo que decidas pasar tu tiempo conmigo, tú, que estás tan ocupado en tu vocación docente, si no hubiese algo de mí que te gustara, ¿no?

Vuelven a mirarse. Muchos años después, él dirá que lo enamoró de ella ese arrojo que le empujaba a situaciones como esta.

—A mí me tienes que ser claro, Roque. Porque yo no estoy ya para marear la perdiz. Ya tengo veintitrés años, ¿sabes?

A Roque le sorprende descubrirse con un repentino temblor de su mandíbula.

—S-sí…

Él, a sus treinta y pocos, impactado por una veinteañera.

Otra vez pían las golondrinas.

—Y hay algo de ti que, te confieso, me gustó desde un principio. Que no eras como los chicos de este pueblo. Que venías de la gran ciudad. Que eras culto y sofisticado. Pero, voy a revelarte algo: a poco que he ido conociéndote, otras cosas de ti me han echado para atrás. Que no te hayas abierto conmigo, que apenas me cuentes nada de tu vida, como si escondieras algo o como si huyeras de alguien, y que no parezca que te interese nada más que tu escuela y tus alumnos, Roque. —Él no esperaba estas palabras, tampoco su mirada, los gestos serios y juiciosos de su rostro, cargados de un futuro que de pronto comenzaba a vislumbrarse como si este fuera el primer capítulo de su novela—. Acaso, dime, ¿no querrías formar una familia? ¿No querrías echar raíces en algún lugar?

Concluye acercando su mano más de lo debido, acariciando la de Roque solo un par de segundos y con la punta de los dedos, pregonando un deseo, olvidando que las miradas desde las ventanas o desde el castillo mismo podrían ir con el chisme a su casa.

—S-sí querría, Lola, pero...

Ese «pero» pesa como una losa, es un tonel, un silo de grano, un pilar de hormigón. Es el «pero» que le ha acompañado todas las veces en que ha intentado rehacer su vida a pesar de los pasados, de las ausencias, de las culpas.

Y siente el impulso de contarle. De abrirse como se abre en canal a un cerdo, de hablarle de su padre, de la guerra, de las maestras, del internado, de Azucena, de Justo —a quien va dirigida la carta que ha echado en el buzón antes de encontrarse con ella— y de lo que ocurrió. Decirle por qué está en este pueblo, qué o a quién busca, por qué persigue los fantasmas de un pasado que lo más sensato sería poder dejar atrás.

Poder dejarlo todo atrás. La tentación lo embriaga de repente.

—Pero...

¿Y si ella tiene razón? ¿Y si lo único que necesita es olvidarse de todo, dar un sí frente a un cura rechoncho y hacerle el amor cada noche a una muchacha guapa como Lola hasta que su vientre se hinche y los pechos se le llenen de leche?

¿Y si esta es la señal de un Dios al que no sabe si debe o no seguir buscando?

—¿Pero? ¿Pero qué, Roque? —le insiste ella, que ha vuelto a cogerle la mano.

Él intenta retomar el control de la conversación.

—Pues que no es que no confíe en ti, Lola. Pero no soy alguien que se abra de buenas a primeras. —Carraspea—. Viví algunas cosas que prefiero olvidar. —Hace una pausa, intentando desatar ese nudo en la garganta—. Y me cuesta mucho darle a alguien confianza.

Decir algunas cosas como esas es volver a darles vida.

—Lo siento mucho, Roque.

Los estorninos refrenan un vuelo que estalla segundos después desde la copa del árbol en el que revoloteaban. Vuelven a ser las golondrinas. Vuelve Lola a sonreír.

—Venga, ¿quieres que me gane tu confianza? —le pregunta, de pronto, la joven.

Él responde al cabo de unos instantes.

—Lo que yo no quiero es hacerte daño, Lola. Ni darte falsas ilusiones.

Pero ella no parece haber oído eso último.

—Tal vez lo que nos falta es dar un paso, Roque.

Con la sonrisa en volandas, Lola inclina el cuerpo para salvar el trecho entre ambos, como quien se asoma a un abismo, y, para sorpresa de él, lo besa, y el tiempo se detiene en la carnosidad de sus labios, en cómo comparten el mismo aire al respirar. Los besos se dan en la boca porque ahí es donde nacen las palabras, los «te quiero» que han de venir, los «no te vayas», los «hazme el amor». Este no es un beso robado, sino un beso que desafía, que afirma, que se declara sin esperar nada a cambio. Un beso que el sol, en su ocaso, dibuja con los dorados y claroscuros de una pintura de Klimt.

Ella es la primera en separarse. No mira en derredor, como si le diera igual quemar sus naves, como si no le importara el qué dirán, y exclama, volviendo a buscar el puente de sus manos:

—Ahí tienes, maestro. El primer paso ya está dado.

22

Internado de San Miguel (Madrid), diciembre de 1939

Todo el complejo sistema de seguridad del colegio San Miguel, con el que la escuela se asemejaba más a una institución penitenciaria que a un centro educativo —controles de entrada y salida, una alta valla con alambre de espino que rodeaba el perímetro y dos tipos en la puerta como seguratas— fallaba de forma irremediable por su eslabón más inesperado: don Jenaro.

Durante un par de días, en los recreos, aprovechando que seguía yo de morros con mi mejor amigo, vigilé los movimientos del conserje para advertir que no eran ni muchos —se pasaba la mayor parte del tiempo dentro de su garita, leyendo el periódico u oyendo la radio— ni muy habilidosos, y que iba siempre con ese aire apesadumbrado, como si estuviera de vuelta de todo, sin prestar demasiada atención al trato con los demás ni al cuidado de sus enseres.

Mucho tiempo después, y de casualidad, supe que aquel hombre triste estaba en el colegio porque con él los curas llevaban a cabo algún tipo de acto de caridad, pues había perdido a la mayor parte de su familia en la guerra. Pero en el internado no lo sabíamos, y nos reíamos y le hacíamos jugarretas, y a veces nos exponíamos a las reprimendas de don Pedro solo por el hecho de poder sentir el placer de hacerle el mal a otra persona.

«¡Estos niños *hijosdesumadre*!», nos gritaba con el carraspeo de su garganta y un cigarrillo siempre a medio fumar.

Como podrá imaginar, señorita Lali, no me costó mucho esfuerzo birlarle a ese pobre hombre lo que había sido el objeto de mis deseos desde mi tercer encuentro con Azucena: la que yo suponía que era la llave maestra que abría todas las puertas de nuestro colegio y las del Santa Catalina.

Ocurrió en una de esas rutinas de la que no tardé en caer en la cuenta. Poco antes de las doce de la mañana, llegaba al colegio la camioneta con la comida que nos servían en el refectorio. Tras el sonido del claxon con el que el conductor hacía saber su llegada, don Jenaro salía de la garita y abría el portón del aparcamiento dejando el manojo de llaves desatendido en la cajetilla de conserjería, pues aquella cerradura —supe, gracias a mi labor de espía— funcionaba con una llave que no guardaba con las demás. Esa operación le llevaba solo minuto y medio, dos minutos a lo sumo. Por ello, en cuanto el conserje se puso en pie y salió de su madriguera —mano en la espalda y esgrimiendo, como cada día, un «¡Ya voy!»—, me apresuré a saltar desde la ventana que separaba la recepción del patio del colegio y me acerqué reptando hasta la garita para evitar miradas ajenas desde la puerta principal de la escuela. Me asomé a la cajetilla de la estantería, tras la mesa y la silla, y agarré el manojo de llaves, que tintineó a pesar de que intenté que no hiciera ruido. Luego, tras comprobar que nadie me había visto, inspiré hondo y deslicé con precisión la supuesta llave maestra por la anilla del llavero hasta separarla de las demás. Volví a sentir aquel aire frío en mis pulmones y me urgí a guardármela en el bolsillo del pantalón. Oteé la puerta, vi que el conserje se entretenía algo más de lo normal en dialogar con el conductor de la camioneta, «Cómo rasca, ¿eh?», y retorné sobre mis pasos con cierta tranquilidad.

¡La tenía! ¡Tenía la llave y nadie se había dado cuenta!

Corrí con el corazón desbocado a refugiarme en un cuarto de baño. Allí, sentado en un váter cualquiera —oía como algunos chicos entraban y salían para orinar o para hacer de vientre—, saqué la llave del bolsillo y me tomé unos segundos para contemplar mi particular tesoro pirata. Era una llave grande y pesada, de hierro sólido, sin inscripción alguna —para despistar a posibles ladrones como yo, supuse—, con un eje largo y los dientes tallados con un patrón simple.

¿Cómo era posible que pudiera abrir todas las puertas? ¿Qué tipo de magia era esa?

Como ardía en deseos de probarla, esperé a que no se oyera nadie en el resto de los váteres y salí del mío dispuesto a verificar que la llave podía cerrar la puerta de aquel aseo. Miré a un lado y al otro del pasillo, por si volviera a entrar alguien, y, tras aguardar a que pasaran de largo algunos chicos, me apresuré a meter la llave en el ojo de la cerradura y a comprobar, para mi satisfacción, que el mecanismo se accionaba con un traqueteo de cerrojo antiguo y necesitado de lubricante. (Así sonaban también todas las puertas del colegio, señorita Lali, como si nadie les hubiese hecho mantenimiento desde el siglo pasado).

¡Funcionaba!, me dije, henchido de entusiasmo, mientras me metía la llave en el bolsillo y volvía al recreo, que estaba a punto de concluir.

Aquella noche guardé la llave en el plumaje de la almohada, al que accedí tras hacer una pequeña incisión en una de las costuras del cojín. Como no podía dormir de la emoción, pensé en cómo iba a planear mi encuentro con Azucena una vez pudiéramos vernos en algún lugar recóndito entre ambas escuelas.

Así fue como, a la débil luz del candil de mi mesilla de noche y acompañado por las amenazas de varios de mis compañeros, que me exigían que apagara la lamparilla si no quería que llamasen a don Pedro, escribí a Azucena los primeros versos de una poesía (con su métrica y sus rimas consonantes, como usted nos enseñó, señorita Lali) que todavía hoy guardo en la memoria.

Eran los versos de alguien que aún no sabía qué era el amor —faro, luz, milagro, sueño, libertad—, pero que sin duda lo sentía, como quien le reza a Dios y sabe que jamás llegará a comprenderlo.

A la mañana siguiente, en el recreo, me acerqué a la valla que separaba el San Miguel del Santa Catalina y busqué otra vez a alguna chica que pudiera llamar a Azucena. Tras convencer a aquella muchacha diciéndole que tenía yo buen trato con su madre superiora —no era mentira, pues aquella monja oronda quedó encantada del recado que le hice por mediación de don Santiago—, la niña fue a buscar a mi enamorada y esta se acercó al enrejado con esa misma sonrisa socarrona que me derretía.

«No me digas que lo has conseguido», me preguntó, nada más verme.

Yo le sonreí y eché mano al bolsillo para enseñarle la empuñadura de la llave.

No dije muchas palabras porque pensaba reservarlas todas para esa madrugada. «A medianoche, en la puerta entre los dos colegios», la cité.

Ella me prometió que lo pensaría, y yo no recuerdo en mi vida mayores nervios que los que pasé en las largas horas que transcurrieron entre que cada uno volvió a su patio correspondiente y se cumplieron las doce en punto de la noche, durante las que me afané por concluir aquella poesía que había comenzado en la vigilia de la noche anterior.

Antes de meterme en la cama, me había puesto cuidadosamente la ropa de los domingos debajo del pijama. Cuando me levanté poco antes de la medianoche, con la complicidad de esa escuela a oscuras, simulé que necesitaba ir al baño con urgencia —bordé el papel de meón nocturno, llevándome la mano a la entrepierna— y volví a encerrarme en uno de los excusados para despojarme de la ropa de cama, que escondí hecha un ovillo tras la papelera junto al váter. Miré en derredor y salí del baño hecho un pincel para recorrer a tientas la penumbra de aquellos pasillos, a los que solo iluminaba la luz sibilina de la luna creciente, que hacía justicia a los amores furtivos.

Comprobé, para mi sorpresa, que de noche el colegio parecía salido de un cuento de terror gótico, y por eso caminé orientándome a oscuras y con el temor de que me sorprendiera un fantasma, uno de esos muertos que dicen que a veces se quedan anclados a este lado del mundo porque han dejado una cuenta pendiente.

(En España, entonces, había cientos de miles de esos, en las cunetas sobre todo).

Al llegar frente a la puerta que unía ambos colegios, saqué mi reloj de bolsillo —me lo regaló mi abuelo Jesús, el padre de mi padre— y comprobé que solo quedaban unos minutos para que dieran las doce. Así que esperé, temiendo de nuevo a esos fantasmas o, peor aún, a algún cura o vigilante nocturno, y, cuando las manijas se unieron mirando a su norte —sonó, a lo lejos, algún cuco—, eché mano al otro bolsillo para sacar la llave e introducirla en la cerradura, rezando para que la puerta se abriera.

Contuve el aliento y comprobé que sí, que se abría, y luego recorrí a oscuras el angosto pasillo controlando mis nervios hasta que abrí la otra puerta con la misma llave, tal y como don Jenaro había hecho ante mi mirada aviesa.

No vi nada. Nada iluminaba aquel pasillo del Santa Catalina.

«¿Azucena?», susurré a lo negro.

Dos, tres, cuatro segundos de un silencio sepulcral, en los que temí que se cumplieran todos mis presagios: que cómo se me ocurría pensar que ella iba a venir, que qué iluso había sido. Pero me acalló una voz a la que momentos antes, un instante tal vez, había precedido su aroma.

«¿Roque?».

Era ella... ¡Había venido, sí! Luego su mano me encontró a tientas y la sostuve con fuerza para, entonces sí, adivinar el contorno de su rostro en los claroscuros de aquel gótico de Lovecraft.

«Ha-has venido...», dije con voz trémula.

No respondió. Me di cuenta de que también le temblaba la mano, como si a ambos esa primera cita nos produjera el mismo nervio adolescente, y se limitó a ordenarme, «Sígueme, Roque», conduciéndome por la negrura hasta que, unos metros más adelante, dio con una puerta que abrió con el sigilo de una Mata Hari.

«Cuidado con los ojos, voy a encender una lámpara», me avisó.

Cerré los párpados y, cuando noté el fogonazo de luz detrás de ellos, los abrí lentamente hasta que su figura tomó la consistencia etérea de un ángel. Miré en derredor —estábamos en una sala pequeña con dos sillones, un crucifijo y una mesita, en la que, supuse, habrían de celebrarse las tutorías en el Santa Catalina— hasta que terminé por posar los ojos sobre ella.

No pude emitir otra cosa que el balbuceo de un «Es-estás gua-guapísima» que no hacía justicia a la belleza que, sin yo esperarlo, tenía ante mí. Azucena llevaba un vestido de flores y tenía recogido el pelo de una forma sutil, con un pasador con el que algunos mechones estratégicos caían por su frente interponiéndose entre su mirada y la mía.

Algo más recompuesto —no fuese a fallar en mi intento por parecer un galán—, volví a piropearla, «De verdad, guapísima», tras lo que ella señaló mi atuendo —pantalón de pinza, camisa y jersey, que me costó horrores ponerme debajo del pijama— para lanzarme también un piropo. Que si no parecía yo mismo, dijo, sino un mocito.

Luego pasó otro ángel en forma de silencio.

«¿Y para qué querías que nos viéramos?», me preguntó, tomando la iniciativa de nuestra improvisada cita como lo había hecho ya en nuestras conversaciones anteriores.

Me apresuré a sacar el papel que me metí doblado cuidadosamente en el bolsillo trasero del pantalón. Ella, mientras, miraba expectante. Se lo ofrecí y noté como sus ojos se encendían a medida que se asomaba a aquella poesía que yo había ideado en la oscuridad de mi vigilia y transcrito en aquel papel —tras innumerables idas y venidas entre estrofas y rimas— con la mejor de mis letras posibles.

(Cuánto la recordé a usted, señorita Lali, con lo que me insistió con la caligrafía).

«Léemelo tú», me pidió, ofreciéndome el papel.

Y yo lo sostuve en mis manos temblorosas para recitárselo comenzando por el título, «A Azucena», que ya me sonrojó un poco, sobre todo cuando levanté la vista un instante y me encontré con sus ojos.

En los días que a veces son grises,
tú eres sol, eres mar y un lugar,
un susurro que rompe el silencio,
un secreto que quiero encontrar.

Entre juegos y puertas cerradas,
te dibujo con mi corazón,
y esta llave que tengo en el sueño
abre mundos de imaginación.

Si algún día te llegan mis versos,
que descubras en ellos verdad:
yo solo quiero volar muy lejos
y contigo encontrar libertad.

Cuando terminé de recitar, se quedó callada unos instantes, y ese silencio navegó por océanos de tiempo, porque me dio tiempo a pensar en todo: que había metido la pata, que aquello le parecía ñoño, o ridículo, o cursi, pero luego levantó la cabeza y advertí en ella todo lo contrario. Primero, el brillo en su mirada de gata; luego, esa sonrisa, no la suya habitual —o la que al menos yo le conocía, pícara y segura—, sino una suave, como si la brisa del verano colonizara sus labios.

«No sé qué decir», susurró, y se quedó mirando el papel unos segundos. «Nunca... nunca nadie me había dicho algo así. Ni mucho menos escrito».

Luego me hizo un gesto para que tomáramos asiento en los sofás de la salita, que se quejaron, como si se desinflaran, cuando posamos sobre ellos el trasero.

«¿Y cuándo lo has escrito?», inquirió Azucena, con la vista puesta en el papel para releer los versos del poeta nobel que yo era.

Alcé el mentón y le respondí como si ya hubiese ganado un premio de poesía.

«¿Esto? Bah, en algunos ratos de clase. Como mi maestro no está, tenemos algo más de tiempo libre. Don Pedro se ha ido a unos retiros espirituales y en su lugar nos da clase don Santiago, que no suele estar tan encima de nosotros como el otro, ¿sabes?».

Ella levantó la vista de la poesía con el gesto repentinamente cambiado.

«¿Qué no está? —me preguntó—. Pues supongo que mañana no veré a ese viejo verde desde mi ventana salir de noche de vuestro colegio».

Yo no entendí qué quería decirme.

«Pues que, todos los viernes, tu maestro sale del colegio de noche, a la misma hora, en dirección al casino que se encuentra a unos veinte minutos de aquí. O eso he supuesto, porque no hay otra cosa más que hacer un viernes por la noche, a no ser que se dirija a algún puticlub, ¿sabes?».

Me sorprendió oír esa palabra en los labios de una señorita, «puticlub», pues no estaba yo preparado todavía para comprender que había una revolución pendiente y que no era la proletaria —la que había quedado inconclusa por tipos como mi padre—, sino la femenina, y que aquella revolución podía comenzar en la boca de las chiquillas como Azucena, niñas insolentes del régimen a quienes sus padres aparcaron en instituciones como aquella con el fin de hacer de ellas una buena esposa.

Y eso era, precisamente, lo que Azucena no iba a ser jamás. Lo iba a averiguar en unos instantes.

«¿Sabes, Roque?».

Volvió a mirarme con ojos penetrantes.

«Dime».

Su silencio, de pronto, me intimidó. Se dispuso a jugar conmigo y yo no supe dónde poner la mirada, salvo en el titilar de aquella lámpara junto a los dos. Hasta que se decidió a continuar, diciendo: «Me gusta mucho tu insistencia en querer verme, el jueguecito de la llave y esta poesía preciosa. Pero tenemos un problema, Roque... ¿Sabes cuál?».

No supe qué responder, embelesado por sus palabras.

(Cuánto me iban a gustar desde entonces, señorita Lali, las chicas con iniciativa).

«¿Cu-cuál?», dije, tras su insistencia en que yo formulara la pregunta. Ella extendió la mano y me acarició una rodilla. Tragué saliva y me di cuenta, entonces, que Azucena era todo cuanto no debía ser. Todo lo contrario, por ejemplo, a las consignas que se repartían por las paredes de ese colegio religioso.

Prosiguió, jugando con el tiempo como un relojero: «Pues que nuestro amor, en caso de existir, solo podría darse aquí, en esta escuela. Estoy prometida con un chico de buena familia al que detesto, y nos casaremos cuando él termine de estudiar en la universidad. Mis padres lo han arreglado todo. Y para que yo no tuviera malas influencias ni tampoco malas tentaciones, me encerraron aquí».

Comenzó a reír, de pronto.

Yo no sabía por qué.

«¿No lo entiendes? —me insistió, en medio de una carcajada que no disimuló a pesar del silencio de aquella noche gótica—. Que ellos suponían que aquí no tendría incitaciones y... ¡llegaste tú!».

Yo no pude compartir su risotada, porque la idea que acababa de lanzar de soslayo —si podíamos ser novios, era únicamente en aquel terrible lugar— me acongojaba, me partía el alma.

Ella me lo notó al instante.

«No pongas esa cara, Roque...».

Y se inclinó y dejó que yo olfateara su olor, y volvió a extender la mano para acariciarme más allá de la rodilla.

«Porque ¿sabes otra cosa?».

Su voz sonó como se contonea una serpiente: sensual, acompasada, melodiosa.

Yo negué con la cabeza, a partes iguales temeroso y excitado.

«N-n-no...», balbuceé.

Se sentó sobre mí y buscó mi cuello con los labios.

De repente éramos dos chicos de quince años jugando al amor.

«Que no voy a perder mi flor con mi futuro marido. Que en eso, al menos, decidiré yo...», dijo, dibujando una escalera de besos desde mi quijada hasta alcanzarme los labios, como si no fuera la primera vez que besara.

«Así que voy a dártela a ti. Ahora».

23

Encinar de la Sierra (sierra norte de Sevilla),
noviembre de 1955

El primero de los besos es como abrir una bolsa de pipas tostadas, o de garrapiñadas, o de chufas, o de caramelos de anís, o de peladillas dulces; el primero de los besos es dar todos los demás, y por eso, cuando Lola sorprende a Roque en la soledad de su aula, unos minutos después de que la jornada escolar haya concluido —el maestro recoge la suciedad y recompone la ordenación de los pupitres con un silbido en los labios—, lo primero que media entre ellos, antes casi que un «¡Hola!» o un «¿Qué tal?», es el deseo de repetir aquel primer beso que ella forzó y con el que él se encontró en esa calle alejada que llaman la de los enamorados.

Han pasado un par de días y Roque no ha podido quitárselo de la cabeza.

—He terminado pronto con las chicas y pensé en darte una sorpresa —le explica Lola, con su uniforme de la Sección Femenina y aquella sonrisita pícara que Roque ya conoce bien—. ¿Quieres que te ayude?

Cae la tarde. Él, que barría el suelo arrinconando sobre el recogedor los restos de papelillos y goma de borrar, se apresura a negarse, «No te preocupes, que ya termino, de verdad», y Lola lo espera dando una vuelta por el aula y parándose en todos los detalles que en ella advierte más allá de la tríada que, como en todas las escuelas de España, preside sobre la pizarra los trabajos escolares, los mapas de España y de Europa, la tabla periódica y esa pequeña biblioteca al fondo de la clase en la que Roque ha ido consignando algunos libros infantiles que ha traído de su librería personal —de Julio Verne a novelitas de piratas o de Elena Fortún— o ha conseguido mediante donaciones de las familias y la parroquia.

Al pararse frente a la mesa del profesor, la chica observa el cuadro colgado junto a la ventana que da al patio.

—¿Y esto? —le pregunta a Roque, que ya ha terminado con la escoba.

El maestro se dirige hacia ella.

—Es mi título de magisterio. Lo colgué ahí cuando hace unos días les hablé a los chicos de mis estudios. Me diste la idea tú, ¿sabes? Con aquella visita a la escuela de niñas. —Ella asiente, deteniéndose en los detalles del documento expedido por una de las escuelas normales de maestros de Madrid—. Lo traje a clase para que vieran que yo, que no era un buen estudiante precisamente, he podido conseguir algunas cosas. Y tengo pendiente enseñarles mi orla de la universidad.

Ella sonríe irónica. «¿Algunas cosas?», le suelta, como si cuestionara en sus palabras una falsa modestia, y se sienta sobre la mesa del profesor observando cómo él acaba de recoger sus enseres, su maletín, algunas redacciones escolares.

—¿Y cómo conseguiste diplomarte, entonces? —indaga, cruzándose de piernas.

Roque ríe para sí. Se inclina para alcanzar su plumier, al otro lado de la mesa, y ella le roba otro beso que dura apenas un par de segundos.

—Creo que me tomé la carrera tan en serio y quise ser maestro con tanto ímpetu por la sencilla razón de que en casa no querían que estudiara, ¿sabes? —le responde, con su sabor todavía en los labios.

Y vuelve a tener ese impulso, de pronto, de contarle mucho

más, de abrirse y hablarle de su pasado, de que a él el odio lo ha movido gran parte de su vida y que a veces siente que no se reconoce en nada de lo que le rodea, en su país mismo, porque todo —España, la camisa abierta cara al sol, el catecismo, el brazo en alto, esa una, grande y libre, la unidad de destino en lo universal—, todo todo le recuerda a él.

—Tendrás que hablarme más de ti, ¿no crees?

Él guarda silencio. Sí, quizá con ella pueda hacerlo, romper esa cuarta pared como si dejara de representar su papel en la obra y le hablara al espectador. Unos segundos después, pide a la chica que lo acompañe a la puerta del aula y luego hacia la casa de detrás de la escuela, con la intención de que, al fin, ella pueda conocer algo más sobre él.

—Espera un momento aquí, que tengo algo para ti, ¿de acuerdo?

La ha frenado frente al zaguán cuando ella se disponía a entrar, porque Roque sabe que esa barrera, la de la puerta de su casa, no es algo que deban atravesar de buenas a primeras en un pueblo como este; ellos, dos jóvenes que aún no son nada.

—¿No vas a invitarme a pasar? —insiste Lola, haciéndose la tonta.

Roque se disculpa, «Creo que no, todavía», y luego vuelve a pedirle que aguarde antes de darse media vuelta y perderse por el angosto pasillo que conduce al salón de esta pequeña casa del maestro.

Lo hará algunos días después, meterla en casa, cuando todo se precipite.

De nuevo en la entrada, le ofrece un libro.

—Toma. Aquí podrás encontrar algo de lo que fui. Hay un personaje que está inspirado en mí, ¿sabes?

Lola lo sostiene entre sus manos y observa la portada arrugando la nariz.

—¿*Sombras agrestes*? —pregunta, sin levantar la mirada—. ¿Justo Rebollo?

Roque mira hacia la plaza de la escuela, por si unos ojos furtivos advirtiesen a la joven pareja. A esta hora de la tarde, ya en retirada, ningún niño juega y ningún adulto viene de la compra o se dirige a la taberna del Culebra.

—Es un viejo amigo.

No se besan al despedirse, por si tuvieran ojos las nubes, la luna prisionera de su órbita. Y ella pone camino a su casa tras un gracioso «¡Adiós, guapo!» que sigue sonrojando al maestro cuando toma asiento en el salón para terminar de revisar esas tareas escolares que prometió tener corregidas para mañana.

Se acostará pensando en Lola, preguntándose si habrá comenzado a leer el libro —«Aquella escuela era una enorme institución de silencio», así empezaba—, y el sueño lo encontrará habitando recuerdos lejanos, de los que se habrá librado tras la ducha casi fría y el café casi caliente de la mañana, esa rutina tempranera suya con la que empieza un nuevo día.

—¡Buenos días, señores! —saluda a los colegiales, que se apresuran, como de costumbre, a ponerse en pie para recibirle.

Flotan en el ambiente el aroma a empedrado mojado, el vaho de las ventanas y la colonia de las cabelleras repeinadas de sus pupilos, con una raya a un lado marcada como se parte en dos una tarta.

—¡Buenos días, don Roque! —lo saludan.

Los mira mientras echan mano al morral o al macuto para sacar el material con el que comenzar las clases: el cuaderno de problemas, el palillero, el lápiz, la goma y las reglas. Segundos después, el maestro anuncia que retomarán los ejercicios de matemáticas que quedaron pendientes en la clase anterior, y se afana por que todos los chicos terminen por comprenderlos, a pesar de lo difícil que le resulta llegar a algunos de ellos, a los que atender con garantías, a veces, le parece casi imposible.

«Aquí harían falta más recursos —se quejó al director en una ocasión—. Pero ya sabe, los maestros de escuela somos los últimos en ser escuchados». Don Enrique es, precisamente, quien le hace un gesto al finalizar la clase, desde el pasillo de la escuela, al que los chicos se aligeran a salir para bajar al patio, tras el toque de timbre que ha dado por concluida la sesión.

—Permítame un momento, don Roque —le pide el director.

Roque termina de poner en orden su mesa y sale del aula dando un primer bocado a la manzana que le ha traído Fernando de parte de su madre, en agradecimiento, según el chiquillo, por los resultados escolares del crío en este curso. «¡Pero que nadie piense que me está sobornando!», ha dicho entre risas al resto de la clase, tras recibir aquella manzana roja maravillosamente apetecible.

Repara en el gesto serio de don Enrique —más de lo habitual— y lanza una pregunta, «¿Ocurre algo?», que el director deja en el aire para limitarse tan solo a pedirle que lo acompañe a su despacho. Mientras caminan por el pasillo, don Enrique le previene, «Será solo un momento», aunque Roque sabe que, por la razón que fuere, un momento así nunca llega solo.

En el despacho los espera don Alfredo, el cura y profesor de religión en la escuela de niños y en la de niñas. El párroco aguarda la llegada de ambos con la mano puesta sobre el escritorio del despacho, como quien la posa sobre una Biblia para hacer un juramento.

—Buenos días, don Roque —lo saluda.

El maestro atraviesa el umbral con una sensación extraña, esa que lo ha acompañado desde el breve desvelo nocturno y que corroborará como buena unos segundos después, los que transcurren entre el silencio inicial y las palabras don Enrique.

—Sé que debe vigilar el patio del recreo, así que seré breve, don Roque. Esta mañana, a primera hora, un padre de familia ha venido a la escuela para presentar una queja sobre usted.

Espera unos instantes para comprobar la reacción en el rostro de Roque, que no puede disimular la sorpresa. «¿Una queja?».

Don Alfredo toma la palabra sacándose del bolsillo de la sotana un papel.

—Dice que su hijo ha escrito estos versos blasfemos, y supone que algo tendrá que ver con usted, pues desde hace unas semanas está yendo a la casa detrás de la escuela a recibir unas supuestas clases particulares.

Roque traga saliva, haciendo un esfuerzo por mantener la serenidad. Hasta ahora, nunca había tenido una conversación así de seria con el religioso, con quien se había limitado a compartir algunas palabras comunes sobre la educación de los chicos, la catequesis y los muchachos que compaginan los estudios con la asistencia a las misas como monaguillos.

—Son unos chicos que necesitan un poco de refuerzo al salir de clase. Solo eso —se excusa el maestro ante la atenta mirada de los dos hombres.

La del párroco está cargada de recelo.

—¿Entonces usted no tiene nada que ver en este poemilla? —inquiere, ofreciéndole a Roque el papel que se ha sacado del bolsillo.

Roque desdobla la hoja y reconoce en ella la letra pulcra pero titubeante de José. Debe ser su padre, Paco el guardia civil, quien ha presentado la reclamación. Lee para sí, a medio camino entre la expectación y el miedo, recordando cómo sonaban esos versos en la voz casi adolescente del chico cuando, hace unos días, quiso recitarlo en el Club de los Calambures.

¿Por qué dicen que no piense
si pensar me hace mejor?
¿Será malo hacer preguntas
y buscar en mi interior?

Si Jesús quería a todos,
¿por qué algunos tienen miedo?
Yo no quiero estar callado,
quiero ser libre y sincero.

El despacho se llena de pronto de un silencio denso que contrasta con el ruido que entra por las ventanas, el rumor de la chiquillería y sus juegos. El maestro, mientras tanto, cavila cómo responder a las acusaciones que sabe que van a hacerle.

—¿Qué le parece?

Traga saliva. No son las palabras —piensa— de un blasfemo, sino las de un niño que empieza a abrir los ojos al mundo. Pero, en el rostro de don Alfredo, esas rimas parecen cargar con el peso de una herejía medieval.

—¡Esto es inadmisible, don Roque! —exclama el párroco, con la indignación arrugándole el rostro y su dedo acusador en el papel que el maestro ha dejado sobre el escritorio—. Está enseñando a los niños a cuestionar las verdades sagradas. ¡La duda es el primer paso hacia la rebeldía contra Dios y contra España!

Don Alfredo toma entonces el papel con la poesía y lo rompe en pedazos, que caen casi ingrávidos al suelo sin importarle que luego los tendrá que recoger alguien, seguramente una mujer.

Agazapado tras el gesto prudente de Roque, arde un fuego en su interior. Fueron inspirados esos versos por una poesía de sor Juana de la Cruz que él les leyó, a partir de la cual dialogaron sobre religión, porque sobre las cosas de Dios también podía debatirse.

—Con todo respeto, don Alfredo, no creo que estos versos sean un desafío a Dios, sino una búsqueda de Él —responde mientras aprieta los puños detrás de la espalda—. ¿No fue Jesús quien dijo: «Buscad y hallaréis»? ¿Por qué tememos que los niños hagan preguntas? ¿Por qué no confiar en que sus dudas los llevarán a una fe más auténtica?

Memorizó esa cita bíblica hace algún tiempo para justificarse precisamente ante acusaciones como esa. Al oírla, el párroco y el director hacen silencio, quizá sorprendidos por la réplica del maestro. De pronto, en el patio del recreo algún chico ha debido meter un gol. Roque sabe que a veces eso deriva en alguna disputa en la que suele tener que mediar, y que debería estar ahí abajo, con sus alumnos.

—¿Querían algo más? —se impacienta, haciendo ademán de volverse sobre los pasos que hace un rato le han conducido a este despacho.

Don Alfredo lo frena chistando.

—Don Roque... —se le adelanta el director, interponiéndose entre el maestro y la puerta—. Este episodio y otros que se han ido sucediendo desde que llegó usted a esta escuela nos han empujado a don Alfredo y a mí a poner en conocimiento del gobernador civil nuestras dudas sobre su valía como maestro nacional. Y debe usted saber que esta misma mañana se ha dado parte a la inspección educativa para que procedan con las pesquisas pertinentes.

Da un paso hacia él y deja que el joven olfatee su perfume Varon Dandy y su aliento a tabaco, que lo amedrente de una vez por todas su mirada de director implacable, que entienda que, por fin, sabe que se va a librar de este maestrucho que no ha dejado de darle problemas desde que ha comenzado el curso. Pero Roque no está dispuesto a dejarse intimidar.

—Yo estoy seguro de mi profesionalidad, ¿saben? —les dice, alzando el mentón como se alza la cara al sol, con el pecho hinchado, con el gesto serio, circunspecto—. Muy seguro de que no he hecho nada contrario a los valores de la escuela nacional.

Y no le aparta la mirada al director como tampoco al párroco, salvo para divisar de soslayo los trozos del papel con aquellos versos del pequeño José, tan parecidos a los que habrían de encontrarse en otras tres casas, la de Saúl, la de Fernando, la de Manolillo, porque los tres escribieron poemas similares, rimas torpes e infantiles pero, como recién había publicado Gabriel Celaya en *Cantos íberos*, cargadas de un irremediable futuro.

—¿Sabe una cosa? —le pregunta don Enrique, con su cara a solo un palmo de la del maestro—. Puede ponerse muy gallito, pero...

De pronto, otro gol en el patio y, en Roque, el temor a que

estalle una riña sin un docente para mediar. Pero al director parece darle igual. Concluye diciendo:

—Que yo tendría mucho cuidado con lo que hace a partir de ahora. Y con eso también me refiero a las cartas que envíe desde el pueblo... ¿Comprende?

24

El inspector de educación se presenta sin avisar, pero Roque ya lo esperaba.

—Buenos días, don Roque. ¿Puedo pasar?

El hombre alza la mirada y da un rodeo fijándose en cada uno de los detalles: los retratos de José Antonio y Franco sobre la pizarra, el crucifijo entre ambos, ese título de magisterio tras la mesa del profesor, los trabajos escolares, ese mapa de España con su piel de toro, su relieve y sus islas, y aquella estantería al fondo con los libros donados.

Dice llamarse don Jorge y da la mano con firmeza, como un hombre de bien.

—Y dice que estos trabajos los han hecho los chicos, ¿no? —pregunta, asomando a esos murales que los alumnos confeccionaron para estudiar biología y que versaban sobre las partes de una flor y el ciclo del agua.

Roque asiente. Como sabía que la visita del funcionario del ministerio no tardaría en llegar, se afanó en que su clase estuviese reluciente y previno a los chicos de que el registro podría producirse a no mucho tardar.

—¿Y qué es un inspector, don Roque? —le preguntó Manolillo.

Les había pedido a algunos chicos, los más creativos y pulcros, que adecentaran la estantería con esos murales y que ordenaran los libros de la biblioteca por orden alfabético, como se encontraban a comienzos de curso.

—Un inspector, Manolillo, es como un médico, pero de la escuela —respondió Roque con una sonrisa medida, intentando restar importancia a la visita—. Viene a ver si todo está sano y funcionando bien.

Don Jorge levanta la vista de los murales de caligrafía torpe y la posa sobre los muchachos. Tampoco puede tener queja de estos: con premura, se han puesto en pie al recibir la visita y aguardan ahora sentados en silencio, con aire marcial, a que el inspector les plantee sus preguntas.

—A ver, usted, póngase en pie —se dirige a Luis, situado en la tercera fila, junto a la ventana que da al patio.

El chico se levanta de su asiento con gesto titubeante.

—Ya que han estado trabajando biología, dígame cuáles son las partes que componen una flor —le reta el hombre.

Luis busca con la mirada a Roque, que con un leve gesto de su rostro, desde la tarima del aula, le pide que no tenga miedo, que esté tranquilo. El niño traga saliva y responde:

—Las... partes de una flor son el cáliz, que tiene los sépalos; la corola, con los pétalos; los estambres, que son los órganos masculinos; y el pistilo, que es el femenino.

El inspector asiente cruzándose de brazos mientras observa al muchacho.

—Muy bien, puede sentarse.

Luis vuelve a su silla, aliviado, y Roque siente que se le suelta un nudo en el estómago. Pero el inspector no ha terminado.

—Usted, dígame quiénes fueron los Reyes Católicos.

El inspector señala a Isidro, sentado en la última fila y conocido entre los chicos como el Largo, porque es casi tan alto como Roque. El muchacho, delegado de la clase, se pone en pie con rapidez, con la espalda recta y las manos cruzadas delante del pupitre, y también busca en su maestro una mirada de aprobación.

«Venga, tú puedes», le dicen los ojos de Roque.

—Los Reyes Católicos fueron Isabel de Castilla y Fernando de Aragón, señor.

Don Jorge asiente, con una ceja levantada. Con Isidro aún de pie, dirige su dedo a uno de los chicos de la primera fila, a Saúl.

—Ahora responda usted. ¿Por qué son importantes los Reyes Católicos para nuestra gloriosa historia?

Lo han estudiado hace unas semanas. Que conquistaron Granada y sufragaron el viaje a Colón para que descubriera América. Como no hacía mucho que habían celebrado en el colegio el día de la Raza, con aquellos juegos que el maestro preparó para que asumieran distintos roles —Isabel, Fernando, Colón, un nativo...—, Saúl y el resto de sus compañeros lo tienen reciente.

—Se casaron para unir sus reinos, ¿no? —responde el chiquillo ante la mirada atenta de todos los presentes—. Ah, y conquistaron Granada y también América... Bueno, más bien la descubrieron por medio de Cristóbal Colón, ¿no fue así, señor?

Don Jorge esboza un gesto de aprobación.

—Exactamente, joven. La unión de los Reyes Católicos marcó el inicio de una España fuerte y unida, y su visión llevó nuestra fe y nuestra cultura al Nuevo Mundo. Venga, puede sentarse.

Saúl suspira, dejándose caer sobre el pupitre. El inspector hace un silencio mientras tal vez cavila la siguiente pregunta, pero, tras la pausa y una nueva mueca de conformidad, da por concluida la evaluación.

—Bien, don Roque, debo felicitarle. —Se vuelve hacia el maestro, caminando lentamente en dirección al escritorio—. Tiene usted a los alumnos bien instruidos y aplicados. Es evidente que aquí se trabaja con dedicación.

Roque inclina la cabeza en señal de agradecimiento. Querría mostrarse más efusivo, felicitar a sus alumnos y, por qué no, felicitarse a sí mismo, pero sabe cuánto de medidos deben ser sus gestos y que este hombre no ha venido únicamente para juzgar —porque, más que un médico, es en realidad un juez— lo que han aprendido sus alumnos.

Este hombre está en su clase por otro asunto, y no tarda, de hecho, en hacérselo saber.

—Una última cosa...

El inspector se le acerca, ajusta su chaqueta con un movimiento medido y, tras un breve silencio, lanza una última pregunta:

—Tengo entendido que algunos de estos alumnos reciben clases particulares por la tarde... ¿Podría indicarme quiénes son?

Roque siente cómo su estómago se encoge. Alza la mirada y busca a los integrantes del Club de los Calambures entre sus alumnos.

Responde, sereno, neutro:

—Sí, Saúl, Manolillo, Fernando y José. —Los señala—. Son chicos muy capaces, pero a veces necesitan un poco de refuerzo en ciertas materias.

—Perfecto —asiente el inspector, como si ya supiera la respuesta de antemano—. Entonces les pediré que me acompañen al despacho del director. Me gustaría tener una pequeña conversación con ellos, ¿de acuerdo?

A Roque lo recorre un escalofrío. Asiente y se vuelve hacia los cuatro chicos para pedirles que acompañen al inspector fuera de clase. Advierte la confusión en su rostro cuando, obedientes, se ponen en pie y se dirigen a la puerta. Al abandonar el aula, el inspector se despide, «Nos veremos en breve», y deja a Roque junto a su escritorio con las manos cruzadas y la mirada perdida.

Le da igual, durante algunos segundos, que la clase estalle en murmullos. Fija la vista en la ventana, en cómo el sol del mediodía empieza a teñir las hojas de los árboles con su brillo dorado, y hace un esfuerzo por serenarse.

—Venga, continuemos, ¿vale, muchachos?

Tras la interrupción del inspector, el resto de la clase discurre con normalidad, a pesar de la inquietud que apenas puede disimular en su rostro. Cuando el timbre toca para anunciar el recreo, don Enrique, el director, entra en clase para pedirle que, otra vez, lo acompañe a su despacho, a ese lugar ya común.

—Claro, deme un momento para terminar de recoger.

Sabe qué va a encontrarse al final del pasillo, porque tiene ese nosequé de brujería que le viene de familia, de su abuela materna, Berta, que sabía leer los augurios.

—Pase, por favor —le pide don Enrique, sosteniéndole la puerta.

En torno a la mesa del director se encuentra a sus muchachos, a su club de poetas noveles, su semblante serio, cariacontecidos, la espalda recta como si España los tirara de los hombros. Frente a ellos, don Jorge, a quien le cuelga un cigarrillo de la boca a medio fumar, le lanza una mirada dura y severa con esos ojos hundidos bajo dos cejas prominentes. El inspector le habla desde la mesa, sin ponerse en pie para recibirle.

—Don Roque, estos muchachos me han confesado algo muy distinto a lo que usted me dijo antes en clase... —suelta con un tono afilado como un cuchillo, para luego señalar con la barbilla a Manolillo, que parece querer hundirse en su silla—. Vamos, joven, repita lo que me acaba de contar.

Manolillo, con los ojos vidriosos, traga saliva y responde entre murmullos:

—Que leemos poesías en su casa. Poesías que hablan de política o de religión.

La confesión del chico deja un silencio denso en el despacho. El inspector lanza una carcajada seca y vuelve su mirada hacia el maestro.

—Pero eso no es lo peor, don Roque. —A continuación, le hace un gesto a Fernando, que, como sus compañeros, se mantiene cabizbajo sin atreverse a mirar a su maestro—. Dígale usted, ahora, qué autor me ha revelado que han leído en esos encuentros en casa del maestro.

Solo cuando el chiquillo levanta la vista, advierte Roque su mejilla amoratada, la señal de un anillo bordeándole el contorno del ojo izquierdo, el sendero de unas lágrimas.

—Miguel Hernández. En su casa leemos a Miguel Hernández.

La primera vez que Roque leyó al poeta pastor fue en clase de Juana, la primera maestra que tuvo en el pueblo. A su padre no le hizo mucha gracia que en el colegio leyeran a un poeta izquierdista, pero no hizo nada a sabiendas de que tanto aquella maestra como su sustituta, Lali, eran unas protegidas del alcalde y del gobernador civil. Y aunque fue Juana la que intentó que comprendieran los versos de aquel joven escritor, quien lo consiguió fue Lali, recitándoles en clase como ella solía hacer, con la dulzura y la inocencia de una maestra novata, como si aquellos versos hubiesen salido de su cabeza.

—¿Es cierto eso, don Roque? —pregunta el inspector tras apurar el cigarrillo.

Sabe que a veces llega el tiempo de las verdades.

¿Qué esperaba acaso?, se pregunta. ¿Que no lo fueran a pillar?

Pero no es Roque el que responde, sino Saúl, que de sopetón se encabrita, arruga la nariz y suelta:

—Pero ¿qué hay de malo en todo eso, a ver?

Casi de pie, alza los brazos para engrosar la contundencia de sus palabras, que han provocado en todos un gesto de sorpresa mayúscula.

—¡Don Roque es el mejor maestro que hemos tenido! —concluye.

El maestro se apresura a acallarlo por lo bajini, «Gracias, pero no es necesario», le coge el hombro y le da un par de palmadas. El director, más contundente, da un paso al frente y lo abofetea.

—¿Alguien te ha preguntado, mocoso?

Roque se interpone, por si tuviese la intención de volver a pegarle, y, por primera vez desde que llegó a esta escuela, mira a su superior y pone en sus labios una amenaza, la voz seria, la del terrateniente que había de ser, los ojos encendidos, la boca apretada. «¡No vuelva a pegarle!», le grita muy serio, intimidante, y solo la autoridad del inspector de educación consigue templar los ánimos: «Venga, siéntense, señores».

Luego hace un gesto a los chiquillos para que abandonen el

despacho mientras los docentes se calman. Antes de perderlos de vista, Roque conecta con sus alumnos, con la mirada atemorizada de los miembros de su Club de los Calambures, y les dice con los ojos: «No os preocupéis»; sí, eso les dice: «No os preocupéis de nada».

Don Enrique cierra la puerta tras los colegiales y, ya en la intimidad de los adultos, el inspector se dirige al maestro, a quien todavía le palpitan las sienes por el encontronazo anterior. Lo mira. Su dedo acusador, el entrecejo fruncido.

—Don Roque, he estado recabando información entre algunas personas de este pueblo y todos, desde don Enrique, aquí presente, hasta el gobernador civil y el párroco don Alfredo, coinciden en sus serias dudas sobre su valía como maestro nacional, sobre su convencimiento y su afección al Movimiento, de cuya continuidad los maestros deben ser garantes. —Hace un silencio tenso, severo, con un cigarrillo de nuevo entre los dedos y el humo interponiéndose en sus miradas.

Roque ya sabe qué va a decirle a continuación. Otra vez sus augurios.

—Es por todo esto por lo que, mientras traslado su caso a la inspección provincial, queda usted suspendido de empleo y sueldo.

Cuarta parte

Un amanecer

25

Universidad Complutense de Madrid, junio de 1953

Petronela levanta la mirada y dibuja en sus labios pintados de rojo un círculo de asombro, un «¡Oh!» que se pierde en la inmensa cúpula ovalada con la que no esperaba encontrarse tras el laberinto de pasillos de la facultad.

—Este es el paraninfo, madre. ¿A que es bonito? —le dice Roque, cogido de su brazo y emperifollado también como ella: traje de gala, cuello apretado por una pajarita, pelo repeinado como los falangistas.

La mujer asiente. Esta es su primera vez en Madrid, un lugar tan lejano y diferente a su valle natal —la capital de España, nada menos—, con ese enjambre de calles y taxis, escaparates de moda y gente yendo y viniendo del que su hijo la previno cuando acabó convenciéndola de que lo acompañara en el día de hoy.

«Yo estaré esperando nada más te bajes del tren, mamá —la avisó al teléfono—. Pero si te ves perdida, habrá algún guardia jurado dispuesto a ayudarte. No tengas miedo».

Madre e hijo asoman al escenario principal del paraninfo, donde todo está listo para comenzar la ceremonia. En medio del ajetreo universitario, con los estudiantes recorriendo los vestíbulos con sus apuntes, las partidas de cartas en la cafetería, las arengas, las discusiones en los pasillos solucionando los problemas de España —siempre que no contravengan los principios del Movimiento, pues, en caso de hacerlo, la conversación ocurre, o entre susurros, o en la clandestinidad—, en medio, pues, de todo el bullicio de un mundo que arde en deseos de alzar la mano o de censurar poetas, se encuentra, solemne, este edificio, el templo de griego de la facultad de Filosofía y Letras, parado en el tiempo como una ruina.

—Allí es. Estos son nuestros asientos.

Petronela observa en los tres asientos de la tercera fila el cartelito que reza, escueto: RESERVADO ROQUE MARTÍNEZ SOLANO. Ha reconocido el nombre de su hijo, pero ese RESERVADO no ha sabido leerlo, porque nunca terminó de aprender a hacerlo del todo.

—Nos los han reservado, madre.

Y ella no puede evitar otro gesto más como aquél, esa mueca de orgullo llevándose la mano al rostro, «¿Reservados?», y otro «¡Oh!» mientras contempla los tres asientos marcados con su nombre, de los que solo ocuparán dos.

«Y a papá... ¿le digo algo?», le preguntó Nela a su hijo por teléfono.

Roque se detiene unos instantes a observar el tercer asiento.

Lleva así, vacío, toda la vida.

«Lo que tú quieras, mamá. Entiendo que te dé miedo viajar sola. Y que si él tuviera un mínimo de decencia, habría de acompañarme en ese día de la misma forma en que a mí me sacó de aquel internado para asistir a la ceremonia de condecoración de aquella estúpida medalla», le respondió Roque.

Sí, Nela lo intentó, pero ya sabía de antemano la respuesta, a pesar de su manera prudente, de su manera suave y delicada de intentarlo, «Hay algo que tengo que proponerte, Javier», de preguntarle, «Tu hijo ha llamado con noticias», porque eran más de cuarenta años juntos, cuarenta, para no saber qué iba a contestarle él por mucho que lo tanteara: «A mí no se me ha perdido nada allí».

Madre e hijo se hacen hueco en la tercera fila y ocupan sus

asientos, disculpándose con los asistentes, que, ante la estrechez de las filas del paraninfo, deben encoger las piernas y levantar la punta de los zapatos. Roque saluda a sus compañeros, «¡Hola, Martín, me alegro de verte!», a los que saca varios años porque, entre los licenciados de este curso, el futuro maestro es de los de mayor edad, «¡Hola, Jesús!», al haber entrado en la universidad a los veintitrés, tras estudiar tres años en la Escuela Normal de magisterio.

A pesar de la oposición de sus padres, Roque, al terminar los estudios elementales en el colegio San Miguel, decidió seguir viviendo en Madrid. No quería, bajo ningún concepto, tener que volver al pueblo ni depender económicamente de sus progenitores, y por ello alternó varios trabajos de poca monta —desde un ultramarinos en Sol hasta una taberna del barrio de Delicias, la de un tipo al que apodaban el Cojo— para reunir algo de dinero con el que pagarse primero sus estudios de maestro y, más adelante, la matrícula de la universidad.

«¿La universidad? Ay, hijo mío. Si tu padre dice que eso es un nido de rojos...», le respondió Petronela cuando Roque la puso al corriente de su decisión de comenzar a estudiar Filosofía y Letras.

Sabía que su padre lo rechazaría como rechazó su vocación de maestro. Su hijo, su único hijo, que no tenía más que administrar sus tierras, controlar el trabajo de los braceros y jornaleros y representar el buen nombre de los Martínez en la patronal de las grandes familias latifundistas de la sierra y la campiña jerezana, iba a malgastar el prestigio de su apellido paseando el trasero primero en la Escuela Normal y luego en aquella institución, la universidad, que, a pesar de la purga con la que se trató de eliminar cualquier elemento indeseable, todavía estaba bajo sospecha.

«Sí, mamá. Estoy seguro. Hay mucho de lo que quiero aprender todavía, ¿sabes?».

Dilapidar su nombre para limpiarle los mocos a los colegiales.

Así pues, a la primera a quien llamó desde un teléfono público de la capital para decirle que, tras los últimos exámenes, iba por fin a licenciarse en Filosofía y Letras fue lógicamente a su madre. Por eso ahora la ha cogido del brazo y la ha paseado por la facultad como a una reina Borbón.

—Ya va a comenzar, mamá. Mira, ese es el rector.

Pedro Laín, el rector, sube al estrado con ese aire serio y casi aristocrático para pronunciar un discurso de palabras grandilocuentes y alusiones a la patria, al deber cristiano y al orgullo de formar a las futuras élites intelectuales del país.

—Demos paso ahora a la entrega de las becas a los estudiantes licenciados —dice tras el aplauso con el que han concluido sus palabras.

A Roque le llega el turno tras una veintena de sus compañeros, todos jóvenes cachorrillos del régimen, muy pocas caras, entre ellos, con los signos del campo —el cuarteo de la piel, el tueste, la arruga prematura que sí esgrimen los hijos de los braceros—, y muchos más chicos que chicas, porque a ellas todavía les falta algo más de tiempo para ocupar en masa las facultades.

—Ahora es el turno de Roque Martínez Solano, que hablará como delegado de esta promoción que se gradúa —anuncian.

Lo eligieron delegado tanto porque era mayor que la generalidad —muy por encima de su edad había, sin embargo, un buen número de señores que habían decidido dedicar al conocimiento y a la sabiduría la jubilación o el ocaso de su vida: don Régulo, con más de sesenta años, y don Federico, con setenta y largos, por ejemplo— como porque no osó mostrar su contrariedad en una de las primeras veces en que el rector aprobó una medida injusta para con los estudiantes.

Roque aprieta la mano de Petronela antes de ponerse en pie y subir al estrado. Como uno de los laureados, los organizadores del acto le pidieron que dirigiera unas palabras a los asistentes. Por ello, tras la imposición de la beca y recoger el diploma de manos del rector, se acerca al estrado, templa los nervios aflojándose levemente la pajarita y se dirige al público, aunque en realidad centra la mirada en su madre, como si alguna magia oscura pudiera reducir todas esas personas a solo una.

—A mí me vais a permitir que os hable, antes de nada, de dónde vengo.

El paraninfo enmudece. Roque inspira, pone su pasado en los labios y sonríe con la complicidad de aquella mujer de la tercera fila que tanto ha tenido que pasar.

—Yo vengo de un valle. Un lugar donde se trabaja con las manos para la siega, para la siembra, para la matanza y la artesanía. Donde los días empiezan antes de que el sol salga, en el campo, y concluye, como os podréis imaginar, cuando ya no queda ni rastro de su calor. Mi madre, aquí presente, podrá dar fe de ello.

La señala y advierte la timidez en el rostro de Nela cuando las miradas de los asistentes confluyen en ella. Roque, tras el breve silencio, continúa:

—Os voy a confesar algo, ahora que estamos en familia, con todos mis compañeros, todos los amigos que he hecho a lo largo de estos años aquí presentes. —Busca la mirada de Miguel, de Luisito, de Andrés, de sus cómplices de correrías, de partidas de mus, de sus amores de cuatrimestre, de Teresa, de Carla, de Gala—. Yo no tendría que estar aquí, os lo garantizo. Mi destino era aquel del que os hablaba: las tierras, la cosecha, los labriegos. A ese mundo le tengo un respeto mayúsculo y un agradecimiento enorme, pero no era el mío. Mi mundo es otro. Y ese mundo, que es como un ferrocarril, estuvo a punto de pasárseme de largo. De pasar como pasan los trenes que no coges. Que lo cogiera, ese tren, dependió no de mí, porque yo ni era un chico avispado ni era buen estudiante por aquel entonces. Dependió de unas pocas personas, del tesón que me enseñaron a tener mis padres, pero, sobre todo, de mis maestros… y de mis maestras.

Hace un silencio, recordando, de pronto, aquella noche de los tiempos, el corral, la barriga de Juana, el rostro palidecido de Lali.

—A ellas, a ellos les debo todo lo que soy —continúa, endureciendo el rostro, casi como si desafiara al tipo que habría de ocupar el asiento vacío de la tercera fila, con su Medalla de la Campaña y su camisa azul—. A ellos les debo haberme podido montar en ese tren. Pero como sé que hay muchos niños, muchas niñas que no podrán hacerlo, me matriculé en esta santa casa y puse todo mi empeño en terminar cuanto antes una carrera que me permitiera ayudar a otros niños a coger los trenes que solo pasan por la vida una vez. Como pasó el mío. —Aguarda unos instantes, respira y, entonces sí, sonríe—. Gracias, muchas gracias a todos.

El paraninfo estalla en un estruendoso aplauso. Roque baja del estrado y vuelve a su sitio recibiendo los elogios de sus compañeros y amigos, la mayor parte de ellos menores que él y con los que compartió en realidad —a pesar de las horas de estudio y de farra— muy poco de quién era y de dónde venía.

La mayoría, de hecho, se habrá enterado ahora de su origen rural.

Al tomar asiento, su madre lo aborda con un abrazo —habrían sido, en realidad, un millón de besos, pero, prudente, no quiere dejarlo en evidencia— y la emoción de unos ojos que apenas pueden contener el llanto.

—Me ha encantado, cariño. Gracias —le dice ella al oído.

Y Roque la aprieta todavía más, para que el calor de ella le llegue, aquel que hubo una vez y que lo guardó dentro, aquel que aprendió a curar sus heridas y a buscarle en el ovillo de sus llantos, «Tranquilo, cariño», aquel que siempre era hogar, «Todo pasará, tesoro», y, de pronto, siente el deseo de que su padre hubiese ido, que hubiese ido para oír sus palabras en el estrado —la forma en la que se ha dirigido a ellas, a sus maestras, sin nombrarlas— y, sobre todo, para contemplar cómo madre e hijo se funden en un abrazo bañados en el atronador aplauso del público.

Una hora después, el paraninfo, tras el discurso de clausura del ministro de Educación y la última de las ovaciones del público, se ha quedado vacío. Roque toma del brazo a su madre para dirigirse al salón donde, ya en la intimidad de los licenciados y sus familiares, habrán de celebrar la cena de gala. De camino bromean y charlan con todo aquel que se acerca al futuro maestro para agradecerle sus palabras. Abordan la escalinata que conduce al exterior, a la tarde plácida que sabe a estío, a días más largos, hasta que, casi fuera de la facultad, una voz llama la atención del egresado, una voz que le resulta conocida pero a su vez tremendamente lejana.

—Hola, viejo amigo.

Roque se gira. Tras su madre y él se encuentra un joven corpulento, de grandes facciones y una frente en retirada donde no hace mucho nacía una cabellera frondosa. Lo reconoce enseguida.

—¿Justo?

La última vez que supo de su compañero del internado fue en la librería de Ginés, en la que —no tardó en saber— se movían los hilos de un antifranquismo clandestino, las directrices del PCE que llegaban de Barcelona y los libros subversivos que por supuesto no pasaban la censura y el librero vendía solo a su clientela selecta.

El libro de Justo, no obstante, sí que se comercializó por los cauces tradicionales. Lo vio en una de sus visitas recurrentes a Ginés, ahí, en su escaparate, porque este tenía a gala apoyar a los jóvenes escritores que osaban recomponer el sector de la literatura en España tras la hecatombe que supuso la guerra, con todos sus ausentes ilustres.

«¿Justo Rebollo?», se preguntó Roque sosteniendo aquel libro, *Sombras agrestes*. Ginés le explicó: «Sí, un escritor novel. Lo ha editado Destino y recuerda mucho a *Nada*, de Carmen Laforet, ¿sabes? Es muy muy bueno. Te lo recomiendo». Roque asintió, sabiendo que iba a llevárselo sin necesidad de que el librero se lo ensalzara, y salió casi sin despedirse de Ginés y sin repetir aquel ritual que tenía cuando entraba en ese lugar y pasaba incluso varias horas escrudiñando entre sus estantes. Ya en casa, enfrentado a las primeras páginas de *Sombras Agrestes*, se encontró con la historia de unos jóvenes que comenzaban a descubrir la vida en una estricta institución educativa que no pudo más que recordarle al San Miguel.

—Me encantó tu libro, ¿sabes? —le confiesa a Justo, tras hacerle un gesto a su madre para que vaya dirigiéndose a la salida—. Pensé mucho en escribirte, pero, con los exámenes finales y la graduación, no encontré la ocasión.

Sonríe intentando parecer convincente, porque no le escribió, en realidad, por no querer revivir el pasado que inspiró aquella novela. El autor del libro recoge el cumplido con un «¡Gracias!» que enciende la sonrisilla de aquel muchacho que fue.

—Y a mí me ha gustado mucho tu discurso —prosigue este, devolviéndole el piropo, cortés—. Trabajo como periodista y me ha tocado cubrir para *Pueblo* el final del curso universitario. Y no sabes la sorpresa que me llevé al ver que tú estabas entre los premiados. Te he visto desde las últimas filas y no dejaba de pensar, al oírte, que eras aquel mismo chico que me enseñó a leer y a escribir para que don Pedro no me pegara.

Roque asiente con un silencio con el que desvía la mirada hacia su madre, que charlotea con la madre de alguno de sus compañeros mientras atraviesan la puerta acristalada del vestíbulo principal.

—Pero no he venido solo para recordar tiempos pasados, Roque —continúa Justo, agriando el gesto, el entrecejo de su frente amplia, de esos mismos rasgos que tenía cuando niño, los ojillos, las mejillas redondeadas—. He venido por otra cosa...

Se miran.

—¿Por qué?

Es la misma mirada que Roque encontró en él catorce años atrás, cuando le confesó en los baños del internado que había robado aquella pluma grabada.

—Porque creo saber dónde está... —le responde el escritor novel—. En algún lugar de la sierra norte de Sevilla. Ahí se esconde.

26

Encinar de la Sierra (sierra norte de Sevilla), noviembre de 1955

Lo más duro no fue despedirse de sus alumnos así, de buenas a primeras, sin saber muy bien si volvería a darles clase. Estaba acostumbrado, pues había tenido ya algunas experiencias como profesor en prácticas hasta que, tras aquella oposición brillante, le adjudicaron su plaza definitiva en esta escuelita de la sierra norte de Sevilla, y de cada uno de esos lugares le tocó decir adiós yéndose ligero de equipaje, como escribió el poeta exiliado. Ahí, en todos esos destinos provisionales, como también en este, intentó que su nombre se quedara grabado en el corazón de sus alumnos, tomando por bandera aquella frase que le oyó a Lali, su maestra, que educar era cosa del corazón.

Lo más duro no es eso, sino que ellos, los cuatro chicos, hayan sentido que él les ha fallado. Que se pusiera ahí, a su lado, en ese despacho, y que no tuviera los cojones de decirle a aquel inspector, al director o a cualquiera de quienes no habían dejado de advertirle cómo debía hacer su trabajo que se fueran a la porra. A la porra, con todas las letras. Y que sus alumnos lo vieran. A sus maestras las vio llevar su vocación hasta las últimas consecuencias. Pero ellos no han visto al suyo. Eso es lo que más le duele.

Roque yace sobre la cama de la habitación de la casa del maestro pensando en todas esas cosas, llenando la cabeza de laberintos, hasta que, de pronto, suena el timbre de la puerta. Se incorpora, busca con el tacto de los pies las babuchas y se dirige a la entrada de la casa contemplando cómo dejó a medio recoger todas sus cosas.

Él, tan pulcro, tan peleado siempre con doña Antonia porque esta le recrimina que apenas le deja trabajo a quien pagan por limpiar la casa.

—¿Quién es?

El alcalde ha tenido la deferencia, al menos, de dejar que se quede unos días más, los necesarios hasta que, le dijo, se solucionara el espinoso asunto de su inhabilitación. Don Isabelino se lo comunicó con gesto apesadumbrado, manoseando su boina con nerviosismo y esquivándole la mirada. Apenado, quizá —o eso pensó Roque—, por lo que le habían hecho.

—Soy yo, Roque.

Reconoce la voz de Lola. Abre la puerta y se encuentra con la mirada también acongojada de ella, porque la noticia habrá corrido ya por todos los rincones del pueblo como corre el viento de la sierra cuando sopla desde las montañas.

—¿Me invitas a pasar?

Hace unos días la dejó ahí plantada, en el zaguán, pero ahora ya no hay compostura ni prudencia que valgan. Le hace un gesto.

—Claro —le dice ya de camino al salón—. Te habrás enterado, supongo.

Ella asiente, «Sí, claro», le busca la mano, «Qué injustos han sido contigo», y asoma por primera vez a la pequeña sala de estar que siempre entrevió desde la ventana que da a la plaza de la escuela. Roque, a su lado, se lamenta por no haber puesto orden, con los platos de lo poco que comió en el almuerzo todavía sobre la mesita del comedor. Se apresura a llevarlo todo a la cocina.

—Discúlpame un momento.

Cuando vuelve, se encuentra con un gesto en ella que no esperaba. Sus manos a la espalda y una media sonrisa.

—Tengo algo para ti.

Roque, que no está de humor para juegos, no se esfuerza mucho por adivinarlo. La chica, tras un par de segundos, da unos pasos hacia el maestro y le descubre lo que esconde: un sobre arrugado, que le ofrece con la dirección del remite mirando en dirección hacia él.

—¿Y esto? —pregunta, helado de pronto.

Le busca la mirada a la chica, con todas las preguntas posibles rondando su entrecejo. Qué demonios hace ella con esta carta que debería haber recibido aquí.

Lola se explica con cierto aire de misterio, como de espía en territorio soviético.

—Cuando llegó a la oficina de correos una carta a tu nombre desde Madrid, el cartero fue a llamar a mi padre, que ya previamente le había ordenado que, en caso de que tuvieras correspondencia, lo avisara. El remitente era un tal Justo Rebollo, nombre que reconocí al instante, pues es el autor de tu libro, y el contenido de la carta no parecía muy sospechoso, o eso creo que pensó mi padre al leerla.

—¿Y cómo te has hecho con ella?

Lola sonríe dejando a la vista su hoyuelo.

—Porque rescaté la carta de la basura y recompuse los pedazos con los que mi padre la rompió después de leerla.

Lo mira, vanagloriándose por esa pequeña victoria, y le hace un gesto para que se aventure a abrir el sobre por el tajo que habrá dejado el abrecartas y coger el papel rehecho de su interior.

—Pegué los trozos con cinta adhesiva. Aunque hay algo que no se entiende, puede intuirse todo el contenido.

Roque asiente. Esperaba la carta desde hacía muchos días, e incluso llegó a pensar que algo le había pasado por el camino desde Madrid hasta este pueblo. Algo que tenía que ver con otros ojos que pudiesen haberla interceptado. Por eso hablaron en clave: aquella librería, aquel libro que, decía, quería enviar al extranjero. Lee, ávido, tomando asiento en el sofá del salón.

Mi también querido amigo, Roque:

Me alegra saber de ti. Con respecto a lo que me comentas, no hay problema en que saquemos ese libro al extranjero. Bien sabes que este tipo de gestiones pueden torcerse un poco, pero estoy seguro de que ese es un ejemplar valioso y que, si me estás pidiendo este favor, habrá una razón más que justificada. He estado haciendo algunas gestiones y he dado con alguien que podría ayudarte. En Sevilla hay un librero con el que la librería de Madrid que frecuento tiene contacto. Busca a un tal Amaro y háblale de Ginés. Podrá ayudarte, estoy seguro.

Me alegra saber también que conseguiste al fin tu plaza de maestro y que estás feliz en aquel lugar que tanto te recuerda, según creo, a tu pueblo natal. Confío en que, como dices, las gestiones que hablamos hace dos años sigan su curso.

Mientras tanto, siente todo mi ánimo, mi ayuda y mi afecto de viejo amigo.

Con mis mejores deseos,

Justo

Al levantar la vista de la carta, Roque se da cuenta de que Lola, que se ha sentado a su lado y ha esperado, paciente, a que terminara de leer, ya ha desentrañado algunos de sus misterios. Ella le pregunta, con su mirada gatuna:

—No estáis hablando de libros, ¿no?

Y el maestro le oculta la mirada, «¿Por qué lo dices?», alargando el brazo hasta la mesita junto al sofá para coger la cajetilla de tabaco que dejó ahí tras el almuerzo.

Se enciende un cigarrillo y da una calada.

Dos, tres segundos después, Lola encuentra al fin los ojos de él.

—Estáis hablando de Sixto, ¿a que sí?

Roque no puede evitar el gesto de sorpresa mientras, con

gesto nervioso, se incorpora en el sofá con el cigarrillo colgándole de los labios. Lola se apresura a tranquilizarlo, posando sobre su rostro la palma de la mano y dibujando con ella una órbita de caricia hacia su pecho.

—Déjame que te explique —le pide.

Pero el maestro se revuelve, «Creo que será mejor que te vayas», incomodado por el giro repentino de la conversación, a sabiendas de que no hay nada más peligroso que revelar un secreto, que salga a la luz el pasado ausente, el pasado oscuro, que se levanten las fosas, que los muertos digan hola.

—Sí, sé que ese hombre sigue con vida.

Lola se inclina hacia él y lo observa unos instantes; su rostro al trasluz del pequeño candil que los ilumina, las facciones de tensión marcadas en el claroscuro.

—En realidad, mucha gente lo sabe —continúa—. La choza en la que vive no deja de tener vecinos y hay ruidos que no pueden disimularse. Ni otras cosas tampoco, porque, si nadie ve a hombre entrar o salir de su casapuerta, ¿de dónde salen los gemidos que se oyen en su dormitorio algunas noches? O, por ejemplo, ¿a cuenta de qué necesita doña Asunción comida para tres cuando va al mercado, si en esa casa vive sola con su hijo? Y la excusa de que su chiquillo es un comilón no parece muy convincente si vemos cómo está el niño, escuchimizado *perdío*. Sí, hay gente que lo sabe, pero nadie habla de ello. Lo saben algunas señoras de la Sección Femenina, que, quizá por solidaridad con la mujer, con esa pobre viuda y todos los rumores que corren sobre ella, han decidido callar.

Roque la observa, azorado, como si hubiera recibido una tunda y no supiera de dónde ni de cuántos.

—Y tu padre ¿lo sabe? —le pregunta pensando en qué habría de pasar en caso de que el gobernador civil del pueblo tuviese aquella información.

Ella lanza una carcajada, mordaz.

—Mi padre cree que lo controla todo, pero hay mucho que desconoce. Y se debe a esa soberbia que tiene, la misma que le hace creer que lo puede todo pero le impide darse cuenta de aquello que se mueve delante de sus narices. Darse cuenta, por ejemplo, de que estabas planeando la fuga de Sixto, ¿sabes? —Ríe la chica.

Y esa risa la lleva a acercarse a sus labios para rozarlos, excitada, tal vez, por el juego de la clandestinidad y el deseo.

—¿Cómo que la fuga? —Se hace el tonto él.

Ella le susurra recorriendo con sus labios un rastro de migas de pan hacia su cuello.

—Sí, muy ingenioso aquello de los libros, ¿sabes? Pero os descubrí, ¿a que sí?

Roque no responde, cavilando todavía el alcance de sus palabras, qué demonios va a hacer Lola sabiendo ahora lo que sabe. Mientras, ella sigue con su jugueteo, «Venga, confiésalo», aprovechando su silencio para desabotonarle la camisa con aquella misma delicadeza con la que transitaba los caminos de su cuello hace solo unos instantes. Hasta que, de repente, el maestro se revuelve, inquieto.

—N-no, Lola..., será mejor que...

Pero ella no ceja en su empeño. Lo acalla con un beso mientras él siente sus dedos deslizarse bajo la camisa para enredársele en el vello, hasta que el tacto de sus yemas roza aquello que Roque ha ocultado durante toda la vida.

Al notarlo, la chica se incorpora para asomar al cuello desabotonado de la camisa.

—¿Y esto? —le pregunta, contemplando las cicatrices que le recorren el pecho y se encaminan a la espalda, como las huellas que en la aridez del desierto deja la sequía.

Se miran y, quizá para acallar el recuerdo de esas heridas, Roque se inclina hacia la chica y le devuelve el beso, a ella, que no pregunta, que no insiste tras el vacío que han dejado en el aire esa pregunta y el camino de esas cicatrices. Al cabo de unos segundos, vuelven a mirarse a los ojos, una sonrisa aflora, tierna, apacible en los dos, y entonces sí, en ambos nace el impulso, esa pulsión incontrolable de los amantes. Él, que la rodea con sus brazos y la sienta sobre sí a horcajadas, con la falda deslizándose por los muslos y el rechinar del sofá, y sus manos firmes —manos de alguien que se habría dedicado al campo de no ser por el azar— bosquejan el mapa de sus constelaciones, recorriéndole la espalda hasta encontrarse con el broche del sostén, que lo obliga a detenerse para mirarla, pidiéndole permiso con los ojos para desabrocharlo.

—Quítamelo —le pide ella con una sonrisa traviesa, casi victoriosa.

Una vez liberada del sujetador, Lola se deshace del jersey dejando a la vista sus pechos firmes, en los que Roque busca con la boca la succión de los pezones, como si de ellos pudiera mamar, y, tras ese jugueteo, que provoca en ella una carcajada, la urgencia se apodera de ambos: luego va el resto de la camisa, la falda, el pantalón que parece resistirse por la pernera, la ropa interior, la piel de los dos si se pudiera.

Segundos después, el amor los encuentra con el vaivén cadencioso de los cuerpos, y todo lo demás —los rumores del pueblo, la mirada severa de don Enrique, la sombra de la inhabilitación, el futuro que aguarda a Sixto— desaparece para Roque, como si en este instante no existiera nada más en el mundo que el roce de las pieles, el cuerpo de Lola dando cobijo a su pene, los jadeos entrecortados y el temblor con el que sienten llegar el fuego y el éxtasis, la muerte lenta y la deriva.

Cuando regresan a la realidad, Lola se acurruca sobre el pecho de Roque, sintiendo su respiración entrecortada mientras él le acaricia el cabello. El silencio que los envuelve no les parece incómodo, ni mucho menos, como si ambos hubiesen traspasado ya esa meta de las parejas que pueden pasar horas el uno junto al otro sin necesidad de que medien las palabras. Y transcurren unos minutos hasta que los dos deciden volver a ellas, a las palabras, cuando Lola se incorpora para alcanzar unas servilletas de la mesita auxiliar con las que limpiarse el sexo y él busca el refugio de una manta ante la llegada del frío.

Así es como llega la confesión, con el frío.

—Fue mi padre —le revela el maestro, señalándose con el dedo índice en el pecho.

Se miran. A nadie en la vida le ha hablado de ello.

—¿Quieres contármelo? —le pregunta Lola con la voz jadeante todavía, como si aún siguiera cabalgando sobre él.

Roque extiende el brazo hacia la mesita auxiliar como ha hecho ella, donde junto a las servilletas ha dejado también su cajetilla de tabaco. Luego busca a tientas la camisa que ella le ha quitado para poner a refugio las cicatrices, esas en las que repara frente al espejo cada mañana, bajo el vello del pecho.

Responde encendiéndose un cigarrillo, convocando a los fantasmas con el fósforo y la llama, como en los rituales antiguos.

—Antes de que empezara la guerra hubo en mi colegio dos maestras. Se llamaban Juana y Lali. La que me marcó sobre todo fue la segunda, Lali, que vino a sustituir a la primera cuando esta se cayó por una escalera. Lali creyó en mí. No me trató como el bruto que yo era por aquel entonces, sino que me dio confianza y oportunidades. Hoy sé cuánto significa eso en la vida de una persona. A veces, lo único que necesitamos es que alguien tenga confianza en nosotros, ¿no crees?

Lola asiente, descubriendo en los labios del maestro una preciosa sonrisa indómita, casi irracional.

—¿Y qué les pasó? —continúa indagando, interesada.

Roque guarda silencio. Se ha dado cuenta de algo y ha sentido un poco de vértigo. Esta es la primera vez que le ha hablado a alguien de sus maestras con absoluta confianza, sin mentiras, sin medias verdades, sin ocultaciones, como si el sexo que ha concluido entre ellos hace algunos minutos, con el torso desnudo, con las heridas a la vista, le hubiese roto adentro aquellos cerrojos que con tanto celo candó en el pasado.

Por ello, tras un titubeo, se decide a responder:

—Cuando la sublevación llegó a la sierra, enseguida supe que las maestras serían objetivo de los nacionales. Entre ellos, de mi padre, que era uno de los líderes de la Falange en el pueblo. Las depuraron, como a tantos maestros y maestras que el régimen apartó del ejercicio del magisterio porque, argumentaban, su acción docente o su ideología política eran peligrosas para la enseñanza. Yo, fíjate bien, intenté ocultarlas para ayudarlas a salir del pueblo y llevarlas a lugar seguro. Yo, a mis trece. Juana estaba embarazada por aquel entonces y me sentí responsable de la suerte de aquellas mujeres, no me preguntes por qué. Y estuve a punto de conseguirlo. Sí, a punto...

Los ojos se le encharcan de pronto. No esperaba esas lágrimas, porque hace mucho que aprendió a contenerlas, porque llegó a pensar, incluso, que él ya no iba a llorar más en la vida. Y por las mejillas le corre aquel viejo dolor velado hasta que se encuentra con el dorso de los dedos de Lola, que se apresura a contener las lágrimas con aquellas mismas palabras dulces con las que le pidió que le hablara de ellas.

—Tranquilo, cariño... Cuéntame hasta donde tú quieras.

Él ha vuelto a aquel corral del que siente que nunca se ha ido, como si se hubiese quedado allí echando raíces, como si de algunos pasados uno nunca pudiese despojarse.

Tantas cosas errantes. Tantas cosas ancladas.

—M-mi padre l-lo descubrió —prosigue Roque, con la voz entrecortándosele en la mandíbula, por su temblor—. Y m-me obligó a que delatara a las maestras. Me dio una paliza y las capturó.

Ella le señala el torso, su camisa a medio poner.

—¿Ahí te hizo eso?

Roque asiente. Las heridas le duraron semanas y cicatrizaron como un jarrón chino que se recompone tras una rotura. Pero lo que más le dolió no fueron los golpes, sino el vacío que sintió los días siguientes: Lali y Juana fuera del pueblo, su padre haciendo la guerra por la sierra y Petronela con sus silencios oscuros, incapaz de decirle un porqué.

Que por qué había dejado que le apalizara de aquella forma.

Que por qué no había intervenido.

Suspira. Da una calada al cigarrillo.

—Nunca supe qué fue de ellas. Mi padre me dijo que las habían matado en la cárcel de mujeres de Málaga, pero ¿sabes lo que he querido imaginar siempre? Que de alguna forma lo consiguieron. No sé si en España o en algún país del exilio, como todos esos maestros que se fueron a Latinoamérica. Que siguen enseñando allá donde estén. Eso me reconforta, ¿sabes? O al menos me ha ayudado a sobrellevar la culpa.

Lola asiente, enredada todavía en el vello de su pecho, haciendo círculos con la yema para ovillar los pelos que nacen entre sus cicatrices.

—Por eso quieres ayudar al padre de Saúl, ¿no?

El maestro la contempla, con los pechos desnudos, con los calores del placer todavía coloreándole graciosamente el rostro.

—¿Cómo?

Ella se incorpora sobre el sofá, deshaciendo la postura del jinete.

—Pues que tal vez así creas resarcirte de lo que les pasó a tus maestras, ¿no?

Él no responde. Sabe que quizá ella tenga razón.

—Y en ese caso, Roque... —continúa la muchacha, los ojos puestos en la mirada ausente de él, una mano en su hombro, aquellas cicatrices entre los dos, como un mapa de carreteras, y sus caricias—. Mírame. Puedes contar conmigo, ¿de acuerdo?

27

Encontrar la excusa idónea no le fue difícil a Lola.

—Han llegado unos nuevos uniformes desde Madrid y Remedios me ha pedido que vaya a buscarlos yo a Sevilla. Ya sabes, padre, que quiere que cada vez tenga más responsabilidad en la delegación del pueblo.

Remedios, la delegada local de la organización falangista, es una mujer atenta, caritativa y afanada por ayudar a quien necesite en Encinar la mano bondadosa de aquellas señoritas y señoras que emulan a Pilar Primo de Rivera en todos los rincones de España. No hay nadie que tenga de ella una opinión negativa, ni la alcanza el cotilleo malicioso como esos que recorren las calles de arriba abajo. Por ello, don Francisco no desconfió de la coartada, aunque tuvo que hacerle a su hija algunas preguntas más, las de quien tiene por costumbre tener todo bajo control.

—¿Y te acompañará alguien? ¿Necesitas que te lleve?

Su hija negó con la cabeza, a sabiendas de que él iba a hacerle esa pregunta y de que, si quería que el plan funcionara, tenía que buscar sí o sí una cómplice.

—Pepi vendrá conmigo, padre. No te preocupes por nosotras. —Sonrió.

Antes, claro, lo había hablado con ella, con Pepi:

—Solo te pido que me acompañes en el trayecto en autobús. Luego, en Sevilla, no echaremos mucho tiempo. Puedes darte una vuelta por el río o aprovechar para visitar a la Macarena, que buena falta nos hace su intercesión.

—Pero ¿qué es lo que vas a hacer con Roque? ¿Algo prohibido? —Pepi ansiaba todas las respuestas.

Y Lola no hizo más que avivar el misterio, respondiendo con el gesto de quien parece guardar algo clandestino:

—No puedo decírtelo. Será mejor para ti que no lo sepas.

Habían hecho ese trayecto en autobús decenas de veces, la mayoría con las chicas de la Sección Femenina, pero ahora era distinto, y ese miedo a no estar haciendo lo correcto no dejó de sobrevolar durante las dos horas en las que el vehículo recorrió la carretera sinuosa que baja de la sierra para llegar a la ciudad.

—¿Y si nos pillan? —preguntó Pepi, entre susurros, a su amiga.

Acordaron ponerse el uniforme reglamentario, para que nadie pudiera recelar.

—Pero, vamos a ver, querida... —le recriminó Lola, señalándole precisamente su camisa azul—. Solo somos dos chicas de la Sección Femenina en un bus, ¿qué sospecha íbamos a levantar?

Bajó aún más el volumen al pronunciar la palabra «sospecha».

Al llegar a la estación del Prado de San Sebastián, el bullicio de la capital andaluza las envolvió de inmediato. Nada más bajar de los escalones, advirtieron cómo el aire olía a humo y al rastro amargo de café de los quioscos cercanos, donde los viajeros aguardaban a sus autobuses, entre impacientes y resignados. Lola levantó la vista hacia la estructura metálica de la estación, con su techo de vigas, y se ajustó el pañuelo que le cubría el cuello mientras observaba con disimulo un grupo de viajeros que se despedían ruidosamente entre palmadas en la espalda y risas forzadas. Pepi, a su lado, buscaba con la mirada la salida, incómoda entre el tropel de pasajeros que cargaban maletas de madera y hatillos de tela gastada. Lola la miró y le lanzó una sonrisa.

—Pero cambia esa cara, mujer.

Habían acordado separarse a la salida del edificio. Pepi se quedaría por la zona, paseando, con ese sol otoñal, por los jardines de Murillo en dirección a la catedral, desde la que, quizá, se dirigiría a Triana.

—Nos veremos aquí en tres horas, para coger el primer autobús de la tarde.

Tras la despedida, Lola enfiló hacia el río, tal y como acordó con Roque. «Junto a la Torre del Oro hay unas escalinatas. Nos veremos allí a las doce, ¿vale?», le dijo.

Para que nadie en el pueblo pudiera sospechar de ellos, decidieron viajar a Sevilla por separado. Roque tomó el primer autobús de la mañana, en el que se montan quienes viajan a la ciudad por trabajo —la mayor parte de los nuevos barrios sevillanos los levantan los obreros provincianos—, por devoción —en la capital hispalense están algunas de las imágenes más veneradas, como la Macarena, el Gran Poder y el Cachorro— o por salud. Solo un año antes, se había inaugurado entre gran gentío el hospital Virgen del Rocío, con la visita de Franco y su familia. Allí estuvo Lola, por supuesto, con una representación de la Sección Femenina sevillana, secundando a Remedios y acompañada de Pepi y las demás chicas para saludar, como señoritas de bien, a Carmen Polo.

«Ay, si esa nos viera... —se dice ahora la chica, de camino a la Torre del Oro desde la estación—. Seguro que ya no nos pondría la misma sonrisa».

Minutos después, desde la Puerta de Jerez, alza la vista a la torre almohade, levantada con altivez sobre el río. Junto a ella, el Guadalquivir fluye con la maleza de sus orillas y el rumor de todas las voces que arrastra, las de los amantes que pasean o las de las mujeres que aprovechan sus aguas para lavar la ropa entre canturreos o chismes de barrio. Lola, desde la acera contigua, divisa las escalinatas de las que le habló Roque, que bajan hacia las dársenas que permiten a los sevillanos intrépidos darse algún chapuzón en el río. Camina hacia allí buscando entre los paseantes al maestro.

Segundos después, las campanas de la catedral anuncian las doce.

—¿Lola?

Ahí está él, esperando con paso despreocupado junto a los árboles del paseo fluvial. Se saludan cortésmente, como si apenas se conocieran, como si no hubiesen sabido ya de los secretos que en la cama retuercen sus cuerpos. «¿Todo bien?», pregunta él, y Lola asiente, advirtiendo su porte de galán —traje, sombrero, pipa—, con el que parece también querer jugar a los espías.

—Por aquí —le indica Roque, señalándole de vuelta las calles del casco histórico—. Creo que ya sé dónde está la librería.

Lola asiente y, con los ojos achinados por el sol del mediodía, mira a un lado y al otro de la carretera para atravesar a la acera contigua cuando el guardia jurado que controla el tráfico les permite el paso. Junto a ellos, decenas de viandantes dejan atrás la torre en dirección a la avenida de José Antonio Primo de Rivera, que años más tarde, ya en democracia, será la de la Constitución.

—Como llegué muy temprano a la ciudad, ya hice mis propias averiguaciones —le explica Roque a Lola mientras caminan con paso rápido—. La de Amaro es, según me han dicho, una librería cercana a la Alameda de Hércules, que no está muy lejos de aquí.

La chica vuelve a asentir. Caminar por Sevilla siempre la ha fascinado: el olor a incienso y a naranjo, las fachadas resplandecientes, las coplas que recorren sus calles como un aire levantisco, el barroco de sus templos. Pero hacerlo ahora junto a Roque la lleva a sentir, sin quererlo, un extraño vértigo. Todo lo que la rodea parece ahora cobrar otro significado, como si las sombras de las palmeras y los plataneros que se alargan sobre las aceras del paseo, los toldos de las terrazas que flirtean con el viento, las risas lejanas y los paseantes conspiraran para ayudarlos, para ofrecerles el anonimato que necesitan.

Roque la puso sobre aviso cuando acordaron el plan: «Que alguien note algo extraño en nosotros no depende de qué vayamos a hacer, sino de cómo nos perciban los demás. Recuerda, somos un matrimonio joven que pasea por Sevilla y que, casualmente, entrará en una librería. Si actúas con normalidad, nadie notará nada. ¿Quién va a sospechar de una pareja joven y bien avenida?». Lola intentó que él percibiera su determinación, que no vacilaba ni tampoco cuestionaba el plan. Él podría haberle dicho que ya lo ha hecho más de una vez, que en Madrid frecuentó círculos antifranquistas y que hubo de llevar a cabo alguna acción semejante. Llevar pasquines de un lado a otro, pasar cierta información... Pero prefirió no contárselo, como tantas cosas, todavía, de su pasado.

—¿A la Alameda de Hércules, caballero? —le pregunta Roque a un viandante.

Este fija su mirada en la chica, a quien el maestro coge de la mano con el semblante de los hombres que poseen mujeres guapas.

—Todo recto por esa calle de ahí, que es la de Feria.

Ir cogido de la mano con Lola redondea la coartada a la perfección.

—Muchas gracias, y buenas tardes —se despide el maestro inclinando su sombrero.

La de Feria es una calle alargada de aceras estrechas que debe su nombre al mercadillo de los jueves, que se celebra allí desde el siglo XIII.

—Por cierto, Roque —le anuncia Lola, dedos trenzados y un lento caminar—. Ya terminé de leer el libro que me dejaste, ¿sabes?

Roque se moría de ganas por preguntarle por la lectura de *Sombras agrestes*, pero no quería insistir, por si Lola no fuese una lectora voraz como él, por si necesitara aún más tiempo para concluir ese libro que, aunque no era muy extenso —apenas llegaba a las trescientas páginas—, sí que requería una lectura reposada.

—Y ¿qué te ha parecido?

Lola esboza una sonrisa.

—Me ha gustado mucho, aunque a veces lo he llegado a pasar mal, ¿sabes? Supongo que el personaje de Félix es el que está inspirado en ti, ¿no?

Roque asiente.

—Y el de Vicente se inspira en el propio autor, en Justo. Muchas de las vivencias que en la novela se cuentan, sobre todo las referentes a lo que ocurre en León, están inspiradas en lo que vivimos en los años de internado.

De pronto, Lola ríe.

—¿Y no te diste cuenta de algo al leerlo? —le pregunta con su mirada traviesa.

Roque arquea las cejas.

—¿De qué?

—Pues que Vicente está enamorado de Félix.

Roque lanza un bufido.

—¡Anda ya!

—Que sí, de verdad —le explica ella—. Lo que pasa es que tú eres hombre y de esos detalles no os dais cuenta.

La pareja caminaba enfrascada en la conversación sobre el libro —Roque no dejará de darle vueltas a la inesperada revelación de ella— hasta que es Lola la que advierte, en la acera de enfrente, la fachada de una librería.

—¿Librería Troya? —lee Lola en el rótulo sobre el escaparate del establecimiento, con una elegante letra itálica.

El maestro levanta la vista. En la fachada hay tonos crema y detalles en azul añil que delinean los marcos de las ventanas y la puerta. El escaparate se divide en dos grandes cristaleras: en una se alternan desde novelas hasta tratados de arte y volúmenes sobre la Semana Santa sevillana, con sus portadas llenas de imágenes de pasos y vírgenes sufrientes; en la otra se distinguen figuritas de porcelana, cuadros surrealistas y vinilos.

Lola mira al maestro.

—¿Entramos? —le pregunta, curiosa.

Roque asiente. La coge de la mano y atraviesan la cortina de cuentas de la puerta, que apenas deja entrever el interior, donde, al igual que en el escaparate, se suceden distintos artículos con los que uno no sabe muy bien si se encuentra en una librería o en el local de un modesto marchante de arte, con estanterías repletas de libros y esa amalgama de obras que parece inundar el espacio sin un orden aparente.

—¿Buscaban algo? —les pregunta el dependiente, tras el mostrador—. Si quieren echar un vistazo, adelante, no tengan ningún reparo. Muchas personas entran en mi librería atraídas por el escaparate, pero otras, en cambio, lo hacen queriendo algo en concreto.

Los observa con atención. Es un hombre menudo y de aspecto aniñado. Se presentará como Amaro y los escrudiñará con mirada aviesa mientras ellos, el presunto matrimonio, deambulan por la tienda.

—¿Sois de los primeros o de los segundos?

El maestro se apoya en el mostrador, haciéndole hueco a su codo entre los souvenirs que el librero parecía estar etiquetando hasta hace unos segundos. Desvía brevemente la mirada a las estampitas y las figuritas de flamenca destinadas a adornar los estantes o alguno de esos modernos televisores de quienes visitan este local de camino a la Alameda de Hércules.

—De los segundos, más bien.

Y el librero asiente, porque ya sabía —quién sabe cómo, se pregunta Lola— que este matrimonio no ha entrado por azar en su tienda.

—Y ¿qué es lo que querían?

La chica advierte cómo aquella sonrisa inicial del tal Amaro ha mudado en gesto serio. Para contestar, Roque se cerciora de que no hay nadie más en la tienda, de que no va a aparecer nadie tras los estantes con libros en los que quién sabe si se esconden volúmenes prohibidos.

—Vengo de parte de Ginés, librero de Madrid.

Sin mediar palabras, Amaro insinúa un gesto al falso matrimonio y sale de detrás del mostrador para dirigirse a la entrada de la librería y cerrar con pestillo la puerta acristalada. Luego cuelga, tras ella, un cartel que reza: VUELVO EN CINCO MINUTOS.

—Así podremos hablar con mayor tranquilidad, ¿no? —les dice, de camino al mostrador—. Ahora sí, ¿qué necesitáis de mí?

Mira a Lola primero, aunque termina por posar los ojos en Roque —unos ojos redondos y muy abiertos que, de primeras, parecen intimidar a la chica—, porque sabe que es él quien lleva la iniciativa en esta visita imprevista, porque ha leído en su mirada el juego de los secretos.

—Venimos de Encinar de la Sierra —se atreve Roque, al fin—. Hay un maestro republicano que lleva veinte años escondido en su casa. Lo iban a fusilar al comienzo de la guerra, pero logró escapar y encontró refugio en un hueco tras el armario de su dormitorio. Quiero ayudarlo a salir de ahí. A él y a su familia.

El librero asiente. Tras unos segundos en los que parece haber trazado con los ojos un plan de fuga para Sixto, responde con la misma naturalidad con la que les habría hablado de la nueva novela de Camilo José Cela o de la prosa de Miguel Delibes.

—Es difícil, ¿eh? Pero no imposible, ni tampoco barato.

—El dinero no será problema —interviene Lola.

Amaro vuelve a guardar silencio, llevándose al mentón su pequeña mano.

—Lo primero será hacerse con una identificación falsa. De eso puedo encargarme yo, aunque necesitaría una provisión de fondos. Lo segundo, que de eso supongo que os encargaréis vosotros, será sacarlo del pueblo. Primero saldría él y luego el resto de su familia, que me imagino que no tendrán problema. No sé en qué destino habréis pensado, pero yo os recomiendo dos caminos posibles: que os dirijáis a Portugal, cruzando la frontera por Badajoz, o que utilicéis Madrid como punto de enlace para el exilio americano o francés. Si ya habéis hablado con Ginés, supongo que os habréis decantado por la capital, ¿no?

Roque y Lola se miran. En realidad, no han hablado de eso todavía, ni entre ellos ni tampoco con quien deberían haberlo hecho, con Sixto.

¿Adónde querría dirigirse ese hombre?

—Aunque lo primero que hay que tener claro es lo siguiente

—continúa Amaro, volviendo a aquella sonrisilla con la que unos minutos antes les había hablado de esa silla que cuelga del techo sobre ellos como una espada de Damocles—. Tras veinte años oculto en su casa, ¿de verdad ese hombre quiere salir de ahí?

Ni él ni ella sabrán cómo responder.

El librero se dispone a dar por terminada la conversación tras comprobar que, desde la calle Feria, un cliente busca entrar en la librería. «¡Un momento!», le grita desde el interior. Roque se apresura a echar mano al bolsillo interior de su chaqueta para sacar un sobre en el que ha metido un fajo de billetes, convencido de que habría de mediar dinero en toda esta operación. Sabe bien que no todo lo mueven los ideales.

—Con esto creo que será suficiente para empezar.

Entiende que Sixto jamás podrá devolvérselo, pero le da igual.

—Está bien. Ahora, dadme una dirección a la que escribiros cuando tenga novedades. Por supuesto, lo haré en clave. —Les ofrece un bolígrafo y un papel en blanco.

El matrimonio falso se mira. Tras un instante de indecisión entre ambos, es Lola quien toma la iniciativa.

—La escribo yo.

Bajo la mirada sorprendida de Roque, ella consigna la dirección de su casa con una esmerada letra de colegio de monjas. Minutos después, ya en soledad, él le recriminará que cómo se le ocurrió dar la dirección de su casa, nada menos que la del gobernador civil del pueblo.

—¿No te das cuenta? —le responderá la chica al maestro—. ¿Quién va a sospechar precisamente de esa dirección?

El librero toma el papel escrito por Lola y el sobre que Roque ha dejado en el mostrador, sin tan siquiera comprobar cuánto dinero contiene, y se apresura a guardarlos bajo la caja registradora. Luego les hace un gesto, señalándoles uno de sus estantes, para que cojan un libro en concreto.

—Antes de iros, tomad este libro, que os ha interesado mucho. —Les guiña un ojo, remarcando con énfasis ese «os ha interesado mucho».

Es un libro sobre la Semana Santa —en portada, una composición que confronta el cristo del Amor con la Virgen de Guadalupe—, y Lola lo hojea con un gesto curioso del que no se desprende hasta que segundos después, tras despedirse del librero y cruzarse con ese cliente verdadero que aguardaba a entrar en el local, «Disculpe, caballero, pero estaba atendiendo a este matrimonio», salen a la calle y vuelven sobre sus pasos hacia la Torre del Oro.

Allí, bajo el imponente monumento andalusí, la pareja se dispone a despedirse.

—¿Qué tal si nos damos un beso? —le propone Roque con una media sonrisa.

Lola mira en derredor, hacia el gentío que va y viene por la ribera, mientras aprieta contra sí el libro cofrade. Es un gesto antiguo, ese de quien sabe que a todas horas hay miradas dispuestas a que un chisme recorra la boca de todos, porque en los pueblos tu vida nunca es tuya sino siempre un poco de los demás.

—Somos esposos, ¿no? —insiste él, riendo.

La pareja se encuentra en los labios del otro y en un suspiro juguetean a parecer un matrimonio feliz. Tras separarse, la chica se apresura a decirle adiós.

—Me voy ya, que Pepi me está esperando sola, la pobre mía.

Y toman caminos diferentes —él, hacia la ribera del río; ella, hacia la estación del Prado— que los llevarán de vuelta, a horas también distintas, a Encinar de la Sierra.

Roque no llegará a la casa detrás de la escuela hasta entrada la noche, tras subirse al último autobús que comunica Sevilla con los pueblos de la sierra. Para hacer tiempo en la ciudad hispalense, pasea por el río y visita algunos lugares de los que siempre oyó hablar —el parque de María Luisa y la plaza de España, que, le cuentan, diseñó Aníbal González como broche de oro a la Exposición Iberoamericana de 1929—, así que, cuando al fin alcanza a meter la llave en la cerradura de la casa del maestro, lo hace resoplando y sintiendo el peso de todo el día sobre sus pies, hartos ya de unos zapatos que está deseando quitarse. Empuja la puerta, y hasta que no da un primer paso no advierte que ahí, en el suelo, le espera un papel doblado que alguien habrá colado desde el otro lado, en el zaguán.

«¿Y esto qué es?», se pregunta mirando hacia la calle desierta.

Se agacha a cogerlo, lo desdobla y, con un gesto de sorpresa, reconoce enseguida la letra de uno de sus muchachos.

A Roque, nuestro querido maestro

Aunque su majestad escoja
y te obligue a abandonarnos,
que sepas que de ti
nunca vamos a olvidarnos.

Porque contigo queremos
seguir aprendiendo poesía,
y poder esconder calambures
entre tanta hipocresía.

Tus lecciones no se irán,
aunque el tiempo pase y corra,
en el corazón de estos chicos
siempre estarás, nada se borra.

Y si de verdad hay justicia
y a clase puedes regresar,
te esperamos con el corazón
abierto de par en par.

José, Fernando, Manolillo y Saúl
El Club de los Calambures

28

Internado de San Miguel (Madrid), enero de 1940

Tuvo que pasar la Navidad, y luego la Nochevieja, y también que cada uno volviera de estar durante las fiestas en su casa —él, en su pueblo extremeño; yo, en ese valle que en invierno era sombrío y helaba la sangre— para que Justo y yo pudiésemos hablar al fin, después de lo que ocurrió entre nosotros.

No obstante, nuestro primer encuentro del año fue igual de frío que los anteriores.

«Feliz año, Justo», le deseé nada más encontrarnos en aquel mismo dormitorio que, desde hacía semanas, solo había presenciado silencio e indiferencia entre los dos.

Él respondió con la misma apatía. «Feliz año», dijo volviendo la vista al otro lado de la almohada. Yo venía de pasar dos semanas en casa, el periodo de tiempo más largo que había estado en el cortijo familiar desde que me internaron en el colegio San Miguel.

«Justo...».

Dos semanas. Demasiado tiempo encontrando en mi padre silencios incómodos, el desprecio y la incomprensión de cuando le anuncié mi deseo de ser maestro. Demasiado tiempo como para volver al internado y seguir hallando la misma indiferencia en el que durante el primer trimestre del curso había sido mi mejor amigo. Por eso, empujado por las palabras de don Santiago antes de las fiestas y también por el consejo de mi madre —le hablé de Justo ocultándole, por supuesto, los términos de nuestro desencuentro—, me decidí a coger al toro —o a Justo— por los cuernos y decirle, tras el frío saludo que nos dedicamos: «Quiero que hablemos. Y quiero que sea esta noche».

Él volvió la vista hacia mi cama y me miró con dureza. «¿Para qué?», preguntó, llevándose la mano a la boca para acallar la tos crónica que le quedó tras el mes que pasó en las minas de León.

Yo intenté mostrar un gesto de aprecio, que notara en mi cara el deseo de pedirle perdón, ese del que tanto nos hablaron en la iglesia durante la Navidad, porque el Niño Dios venía al mundo para redimirnos.

Y me lo tomé en serio, y por eso le dije: «Porque quiero pedirte perdón».

Y solo entonces, al ver que me había tragado el orgullo y que en mis ojos había sinceridad, se incorporó sobre la cama e hizo un ademán para que nos dirigiéramos al aseo, el lugar al que todos los chicos habíamos aprendido a relegar toda clase de intimidad.

Pero yo tenía algo mucho mejor. «No, déjame que te lleve a otro lugar», le dije entre bisbiseos. Y metí mano a la costura de la almohada para sacar la llave maestra que, había decidido, no le devolvería al conserje. Justo compuso un gesto de sorpresa, «¿Y eso?», pero yo me emplacé a responderle cuando estuviéramos lejos de cualquiera de nuestros compañeros que, entre ronquidos, pudiera poner el oído. Le indiqué que me siguiera por el pasillo que conducía a aquel dormitorio desde el aulario del colegio y, con el sigilo de dos ladrones —los dos lo éramos, ciertamente—, me apresuré a meter la llave maestra en la primera de las salas cerradas que nos encontramos, una que usaban los curas para las reuniones y las tutorías con los padres. Al ver que la llave abría la puerta, Justo no pudo contener un «¡Pero cómo!» que yo me afané en acallar poniendo la palma de mi mano en su boca.

«Entra y te cuento».

La pequeña sala estaba fría y a oscuras.

«Es una llave maestra. Se la robé al conserje antes de las Navidades», le confesé a Justo, que me pidió que se la dejara ver. La escrudiñó como quien observa detenidamente un artefacto mágico.

«¿Y nadie se ha dado cuenta?». Yo negué con la cabeza. Lo cierto es que, durante los primeros días después de habérsela birlado a Jenaro y de ese primer encuentro con Azucena, al que siguieron algunos más, temí que los curas nos registraran los dormitorios y nos interrogaran a cuenta de la llave extraviada. Pero nunca llegó ese momento, y supuse que el propio conserje hubo de callarse que había perdido —o le habían robado— la llave por miedo a que sobre él terminaran por recaer las culpas. Que ojos que no ven, puesto de trabajo que no peligra.

«¿Pero abre todas las puertas?», inquirió curioso Justo.

«Hasta el momento, ha funcionado en todas las que me he propuesto abrir».

De pronto, mi amigo me miró con una media sonrisa. La primera, de hecho, que me dedicaba desde hacía semanas. Respondió, irónico: «Así que yo no puedo birlar una simple pluma, pero tú puedes robar la llave que abre todas las puertas de este colegio, ¿no?». Y yo asentí, ligeramente avergonzado.

«A cuenta de eso quería hablarte, Justo... —le anuncié a continuación, reconduciendo la conversación a lo que en realidad nos había traído a esa sala—. Quería pedirte perdón por todo lo que pasó. Habría tenido que defenderte ante don Pedro, pero el miedo me paralizó. Ahora lo sé: los amigos deben estar por encima de todo, pase lo que pase».

Justo seguía observando la llave, pasaba sobre las muescas la yema de los dedos, intentaba comprender, tal vez, cuál era la clave de su misterio. Tras mis palabras, esas con las que yo le había abierto mi corazón (me costaba muchísimo hacerlo, como me sigue costando todavía, señorita Lali), levantó la vista y volvió a mirarme con ese mismo gesto pícaro de antes. Me preguntó: «¿Abrirá el despacho de don Pedro?».

Yo volví a asentir, cogiéndole la llave de la mano sin hallar oposición por su parte. Yo ya podía intuir qué es lo que había pasado por esa cabeza cuya cabellera frondosa perdería tantos años después. Insistí: «Pero me vas a perdonar, ¿sí o no?». Y me dio una palmada en el hombro e hizo ademán de que saliéramos de aquella sala en penumbra. «Que sí, pesado. Que te perdono», respondió, sellando el pacto de la reconciliación con un apretón de manos.

Volvimos al pasillo y tomamos camino hacia la zona de los despachos, cogiendo para ello algunos atajos con los que, supusimos, evitaríamos los lugares que servían de nudo de caminos —el patio principal y la entrada a la capilla, por ejemplo—, en los que podíamos tropezarnos con algún que otro compañero extraviado o la ronda de un cura que vigilara la noche.

No hallamos nada de eso, por suerte.

«¿Y qué es lo que quieres que hagamos en el despacho?», le pregunté a Justo, intuyendo la respuesta que me negaba de primeras.

Él me hacía el mismo gesto, «Espera...», mientras nos dirigíamos a aquel despacho cuya cerradura —comprobé, mientras Justo vigilaba— también abría mi llave maestra. Miramos brevemente a su interior, por si don Pedro durmiera en él como los vampiros que yacen dentro de un ataúd.

«¿Hola?», pregunté al vacío. Tras haberme asegurado de que no había nadie, le pedí a mi amigo que entrara él primero con el gesto reverencial de quien abre paso a un marqués. Nos adentramos a tientas, sin atrevernos a encender la luz por miedo a que alguien pudiera advertirla desde la ventana que daba al patio o desde el pasillo. Justo bordeó el escritorio, serio, concentrado, e hizo memoria para recordar en qué cajón guardaba don Pedro aquella pluma grabada que estaba dispuesto a volver a robar.

«No te irás a atrever...».

Abrió un primer cajón, pero no la encontró.

«¿Los amigos iban a estar para todo, no?», me preguntó, parafraseando mis palabras de antes en la sala de tutorías.

La encontró en el tercer cajón y la levantó para que yo pudiera verla ante la única luz que entraba en el despacho, la que se colaba por la puerta entreabierta.

«¿Sabes? Pi-pienso tirarla a la basura...», me anunció con un temblor en su voz.

«¿Estás seguro?», le pregunté, sabiendo que aquello podría señalarnos a ambos. Por seguro, don Pedro no iba a quedarse de brazos cruzados como sí lo hizo el conserje tras haber extraviado la llave maestra de su llavero.

Justo guardó silencio. Me miró y al trasluz vi una rabia repentina en su rostro. Ahí fue cuando deduje que algo ocultaba todavía, algo que no me había contado.

«¿Todo bien, Justo?».

Yo no podía imaginar por nada del mundo lo que iba a confesarme.

«Hay algo que no te he dicho, Roque...».

Hay muchas cosas que he olvidado del pasado, señorita Lali, bien lo sabe usted, pero siempre me perseguirá su mirada, las palabras que dijo, lo que sentí al oírlo.

«Aquel día, cuando te pidió que nos dejaras a solas, cogió este mismo abrecartas y me lo puso en el cuello...». Señaló el objeto puntiagudo que descansaba sobre la mesa, junto a otros enseres de escritura, como un portaplumas y un lapicero. A mí me recorrió un escalofrío, y no supe decir palabra ante la inesperada confesión de mi amigo.

Y sus ojos. Otra vez sus ojos y su voz trémula.

«Me lo puso en el cuello y se abrió la bragueta del pantalón, y con la otra mano me apretó la cabeza contra su entrepierna...».

Rompió a llorar, y yo le pedí que no siguiera, que no hacía falta que llegara a los detalles de algo con lo que estuve a punto de doblarme por la cintura para vomitar.

«Y creo que no soy el único, Roque».

Comencé a ser consciente de la dimensión de lo que mi amigo me contaba, del silencio enorme, del silencio oscuro y siniestro, arenoso, denso, que picaba en los ojos y se masticaba en la boca, el silencio que rodeaba lo que ocurría a puerta cerrada en algunos despachos de aquella institución, el silencio en las proyecciones de cine con aquellas manos sibilinas, el silencio que olía a incienso y a la madera noble de los confesionarios, «Ave María Purísima», a las tutorías individuales, «Sin pecado concebida», donde vete tú a saber qué pasaba, el silencio que luego habitará las vidas de aquellos muchachos, porque nadie hablará, porque nadie osará poner palabras a lo que ocurrió, porque lo que no se dice con palabras no existe. El silencio, ese silencio.

«*¡Yomecagoen!*», exclamé comiéndome las pausas.

Apreté los puños, conduje hacia ellos mi rabia y pensé que aquello podría haberlo evitado yo de haber actuado de otra forma.

«¡¡Yo me cago en Dios!!», vociferé ya sin importarme que alguien pudiese oírnos.

Y, de forma fugaz, volví a ponerla a usted, señorita Lali, en mi pensamiento, porque ya eran demasiadas las personas a las que había provocado daño con mi falta de determinación.

Volvimos a mirarnos.

En cuestión de segundos yo ya había trazado un plan.

«¿Quieres vengarte de verdad y no robándole esa estúpida pluma?», le pregunté.

Justo me miró arrugando las cejas mientras se secaba esas lágrimas inocentes que habían comenzado a correr por sus mejillas. No tardaría en contarme que yo era, por supuesto, la primera y también la última persona a la que había hablado de lo ocurrido en ese despacho, y fue entonces cuando le revelé la confesión que, hacía algunas semanas, me hizo Azucena la primera vez que nos vimos en la sala del Santa Catalina.

«Pues me han contado que, todos los viernes, don Pedro sale por la noche y va a un casino para, supongo, pulirse el dinero que nuestros padres pagan para que estemos en este maldito colegio alimentándonos de comida con gusanos y duchándonos con agua fría…».

Justo asintió, recomponiendo poco a poco el semblante. Mientras, yo levanté la llave maestra y se la enseñé. De pronto, no solo era mi instrumento para dar rienda suelta a la pasión —estaba deseando volver a encontrarme con ella—, sino también una herramienta para la venganza, para un escarmiento como el de aquel Dios que asesinaba a los primogénitos del pueblo egipcio o mandaba destruir la ciudad de Jericó.

«Pasado mañana es viernes. Si alguien saliera del colegio y lo abordara en el trayecto al casino para darle su merecido, ¿cómo iban a sospechar de nosotros?».

29

Alcalá del Valle (Cádiz), diciembre de 1955

Volver a casa es levantar las alfombras. Volver a casa es airear las sábanas, es asomarse a los trastos viejos, es un álbum de fotos y tu rostro ahí de mil formas, el de un bebé rollizo, el de un traje de marinerito, el de una adolescencia precoz. Volver a casa es volver a existir, porque vivimos en el presente, pero existimos en el pasado, allí donde se forjaron las identidades, las formas del querer, «Ay, Roque, cómo te he echado de menos», la medida de los amores y de los odios.

Roque, frente a su madre, extiende los brazos en espera de su abrazo.

—Y yo a ti, mamá.

Al verla, nada más bajarse del taxi y ofrecerle el ramo de flores, no puede dejar de pensarlo, que ella, Nela, es como el buen vino, que, cada vez que vuelve tras una ausencia prolongada, le parece como si el tiempo no hiciera mella en su cuerpo, a pesar de las canas, a pesar de las arruguillas del rostro, como si fuera una uva que se resiste a hacerse pasa.

Tras el abrazo vienen los besos, esos, los de una madre, que siempre son refugio; y a continuación, Petronela se concede unos segundos para hundir la nariz en las flores, los tulipanes, claveles y lirios en una combinación perfecta, le dijeron a Roque en la floristería, para aquella celebración que lo había llevado de vuelta al pueblo.

—¡Feliz cumpleaños, mamá!

La mujer cumple cincuenta y nueve años en este 22 de diciembre. Fue una madre tardía y concisa, a la que construyeron una casa a la medida de los hijos que habría de tener pero que se quedaron en uno, y por ello la casona familiar tiene ese aire de provisionalidad, como si todavía aguardara a que llegaran los dos o tres vástagos que merece y en los que don Javier habría encontrado —en uno, al menos— la descendencia de sus ambiciones.

—Venga, pasa, que Elvirita te está esperando.

Se dirigen a la entrada de la casa cogidos del brazo. Durante los meses en que ha transcurrido el primer trimestre escolar, madre e hijo se han llamado o se han escrito al menos una vez a la semana, más ella que él, porque —sabe la mujer— cuando Roque se afana en una tarea, como la docente, tiende a olvidarse de todo, incluso de seguir dando señales de vida. Pero no se habían visto todavía.

—No cuesta nada hacer una llamada o escribir unas líneas con un «Todo bien, mamá» —le suele recriminar ella cada vez que deja de tener noticias de su hijo.

—Ay, ya sabes que ando muy liado —suele excusarse este.

Para preparar la llegada de su hijo, Nela mandó adelantar la decoración navideña, que en esta casa siempre fue parca, apenas unas guirnaldas y un belén con figuritas de cerámica y ornamentación en cartón piedra que a Roque le encantaban cuando era niño.

Su padre nunca dedicó tiempo a esa tradición. Tampoco al árbol o a las luces y los farolillos que sí había en otras casas.

—¿Y Elvira, dónde está?

Su madre señala hacia la cocina. La casona huele al guiso que la asistenta debe de estar preparando en el fuego, a garbanzos y a sofrito y a carne de matanza. Roque asoma junto a su madre a la cocina, donde Elvira, con su delantal y su canturreo en su boca pequeña, se afana por que todo quede listo para el almuerzo. Le saluda, también con abrazos, también con besos que restallan —esta mujer comenzó a trabajar para la familia cuando Roque era un recién nacido—, y luego se apresura a cogerle las flores a Nela, «Pero ¡qué bonitas, señorito!», para colocarlas en un jarrón con agua. Se dirigen entonces al salón, donde Roque espera encontrarse con el último que le queda por saludar, su padre.

—Y cuéntame, ¿cómo ha terminado el trimestre? ¿Has suspendido a muchos chicos? —pregunta Nela.

El olor de la cocina los sigue a la enorme sala de estar.

—Ya te he dicho muchas veces que los maestros no suspendemos, mamá. Que son los alumnos los que lo hacen —le explica Roque con su tono didáctico y paciente de maestro—. Pero, bien, este trimestre ha ido bien…

Petronela asiente, dando por buena su respuesta sin indagar más en los resultados de la primera evaluación de sus alumnos. En otra ocasión, Roque habría sido mucho más ilustrativo —«Isidro, mamá, ha aprendido a leer en tiempo récord, y Manolillo, ¡cómo se ha interesado por la poesía!»—, pero en cambio calla, temeroso de que su madre llegue a notar que, en realidad, no ha llegado a diciembre como maestro de la escuela de niños de Encinar de la Sierra tras la intervención de la inspección educativa.

—Me alegro, hijo.

Se lo contará algo más tarde, en la comida a la que Roque invitará a su madre.

En el salón, Roque da un rodeo con la mirada buscando, como cada vez que vuelve, algún elemento discordante con sus recuerdos, pero todo sigue igual: los sofás que se disponen en torno a la chimenea y al aparato de radio —todavía no ha llegado a esta casa uno de esos modernos televisores que se ven en la ciudad—, las paredes recubiertas de madera oscura de las que cuelgan cuadros con escenas rurales y herramientas de labranza, las fotografías en blanco y negro de las repisas y el resto del mobiliario rústico en el que, junto a algunos libros y más fotos, reposa el belén, con esa calidez campestre que solo pueden dar el paso de las Navidades y la memoria de quienes lo acomodaron.

Roque mira a la esquina del sofá en la que sabe que suele sentarse su padre.

—¿Y él? —le pregunta a su madre, señalándole ese vacío.

Nela chasca la lengua.

—¿Tu padre? Salió de caza esta mañana en cuanto le dije que vendrías. No sé cuándo volverá, pero ya sabes cómo terminan esas jornadas.

Roque asiente. Lo sabe, las partidas de caza terminan con un banquete campestre que se alarga dependiendo de cuánto vino hubiere. Él fue a muchas de ellas acompañando a su padre, y aprendió a cazar perdices y gamos sabiendo que la mayor parte de la política se dirimía en reuniones como esas, en las que se aburría soberanamente.

De la cocina llega el canturreo de la asistenta. Roque fuerza una sonrisa y propone:

—Entonces, hagamos una cosa: que Elvira deje lo que está cocinando, que yo te invito a comer en aquel restaurante que te gusta tanto, ¿de acuerdo?

Petronela duda, «¡Anda ya, hijo!, no te molestes», pero, ante la insistencia de Roque y quizá con el olor de aquellas flores todavía rondándole la nariz, de aquellos tulipanes, claveles y lirios, decide aceptar la invitación.

—Ponte guapa que salimos en una hora, ¿de acuerdo? Le preguntaré a Elvira si quiere acompañarnos.

Minutos después y tras la negativa de la asistenta, «¡Uy, qué va!, idos vosotros, señorito», el maestro sube a la planta de arriba con su equipaje y recorre el largo pasillo de habitaciones vacías hasta asomar a la suya, la que habitó los primeros quince años de su vida de manera ininterrumpida.

No se detiene demasiado en atisbar los detalles, los objetos que quedaron anclados cuando él se independizó de este hogar, los libros que la censura paterna le permitió leer, los juguetes viejos, las fotos que congelaron un tiempo feliz.

Tras darse una ducha y ponerse elegante, vuelve a la primera planta y ayuda a Elvirita mientras aguarda a que su madre termine de prepararse. La mujer limpia los cacharros de aquel guiso que preparaba y que dejará para mañana tras la indicación del señorito.

—Que no, de verdad, Roque, que no hace falta que me ayudes.

El maestro ya se había remangado la camisa para hundir bajo el caño de agua del fregadero un par de platos sucios que habrán quedado del desayuno, esa taza de café que seguro que ha usado su padre antes de huir con la excusa de matar algún animal.

Cuando Petronela asoma a la cocina, lista para salir a comer, no le sorprende encontrarse a su hijo enfrascado en el fregado mientras porfía con la asistenta, aquella que a veces hizo de padre con el chico ante la ausencia del cabeza de familia.

—¿Nos vamos?

Elvira y Roque se giran para contemplar a la mujer, que se ha puesto un vestido como esos con los que hace mucho dejó atrás el luto por la muerte de su padre, el rostro lavado, el pelo recogido y sobrio. La piropean, aunque a ella no le gusta destacar, no le gusta que alguien le diga lo guapa que está, y por eso habrá de ruborizarse cuando se lo digan también en el restaurante al que Roque la lleva, ese al que solían ir cuando todavía eran una familia de tres y no había ocurrido un cisma, «Qué guapa está usted, doña Nela», ese en que su hijo presumirá de madre.

—¿Y qué, no me cuentas nada más? —le pregunta ella, tras dar un sorbo al vino que solo ha aceptado beber por el brindis que Roque le ha propuesto.

Su hijo titubea. Sabe que sí que hay algo que puede contarle a su madre y que la hará muy feliz. Algo con lo que al menos se quitará la espina de esconderle lo que le ha ocurrido como maestro, porque es posible que pierda su plaza en Encinar, porque buena parte de los poderes del pueblo parecen haber conspirado contra él.

—Bueno, sí…

Y juguetea un instante de más con la confesión en la punta de la lengua, como si le costara poner palabras a la realidad de la que ya no puede escapar.

—Estoy conociendo a una chica, mamá. Se llama Lola. —Esa es la realidad.

Nela esboza un gesto de sorpresa.

—¡Ay, no me digas! —Coge el brazo de su hijo y lo aprieta—. Y ¿quién es ella?

Roque no puede evitar que se le ruborice el rostro. Es, desde hace mucho, la primera vez que le habla a su madre de una enamorada, a pesar de las pasiones fugaces que vinieron y se fueron, y de las que nunca nada le contó.

—Es una chica del pueblo, de Encinar. De buena familia. Futura maestra en la escuela de niñas y encargada en la Sección Femenina.

Su madre lo mira con una amplia sonrisa.

—¡Tendrás que traerla a casa, hijo! —le propone.

Pero este le hace un gesto con la palma de la mano, pidiéndole calma.

—Poco a poco, mamá.

Porque no está seguro de si podrá quedarse en aquel lugar, porque Lola no deja de ser la hija de ese tipo que, como don Enrique, parece decidido a expulsarle.

—Porque hay otra cosa que tengo que decirte —la previene torciendo el gesto.

Ella advierte, de pronto, la seriedad en su rostro.

—¿El qué?

Sí, tiene que decírselo. Mucho peor sería que su padre se enterara y fuera él quien se lo contara, porque su padre se iba a enterar tarde o temprano, si es que no lo sabía ya.

—Por el momento, mamá, me han inhabilitado para dar clase. Me acusan de ir en contra de los valores de la educación nacional. Pero, tranquila… —Ante el gesto de sorpresa de ella, le busca la mano y se la aprieta—. Todo saldrá bien, ¿eh?

Nela suelta un suspiro, «¡Ay, hijo!», antes de dar otro sorbo a la copa de vino.

—¿Y de qué te acusan?

—No tienen mucho contra mí, madre. Ya sabes que a mí me gusta que los chicos actúen y piensen por sí mismos, conforme a sus convicciones. Les leí poesías y los puse a escribir, solo eso. Pero esa funesta manía de pensar no gusta a mucha gente.

Hace otro silencio. Mira a su alrededor, a las otras mesas del restaurante, a los camareros con su ir y venir de bandejas y platos, y continúa bajando deliberadamente el volumen de su voz.

—Aun así, creo que en realidad lo ha alimentado todo otra persona. Hubo alguien que, desde antes de mi llegada, alentó al gobernador civil del pueblo a que tuviera cuidado conmigo, previniéndole de que quizá yo no iba a ser un buen maestro nacional, ¿sabes?

Nela no se sorprende. Ya sabe de quién le habla. Se aprietan la mano y aguardan unos segundos a que, o bien él, o bien ella ponga en sus labios al ausente.

—Tu padre, ¿no? —se decide Nela.

Roque asiente y, al advertir la congoja súbita de su madre, no puede contener un gesto de rabia, morderse el labio inferior hasta sentir que el dolor le sube a la sien.

—Sí, fue él. Que me vigilaran de cerca. Eso les dijo. Y qué casualidad que, durante los tres meses que llevo en el pueblo, no he sentido allí más que precisamente eso, vigilancia y recelo, hasta que, a la más mínima excusa, me han impedido dar clase.

Vuelven a hacer silencio. En unos minutos llegará el primer plato y Roque no querrá que este regalo de cumpleaños quede chafado por esta conversación sobre el susodicho. Pero, mientras tanto, desea, anhela de pronto hablarle a ella de él, hacerle todas las preguntas que siempre pensó hacer y nunca se atrevió: que si de verdad lo quería, que si su matrimonio no era más que el concierto de dos familias pudientes, que si nunca intentó huir de esa casa. Le pregunta, entre bisbiseos:

—¿Nunca has imaginado cómo habría sido tu vida sin él, mamá?

Ella ríe para sí.

—Mi vida sin él lo habría sido también sin ti, cariño.

Se miran. A Roque le quema, de pronto, un rencor antiguo.

—Y ¿por qué le dejaste que fuera así conmigo?

Los recuerdos lo abordan, imprudentes e insumisos, y también las tundas y los golpes, «Tú a mí no vuelves a joderme la vida, ¿me has oído?», las marcas que aún le quedan, las veces en que ella no pudo más que esperar a que él terminara para recoger los despojos y recomponer las piezas rotas, «Ay, cariño, entiéndelo», los abrazos que le dio secándole las lágrimas, las promesas, las últimas veces que nunca lo fueron.

—Ay, qué iba a hacer yo, cariño —responde Nela, afligida, suspirante—. Lo intenté muchas veces, que parara, que no fuera así contigo, que procurara que la relación entre los dos tuviera también buenos momentos. Que te llevara de cacería. Que te comprara todas esas cosas que no tenían tus compañeros de clase. Lo intenté. Pero ya sabes cómo es.

Roque asiente. Así entendía su padre el amor, como algo que se podía comprar. Porque sí, él lo intentó de muchas formas, pero nunca de la que él necesitaba de verdad: que lo mirara a los ojos y le dijera «te quiero».

De pronto, otra pregunta le sobreviene.

—¿Sabes? —Vuelve a mirar a su alrededor. Vuelve a moderar el volumen de su voz—. Siempre me he preguntado si te ha pegado a ti alguna vez.

Nela manosea nerviosa la servilleta que se había colocado en el regazo.

—No, nunca. Pero cuando lo hacía contigo, era como si me lo hiciera a mí.

Roque vuelve a apretarle la mano. Los ojos de su madre titilan, amenazan tormenta.

—Pero ¿sabes una cosa, hijo? —continúa ella, esbozando una sonrisa parca y prudente—. Que al menos me queda el consuelo de que, por mucho que pasen los años y me haga más vieja, vienes a felicitarme el cumpleaños y a compartirlo conmigo. Y comprobar con orgullo el hombre en que te has convertido, por supuesto.

Sus ojos brillan. Se aprietan de nuevo, aunque, al oír eso último, Roque endurece el gesto, como si le añadiera a su voz hormigón armado.

—En lo que me he convertido, mamá, es en todo lo que podía ser diferente a él. Con el tiempo me he dado cuenta de que todas las decisiones que he tomado en la vida no son más que las contrarias a las que él habría tomado. Y ten algo por seguro, vendré siempre a verte; siempre que estés, estaré yo, pero déjame decirte algo, por muy duro que suene. Si el día de mañana, no quiera Dios, eres la primera que me falte, él no sabrá nada de mí. No tendrá hijo. No volverá a verme el resto de su vida.

Otro silencio.

—Habré muerto para él.

Petronela no es capaz de responder. Es la primera vez que le oye hablar de su padre en esos términos. La primera vez que manifiesta de forma tan directa, tan franca, ese odio antiguo. Baja la mirada y respira hondo. Segundos después, el camarero irrumpe junto a los dos para dejar sobre la mesa los primeros platos: una crema de calabaza para ella, con un puñado de coscorrones flotando en la superficie, y una ensalada para él. Antes de que se vuelva a la barra, Roque le pide otro par de copas de vino.

—Me he dado cuenta de que al final no hemos brindado mamá —le dice a su madre, en un intento por espantar la lobreguez de su rostro—. Venga, levanta tu copa.

Y brindarán por ella, por Nela, por que siga cumpliendo años con su precioso pulso al tiempo, e intentarán que el resto de la comida transcurra con normalidad.

—¿Te quedarás para Nochebuena, cariño?

Ya habían llegado los segundos, la carne estofada, el arroz.

—Yo no tengo problema en encontrarme con mi padre,

mamá —le responde Roque—. Pero ¿y él? ¿Y si vuelve a escabullirse de mi presencia?

Ella ríe negando con la cabeza. «Pues que le zurzan, ¿sabes?», responde para sorpresa de su hijo, que piensa que a ella ya le van haciendo efecto esas copas de vino que solo puede tomarse en ausencia de su marido, porque a este no le gusta que beba.

—A él lo tengo todo el año, a ti solo unos pocos días. Así que te prefiero aquí.

Roque asiente ante la ocurrencia de su madre, «¡Ay, mamá!», suspira y, de pronto, bosqueja un ojalá con sus siguientes palabras:

—Si tú quisieras, madre, podría ser al revés. Podrías venirte conmigo y verlo a él de higos a brevas.

Nela vuelve a reír. Que cómo iba a hacer eso, le responde, como si su hijo no hubiese más que enunciado una quimera. Que no dejaba de ser su marido, y que eso lo firmó ante Dios. Y sigue comiendo de su plato —el cuchillo cortando en pedazos la carne estofada, el pan mojando la salsa de tomate— bajo la mirada resignada de Roque, que sabe que no puede insistirle, que las cosas de Dios no dejan de serlo por mucho que los hombres lo nieguen, que para eso precisamente hubo un alzamiento militar, al que su padre se sumó, y que para eso hay un Caudillo hoy.

Durante la República se aprobó el divorcio, recuerda de repente.

—¿Quieres algo de postre, mamá?

Ella asiente. El divorcio no volverá a España hasta 1981, «La tarta de queso está buenísima aquí», y en lo primero que pensará Roque al oír esa noticia será en ella, en su madre, aunque Nela ya no estará para entonces a este lado del mundo.

30

El correo llegó a casa del gobernador civil del pueblo un par de días antes de que terminara el año. Fue su esposa, Fernanda, la que le abrió la puerta al cartero.

—Buenos días, doña Fernanda —la saludó el funcionario, ofreciéndole el paquete con su única mano—. Aquí tiene, ha llegado para su hija.

Esta lo sostuvo unos instantes y lo volteó para comprobar que no tenía remitente. Luego, tras desearle un feliz año nuevo al cartero —perdió una extremidad en la guerra y debía hacer cabriolas para sacar y meter el correo de su zurrón—, subió a la habitación de su hija, que tecleaba en su máquina de escribir.

—¿Qué haces? —le preguntó Fernanda.

La chica levantó la vista y silenció el clac, clac, clac de su Hispano-Olivetti.

—Escribía unas consignas para la Sección Femenina, madre. Ya te hablé de esa campaña de recogida de alimentos que vamos a poner en marcha.

La mujer se adentró en la habitación, la que se mantenía igual desde sus doce años: las muñecas en los estantes, las novelitas románticas que dejó de leer hace tiempo, los cuadros y los encajes, y el croché vistiendo el mobiliario que la abuela Rosarito le tricotó con la esperanza de que se casara pronto y aquello vistiera un matrimonio.

—Ha llegado esto para ti.

Su madre le enseñó el paquete, de forma cuadrangular y del tamaño de un libro de bolsillo. Lola se apresuró a quitárselo de las manos.

—Al fin me ha llegado, mamá —disimuló con un resoplido—. Es la correspondencia de unas chicas de la Sección Femenina que conocí en el último congreso regional. Muy simpáticas que eran, ¿sabes? Me invitaron a pasar un fin de semana en su pueblo, en Utrera. Pero yo les dije que estaba muy liada, y que ya iríamos viendo después de las pascuas.

Fernanda, su madre, no hizo ninguna pregunta, conforme con aquella historia orquestada por su hija. Aun así, cuando Lola se encerró en su cuarto para abrir el paquete —sabía que provenía de la librería Troya a pesar de no llevar remitente—, extremó las precauciones cerrando la puerta y disponiendo sobre el tocador de su dormitorio alguna antigua correspondencia que, en caso de que alguien entrara de manera sorpresiva, haría pasar por recién abierta.

Minutos después, volvió a poner otra excusa para salir de casa y dirigirse a la de Pepi, donde, sabía, no iban a sospechar —sus padres eran mayores y se enteraban de muy poco— cuando ella hiciese la pregunta inesperada.

—Don Claudio —se dirigió al padre de su amiga, que oía por la radio la retransmisión de una corrida de toros—, ¿puedo usar su teléfono?

El hombre ni siquiera levantó la vista, «Claro, chiquilla», concentrado como estaba en la voz de ese locutor que tanto énfasis ponía en los pases de pecho del maestro Chicuelo, en los quiebros del rejoneador, en los olés de la grada.

—¿No irás a meternos en un lío? —le dijo Pepi entre bisbiseos, temerosa de que los escarceos de su amiga con el maestro inhabilitado salpicaran a su familia, un matrimonio de jubilados con su hija menor, la única que quedaba en casa tras el vuelo de los mayores.

—Te he dicho que solo voy a llamarle para preguntarle cómo le va en el pueblo, Pepi —le respondió Lola, con una mano en el auricular y la otra en el disco de marcación—. No seas agonías.

A pesar de haber usado a su amiga como coartada y, en cierta forma, como cómplice, no le había contado nada sobre qué traía entre manos con el maestro, incluso después del extraño viaje a Sevilla en el que pasó varias horas sola mientras Lola y Roque hacían quién sabía qué.

Mientras aguardaba a hablar con el maestro, Lola le hizo un gesto con la mano a su amiga para que se alejara del teléfono, como si espantara una mosca. Al otro lado de la habitación, el padre de Pepi, Claudio, seguía pegado al aparato de radio desde su sillón orejero. Nadie respondió hasta el tercer tono, pero no era Roque, sino la asistenta de su casa.

—¿Doña Elvira? ¿Podría ponerme con Roque? Soy Lola, una amiga del pueblo.

Roque ya le había hablado de ella, de Elvira, a la que consideraba una segunda madre tras más de treinta años trabajando en la casa. Elvira asintió y le pidió que esperara mientras avisaba al señorito. A Lola, al otro lado de la línea, le hizo gracia que usara ese término, «señorito», para referirse a él. Así que se lo soltó también, y con retintín, cuando oyó la respiración de Roque en el auricular.

—¿Es el señorito de la casa? —Rio.

—Menos guasa —respondió el maestro.

—¿Cómo van las fiestas por ahí?

Roque suspiró ligeramente, y ella, que ya lo conocía un poco, o eso creía, supo que algo no iba del todo bien.

—Pues como siempre. Por aquí no hay mucha novedad. Hace unos días celebramos el cumple de mamá. —Guardó un silencio breve antes de concluir—: Tengo muchas ganas de verte, ¿sabes?

Lola no pudo evitar ruborizarse en casa ajena, con el padre de su amiga oyendo los toros —el maestro Chicuelo había despertado los olés con otro capotazo— y Pepi haciendo tiempo en su dormitorio con la oreja puesta, seguramente.

—Yo también te echo de menos —le respondió ella, que

siempre había temido decir palabras como esas, por todo lo que significaban.

—Y por el pueblo, ¿qué tal? —inquirió Roque, que, por el tono de su voz, Lola supuso que también se habría sonrojado al otro lado del teléfono.

La chica le puso al corriente de cómo estaban transcurriendo en Encinar de la Sierra unas fiestas navideñas sencillas que, durante la mayor parte del tiempo, se vivían de puertas para adentro: villancicos, pestiños, pastas, yemas y una misa del gallo solemne que había congregado en la Encarnación al pueblo entero. Todo como cada año, sin cambios, como un continuo retorno. Luego, tras comprobar que ni Claudio ni Pepi escuchaban, con la cabeza gacha como para evitar que su voz se proyectara más de lo debido, se dispuso a contarle a Roque qué había en aquel paquete que había recibido en casa hacía tan solo una hora.

—Es una Biblia pequeña, de bolsillo, que esconde en un falso hueco una cédula de identificación a nombre de un tal Felipe García. Y con un mensaje escueto intercalado entre varios versículos: «Casas de los Ingleses, 23.00 del 8 de enero».

Lo dijo con un volumen tan bajo, tan entre susurros que Roque necesitó que le repitiera eso último, el mensaje con el que, suponía Lola, el librero Amaro o quien estuviera al corriente de la operación estaba citando a Sixto —no a él, en realidad, sino a ese tal Felipe García de la identificación falsa— en un lugar y un momento concretos.

—¿Las Casas de los Ingleses? —preguntó Roque—. Y eso ¿qué es?

—Es un paraje bastante apartado —respondió Lola, aún en bisbiseos—. Está a unos veinte kilómetros del pueblo, sierra adentro. Lo llaman así porque allí vivieron unos ingenieros británicos cuando explotaban las minas de hierro que hoy están en desuso. Hay unas casas en ruinas y unas galerías abandonadas. Te imaginarás que, al terminar la guerra, allí se ocultaron muchos maquis que mataron a algunos guardias civiles. Y que ese lugar lo frecuentan forajidos y delincuentes.

Roque hizo una pausa, evaluando la situación. Desde el otro lado del teléfono, Lola lo imaginaba con el ceño fruncido, ese gesto tan suyo que aparecía cada vez que algo le preocupaba.

—Es un sitio arriesgado —dijo finalmente—. Sixto no debería ir solo. Lo acompañaré yo.

—Yo iré contigo —terció Lola con la vista puesta en don Claudio, que seguía ajeno a la conversación telefónica—. Conozco el terreno mucho mejor que tú. Y necesitaréis ayuda.

—¡Ni hablar! —negó Roque, rotundo—. ¿Sabes lo peligroso que puede ser?

Pero debía saber ya entonces que Lola no era una mujer que se amedrentara ante la negativa de ningún hombre, por mucho que jugara a parecer la señorita perfecta de la Sección Femenina. Tras una pausa, cambió el tono de su voz hacia uno conciliador y le respondió poniendo como excusa, precisamente, aquella agrupación en la que militaba.

—Por eso mismo tenemos que hacerlo bien, Roque —le contestó ella con determinación—. Sé que tienes tus dudas, pero esta es nuestra oportunidad de ayudarlo. Además, ¿quién va a sospechar de dos maestros y una Biblia? —añadió con un tono irónico que no terminó de tranquilizar a Roque.

—Bueno, lo primero será hablarlo con Sixto. Deja que vuelva al pueblo para acercarme a su casa con alguna excusa, y lo discutiremos con él en persona, ¿de acuerdo?

—¿Cuándo vendrás?

—Le prometí a mi madre que me quedaría al menos hasta después de Nochevieja. Pero ganas no me faltan de irme de aquí mañana mismo...

Lola chasqueó la lengua.

—Ojalá cenáramos juntos esa noche, ¿no te parece? Yo me aburriré como una ostra cuidando de mis primas pequeñas.

Roque volvió a ruborizarse al otro lado poniendo en sus labios otro «¡Ojalá!» que les supo a ambos a promesa incierta, a lecho austero, a facturas y fiestas de guardar.

Ninguno podía saberlo, pero esa será la última Navidad separados, la última misa del gallo en la distancia, el último discurso del Caudillo que oirán cada uno en su casa, como lo fue el que despidió 1955 y que a Roque le pareció que hablaba de él, del librero Amaro y de Ginés, de la mercera madrileña Carmen, de su amigo Justo, de esos contra los que el régimen seguía haciendo la guerra como si esta no hubiera concluido.

«Tengo que preveniros de un peligro —advirtió Franco con su tono paternal, con su eterna alusión a que, por muchos muertos, familias rotas y desplazadas y cunetas repletas que hubiere, las amenazas seguían acechando—: con la facilidad de los medios de comunicación, el poder de las ondas, el cine y la televisión, se han dilatado las ventanas de nuestra fortaleza. El veneno del materialismo y de la insatisfacción quiere asomarse a los umbrales de nuestros hogares, precisamente cuando los peligros que al mundo acechan son mayores que nunca».

—Felices fiestas, Roque —se despidió Lola del maestro desde el teléfono.

Y quisieron decirse que se querían, pero no se atrevió ninguno.

—Felices fiestas, Lola.

Eso sí, unos días después, con la vuelta de Roque al pueblo para habitar la casa del maestro —por unos días más tan solo, como le previno el alcalde—, el abrazo entre ambos guarda el sabor de esas palabras que no osaron decirse por teléfono. Esos «Te quiero», esos «Cariño mío».

—¿Cómo ha ido el viaje? —le pregunta ella nada más bajar del autobús.

—Un poco largo, como siempre —responde Roque, que se quita el sombrero y coge por el asa la maleta de su equipaje.

Contienen el impulso de besarse, a sabiendas de que puede haber miradas ajenas. Por ello, tras ese abrazo caluroso que les ha salido nada más verse y los saludos corteses, ambos se disponen a caminar por las calles empedradas del pueblo —todavía adornadas con los restos de las decoraciones navideñas— en dirección a un objetivo claro. A lo lejos, el campanario de la iglesia anuncia las cinco de la tarde con su repique monótono. El aire frío les corta el rostro.

Unos minutos después, Roque llama a casa de Saúl con dos toques breves sobre la puerta, casi como si temiera ser oído por alguien más.

—¿Quién es? —Se oye dentro una voz baja y desconfiada.

—Soy yo, Roque —responde él, acercándose más a la puerta—. Y viene Lola conmigo.

Un momento de silencio. Luego, el chirrido de la puerta al abrirse revela a doña Asunción con el mismo semblante cansado de siempre —ojos hundidos, rostro adusto—, con ese gesto receloso en las cejas.

—Confíe —le pide Roque, empujando ligeramente la puerta.

Tras desconfiar unos instantes, la mujer los invita a entrar sin palabras, y solo en la soledad de ellos tres —Roque supone que Sixto debe de estar en su agujero, donde pasa la mayor parte del día, y que Saúl estará jugando afuera— doña Asunción le pregunta por la chica.

—Y ella ¿qué hace aquí?

Lola, adelantándose a la respuesta de Roque, se inclina ligeramente hacia la mujer y adopta un tono de voz suave pero firme, que el maestro conoce bien.

—He venido a ayudar, doña Asunción. Sé que no tiene motivos para confiar en mí, pero le aseguro que estoy aquí porque creo que todos podemos hacer algo para que esto termine bien.

La mujer entrecierra suspicaz los ojos, «¿Esto?», y mira a Roque buscando en él la confirmación de las palabras de la joven.

—Se refiere al plan del que le hablé a su marido, doña Asunción —le explica el maestro, poniéndole sobre el brazo su mano cálida para que perciba esa confianza que intentan transmitirle al hablarle del ausente, de su marido Sixto—. Para que podáis salir de aquí y hacer vida en otro lugar, como merecéis.

Doña Asunción mira a Lola con gesto de sorpresa.

—¿Lo sabe ella, la hija del gobernador civil?

La chica asiente, alentadora.

—Puede confiar plenamente en mí, señora.

Pero la mujer no abandona ese gesto temeroso en sus ojos, en sus cejas descuidadas.

—De eso quería yo hablarle, Roque... —dice, retirándoles de pronto la mirada—. Lo he estado recapacitando con mi esposo y hemos llegado a la conclusión de que no queremos movernos de aquí.

Roque y Lola se miran, esperando a ver quién de los dos toma la iniciativa. Es él quien lo hace, volviendo a posar su mano sobre el brazo de ella, con ese mismo tono, templado y prudente, del buen maestro.

—Doña Asunción, entiendo que quedarse parece lo más seguro, lo más conocido —dice con delicadeza—. Pero, créame, este pueblo ya no es el refugio que solía ser. Cada vez hay más ojos vigilantes y menos escondites. Sixto merece la oportunidad de vivir sin miedo, de salir de las sombras. Y usted...

—Usted también lo merece —remata la muchacha.

Es la primera vez que Lola le habla así a esta mujer. Hasta entonces, solo se la había cruzado un puñado de veces, en el mercado o lavando en el río, la mayoría sin que mediaran más palabras entre ellas que las comunes, las buenas tardes o los adioses, a lo que le seguía el cuchicheo de la muchacha con la amiga que la acompañara: «Esa es la Loca», decía una; «A su hijo no se le conoce padre», decía la otra.

La mujer aprieta los labios, pero no replica. Su mirada, cargada de resignación, se posa en Lola, buscando quizá una señal de que las palabras de Roque no son solo promesas vacías. Esta da un paso al frente para intervenir, para decirle que sí, que merece la pena vivir una segunda oportunidad, que las sombras no son un buen lugar por mucho que uno cargue con un pasado del que ocultarse, pero una voz, de pronto, la frena.

—Hola a los dos.

Es la voz de Sixto, que, junto a su hijo Saúl, han aparecido bajo el marco de la puerta del dormitorio en el que, supone

Roque al ver las piezas en la mano del chiquillo, jugaban al dominó.

Maestro y alumno se miran, y se les ilumina el rostro hasta que Roque posa los ojos en el viejo maestro, en ese hombre que desde hace veinte años no ve la luz del sol.

—Vete a jugar solo, Saúl —le pide doña Asunción a su hijo—. Estamos hablando cosas de mayores.

Pero su padre lo frena cogiéndole del hombro.

—Él también forma parte de esta familia —dice asegurándole los pies junto a él, a pesar de la oposición de su madre—. Y tendrá que enterarse de la decisión que hemos tomado sobre lo que nos propusiste, Roque.

Lo mira. Es increíble cómo es la genética, piensa el maestro, porque la mirada de Saúl es la misma que la de este hombre, los mismos ojillos de aceituna —más arrugados que los del pequeño, lógicamente—, el mismo semblante cuando se dispone a dar malas noticias.

—Y no es otra que nos quedamos. Que muchas gracias por tu ayuda, pero que no me veo yo con fuerzas para empezar de nuevo en ningún lugar, ni tampoco con el arrojo suficiente como para poner en peligro a mi familia. Y ¿sabéis qué? Que me he dado cuenta de que ese agujero —dice señalando la puerta del dormitorio donde se encuentra su refugio tras el armario— ha acabado siendo mi hogar.

Roque guarda silencio. Parece mentira, piensa, que este hombre sea el mismo que tuviera la plaza en la escuela de niños, la que él ha tenido hasta ahora, y que sobre él recayera la responsabilidad de aquella educación que la República intentó llevar a los pueblos y cuyo impulso segó de raíz el régimen de Franco.

Lo mismo que les ocurrió a sus maestras, a Lali y a Juana.

Piensa en ellas, diciéndose: «Ya fallé una vez, no pienso volver a hacerlo».

—No puedes dejar pasar esta oportunidad, Sixto... —dice dispuesto a convencerlo con sus palabras.

Pero otra voz lo acalla. En esta ocasión, la voz diminuta —la que tanto ha oído en el último trimestre— del pequeño Saúl. La voz de su ovejita descarriada.

—¿Puedo decir yo una cosa? —le interrumpe el chiquillo, con esos ojitos que esconden el fruto de un olivar.

Su madre lo regaña, «¡Cállate!», pero Sixto le hace un gesto para que continúe, a sabiendas de que fue él mismo quien le dio permiso para quedarse en la conversación.

—Papá, mamá... —Mira a ambos esbozando una sonrisa breve—. Yo no sé si lo que don Roque propone es o no lo correcto, o si nos pone o no en peligro. Pero ¿sabéis una cosa? Hay algo que nunca os he dicho. ¿Sabéis por qué yo no quería ir nunca a la escuela o por qué no me gusta salir a la calle ni estar en otros lugares más que en esta casa o en la del maestro? Pues porque a mis amigos siempre había alguien que los recogía. Ya fuera su madre o su padre, ya fuera un familiar, alguien los abrazaba y les daba un beso o les compraba caramelos. —Hace una pausa y aguarda a comprobar cómo sus palabras provocan la reacción de sus padres: la de él, a quien solo conoce de puertas para adentro; la de ella, a quien pocas veces en la vida ha visto feliz.

—Pero, Saúl... —tercia Sixto.

—Espera, papá... —lo interrumpe el chiquillo con un gesto serio, impropio de una edad como la suya—. Yo he crecido pensando que no tenía derecho a nada de eso porque mi padre había hecho algo malo en el pasado. Algo por lo que se escondía a todas horas. Pero ha tenido que llegar don Roque para hacerme ver que había otra oportunidad para nosotros. Otro lugar en el que poder asistir a un colegio y que mi padre me espere a la salida. No sé qué lugar es ese, pero pensar en él me saca una sonrisa. Pensar que podemos ser una familia en otro lugar. Que mi padre no tiene por qué vivir en un agujero. Que hay futuro. Pensar en eso, papá, mamá, me hace feliz.

Y vuelve a sonreír otra vez, con su carilla diminuta y los hoyuelos de pillo.

31

Internado de San Miguel (Madrid), enero de 1940

Aquella noche nevaba sobre Madrid, y la ciudad, cubierta por un manto blanco, parecía afectada por algún tipo de maleficio. La primera vez que vi la nieve fue en León, y no caía solo en la cima de las montañas, sino también en el prado en el que pastaban las vacas que yo cuidaba, apurando el final del otoño hasta que un pastor trashumante hubiera de ponerlas en el camino. Nevar, lo que se dice nevar de verdad, solo lo vi aquel invierno, el primero después de la guerra, quizá el más crudo por aquello de la sequía, la falta de recursos y el miedo constante que seguía en el cuerpo de muchos madrileños, como si pudieran caer bombas del cielo todavía. Y aunque todo —el hambre, el frío, el miedo— se agravaba dentro del internado, también es cierto que aquella institución educativa funcionaba para sus internos como una especie de refugio, un lugar que a veces sentíamos como nuestro hogar.

No era consciente todavía de hasta qué punto podía aquel refugio, aquel hogar, guardar todos los secretos que yo iba acumulando.

Acumulando, sobre todo, después de aquella noche.

«¿Y si no sale esta noche? Está nevando».

Justo miró por la ventana del dormitorio mientras me hablaba entre susurros y se apresuraba a sepultar la mayor parte de su cuerpo, salvo de nariz hacia arriba, bajo una piara de mantas.

«Pues aprovechamos y nos gastamos el sueldo del mes en el casino», bromeé, intentando que aquellas burlas y el aire tranquilo y sosegado que yo desprendía no dejaran a la vista que por dentro me moría de los nervios.

«No seas tonto —susurró Justo—, y dime: ¿lo vamos a hacer o no?».

Nos miramos a los ojos, cada uno arrebujado en sus mantas. Teníamos la ropa de calle puesta debajo del pijama y el plan trazado a la perfección en nuestras cabezas; en la mía sobre todo, porque no podía confiar mucho en la de Justo, tan dado a olvidarse de las cosas.

«Que sí, joder. Pero que tenemos que esperar un poco más».

Había logrado que, la noche anterior, Azucena me diera algunos datos más sobre aquella rutina de don Pedro de la que me puso en conocimiento durante nuestro primer encuentro amoroso. «Pues sobre las diez. Esa hora es a la que suele salir», me dijo, acurrucada junto a mí en aquel sillón de la sala de tutorías del Santa Catalina. Y luego me preguntó, con esa mirada suya que parecía conocer todas las respuestas: «¿Y qué es lo que estás tramando tú?». Y yo me hice el loco, le busqué las cosquillas en las axilas y salté sobre ella para volver a hacerle el amor.

Cómo iba a saberlo yo —ay, mi querida Azucena— que esa iba a ser la última vez que nos veríamos. Qué fácil es pensar que las cosas pueden ser eternas.

«Creo que mis padres sospechan algo», me dijo, tal vez para prevenirme de lo que iba a suceder, quizá sabiéndolo ya pero temerosa de contármelo y, con ello, romperme el corazón. Días después de que desapareciera, como huye un ilusionista tras una cortina de humo, yo intenté indagar en la valla que separaba nuestras escuelas, «Y Azucena ¿dónde ha ido?», hasta que una chica me dio al fin una pista y yo entendí que esas últimas palabras de mi primer amor, a las que siguió un escueto «Hasta la próxima» que no se cumplió, fueron una especie de despedida.

Alguien les había dicho a los padres de Azucena que había

un chico del colegio de niños por el que pelaba la pava, un muchacho de provincias que la rondaba y que, por tanto, no tendrían otro remedio que cambiar a la muchacha de escuela, quizá a otra más elitista en la que no hubiera posibilidad alguna de encontrarse con algún varón.

Me los imaginé poniendo el grito en el cielo, señorita Lali, ellos, estirados y ricachones, tratando a su hija casadera como su mercancía más valiosa.

En fin, que yo no lo sabía entonces —la noche intempestiva en que Justo y yo fuimos a salir de la escuela en plena nevada—, pero me quedé como escribió el poeta ausente, uno de tantos, *¡Desierta cama, y turbio espejo y corazón vacío!*, y hoy pienso (me gustaría que lo supiera, señorita Lali) que tal vez todas las mujeres que hube de amar en el futuro, todas las que vinieron y a las que entregué la pasión de mis entrañas, fueron escogidas por mi subconsciente por algo tan sencillo como que me recordaban a ella, a Azucena.

«Hay que esperar a que den las diez menos cuarto, y entonces salimos», avisé a Justo, que no dejaba de hacer preguntas desde su cama.

A la hora acordada, fue él quien comenzó a consumar el plan establecido. Miré al reloj, lo miré a él, le hice una seña desde la horizontalidad del colchón y, acto seguido, se puso en pie para ir al lavabo cargado con un par de mantas de su cama. Unos segundos después, cuando comprobé que ningún compañero había reaccionado a la partida de Justo —algunos dormían, pero otros se mantenían en vilo, esquivos con el sueño, como yo—, me puse en pie con todo el disimulo posible y, haciendo acopio de otras dos mantas, caminé con los pasos de un ladronzuelo hacia el aseo, donde mi amigo me esperaba habiéndose despojado ya del pijama.

Yo lo imité apresuradamente. Me deshice de mi ropa de cama para quedarme con la que, después de la cena y antes de nuestros rezos, logré ponerme debajo del pijama: tres capas de toda la vestimenta que teníamos, sin orden ni concierto

—una camiseta, y encima una camisa, y luego otra camiseta—, a fin de no morirnos de frío ahí afuera.

En el bolsillo del pantalón me había guardado los pasamontañas. Hacernos con ellos no fue tampoco fácil, pues requirió que entráramos con la llave maestra en el almacén de Jenaro, situado detrás de la escuela, junto al corral de gallinas escuálidas, y rebuscar entre las cosas que el conserje usaba para cortar el césped y adecentar el jardín de la escuela. Yo ya lo había visto con aquel cobertor de cara alguna vez, sobre todo cuando le tocaba trabajar muy de mañana, con la escarcha, pero lo que no suponíamos es que hallaríamos dos, para sorpresa nuestra.

«Mira, aquí está. ¡Y hay un par!».

Entramos allí no solo buscando con lo que cubrirnos el rostro, sino también con lo que consumar nuestro plan. Tras hurgar en aquel bazar de cachivaches que el conserje guardaba en un caos absoluto —pertrechos de bricolaje y mobiliario escolar defectuoso con relicarios y objetos descartados de la sacristía del colegio—, Justo y yo dimos, a la vez, con algo que nos podría servir —no muy aparatoso, para poder esconderlo en una manta, pero contundente—: yo, una barra de unos treinta centímetros; él, una vara rota con la medallita de una Virgen en la parte superior. Nos miramos y no necesitamos palabras para salir de allí a toda prisa, satisfechos por nuestro botín.

«Por aquí, sígueme», le pedí a mi amigo esa noche, con el colegio ya en silencio, a pesar de algunas luces lejanas de despachos en los que todavía se trabajaba o se oraba, o se abusaba de niños, quién demonios sabía. En lugar de usar la puerta principal de la escuela para salir —podía estar vigilada todavía, pues no logré averiguar a qué hora terminaba la ronda el guarda de seguridad—, salimos por la puerta trasera, la que daba al cobertizo del corral y que usaba a veces don Jenaro. Detrás de unos maceteros con hojas mustias, habíamos dejado esa tarde esos dos objetos que le habíamos birlado al conserje.

A la de tres, nos pusimos el pasamontañas y nos echamos las mantas encima a modo de capa, bajo la cual nos metimos la barra y la vara, y aguardé unos segundos para comprobar si aquel bulto que tenía delante —cara cubierta, mantas, varias capas de ropa y guantes— era en algún pequeño detalle mi amigo Justo, si podía reconocerse algo de él. Finalmente, satisfecho, le dije «¡Ahora!» y me dispuse a abrir con la llave maestra la puerta trasera. En el exterior —el frío era casi insoportable, como aquel de las montañas de León— nos sentimos como los presos que lograban escapar de una prisión.

«¿Y ahora?», me preguntó Justo, o eso entendí tras su pasamontañas.

Miré a un lado y al otro de los claroscuros de la calle, entre el negro de la noche y el blanco de la nieve, y le señalé la esquina que debíamos doblar para situarnos estratégicamente en el lugar en el que, como habíamos previsto, le daríamos el encuentro a don Pedro. Así que corrimos como alma que lleva el diablo, haciendo volar nuestras improvisadas capas, sintiendo cómo se nos helaban los únicos resquicios de nuestro cuerpo expuestos a la intemperie —los ojos, el cuello—, hasta que, sin rastro de nadie afuera, logramos colocarnos bajo un soportal de la única calle por la que el sacerdote había de pasar si era cierto que, como me dijo Azucena, se dirigía al casino cada viernes.

«¿Qué hacemos?», me preguntó Justo.

Yo resoplé, tiritando. «E-esperar», dije.

Y mi amigo asintió mientras comenzaba a rebuscar algo bajo las mantas con las que se cubría, hasta que sacó una pitillera y unas cerillas y me ofreció, para mi sorpresa, un cigarrillo. Él se excusó: «Lo cogí del despacho de don Pedro mientras tú no mirabas». Pero a mí no era eso lo que me chocaba. «Pero tú ¿desde cuándo fumas?». Y vi cómo sonreía al trasluz de alguna lámpara furtiva. «Desde esta noche». Y me insistió en que cogiera uno y, como él, comenzara también a fumar.

Yo había visto a mi padre hacerlo cientos de veces, señorita Lali, pero al final mamá siempre consiguió alejarme del tabaco, argumentando que no era algo para los niños. Claro que tenía razón, porque las madres siempre la tienen.

«Venga, no seas nenaza», me dijo Justo, subiéndose el pasamontañas para encenderse un cigarrillo delante de sus narices. Yo accedí finalmente. Me levanté el pasamontañas y dejé que me encendiera el pitillo con otra cerilla, hasta que en la quietud de la noche se oyeron nuestros tosidos.

Así fue como me sentí hombre por primera vez; no cuando empecé a hacer el amor con una chica, sino cuando dejé de toser al fumar. Tras varias caladas, el humo de los cigarrillos nos encontró siendo ya adultos.

Se lo hice saber a Justo: «Parecemos mayores ya».

Y él rio. Había aprendido a controlar la tos mucho más rápido que yo, y por eso sospeché que ya antes se habría echado otro pitillo a escondidas de mí. Respondió con una pregunta sorprendentemente madura para haber salido de mi amigo, como si el tabaco tuviera también un efecto sobre su sesera: «¿Cómo te ves de mayor, Roque?».

Di una calada. Tosí levemente.

«Creo que maestro. Quiero ser maestro. ¿Y tú?».

Había dejado de nevar desde hacía unos minutos sobre el manto blanco de las calles.

«A mí me gusta eso de escribir, ¿sabes? Pero solo desde que tú me enseñaste».

Asentí con un repentino sentimiento de orgullo, como si en aquel momento el Roque que soy ahora, señorita Lali, pudiese haberle susurrado al muchachito de entonces que en ese futuro que ambos bosquejaron aquella noche, a la espera de encontrarse con don Pedro, Justo iba a conseguirlo: Justo Rebollo, autor revelación, nada menos. Y que yo también lograría ser maestro.

Fue como si selláramos el destino de nuestro futuro con esas caladas.

Tal era nuestra concentración en nuestra inesperada afición al tabaco que olvidamos por unos segundos qué hacíamos allí esa noche, en ese preciso lugar. Por eso no oímos los pasos hasta que los tuvimos casi encima.

«Viene alguien», me avisó Justo, que se apresuró a bajarse el pasamontañas y a tirar el cigarrillo para apagarlo con la suela de su zapato. Asentí y lo imité, aún a refugio en aquel soportal. Los pasos se acercaban, un toc y otro toc y otro toc que iban dejando en la nieve el rastro de un animal solitario.

Luego todo fue muy rápido, mucho más de lo que yo ahora recuerdo. Don Pedro apareció delante de nosotros, Justo y yo nos miramos, aguardamos al sí en los ojos del otro y echamos mano de las armas improvisadas para, de un salto, cortarle el paso. Al vernos, el cura dio un brinco, lanzó al aire gélido un «¡Ay!» y, tras la bufanda y el sombrero bien calado, dibujó la sorpresa en los ojos y el espanto en su expresión cadavérica.

«¿Qué queréis?», acertó a preguntar.

Pero de nosotros no salieron las palabras, solo el baile de dos cuerpos. Fue Justo —como no podía ser de otra forma— quien tomó la iniciativa. Dio un paso al frente y alzó la vara rota con la Virgen en la punta para hundirla en el costado del sacerdote, allí donde pillara, primero una vez y luego otra, y a la tercera giró el cuello para buscarme, por si yo me había arrepentido, por si yo seguía siendo esa nenaza que no sabía o no quería fumar.

Me había quedado paralizado, hasta que respiré hondo y me dije que sí, que adelante, que al fin y al cabo eso había sido idea mía. Me abrí la manta que me servía de capa, eché mano de la barra que había escogido como arma y encontré en mi cuerpo los caminos de la violencia para que de mi mano saliera una tempestad.

Pensé en mi padre, y el primer golpe le acertó en el hombro y también en la clavícula, y noté que algo había crujido dentro de él como lo hacen los huesecillos del pollo al despiezarlo. Con ese golpe cayó por fin al suelo, tras resistirse a los varazos de Justo, y yo le hice un gesto a mi amigo para que se detuviera, porque había recordado de repente —qué difícil me fue pensar en algo en los segundos en los que duró el episodio— que habíamos acordado fingir un móvil para el asalto, pues no debía parecer que lo movía la venganza. Me puse en cuclillas y rebusqué en los bolsillos de su abrigo y de su pantalón para hacerme con todo lo que llevara de valor, a sabiendas de que, si se dirigía a un casino, debería llevar dinero encima.

Así fue como me guardé su billetera y su reloj de pulsera mientras Justo hacía ademán de arrancarle el crucifijo de plata que llevaba en el cuello. Estuve a punto de decirle con palabras que no, que eso no se tocaba, pero me bastaron los ojos y el freno que mi mano podía ejercer en mi amigo, que, conforme, volvió a lo que habíamos venido a hacer en realidad. Con una furia adolescente, mientras brotaba la sangre y de la boca de don Pedro se escapaban los gritos de un gorrino que se resiste a su final, seguimos descargando garrotazos, uno, otro y otro —mi padre, otra vez en mi pensamiento—, sobre el cuerpo descarnado de aquel maldito pederasta.

No sé cuánto tiempo pasó, solo sé que hubo un momento en que sentí que podíamos matarle, así que di un paso atrás y me vi de repente en él: su mano temblorosa rogando clemencia era la mía; el rastro de sangre era el que conducía a la habitación en que mi padre me propinó aquella paliza (por haberlas ocultado a Juana y a usted en aquel corral, señorita Lali); eran míos los quejidos y los «¡Dejadme en paz!» que se perdían en la nieve. Hasta que ocurrió. No sé si se debió a que a fin de cuentas existe un Dios, y que es clemente y me pidió aquella noche que parara, pero de pronto alcé la barra hacia Justo y le dije entre jadeos: «Para».

Mi amigo seguía golpeándolo, acercando a don Pedro a la muerte cada vez que bajaba el brazo y su vara encontraba la oposición de alguno de sus huesos. Justo me miró, sorprendido por haber oído mi voz, e hizo una pausa para tomar aire y preguntarme un «¿Cómo?» que también salió de su boca como si ya nos diera igual que don Pedro nos oyera.

«Que no quiero ser un asesino», le respondí, intentando agravar la voz para que ese moribundo al que rodeaban la sangre y los esputos, y hasta el sudor de sus asaltantes, no pudiese reconocerme.

Justo volvió a mirarme y titubeó unos instantes más. Supe enseguida qué debía de estar pasando por su cabeza: el dilema de si don Pedro merecía o no ese golpe final que lo llevara definitivamente con su superior, ese último golpe que no iba a dar su propia mano, sino la de todos los niños a los que aquel malnacido habría hecho lo mismo que a él en su despacho.

Extendí mi mano hasta alcanzar la suya y estrechársela.

«Ya está...».

Y en sus ojos vi que tampoco quería ser un asesino.

«Vámonos».

Y nos fuimos.

Y ¿sabe qué, señorita Lali? Que hoy puedo dormir tranquilo sabiendo que, a pesar de eso tan terrible que hicimos —le aseguro que ni me enorgullece ni me ha resultado fácil contarlo—, ni Justo ni yo cargamos con la culpa de haber matado a un hombre aquella noche.

32

Encinar de la Sierra (sierra norte de Sevilla), enero de 1956

—Muchas gracias por acogerme, doña Antonia. Serán solo un par de días, como le dije. Se lo prometo.

Es la primera vez que Roque entra en casa de la mujer, «¿Un par? ¡Los que hagan falta!», y su pequeño hogar, ubicado en una de las callejuelas que serpentean en el centro del pueblo, es tal y como el maestro esperaba: estampas de la Virgen, una radio en la que suenan coplas, fuego en la cocina y olor a puchero. Roque se quita el sombrero para saludar a Prudente, el marido de la limpiadora, que lo espera con un gesto no demasiado hospitalario.

—Que conste que mi mujer insistió —le dice, con un mondadientes moviéndose en el lateral de la boca.

Se encuentran en un apretón de manos.

—No quisiera molestar —se excusa el maestro, que carga con las dos maletas en las que metió todo el equipaje que había acumulado en los últimos tres meses.

—Claro que no molesta, don Roque, faltaría más —responde Antonia con su deje cantarín, acompañándolo a la habitación vacía que dejó ese hijo que tras finalizar el servicio militar se casó.

Ocurrió ayer, cuando, antes de que se reanudara el segundo trimestre del curso escolar, el alcalde del pueblo, don Isabelino

Díaz, llamó a la puerta de la casa del maestro y Roque lo invitó a pasar, sabiendo ya qué era lo que venía a decirle.

—Buenas tardes, don Roque. ¿Puedo pasar?

En la chimenea había puesto el maestro a arder algunos troncos con los que calentar esa estancia tan fría en la que a veces se le congelaban la nariz y las manos mientras corregía exámenes o actualizaba su diario de clases.

—Claro, por supuesto. Pase, está en su casa.

Y el alcalde entró frotándose las manos por el frío. Tomó asiento en el sofá y con palabras afables, cariñosas incluso, intentó explicarle a Roque que él solo cumplía órdenes, «No soy yo, me obligan», con sus cejas pobladas y sus facciones gruesas, «Lo siento mucho, don Roque», unas instrucciones que en ningún caso podía desobedecer. El maestro le pidió que no tuviera reparos, que entendía que él —a fin de cuentas, el alcalde de un pueblo minúsculo e insignificante— no tuviera nada con que rebatir a la todopoderosa inspección educativa ni tampoco a la gobernación civil.

—Tendrá que abandonar la casa mañana, don Roque. Vendrá un maestro sustituto en lo que se resuelve su situación.

Roque asintió, comprensivo. Sabía que aquella resolución de la que hablaba don Isabelino era un puro trámite, que no había nadie que osara defender su caso con tal de no contradecir al director de la escuela y al párroco del pueblo, los que, suponía, más habían forzado para que el inspector tomara cartas en el asunto y lo inhabilitara por sus «dudosas» prácticas educativas.

—Lo comprendo. Y no se preocupe, de verdad. Yo recojo hoy mismo mis cosas y mañana a primera hora dejo esta casa, ¿de acuerdo?

Don Isabelino resopló aliviado, pues tal vez esperaba que Roque se contrariara ante la noticia con la que había ido a visitarle. Se despidieron segundos después, con un apretón serio y los dos mentones en alto, y el maestro volvió a prometerle que no tardaría en abandonar la casa en la que se esconderían para siempre los recuerdos de sus primeras experiencias docentes.

—¿Qué querrá comer hoy, don Roque? —le pregunta Antonia, apoyada en el quicio de la puerta de esta habitación austera.

Roque fuerza un gesto, «No se preocupe, de verdad», mientras se dispone a sacar algunos enseres de una de sus maletas para acomodarse brevemente en el dormitorio. Pero, como sabe que la mujer no se dará por vencida con sus excusas, termina por decirle que lo que ella considere le parecerá bien, que él es de buen comer.

Antonia da media vuelta y con una coplilla en los labios se dirige a la cocina. Roque, tras cerrar la puerta de la habitación, resopla y se deja caer sobre la cama. Es 8 de enero y, a pesar de que todavía quedan algunas horas para que la operación se ponga en marcha, los nervios apenas lo dejan respirar.

—¡La comida estará en una hora! —le avisa la mujer con un grito.

Roque asiente desde la cama, sin dejar de darle vueltas al plan que habían trazado entre Lola, Sixto y él. Todo comenzará al anochecer, cuando irá con la chica al taller mecánico del primo de su amiga Pepi, que, previo pago y con la condición de que no haga preguntas, ha accedido a prestarles su coche. Luego esperarán a que caiga la noche y pasarán a recoger a Sixto, a quien su mujer, doña Asunción, habrá disfrazado previamente para evitar que alguien pueda reconocerlo. Finalmente, se dirigirían a las Casas de los Ingleses con el viejo maestro en el asiento trasero, parapetado bajo una montaña de mantas, rezándole a Dios para que ningún guardia civil les dé el alto en el camino.

Antonia les ha cocinado a su marido y al maestro un caldo de puchero con garbanzos, acompañado de la *pringá* del tocino. Para celebrar la visita de alguien «tan letrado y culto como don Roque», decide abrir una de esas botellas de vino que su esposo guarda para ocasiones especiales. La comida discurre con una conversación monopolizada casi en exclusiva por ella, interrumpida tan solo por los monosílabos de su marido, «Sí, claro, ajá», y la participación parca de Roque, quien, con la mente en otra parte, debe hacer un esfuerzo por no resultar descortés.

Todo se precipita un rato después de la sobremesa, cuando el tabaco y el hartazgo por la copiosa comida han conseguido aflojar el nerviosismo del maestro. Suena el timbre.

—¿Está don Roque aquí? —Oye desde la cocina, donde ayuda a recoger la mesa.

Es una voz aniñada que el maestro reconoce al instante.

—¿Saúl? —pregunta asomándose al zaguán.

—Don Roque, lo buscan estos chaveas —le dice Antonia, que ha ido a abrir.

Roque mira extrañado a los cuatro miembros de su Club de los Calambures. Con los ojos quiere decirles que cómo se les ocurre ir a verle.

—Gracias, Antonia, yo me encargo de ellos —excusa a la mujer, invitándola a volver a la cocina.

Roque sale al zaguán y cierra la puerta de la casa tras de sí para evitar oídos ajenos. Se dirige, en primer lugar, a Saúl, del que supone que habrá salido la idea de visitarlo.

—¿Qué hacéis aquí? —le pregunta entre susurros.

El hijo de Sixto mira a un lado y al otro antes de responder.

—Este, don Roque. —Señala a José, situado a su derecha, con Manolillo al otro lado—. Que dice que hoy habrá vigilancia por los caminos, que se lo ha oído a su padre.

Roque arquea las cejas. Querría hablarle a solas al chiquillo para averiguar si ha sido tan osado de contarle a sus amigos qué es lo que va a ocurrir esta noche. Pero no necesita hacerle la pregunta.

—Se lo tuve que contar, don Roque. No hay secretos en el Club de los Calambures.

Este chasca la lengua y pone los brazos en jarra. Vuelve a mirar a un lado y al otro hasta que posa sus ojos en José, quien hasta hace unas semanas fue uno de sus alumnos.

—Y tu padre ¿qué ha dicho?

El padre de José es guardia civil en la comandancia del pueblo. Roque apenas ha tenido trato con él durante ese trimestre, pero sabe que fue quien presentó la queja ante el director por el poema que su muchacho escribió en uno de los encuentros del club. Si el chico ha oído algo, habrá que tenerlo en cuenta.

—Que esta noche habrá un par de patrullas por el camino de la sierra. Oí que se lo decía a un compañero suyo por radio. No me pregunte por qué, don Roque. Pero eso oí.

El maestro asiente con la mirada seria. ¿Será casualidad o ya estarían sobre aviso de que algo habrá de moverse en el pueblo esta misma noche?

—No le habrás dicho nada, ¿no?

—¿Yo? Que me parta un rayo ahora mismo, don Roque —se excusa el chico.

Roque vuelve la vista hacia la callejuela que da acceso a esta casa, evaluando a toda velocidad qué hacer ante tal eventualidad. Pero el propio Club de los Calambures parece haberse adelantado ya. Saúl le hace un gesto para llamar su atención.

—Ya hemos pensado la solución... —le anuncia entre susurros.

Roque arruga de nuevo el entrecejo. De pronto, oye a doña Antonia al otro lado de la puerta de su casa, «¿Quiere café, don Roque?», y el maestro proyecta la voz hacia la ventana de la cocina para que la mujer escuche desde allí: «¡Vale!». Luego se dirige a los chicos suponiendo que no debería tardar mucho en despacharlos, porque en ningún lugar —tiene comprobado— puede desprenderse de la sospecha, como tampoco aquí.

—¿Cómo que la solución?

Es Saúl quien contesta ante la atenta mirada de sus tres amigos y del maestro que se atrevió a ir a su casa para sacarlo de aquel cortijo en el que lo explotaban.

—Hay dos parejas de guardias civiles en la comandancia, además del comandante. Solo tenemos que hacerlos llamar en algunos lugares distintos del pueblo, a la vez, para dejar vía libre a la salida por carretera hacia la sierra.

Roque asiente, sorprendido.

—¿Y en qué habéis pensado? —pregunta, llevándose la mano al mentón.

El chico responde con una media sonrisa:

—En tres alborotos, don Roque. Lo suficientemente graves como para que los agentes tengan que acudir y, con ello, dividirse.

El maestro se mesa la barbilla.

—¿Qué tipo de alborotos?

Manolillo se dispone a responder haciendo un esfuerzo —con ese ímpetu suyo— para no alzar la voz:

—Fernando y yo provocaremos una pelea en la taberna. Gritarán, se insultarán y tirarán cosas. Con el escándalo, seguro que alguien avisa a los picoletos.

Fernando asiente, entusiasmado.

—Tranquilo, don Roque, que yo sé montar un buen follón —interviene el chico, reaccionando a la cara de circunstancias de su maestro, que no acaba de creerse que ese plan haya salido de sus cabezas.

—Yo me encargaré del fuego, don Roque —dice Saúl—. Hay un pajar abandonado a las afueras. Prenderé una esquina, algo pequeño, para que el humo se vea desde el pueblo. Así vendrán corriendo. —Señala entonces a José y añade—: Él irá a la iglesia. Entrará por la sacristía, cuando el párroco haya terminado la misa, y tocará las campanas como si hubiera pillado a alguien robando.

—Haré ruido suficiente como para que piensen que han saqueado el lugar —continúa el hijo del guardia civil con gesto serio—. No fallará, don Roque. Conozco todos los rincones de esa iglesia. Recuerde que he sido monaguillo.

—Es una locura, señores… —Niega con la cabeza.

—No más que lo que va a pasar esta noche, ¿no? —lo rebate Saúl.

El maestro mira a cada uno de ellos como si los examinara.

—¿Y bien? —insiste el hijo de Sixto.

Roque vuelve a mirar en derredor, por si una cortina se moviera en las ventanas con vistas a la conversación de los cinco, por si alguien hubiera puesto la oreja.

Sabe que, si lo que José oyó es cierto, el plan corre grave peligro.

Y no tiene otro remedio.

Accede con un escueto «Está bien» y les hace un gesto para que se apresuren a perderse de vista.

Los observa. Los muchachos se despiden y, cada uno por su lado, se esfuman por las tres calles que confluyen frente a la casa de doña Antonia. En el pavimento vacío, Roque distingue la estela de cavilaciones que dejan atrás, como un cometa —¿habrá hecho lo correcto implicándolos?—, pero no tarda mucho en darse cuenta de que la decisión no la ha tomado él, sino ellos, y que es una decisión de adultos, de hombres que arrastrarán toda la vida las resoluciones que han adoptado, como él encontró la adultez hundiendo una barra de hierro en el cuerpo de aquel tipo.

33

—¡Eres un desgraciado, Eulogio! —grita Fermín, que se tambalea, al levantarse de su silla, con el rostro enrojecido y un chato de vino en la mano.

A Fermín suelen enroscársele las horas en la barra de la taberna del Culebra, después de la siega o de la siembra, entre tragos de vino de la tierra y discusiones sobre fútbol —con los que osen defender al Sevilla, él, férreo aficionado al Betis— o sobre la última corrida en La Maestranza.

Fernando y Manolillo lo sabían: que ese tipo es de mecha corta, que es la víctima perfecta para su plan.

—¡Yo no he dicho nada! —responde Eulogio dando un golpe sobre la mesa con su mano incompleta, porque le faltan los dos dedos que perdió en un descuido con la mulita, la motoazada que le compró por cuatro perras a su cuñado—. ¡Ese habrá sido tu hermano, el muy sinvergüenza!

Las sillas chirrían al arrastrarse en el suelo de madera y los parroquianos más cercanos comienzan a girar la cabeza hacia la escena, unos riéndose entre dientes y otros listos para intervenir si hiciera falta. También lo hace el Culebra, detrás de la barra.

—Tengamos la fiesta en paz, *cagoendios* —les pide a ambos.

Manolillo y Fernando, a un lado del salón, observan el caos desatado, como si hubieran abierto la caja de Pandora en esta pequeña taberna de pueblo, entre coplillas y vírgenes entronadas que cuelgan de las paredes junto a los carteles taurinos.

—¿Mi hermano? Qué tienes tú en contra de él, ¿eh? —recrimina Fermín, hinchando el pecho como un palomo.

Ha sido Manolillo quien ha plantado la semilla de la discordia. Con un susurro malintencionado y sibilino al oído de Fermín —lo conoce por ser amigo de su familia—, le ha dejado caer que Eulogio ha hablado mal de su difunto padre, quien, según se cuenta en el pueblo, les dejó algunas deudas importantes a sus hijos con don Tristán, el terrateniente de la zona.

—Que dicen que no tenéis un real, que a robar os vais a meter por culpa de tu padre, que en paz descanse —contesta Eulogio, poniendo los puños en actitud de batalla ante el semblante amenazante del otro.

Fermín da un paso adelante y esgrime como una maza ese chato de vino que ya se acabó hace rato.

—Lávate la boca antes de hablar de mi familia, tú, mediamano, que no me aguantas ni media hostia, ¿me entiendes?

La amenaza del jornalero termina por hacer estallar la jarana. Eulogio, fuera de sí, se lanza sobre Fermín empujando mesas y se hace un hueco como si partiera en dos el mar Rojo. Aunque el Culebra intenta mediar, los puños, los vasos, las sillas vuelan, y algunos parroquianos se unen a la baraúnda en defensa de uno u otro contendiente, hasta que, mientras los chiquillos se miran con una risita cerca de la puerta, alguien grita:

—¡Llamen a la Benemérita! ¡Estos dos se van a matar!

Casi al mismo tiempo, con el sigilo de un ladrón de gallinas, Saúl se cuela en el pajar abandonado a las afueras del pueblo —ese que tantos amores furtivos ha debido de ver; «Ay, si la paja hablara», como dirían las mujeres— para poner en marcha la segunda parte del plan que trazaron los chicos del Club de los Calambures con la anuencia —más bien la resignación— de su maestro. «Con el fuego mucho cuidado, por el amor de Dios», le previno Roque.

Oyendo el crujido de la paja seca, el chico avanza con cautela bajo la techumbre de esa vieja edificación de madera carcomida y adobe. Ha escondido esta misma mañana un bote de queroseno entre los tablones del pajar, pero, antes de echar mano al líquido inflamable, mira por la rendija de la puerta para asegurarse de que nadie lo ha seguido desde el pueblo. Con las manos temblorosas, esparce el queroseno en una de las esquinas del pajar, la que será visible desde el núcleo urbano cuando se desaten las llamas.

Enciende al fin una cerilla y deja que casi se le consuma en la yema de los dedos antes de dejarla caer sobre la paja seca. Con los claroscuros de la noche incipiente, el fuego se hace visible enseguida. Comienza con un pequeño destello anaranjado que de pronto crepita como una copla flamenca al son de unas palmas. Saúl retrocede de espaldas, lentamente, hipnotizado por las llamas, hasta que el calor le hace reaccionar: sale corriendo como alma que lleva el diablo y se apresura a esconderse en un matorral, a una decena de metros de ese viejo pajar que no tardará en sucumbir al fuego.

Pero el plan no se habrá cumplido si no oye las palabras que no llegan. Para su tranquilidad, las escucha un par de minutos después.

—¡Fuego en el viejo pajar!

—¡¡Fuego!! —grita otra voz.

A la misma hora, mientras una pareja de guardias civiles se dirige a la taberna del Culebra, el pequeño José accede por la puerta trasera de la parroquia y se interna en el trazado laberíntico de sus pasillos hasta la sacristía, esa en la que tantas veces ha vestido a don Alfredo para las liturgias o ha repasado los principios del catecismo con el párroco.

Mira en derredor. Pocas veces ha estado aquí él solo y, por ello, al prender la luz, el chiquillo se permite unos segundos para admirar con íntima soledad esos objetos que llenan el espacio de una solemne quietud: los armarios de madera oscura, las albas y casullas que huelen a incienso y a cera derretida, los cálices y la patena, los textos sagrados y los retratos de los santos que, desde las paredes, parecen decirle que se dé media vuelta, que cómo osa mancillar la parroquia con aquel plan malévolo.

Pero ni san Antonio de Padua, con su lirio en la mano derecha, ni san Francisco de Asís, con su hábito marrón y ese gesto sereno de predicador de la pobreza, logran amedrentarlo. José sabe lo que tiene que hacer. Se muerde el labio, nervioso, mientras abre los cajones y guarda algunos objetos sacros en el zurrón que le cuelga del hombro, con el fin de que la excusa con la que va a hacer sonar las campanas de la iglesia, «¡Un robo, ha habido un robo!», parezca lo más creíble posible. Luego enfila la puerta que conecta con la nave principal de la iglesia, desde donde se llega al atrio, y recorre ese pasillo con la luz tenue de las ventanas hasta que esconde el botín detrás del retrete de uno de los aseos, suponiendo que el tiempo que tarden en encontrarlos ahí será suficiente como para que el plan funcione.

Finalmente, sale al atrio y se dirige hacia el campanario, en cuya base se encuentra el cabo de la soga con la que se hacen tañer las campanas de la iglesia. Se agarra a la cuerda, respira hondo y tira con fuerza para que el repiqueteo ensordecedor rompa la noche. Luego comienza a gritar: «¡Un ladrón, he visto un ladrón!». Dirá que se lo ha encontrado de casualidad, que ese cuatrero inexistente salía por la puerta trasera de la sacristía, pero no tarda en acallar sus gritos una mano que lo empuja con violencia hacia el muro de piedra del campanario.

Tras la confusión inicial, levanta la vista y ve una sotana y una cara familiar, la de don Alfredo, cuya voz reconoce a la perfección con aquel latín de las liturgias, *In nomine Patris, et Filii, et Spiritus Sancti,* y las clases de religión en la escuela, *Credo in unum Deum, Patrem omnipotentem.*

Sí, él, su voz, «¿Creíais que os iba a funcionar?», y su media sonrisa, «¿En serio?».

Mientras tanto, tras oír las campanas de la iglesia de la Encarnación en mitad de la noche, Lola y Roque estacionan frente a la casa de doña Asunción el Citroën 2CV que han alquilado por intermediación de Pepi y hacen una señal con los faros, como habían acordado.

Que todo debe ponerse en marcha.

No tardes, Sixto.

La pareja de amantes se mira en silencio, serios, concentrados.

—¿Y si no sale? —pregunta ella con la vista puesta en la entrada de la casa.

Pero, segundos después, esa puerta se abre y un breve beso de Asunción precede a la descabalada carrera con la que el antiguo maestro afronta los escasos metros que separan el zaguán de la puerta trasera del coche.

Roque, desde el asiento del conductor, lo contempla —el abrigo con el que se protege del frío, el pañuelo que le cubre la cabeza y la identidad, la postura torpe y achaparrada de quien nada acostumbrado está a caminar fuera de las paredes de la choza— y apenas hay palabras entre ellos cuando el hombre logra entrar en el coche, tan solo un «¡Adelante!» y un «Está bien» antes de que el maestro ponga la primera marcha y afronte la salida del pueblo con la normalidad de quien llega de vuelta del trabajo a esta hora de la noche.

—¿Todo bien? —le preguntan.

Y el hombre asiente, aunque enmudece al ver a lo lejos, en la carretera que lleva hacia el castillo, el fuego que su hijo ha provocado en el viejo pajar. Roque lo advierte también, con las manos en el volante y la atención repartida entre la carretera y el viejo maestro.

—Mira... —le señala a Lola el fuego.

Guardan silencio. Allí debe de estar Saulillo.

Y para que el plan se cumpla, para que, con aquella obstinación juvenil de sus muchachos, acabe funcionando toda esta concatenación de infortunios en apariencia inconexos, saben que Fernando, Manolillo y José habrán tenido que provocar una pelea en la taberna del Culebra y cometer un robo en la sacristía, y que, de funcionar, despejarán por completo el camino hacia la mina abandonada y las Casas de los Ingleses.

Roque, Lola y Sixto no tardarán en saberlo.

El Citroën 2CV se adentra por una carretera sinuosa que va

trazando con sus curvas la orografía del cerro del Hierro, ese en el que hace muchos siglos hallaron el precioso metal y que acabaron explotando los hijos del Imperio británico por cuatro perras. Al menos trajeron el fútbol, diría alguno de los parroquianos de aquel bar en el que hoy se ha armado la marimorena, con Eulogio y Fermín dándose la turra.

—¿Qué hora es? —pregunta Sixto desde el asiento trasero del coche, con el zapateo de su pie derecho y unas manos inquietas que no saben a qué atenerse.

Roque le hace un gesto desde el espejo retrovisor, pidiéndole calma.

—Van a dar las diez, Sixto. Tenemos tiempo de sobra.

Lola, a su lado, gira el cuello y, sonriente, extiende la mano para estrechar la del hombre, que no sabe dónde poner cada parte de su cuerpo palpitante.

—Todo irá bien, no temas —lo tranquiliza la chica, verbalizando ese mismo gesto que le dedicaba.

Pero Sixto debe saber lo tramposas que son las palabras en situaciones como esta. Por ello, se mantiene en silencio, con la espalda erguida y el gesto de un reo condenado, hasta que en el horizonte negruzco y tortuoso de la carretera se divisan las Casas de los Ingleses, ese par de edificaciones en piedra de las que apenas quedan los muros y la ruina de su cubierta, donde —lo sabe Sixto y lo sabe Lola— también se han ido encontrando a lo largo de los años los amantes furtivos.

A la altura de las casas, Roque apaga el motor. Se apean del coche sintiendo el frío colarse a través de sus abrigos como un invitado indeseable. El maestro tirita, con las manos en los bolsillos y el temor a que algo no salga bien. Roque se acerca al hueco de la puerta de una de las casas, cuya techumbre ha cedido casi por completo y ha dejado al descubierto un esqueleto de vigas carcomidas. Los muros, ennegrecidos por el paso del tiempo y el abandono, están cubiertos de musgo y de plantas enredaderas que serpentean por las grietas, como si intentaran devolverlas al monte, allí de donde no debieran haber salido.

—¿Y qué hacemos? —le pregunta Lola, frotándose las palmas y zapateando en el suelo—. Queda algo menos de una hora.

Roque, junto a Sixto, que también se ha bajado del coche, resopla.

—¿Ahora? Esperar, no queda otra.

Se enciende un cigarrillo y le ofrece a la chica, que no teme el prejuicio de Sixto al verla fumar. Luego le ofrecen al viejo maestro.

—¿Gustas?

Sixto coge un cigarrillo con las manos temblorosas y se lo lleva a los labios trémulos. Un fósforo se enciende y el tiempo se detiene en la intensidad de unas caladas silentes. Minutos después, Roque se acerca a Sixto con una pregunta que venía rondándole desde hace días:

—¿Y qué vas a hacer una vez que estés a salvo?

El viejo maestro chasca la lengua.

—Habrá que ver si llego a estarlo, ¿no? —responde con cautela, reacio aún a imaginar ese futuro posible—. Aunque, bueno, supongo que esperar a que Asunción y Saúl puedan reunirse conmigo. Y luego, quién sabe.

En ese «quién sabe» caben todos los posibles porvenires, los de un nuevo comienzo alejados del qué dirán y de los pasados no ausentes, del recuerdo de su militancia republicana y de su nombre en una condena a muerte, los de un hijo que pueda ir a tomar un helado con su padre o a pasear por la ribera del río los tres juntos, mamá, papá, él.

Ese futuro le arranca una sonrisa furtiva. Imaginárselo, a Saúl.

Aunque no puede llegar a imaginar lo que está a punto de suceder.

—Todo irá bien, créelo... —le repite Lola, aferrándose a esa convicción.

Pero él todavía no quiere hacerlo, creérselo, y por eso, tras casi una hora más de largos silencios y con la deriva de unos pasos recorriendo el espacio entre las casas y el Citroën 2CV,

Sixto es el primero en pensar que el coche que logran divisar a lo lejos, entre las curvas sinuosas de los montes del Hierro, no es el que están esperando.

—¡Ya vienen! —exclama Roque, suponiendo que en ese coche se encuentra el tipo con el que el librero Amaro les ha puesto en contacto.

Lola achina los ojos, intentando advertir algún detalle más del vehículo. Roque se adelanta unos pasos y solo Sixto se mantiene inmóvil, brazos en jarra, serio. Ninguno puede distinguir qué coche es ni mucho menos la cara de su conductor. Solo se limitan a esperar a que llegue a las casas: Roque y Lola, cogidos de la mano, renunciando a la ficción de formalidad que han estado obligados a cumplir todo este tiempo; Sixto, con su deambular solitario, pateando alguna piedra del suelo con su fumar nervioso.

Minutos después, antes de afrontar la última curva con la que se sube al cerro que coronan las edificaciones abandonadas, el coche, de pronto, comienza a acelerar, como si algo lo apresurara. Los maestros y Lola se miran extrañados en el zaguán derruido de una de las casas, allí adonde les condujo la espera. Luego observan que el vehículo frena de golpe, levantando una polvareda en el camino y cubriendo con la posición diagonal de su estacionamiento una posible fuga de los tres que aguardan.

Eso mismo parece pensar Sixto con el mohín de su rostro, eso mismo presiente Roque con su brujería antigua: no es más que una emboscada.

Pero no tienen tiempo para reaccionar.

Solo para que una mirada perdida encuentre el miedo en los ojos de ambos, de Roque y de Lola, antes de que cuatro hombres se bajen del coche a toda prisa, un «¡Alto!» en la boca de alguno, dos fusiles apuntando hacia ellos, y un chiquillo al que de repente sacan del vehículo con una violencia aparatosa para que caiga de rodillas en el suelo.

—¿Quiénes sois? —pregunta Lola, que por la penumbra de la noche, con una luna intempestiva y el ulular perdido de alguna lechuza, no puede reconocer a ninguno.

A su padre, por ejemplo.

—Mantente al margen, hija mía.

El gobernador civil, don Francisco Pérez del Río, iba en el asiento del copiloto. Junto a él conducía uno de los guardias civiles del pueblo, y en el asiento trasero iba otro, el padre de José, su José, a quien Roque no tarda en reconocer, porque es el muchacho al que, desde el asiento trasero, su propio padre ha obligado a bajar del coche para revolearlo por el suelo, como a un guiñapo.

El cuarto en bajar es don Alfredo, el párroco del pueblo.

Lola es la única de los tres que da un paso al frente.

—¿Papá? —se dirige al primero.

Roque hace un barrido con la mirada hasta que detiene los ojos en su alumno, en José, que se pone en pie a duras penas y se sacude el polvo de las rodillas dejando visibles los rasguños de un par de heridas. Luego, sin que aún medien palabras, el niño y su maestro se miran, y en esa mirada reconoce Roque un dolor antiguo.

El gobernador da otro paso para dirigirse al maestro.

—Así que para esto te has camelado a mi hija, ¿no?

Pero este no quita la vista de su alumno, el último de los chicos del club que había de ejecutar ese plan que, no deja de pensar ahora, jamás debería haber permitido.

—Y no contento con eso... —interviene don Alfredo, que coge del hombro a José y lo zarandea ante la mirada de todos los presentes, entre ellos su padre—, obligaste a este pobre chico, a este monaguillo mío, a formar parte de tu plan.

Paco, el padre de José, lo apunta con el fusil.

—A mí hijo, mamón de mierda —le recrimina el guardia civil con ojos de odio furibundo—. Yo, que confié en ti como maestro nacional.

Roque no responde, tampoco Sixto o Lola. Con el rabillo del ojo busca sus miradas, intentando calibrar la posibilidad de que el antiguo maestro pueda salir corriendo, quizá sortear el tiroteo para esconderse tras una de las casas y, desde allí, saltar al bosque de encinas. Pero sabe que eso solo pasa en las películas, las de aquellos indios que parecen inmunes al fuego de los vaqueros.

Chasca la lengua. Sabe que ha perdido.

Me cago en Dios. Joder.

Don Francisco da un par de pasos hacia Sixto mientras con un gesto marcial pide a los dos guardias civiles presentes que ejecuten su detención. El viejo maestro y el padre de Lola se miran brevemente. El primero no se amilana ante el gobernador ni ante los dos tricornios que le preceden.

Ya fue a morir una vez. Qué más da otra.

—Veinte años encerrado como una rata y mira lo poco que has durado fuera, Sixto —le dice justo antes de que sobre él caiga la justicia en forma de culata, la de Régulo, el otro agente, más joven e inexperto que su compañero.

Roque y Lola intentan auxiliar a Sixto, pero el fusil de Paco los frena.

—¿Y lo mejor de todo? —prosigue don Francisco, agachándose para hablarle al padre de Saúl, que lo mira desde el suelo, desafiante—. Que nos ayudarás a detener a esos tipos que, según nos ha contado el bueno de Joselito, van a venir a buscarte esta noche...

Y ríe con la complicidad del resto de los captores.

—Si es que vienen... —interviene de nuevo el párroco, que continúa sosteniendo al muchacho—. Porque dudo que alguien arriesgue la vida por una cucaracha como tú.

Sixto no opone resistencia y Paco, con una maniobra rápida y eficaz —una rodilla sobre las lumbares, las manos hacia atrás, un movimiento seco— logra esposarlo. El gobernador vuelve a dirigirse a Roque, que sigue impávido, con la mirada repartida entre Sixto y José, entre José y Lola, su Lola, mientras piensa: «Quién me mandaría a mí meterla, meterlos a todos en esto».

—¿Y sabes qué, maestrucho? —le pregunta don Francisco, caminando hacia él con la seguridad de un caudillo.

El vaho de su aliento lo anubla.

—¿Qué?

Tampoco quiere bajar la mirada, sino dejarla arriba, tan arriba como si lo que levantara no fuera el mentón sino el brazo, sino la camisa abierta, sino una unidad de destino en lo universal.

El gobernador civil ríe con su media sonrisa.

De nuevo ulula una lechuza.

—Que viene de camino alguien muy especial para ti... Tu padre. —Y otra risa—. Él sabrá lo que hacer contigo.

34

Internado de San Miguel (Madrid), enero de 1940

Eran unos lamentos ahogados, los quejidos de un moribundo a la intemperie que luchaba por no cruzar la última puerta del cielo, esa en la que se encontraría con un tocayo suyo si es que Dios existía al final de todo y no nos habían engañado.

Había dejado de nevar.

«¿Oiga? ¿Está usted bien?».

A don Pedro lo auxilió poco después de la paliza un sereno que terminaba su ronda y que, al pasar por una calle paralela, oyó sus gritos. El sacerdote se quejaba de fuertes dolores en los lugares del cuerpo en que había sido golpeado y presentaba signos de hipotermia.

«Algo más de tiempo y se habría quedado usted como una estatua de hielo», le dijo el médico que hubo de atender al pobre hombre apaleado.

No obstante, la suerte quiso que el frío terrible de ese enero madrileño evitara que sus hemorragias lo desangraran. Si le hubiésemos dado aquella paliza en verano —pensé cuando me contaron cómo había resistido—, quizá habríamos cargado toda la vida con la muerte de nuestro tutor.

Don Santiago nos reunió en la capilla del colegio, a primera hora de aquel día, para que la oración de las decenas de chicos inocentes que éramos —unos más, otros menos— le diera fuerzas a don Pedro, que, según el sacerdote, se debatía entre la vida y la muerte.

«Vuestro querido tutor salió anoche a dar un paseo y fue abordado por unos ladrones que le dieron una paliza y le robaron todo lo que llevaba de valor».

Forcé los gestos que vi en el resto de mis compañeros: la boca abierta, la mano en el rostro, los clamores, los «¡Ay!» y los «¡Por Dios!». De soslayo miré a Justo, un par de bancadas más atrás, él con los mismos ademanes que yo, estupefacto, las dos palmas dibujando la pirámide de una oración frente a su mentón, quizá pidiéndole al Altísimo que por nada del mundo ningún detalle, por nimio que fuese, nos hubiera delatado.

«Mientras se recupera de su dolencia, asumiré yo la tutoría de vuestro curso», nos anunció el sacerdote antes de hacer la señal de la cruz y pedirnos que oráramos con la intensidad de un profeta, porque, cuando un niño rezaba, su plegaria tenía audiencia directa con el Señor.

Luego volvimos a clase y me encontré con una mirada de Justo, tal vez aliviado, tal vez temeroso. Eran oscuros los caminos a los que conducían sus ojos, porque mi amigo nunca fue el mismo desde lo que ocurrió en aquel despacho, por mucho que hubiésemos encontrado aquella justicia gutural.

Aunque no lo crea, señorita Lali, nunca hablé con él de todo aquello. Muchos años después, leí su novela *Sombras agrestes* con la esperanza de que se hubiera atrevido a relatarlo, lo que habíamos hecho aquella noche, pero Justo se limitó a bosquejar en su historia —transitaba la fina línea entre la ficción y la realidad— la convivencia en el internado de un grupo de chicos que descubrían el amor y el deseo en un entorno que, aun pareciendo opresivo y febril, no hacía más que ensalzar la patria y el deber. Nada de llaves maestras ni de palizas sacrílegas, tampoco de las carreras de dos chicos arrepentidos de vuelta al colegio, intentando que no quedaran las huellas de sus pies en la nieve. En lugar de ello, en aquella novela, Justo mostraba el punto justo de rebeldía, pero aderezado con golpes de pecho y alusiones a Cristo redentor, al Caudillo y al Ausente, lo que quizá terminó por convencer al censor de turno, que la dio por buena, aunque estoy seguro de que uno con un poco más de luces lo habría echado para atrás en uno o dos capítulos, tres a lo sumo. No obstante, en esa España de mediados de los cincuenta no era difícil que esa novela pasara la censura. Recuerde, señorita Lali, que por aquel entonces ya se habían firmado los acuerdos con el Vaticano, había bases estadounidenses en Rota y en Morón y la cultura española vivía una especie de resurgimiento al que no le tardaron en salir las ovejas negras: Berlanga con su *Bienvenido, Mister Marshall* (¿cómo diablos pudo pasar la censura aquel guion?, señorita Lali), Bardem con *Muerte de un ciclista* y, algo más tarde, Luis Martín-Santos con *Tiempo de silencio*, por poner algunos ejemplos a los que también podríamos sumar la obra de mi amigo.

Don Pedro estuvo en el hospital un poco más de dos semanas. Durante todos esos días, a pesar de la plegaria en la que don Santiago nos confirmó que nuestro plan había salido según lo previsto —al cura lo habían asaltado unos cacos—, yo no dejé de pensar, con mis presentimientos viejos, no solo que acabarían pillándome —Dios lo veía todo, a fin de cuentas—, sino que, peor aún, nada iba a librarme de aquel infierno con el que tanto nos habían aterrorizado en las misas.

Pero el infierno al que yo tenía miedo no era el de la Biblia, sino al de este lado de la realidad, el de carne y hueso, el que te castigaba durante semanas en una celda de aislamiento del internado —dicen que ningún interno volvió cuerdo de allí— o te dejaba sin comida, o te obligaba en secreto a hacerle una felación a ese cura al que la suerte y quizá la intervención divina ayudaron a sobrevivir a nuestro asalto.

Todos esos infiernos me esperaban, sabía yo, tarde o temprano.

Habían pasado, decía, más de dos semanas cuando me pidió don Santiago al terminar la clase, no sé si de historia o de literatura: «Martínez, ¿puede esperar un momento?». Solo recuerdo que habíamos hablado del *Quijote*, y también de alguno de los Felipes que se sucedieron en aquella época, el segundo o el tercero, quién sabe.

La sustitución de don Santiago había logrado cambiar el ánimo del grupo. Del ambiente oscuro y represivo que reinaba en las clases de nuestro anterior tutor, habíamos pasado a unas lecciones interesantes, a dinámicas de debate y oratoria, a trabajos en grupo. Cómo iba yo a pensar, señorita Lali, que en aquella escuela franquista había algunas ventanitas abiertas a la pedagogía que usted nos transmitió, que la República heredó de la Institución Libre de Enseñanza, esa de la que solo oí hablar de forma clandestina cuando en los círculos universitarios de magisterio se leía a pedagogos prohibidos, como Giner de los Ríos.

«Venga, que no muerdo, hombre», me instó.

Y ante la insistencia del sacerdote, yo asentí, caminando hacia su mesa con la suposición de que había llegado el momento que llevaba dos semanas temiendo, el de rendir cuentas por lo que habíamos hecho.

«Cla-claro».

Lo peor de guardar un secreto es la incertidumbre constante de suponer que de un momento a otro podrá ser revelado. Eso pensaba yo mientras veía a mis compañeros bajar al patio, mientras me encontraba con Justo en la mirada que, sabía, guardaba también aquel miedo, el de saber que, si algo nos había delatado, fueron quizá las voces que esgrimimos delante del apaleado, quizá el gesto de nuestro cuerpo, quizá la forma en que huimos.

«Hay algo que te quiero proponer, Roque…».

Afortunadamente, nada de eso era por lo que don Santiago me había llamado a su lado. El sacerdote recogía de la mesa del profesor las redacciones que habíamos escrito el día anterior para celebrar el día del fundador de la congregación a la que pertenecía la escuela. Rebuscó entre ellas, cogió una, la de Justo, y me la enseñó: «Tu amigo ha hecho una redacción fabulosa».

No respondí, pues no sabía muy bien adónde quería llegar al enseñarme aquel texto de letra torpe pero fuertes cimientos literarios, porque si algo me había estado sorprendiendo de Justo era su repentina facilidad para la palabra.

Sobre eso quería, precisamente, preguntarme don Santiago. «Sé que a comienzos de curso a tu amigo le costaba mucho leer. Cuando vi la redacción que había entregado, le pregunté por la razón de su mejoría, y me dijo que habías sido tú». Respiré aliviado, y le hablé de las clases que yo había puesto en marcha en el patio de la escuela desde hacía meses, las lecciones improvisadas de gramática, de fórmulas matemáticas y de historia con las que ayudaba a mis compañeros.

«Me han dicho que quieres ser maestro, ¿no?» —me preguntó don Santiago llevándose la mano al mentón. Sonreí y le dije: «Así es», y durante unos segundos pensé en usted, señorita Lali, hasta que respondí, con la voz de usted en mi cabeza todavía, como un pajarillo revoloteando: «Pues ¿sabe qué? Que yo de pequeño no era un buen estudiante precisamente..., pero tuve la suerte de encontrar a una buena maestra».

Me miró lleno de curiosidad, con su cara redondeada y sus facciones afables. «Qué importantes son los buenos docentes», soltó. Y me aseguró, dándome una palmada en el hombro, que, si me lo proponía, yo podía ser uno de ellos. «Sobre eso mismo quería yo proponerte algo...». Retomó entonces el asunto que le había llevado a pedirme que esperara en el aula mientras mis compañeros ya disfrutaban del recreo: «¿Qué te parece si me sigues ayudando con algunos de los chicos que más refuerzo necesitan? Si has conseguido que Justo escriba una redacción como esta, seguro que podrás ayudar a otros compañeros también».

Asentí, entusiasmado por esa idea que por seguro jamás habría salido de la mente de don Pedro. Don Santiago continuó: «Lo que yo había pensado es poner en marcha un aula de estudio de tarde, después de las clases vespertinas. Que la dirigieras tú...», y sonrió afectuoso, cálido como una hoguera. «Así puedes comenzar a practicar para ser maestro, ¿sabes?».

Volvió a estrecharme el hombro y yo sentí por primera vez

en ese lugar —salvo en los encuentros clandestinos con mi añorada Azucena, ay, mi Azucena querida— que había alguien allí que podía quererme, que mostraba afecto por mí.

Pero sabía que aquello no iba a durar. Todavía estaba él, nuestro tutor.

«Y cuando vuelva don Pedro, ¿qué?», le pregunté, atreviéndome a poner su nombre en mis labios por primera vez desde hacía dos semanas. Don Santiago torció el gesto y descubrí en aquel mohín que a él tampoco le agradaba que volviera. «Lo que le ha pasado a don Pedro es una tragedia que ahora está en manos del Señor. Confiemos en su mejoría y, mientras tanto, intentemos con su ayuda hacerlo lo mejor posible, ¿de acuerdo?». Me guiñó un ojo.

Y fue entonces cuando me entró un arrebato de sinceridad que ni yo mismo esperaba, porque ya sabe usted, señorita Lali, que no soy yo mucho de abrirme de esa forma.

«Yo no quiero que don Pedro vuelva. Yo lo que quiero es que se quede usted hasta final de curso».

Todavía tengo grabados en la retina, tantos años después, los detalles de aquella conversación: la forma en que mis palabras generaron en su rostro un conflicto, cómo se arrugaron sus facciones, la nariz, la boca, cómo evitó mis ojos con una mirada peregrina hacia el fondo del aula vacía. Segundos después, me respondió algo que, supe enseguida, no era más que una mentira para él, porque yo tenía y tengo esa habilidad para leer en las caras lo que no se dice: «Tu tutor es un excelente educador, Roque...».

Y, quizá por eso, porque supe que no estaba siendo sincero, me arranqué con otro arrebato del que sabía que era el momento o no lo sería jamás, y miré a un lado y al otro del aula por si en aquel vacío hubiese alguien de repente, por si Dios mismo se hubiera hecho presente. Y le dije, le confesé más bien: «Don Pedro abusa de los niños, don Santiago. Debe usted saberlo».

Palideció y se persignó con el movimiento rápido de las manos dibujándole una cruz sobre el rostro.

«Eso que dices es algo muy serio, Roque…».

Y yo volví a mirar en derredor.

«Fue antes de que terminara el trimestre pasado. Pilló a Justo robando en su despacho y lo castigó, obligándole a…».

Me hizo un gesto para que no continuara, tapándome la boca como si con esas palabras yo pudiese llamar a Belcebú y hacerlo presente entre nosotros. Luego se puso en pie y, nervioso, dio algunos pasos perdidos por el estrado del aula, frente a la pizarra en la que se distribuían, sin aparente orden, algunas fechas relacionadas con el *Quijote*, 1605, 1615, el nombre de algunos de sus personajes, Alonso, Sancho, Dulcinea, e incluso una alusión breve a aquel curioso *Quijote* falso, el de Avellaneda.

«¿Estás seguro de eso?», me preguntó, incrédulo.

Yo asentí. Y le dije que habrían de ser más los chicos, más los episodios en ese despacho, más los silencios.

Hoy me pregunto que cómo era posible que él no lo supiera, señorita Lali. Nosotros éramos niños, pero don Santiago era su compañero. Compartían retiros espirituales, claustros de profesores y encuentros con las familias, a las que vendían las bondades del San Miguel como una institución capaz de convertir a chicos corrientes o incluso descarriados en la perfecta expresión corporal de la patria, en parte de aquella unidad de destino en lo universal.

Tras unos segundos de indecisión, don Santiago se dirigió a mí con un rostro de rabia, pero también de compasión y de furia; miles de rostros en uno solo, el suyo. Finalmente, soltó: «Déjalo en mis manos. —Y añadió—: Pero hay algo que tienes que tener seguro, Roque. Que eso no es Dios».

Torcí el gesto, incapaz de comprender qué quería decirme, a qué Dios se refería.

«Que nosotros somos hombres y en nosotros está el pecado. Y es horrible eso que me has contado. Terrible. Terrible —se lamentaba, fustigándose, hundiendo el rostro entre las manos—. Y sé que ese daño espantoso puede alejar a muchos del camino del Señor, pero, créeme, no es la Iglesia misma. Tenlo por seguro, ¿vale?». Me lo pidió como si me rogara que no me apartara del rebaño, preocupado hasta la extenuación por que yo entendiera qué es lo que quería decirme.

Yo asentí y dibujé un torpe «Gracias» en mis labios temblorosos, y luego me mandó que saliera al patio, que no quería que me perdiera el resto del recreo. «Déjalo en mis manos», volvió a pedirme.

Y no sé si don Pedro era o no Iglesia, o si actuaba o no en nombre de Dios mismo, pero no volvió a darnos clase el resto del curso.

«Espera, Roque...», me llamó, antes de perderme de vista por el pasillo. Me giré y comprobé que seguía en la misma posición, con los mismos fantasmas recorriéndole el semblante, el gesto serio de su cuerpo, como un ciprés enhiesto. Me dijo: «Será mejor que le devuelvas la llave maestra a Jenaro, ¿de acuerdo? Pero que no sepa que te la llevaste tú...».

Palidecí, como él hace unos instantes.

«S-s-sí...».

Y fue entonces cuando comprendí que don Santiago ya sabía qué fue lo que le había ocurrido dos semanas atrás a don Pedro en aquel callejón nevado.

«Venga, baja al patio».

Que sabía que habíamos sido nosotros.

35

Encinar de la Sierra (sierra norte de Sevilla), enero de 1956

Papá. Padre. Progenitor. Ascendiente.

Roque lo había llamado de todas las formas posibles hasta que acabó por excluirlo de su vocabulario, como si el primer destierro fuera el de las palabras, negándose, desde hace décadas, a poner en sus labios esos mismos fonemas que usaría cualquier otra persona que tiene enfrente a quien plantó la semilla de su vida.

—¿Es él, no? —le pregunta Lola, interponiendo las manos para no cegarse con los faros del coche que acaba de estacionar frente a ellos.

El maestro asiente, inmóvil.

—Sí, es él.

Todos los demás lo llaman don Javier. Por ejemplo, los que en Alcalá del Valle lo consideran un líder; a él, el jefe provincial y hombre fuerte del Movimiento en la sierra gaditana; a él, que ha amasado una inmensa fortuna después de que lo sonriera el devenir de la guerra, porque esta no fue más que un inmenso juego de azar en el que ganaron unos pocos; a él, que no deja de lamentarse de que el único fruto que haya dado su matrimonio sea Roque, su hijo díscolo, su mala suerte.

A él, su padre.

—Hola, hijo.

La noche hiela con un aire intempestivo que se cuela hasta en las últimas habitaciones de la sangre. Las Casas de los Ingleses, con esa apariencia de decorado romántico, como si frente a ellas se representaran el *Don Juan Tenorio* o el *Fausto*, han contemplado el ir y venir de vehículos hasta que, en última instancia, el de don Javier ha hecho acto de presencia, ese que Roque no ha tardado en reconocer mientras los faros dibujaban la estela de una serpiente acercándose hacia el cerro, los de un Mercedes-Benz 300 que su dueño mandó traer de Alemania cobrándose algunos favores y derrochando una cantidad insultante de dinero.

Don Javier se baja del automóvil con ese aire de camisa vieja, de hombre que vive en una continua nostalgia, como si anteayer fuera 1939, como si ayer lo hubieran condecorado con aquella medalla al valor, como si no existiera el tiempo. Camina con pasos firmes hacia su hijo, todos pendientes de este hombre, del humo del cigarrillo que fuma, de su pecho descubierto aunque el frío lo hiele, del bigotito, del porte de galán sureño.

Roque lo saluda, cabeza en alto:

—Hola, padre.

El hombre da un rodeo con la mirada. Apoyado en una de las fachadas derruidas, Sixto se mantiene de rodillas, manos esposadas a la espalda, cabeza gacha. Un guardia civil lo custodia asegurándose de que con su fusil podría cubrir un intento de escapada. Otro agente aguarda, con el arma desenfundada, junto al tipo que lo llamó, ese tal don Francisco, el gobernador civil con el que él se puso en contacto meses atrás a cuenta de la inminente llegada de su hijo al pueblo como maestro nacional.

Ese se adelanta para recibirle.

—Buenas noches, don Javier. Muchas gracias por acudir tan rápido a mi llamada.

El falangista asiente, «No hay de qué», con la mirada fija y dando algunos pasos perdidos para reconocer al resto de las personas que parecen haberse citado en este lugar inhóspito: un cura y un niño sentados en el asiento trasero de uno de los coches —ese cuyos faros iluminaban el cerro hasta que él llegó—, y, junto a su hijo, una chica joven. Se dirige de nuevo hacia los dos:

—¿No tienes nada que decirle a tu padre?

Pero Roque no es capaz de articular palabra. De repente, tiene trece años y las Casas de los Ingleses son un viejo corral. Está ahí, siente lo que entonces y oye las voces de las que no ha podido nunca alejarse. La voz de Juana, la maestra embarazada: «¿Qué le has hecho a tu hijo? Javier, por el amor de Dios». Y luego la voz de ella, de Lali, trémula, espantada: «¿Có-cómo has podido hacerle eso?». La tercera voz es la de su padre, él, que huele a vino, que lleva las mejillas coloreadas y está cargado de razones patrióticas: «¿Que qué le he hecho a mi hijo?».

Y todo es muy rápido en el recuerdo, más de lo que quizá fue en la realidad: los golpes que hicieron caer a las maestras, los improperios de estas, «Eres un hijo de puta, un fascista, un cabrón», y la mirada perdida del muchacho que él era, que no dejó de pensar que todo había sido por su culpa, la suya.

—Que si no tienes nada que decirme. —Don Javier da una calada a su cigarrillo y se coloca frente a su hijo—. Un «qué tal», un «me alegro de verle», un «cómo está, padre».

Roque le aguanta la mirada. Cuando era pequeño, su padre le parecía más alto y, de hecho, para buscarle los ojos debía alzar la cabeza. Ahora lo tiene enfrente en su metro setenta los dos, heredada de él la altura como heredó la forma de los ojos y ese mismo gesto con el que arruga la nariz al preocuparse. No le responde, guarda silencio como una forma de resistencia, espantando de su recuerdo aquella noche de los tiempos, el corral, la detención de sus maestras.

Ante el mutismo de su hijo, el hombre mira a Lola y esboza esa misma sonrisa impostada que el maestro reconoce bien.

—¿Y esta señorita es…?

Pero es don Francisco, que se mantenía a unos metros, también expectante, también inmóvil, el que responde ante la negativa de la muchacha a hablar.

—Es mi hija Lola, don Javier. Su hijo la ha embaucado en esta infamia, como le expliqué al teléfono. No es mala chica, pero hace falta la correa. Qué le voy a contar, con el hijo que le ha tocado, ¿eh?

El falangista tuerce el gesto ante el comentario del tipo, como si le reprendiera.

—Déjeme decirle, don Francisco, que de los hijos solo pueden hablar mal sus padres, ¿no le parece? —tercia, obligando al padre de Lola a soltar un gesto de disculpa.

Finalmente, el falangista desplaza la vista hacia Sixto, que apenas ha podido mover un músculo en el muro de la casa abandonada, con las esposas aprisionándolo, con el fuego posible de un fusil sobre la nuca, y aguardando, quizá, una bala que le habría alcanzado hace veinte años de no ser por la intervención de su primo Isabelino.

—Ese supongo que es el tipo del que me habló, ¿no?

Don Francisco asiente con el gesto de quien está dispuesto a apuntarse un tanto, porque ha sido él, y no otro, el que ha acabado por capturar a ese prófugo.

—Así es, señor. Veinte años llevaba en su casa escondido. —Y ríe de pronto—. Lamentará mucho haber confiado en este plan absurdo.

Don Javier vuelve la vista hacia Roque, que advierte en su rostro un gesto mordaz.

—A ti, hijo mío, te encantan ese tipo de planes, ¿a que sí? Ya lo sabe bien tu padre.

Pero este sigue sin responder.

Solo Lola sabe a qué se refiere el hombre, qué recónditos recuerdos remueve esa fanfarronería. Por eso, y mientras Roque continúa sin reaccionar a la provocación, es ella, la muchacha en la que este ha hallado un amor —alguno, de algún tipo, que él no esperaba encontrar—, la que termina por reaccionar.

—Usted no tiene ni idea de lo que significa ser padre.

De pronto, todas las miradas confluyen en ella. Sobre todo, la del gobernador civil, atónito ante la forma en la que su hija se ha dirigido a don Javier. Quiere hacerla callar, pero Lola se mantiene firme, con su voz clara y desafiante.

—Un padre no abandona a su hijo por un ideal.

Da un paso al frente.

—¿Cómo osas…?

Roque amará ese arrojo de ella, esa forma femenina de romper los moldes.

—¿Usted cree que el general Moscardó hubo de dormir bien por las noches junto a su señora después de que los rojos mataran a su hijo tras su negativa a rendir el Alcázar de Toledo? ¿Lo cree?

El maestro mira a Lola, atónito, pensando en esa vieja historia de guerra que, por imperativo del régimen, él ha reproducido en sus clases hasta la saciedad: José Moscardó, el general que no se rindió aunque los milicianos amenazaran con fusilar a su hijo, y aquella última llamada entre los dos, en la que el franquismo encontró un mito redentor. «Si no rinde el Alcázar, padre, me van a fusilar», le dijo el hijo. «Pues encomienda tu alma a Dios, da un grito de "¡Viva España!" y muere como un patriota», respondió el padre.

—¿Usted cree que aquel sacrificio le mereció la pena, que para él valían más aquellas piedras viejas que volver a ver a su hijo? —continúa Lola. Don Francisco se apresura a acallarla, pero la hija se zafa de esos brazos que no hace mucho la aupaban hasta lo alto de la nuca, que la acurrucaban para dormir—. ¿Cree que, cuando terminó la guerra, lo consoló que el Alcázar hubiera seguido en pie?

Don Javier guarda silencio. Tal vez no esperaba que esa chica con cara de reina de las fiestas patronales de Encinar, de perfecta Margarita, fuese a intervenir de esa forma. Ríe para así y da una calada al cigarrillo con un gesto teatral, sabiéndose dueño del tiempo. Avanza un par de pasos, levanta la vista y vuelve a situarse frente a su hijo, que todavía no ha dicho palabra salvo el saludo inicial. Lo interpela, retándole:

—¿A ti te tiene que defender esta chica o qué?

Dos, tres segundos más.

La voz de Roque rompe la quietud de la noche, fría, escarchada.

—¿Sabes una cosa, padre? Siempre me he preguntado eso precisamente.

El falangista da otra calada.

—¿El qué?

Piensa, de pronto, en su madre. En la conversación de no hace mucho.

—Que cómo duermes por las noches. Si encuentras consuelo en la mujer que tienes al lado. Si mamá te besa y te desea las buenas noches como se lo desea a un ser querido. Todo eso me he preguntado siempre, padre.

Ha vuelto a decirlo, «padre», a pesar de que alguna vez juró no volver a nombrarlo.

—¿Sabe tu mujer, Nela, que estás aquí? —continúa Roque, enterneciéndose al volver a poner en sus labios a Petronela—. ¿Sabe para qué has venido?

Y ahora es él, don Javier, el que se ha quedado sin palabras. Tal vez la alusión a la mujer que ha estado siempre entre dos hombres de rencores antiguos —el que eligió y el que nació de su vientre— ha logrado conmoverlo de alguna forma.

Roque y Lola se miran. Ella le insufla ánimos.

—No, ella no lo sabe —responde al fin el padre—. Ni tampoco lo sabéis vosotros.

Y Roque no sabe por qué, pero en sus ojos se bosqueja una nostalgia.

—¿Entonces? —pregunta, con un paso al frente.

Una añoranza, tal vez, de cuando en su hijo tenía él a su «machito», a su «hombrecito» de las prácticas de caza en el coto, de los partidos de fútbol, de salir a montar con su yegua.

—Entonces, padre, ¿por qué has venido?

Y en ese gesto de su rostro, en cómo se le arruga la nariz, el bigotillo, en como agacha la mirada encuentra Roque una hendidura, el borde de una herida donde asomarse.

Don Javier da una última calada apurando hasta el filtro y

tira la colilla al albero. Luego la pisotea. Al levantar la vista, todo se precipita.

—Vengo para decir que tienen que dejar libre a este hombre.

Ha señalado a Sixto. Y ha dejado en el silencio oscuro del cerro un estupor helado, las miradas extrañadas de Roque y de Lola, la palidez en el rostro de don Francisco, «¿Cómo, qué dice?», el temblor en los fusiles de los guardias civiles. Mientras, el falangista mira a Paco, que vigila al viejo maestro frente al muro de una de las casas. Le grita, «¡Suéltale!», y luego se dirige al gobernador civil, que sigue todavía noqueado.

—Que se vayan ustedes antes de que vengan a buscarle. ¡Vamos!

Todo adquiere, de pronto, los visos de la irrealidad.

—¿Cómo?

Solo entonces reacciona don Francisco, que a fin de cuentas no es más que la expresión del poder en Encinar, el mecanismo con el que el régimen hace valer su autoridad hasta en la más pequeña comunidad de vecinos.

—Don Javier, eso no lo puede hacer usted. —Da un paso hacia él, desafiante—. Este hombre es un prófugo de la justicia.

Los hombres se retan.

—Sí que puedo.

Paco, que ha vuelto a sujetar con firmeza el fusil, que ha vuelto a poner en la trayectoria de una bala la cabeza de ese maestro fugitivo, alza la voz para intervenir:

—¿Con qué autoridad lo ordena?

También lo hace el párroco del pueblo, don Alfredo, que aguardaba junto al pequeño José en el asiento trasero del coche de la comandancia. El cura se incorpora y se dirige a don Javier en esos mismos términos:

—Usted no puede hacer eso, caballero —le dice con su voz de homilía, ruda y varonil—. Aquí la ley que manda es la de Dios.

Pero don Javier no se amedrenta. Da un par de pasos perdidos y se enciende otro cigarrillo sabiéndose protagonista de las miradas. Roque lo mira, desconcertado como los demás, aunque lo conoce bien y sabe que su padre debe guardar un as bajo la manga de su camisa vieja, esa, la azul, que él siempre se negó a ponerse.

—Vamos a hacer una cosa, caballeros. Y lo vamos a hacer muy rápidamente. Volverán a montarse en el coche en el que vinieron y retornarán al pueblo como si nada aquí arriba, en este cerro, hubiera pasado esta noche. Y dejarán que este hombre se vaya con esos tipos que deben de estar a punto de llegar. ¿Y por qué lo harán, se estarán preguntando ustedes? —Los mira, seguro, convincente, hasta que centra sus dos luceros en don Francisco—. Pues lo voy a decir ahora mismo.

Y hace una pausa deliberada, teatral, sus ojos brillando entre el desafío y la audacia.

—Lo harán porque, si no, mañana mismo enviaré un informe detallado al gobernador provincial y al ministro correspondiente sobre cómo este pueblo ha gestionado sus presupuestos en los últimos años.

—¿De qué está hablando? —interviene el cura.

—Estoy hablando —continúa el falangista, advirtiendo cómo sus palabras surten en el rostro del gobernador civil el efecto que él deseaba— de cómo las partidas presupuestarias que deberían haberse usado para mejorar las carreteras de acceso al pueblo han terminado, curiosamente, en los bolsillos de ciertos administradores locales. De cómo las ayudas estatales para la construcción de esa escuela nueva que mi hijo habría tenido que inaugurar en este pueblo se han desvanecido sin dejar rastro. De cómo un par de fincas, que debían ser de dominio público, acabaron escrituradas a nombre de un «amigo del Movimiento» que está aquí, curiosamente. Y todo esto lo sé porque en esta España, comprenderán, amigos míos, no hay nada que se deje al azar.

Al decir lo de las fincas, ha señalado a don Francisco, a su rostro desencajado y febril, un gesto que su hija, Lola, jamás ha contemplado en su padre.

Ella lo mira atónita. Cuánto cuesta ver a los padres caer.

Su padre traga saliva e intenta recuperar el control.

—N-no puede..., no puede hacer eso. Usted es un jefe provincial, no tiene autoridad para amenazarme de esta forma.

Pero don Javier sonríe, con un gesto frío y calculador.

—Tiene razón, no tengo autoridad oficial. Pero tengo poder. Y usted sabe tan bien como yo que, en este país, el poder manda más que la autoridad. Así que le repito mi sugerencia: suelten a este hombre. Y olvídense de esta noche.

Luego hay un largo silencio, la tensión de un duelo a muerte, el proceder de unos verdugos. Hasta que el gobernador civil se da por vencido, a sabiendas, piensa Roque, de que no tiene otro remedio que ceder ante el chantaje del hombre al que llamó en busca de un resultado drásticamente opuesto: que castigara a su hijo, el maestro inhabilitado, que en el Movimiento sonara su nombre, el de Francisco Pérez del Río, su nombre más allá de las fronteras serranas del pueblo, quizá con la proyección de quien sueña con un puestecito en Sevilla, en la diputación, en la Falange.

—Suéltale, Paco, me cago en la Virgen —cede al fin.

Minutos después, el coche de la comandancia abandonará el cerro con sus cinco ocupantes, dejando frente a las Casas de los Ingleses el estupor con el que uno se descubre habitando un extraño sueño. Esos visos de irrealidad.

Y Sixto se irá al fin, y para Roque no será él, sino Lali, quien habrá logrado huir. «Pues ya está. Lo consiguió».

Y solo quedarán tres en el cerro, Lola, Roque y Javier, y el maestro se dirigirá a su padre sin apenas poder contener la emoción, el brillo en sus ojos y la respiración entrecortada de quien parece ser un niño de nuevo. «¿Po-po-por qué...?», vacila, casi sin poder hablarle, sin poder hacer esa pregunta que no deja de rondarle.

—¿Por qué lo has hecho, padre?

Lleva esperando una respuesta diecinueve años, cuatro meses y siete días.

—¿Que por qué?

Roque no sabrá los detalles hasta más adelante, porque Petronela fue la que intervino después de aquella conversación con su hijo, que sentó a su esposo frente a ella y le habló con la furia de una diosa madre, «Escúchame bien, Javier, tenemos que hablar de tu hijo...», y luego hubo de poner en su boca todos los rencores guardados, todas las formas en que siempre imaginó que le hablaría a su marido sobre Roque pero que nunca se atrevió: los lamentos por el hijo que iba camino de perdérseles como a todos esos padres que tenían a sus vástagos en cunetas o en el exilio, los desvelos nocturnos, las culpas, los llantos, todo aquello.

—Sí, por qué —insiste el hijo del padre.

Se miran. Sus ojos también titilan, los de Javier.

—Han pasado casi veinte años y mírate, Roque, has vuelto a intentarlo otra vez. Entonces fueron tus maestras..., ahora ha sido este tal Sixto.

Dan un rodeo con la mirada. Las Casas de los Ingleses no son las Casas de los Ingleses, sino aquel viejo corral de la familia. Don Javier continúa:

—Si hay algo que valoro en esta vida es el orgullo y la valentía, eso mismo que tú has demostrado arriesgándote de nuevo. Esas mismas agallas para luchar por un ideal, sea el que sea. Eso te ennoblece, ¿comprendes?

Roque también lo sabe más adelante. En este momento, en el año 1956, don Javier ya conoce que el régimen ha empezado a virar, que los falangistas que asumieron la tarea de reconstruir España tras la guerra —como la asumió él— están siendo poco a poco apartados, que el Opus Dei ha tomado la delantera y que, dentro de nada, asumirán el gobierno los tecnócratas. Y él habrá de sentirla, esa traición.

—Y tu madre. Tu madre me hizo darme cuenta de algo. Que cómo había dejado yo que los ideales me apartaran de mi único hijo. Y que, a fin de cuentas, tú no dejabas de serlo, un hijo mío.

Y lo repite con la voz quebrada desde que la puso a ella en sus labios, a Petronela:

—Hijo mío, para lo bueno y para lo malo.

Es la primera vez que Roque lo ve llorar. Tras unos segundos de indecisión, la sonrisa se les enciende a ambos, como un candil, y los dos titubean sin saber muy bien qué hacer, cómo llenar el silencio hasta que, bajo la atenta mirada de Lola, de las casas abandonadas, del cerro del Hierro y de los pasados no ausentes, se deciden a encontrarse, las manos de ambos abiertas como un árbol frondoso, y Javier y Roque se hallan en el calor de los abrazos y de los amaneceres.

—Te lo debía, hijo. —El calor de un nuevo amanecer—. Te lo debía.

Quinta parte

Una confesión

36

Encinar de la Sierra (sierra norte de Sevilla), febrero de 1956

—Oigan con atención, señores. Comenzaré el dictado y no lo repetiré ni una vez más: «El Caudillo nació en Ferrol en el año...».

Mientras el asunto de la inhabilitación de don Roque como maestro de la escuela se solucionaba, los días transcurrieron para sus alumnos del colegio de niños de Encinar de la Sierra con una larga monotonía de dictados —la voz profunda y cavernosa de don Alfredo, que hacía las veces de maestro provisional—, de hojas de cuentas propuestas por el director y de rezos a primera hora de la mañana bajo la dirección del sacerdote. Incluso en el patio, ese espacio de libertad vigilada, de ensayo de la vida futura bajo el propio albedrío, los chicos notaron que algo había cambiado: las risas eran de pronto más breves y contenidas; los juegos, no tan divertidos; los partidos de fútbol, menos emocionantes.

Por eso y, sobre todo, por aquella noche en el cerro del Hierro que ocurrió pero que nunca ocurrió, los miembros del Club de los Calambures se dieron cuenta de que algo habían de hacer, algo que tal vez estaba en su mano.

—Que algo tenemos que hacer, carajo.

Se permitían poner en sus labios palabras prohibidas, «carajo», «joder», cuando se encontraban en intimidad suficiente, esa que había nacido en la casa del maestro y al calor de unos versos que la mayoría no alcanzaba a entender todavía, pero que, como toda buena poesía, lograba despertar en ellos sentimientos inesperados.

Convencer al delegado de clase, al Largo, de que atendiera su petición no les fue tarea difícil a los miembros del club. Solo necesitaron tocar las teclas precisas del poder.

—¿Que haga qué? —les preguntó Isidro en aquella esquina del patio en la que Saúl, José, Fernando y Manolillo lo citaron en el cambio de clase.

Fue Saúl quien respondió, mirando hacia esa cabeza que estaba inusualmente alta, la más alta del grupo. Aunque el niño había vuelto a trabajar en casa de don Tristán, llegó a un acuerdo con el terrateniente para poder ir a clase al menos tres días a la semana. Eso sí, la oración vespertina en la pequeña capilla de la casona, guiada por don Simón, el tío de la señora, no podía perdérsela.

—Que, como delegado, queremos que firmes una petición en nombre de toda la clase para que restablezcan a don Roque como nuestro tutor.

El delegado rio. Los chicos sabían que Isidro no iba a mostrarse muy por la labor, porque su padre fue uno de los que, como el de José, como el de Camilo, como el de algunos otros, había apoyado la inhabilitación de don Roque como maestro de la escuela.

—Y yo ¿por qué voy a hacer eso? —cuestionó Isidro, retador.

La clave la dio el pequeño José cuando planearon la operación: «Sí, no tenemos autoridad, pero ¿sabéis qué? Lo que tenemos es poder». Sus amigos lo habían mirado con un gesto de extrañeza, «¿Qué dices, chavea?», pero él no precisó más —ni aclaró dónde había oído esa frase—, pues aquella sentencia en labios del padre de don Roque era algo sobre lo que, bajo orden expresa de su padre, de Paco el guardia civil, habría de ejercer un olvido deliberado.

—¿Sabes una cosa, Isidro? —intervino José con un brillo de desafío en los ojos que desentonaba con su pequeña estatura—. Si no firmas la petición, quizá todos en el pueblo empiecen a recordar la noche en la que tu padre tuvo que cerrar el taller durante una semana. ¿Te acuerdas? Porque nosotros sí. Y sabemos por qué.

Isidro se tensó. Su rostro pasó del escepticismo a una preocupación mal disimulada, y abrió la boca para protestar, pero no le salió palabra alguna. Saúl insistió aguardando a que este finalmente cediera.

—Vamos, Isidro. No estamos pidiendo que pongas un pie en la cárcel por nosotros. Solo que firmes un papel. Y no me vas a negar que no te gustaban las clases de don Roque.

—Y si lo haces tú, firmarán todos los niños de la clase —remató Manolillo desde detrás.

Isidro torció el gesto y vaciló un instante.

—Pero ¿va a servir de algo, creéis? No somos más que unos niños.

Los miembros del Club de los Calambures se miraron. Aunque ya sabían que la cuestión de la inhabilitación de don Roque debía de estar lista para sentencia, habían aprendido una lección en los últimos días: no todo responde a las lógicas de la autoridad.

—La unión hace la fuerza —añadió Fernando con una media sonrisa.

No querían tener que despedirse de su maestro sin que, al menos, pudiesen darle una oportunidad. Una sola oportunidad de que se quedara.

Así es como, a última hora de la jornada escolar, el delegado de clase llama a la puerta del despacho del director con un par de copias en la mano del mismo papel.

—¿Se puede, don Enrique?

El hombre está redactado un informe en la máquina de escribir. Al clac, clac de las teclas, levanta la vista de las gafas y le da permiso con un «¡Pasa!».

El chico se explica:

—Buenas tardes, don Enrique. Vengo a entregarle una petición firmada por todos los niños de la clase.

Isidro camina unos pasos en el despacho con su gran altura y le deja al director el papel sobre su escritorio de caoba. El hombre lo mira por encima de sus lentes.

—¿Una petición? —pregunta, sosteniendo la hoja con la mano derecha.

En el documento hay un breve texto y luego dos columnas de firmas torpes y colegiales, la mayor parte de ellas con un nombre rematado por un rabillo con curvas dispares. Que es una petición que hace la clase para que vuelva don Roque, le dice. Y que la han firmado todos.

Petición al director del colegio don Enrique Hernández del Valle

Estimado don Enrique:

Me dirijo a usted, en representación de toda la clase de la que soy delegado, para solicitar el regreso de don Roque Martínez como nuestro tutor. Creemos que su manera de enseñarnos no solo nos ha ayudado a crecer en conocimientos, sino también a desarrollar un profundo amor por los valores que deben guiar nuestra vida: el respeto, el esfuerzo y el compromiso con nuestra patria. Estamos convencidos de que su retorno al aula reforzará en nosotros estos principios fundamentales y nos hará muy felices. Por ello, queremos expresar nuestro deseo común y unir nuestras firmas como testimonio de nuestro sincero deseo de verlo restablecido en su puesto.

Agradecemos su atención y esperamos que considere nuestra petición.

Atentamente,

Isidro Lucena Ramírez
Delegado de clase

Tras concluir la lectura del documento, el director dedica unos segundos a comprobar una a una las firmas que acompañan al texto, intentando encontrar tal vez incongruencias o falsedades, que cómo había firmado este, y el otro, y el otro.

Arquea las cejas y, finalmente, porfía:

—¿Y dice que han firmado todos?

Y el niño asiente, «Sí, todos», y don Enrique guarda silencio mientras relee el texto, hasta que levanta la vista para mirar la otra copia idéntica a esa petición que el muchacho, que el delegado Isidro, tiene en sus manos. Le pide que se la enseñe:

—¿Y ese otro papel?

Suena afuera el rumor de los chicos que salen de clase a toda prisa, dispuestos a que el resto de la tarde —si acaso una hora hasta que anochezca— no se les vaya por el sumidero. Isidro responde mostrándole la copia de la petición.

—Es una copia dirigida al alcalde, a don Isabelino. Voy a llevársela nada más salir.

Una hora después, con el día a la deriva de un sol de enero que sigue sin calentar la tierra, dos sonoros golpes resuenan en el pesado madero de la casa de don Francisco Pérez del Río, el gobernador civil del pueblo.

Su hija Lola lo supo durante la noche que no ocurrió: que esa casa, la familiar, había sido levantada como otras tantas cosas se hacían en esta España de charanga y pandereta, mediante la prevaricación.

—Hola, ¿don Francisco?

La recia puerta de madera tallada cruje al abrirse, dejando paso a Isabelino, el alcalde del pueblo, que saluda a la interna de la casa. Con el sombrero en las manos y un gesto nervioso en el bigotito, se adentra en el salón principal, donde el gobernador se encuentra sentado en un sillón de cuero oscuro. Una chimenea crepita suavemente. Don Francisco, que está oyendo la radio, «Estados Unidos ha manifestado su interés por que España ingrese rápido en la OTAN», apaga el aparato y se pone en pie.

—Buenas tardes, Isabelino. ¿Qué quería?

Sobre la mesa de caoba descansa un papel que no pasa desapercibido para el regidor: una hoja llena de trazos torpes y firmas infantiles que es idéntico al que lleva cuidadosamente doblado en el bolsillo interior del abrigo. El gobernador lo señala con un leve movimiento de cabeza.

—Imagino que ese papel tiene algo que ver con su visita —comenta con una sonrisa apenas perceptible—. El director del colegio vino hace un rato a traérmelo.

El alcalde, un hombre menudo y de ademanes inseguros, asiente mientras se sienta con cuidado.

—Sí, don Francisco. Es sobre la petición que los niños de la escuela han hecho en favor de don Roque.

El gobernador toma la hoja entre las manos, la observa con fingido interés y deja escapar un leve suspiro.

—¿Cómo se les ha ocurrido a esos niños? Mañana me encargaré de que tengan su merecido, caray.

El alcalde carraspea, buscando las palabras adecuadas.

—Todavía no lo hemos hablado, señor. Ya sabe que, hace unos días, llegó la resolución de la inspección educativa respecto al caso de don Roque... —Se detiene un instante, evaluando la reacción del gobernador, pero este permanece impasible—. Y según esa resolución, la decisión final queda en manos de la autoridad local.

El gobernador hunde su mirada en el fuego de la chimenea.

—Correcto —responde—. Y, como máxima autoridad local, ya he decidido. Ese maestro no volverá a la escuela. Sus métodos poco ortodoxos y su patriotismo y religiosidad laxos no encajan con los valores que debemos transmitir a los chicos de este pueblo.

El alcalde traga saliva y respira hondo.

—Don Francisco, con todo el respeto. Yo también soy autoridad local, y creo que esto es algo que habrá que decidir entre los dos.

Los hombres se miran, serios, distantes.

—¿Y cuál es su opinión? —le pregunta el gobernador con unos ojos afilados.

—Pues que los niños han organizado esta petición porque don Roque ha dejado una huella importante en ellos. Si negamos su regreso, podríamos generar tensiones innecesarias en el pueblo. —Hace una pausa para elegir cuidadosamente sus palabras. Mientras, juguetea con el papel que ese chico alto de Isidro, el hijo de la Régula, ha ido a llevarle al consistorio—. Además, todos sabemos que las acusaciones en su contra fueron, cuanto menos, cuestionables.

El gobernador endurece el gesto.

—¿Qué insinúa, alcalde?

Pero una voz interrumpe a don Isabelino desde el marco de la puerta que da acceso al salón. Los hombres se dan la vuelta y posan la mirada en el arco de herradura que separa el salón principal del recibidor de la casa, ese que conduce a la escalera de la primera planta y a la cocina en la que la interna pasa la mayor parte del día.

—Déjame decirte una cosa, papá... —dice Lola, que habría oído la conversación desde algún lugar de esta casa.

Don Francisco se apresura a acallar a su hija, «¡No te metas!», pero ya sabe a estas alturas de su vida que ella no es de las que se dejan silenciar así por las buenas, que no es ninguna mocita fácil y dócil, como le había recriminado a su madre en alguna ocasión.

¿De dónde habría salido esta niña tan respondona y malcriada?, se ha preguntado siempre, y quizá por eso la forzó a entrar en la Sección Femenina, por si en aquella institución de chicas nobles y casaderas encontraba, a imitación de su fundadora, Pilar Primo de Rivera, un espejo en el que poder mirarse.

Lola, con paso firme, se interna por el salón hasta situarse entre las dos autoridades del pueblo, todos frente a la chimenea, frente al reflejo del fuego y el humo que se escapa hacia arriba. Dice, seria, tajante:

—Si Roque se va del pueblo, me iré yo con él.

Don Francisco deja ver su desconcierto.

—Pero ¿qué dices, hija mía?

Esta da un paso al frente ante la atenta mirada de los hombres, del gesto de estupefacción de su padre, del bigotito y la cara afable del alcalde.

—Y otra cosa más —añade la muchacha—. Pienso decirle a Roque que me pida en matrimonio. Así que, si quieres que el primero de tus nietos lleve tu nombre, más te vale que su padre pueda ejercer su labor en Encinar de la Sierra.

Don Francisco chasca la lengua. Su primer nieto se llamará Francisco Javier, será un bebé hermoso que pesará casi cuatro kilos y tendrá los ojos de su abuela Fernanda, pero la nariz, ay, esa naricilla, será la de su abuelo materno, para regocijo de este.

—Yo me cago en la Virgen santa... —maldice el gobernador civil, pensando él también, de pronto, en aquello de la autoridad y el poder.

Lola sonríe, reuniéndose con su padre en el gesto cariñoso de quien se sabe poseedora de una victoria. Mientras tanto, al otro lado del pueblo, Roque se prepara para terminar de hacer su maleta y marcharse de la casa donde doña Antonia y su marido —algo más reticente él— lo han acogido unos días.

Al maestro siempre le ha sorprendido que en el interior de una maleta pudiera caber una vida. La suya, de hecho, entra en una de esas de mano, de cuero y hebillas: unas mudas, un par de jerséis y pantalones, varias camisas, dos pares de zapatos y, luego, todos los libros de su estantería sin demasiado orden ni concierto, poesía sobre novelas sobre ensayos y sobre obras de teatro, Lorca sobre Delibes sobre María Zambrano y sobre Zorrilla. El problema vendrá luego, al cerrarla, como siempre le ocurre.

Hay varios libros, en efecto, de los que se va a desprender, y no solo porque no le quepan en el equipaje, sino porque quiere dejarlos en el pueblo como quien enriquece con abono un campo a medio sembrar.

—¿Se puede? —De pronto, doña Antonia se asoma a la puerta de la habitación y contempla cómo el maestro intenta hacer hueco en su equipaje para terminar de introducir ese montón de libros que descansa sobre la cama. Resopla—. Le hará falta otra maleta.

El maestro levanta la cabeza y sonríe. Hace algo más de una semana que mora en esta habitación y su ocupación está próxima a terminar.

—Descuide, Antonia. Si vinieron todos aquí dentro, todos dentro se irán.

La mujer se interna por la habitación para sentarse a los pies de la cama.

—¿Querrá llevarse algo de comida, don Roque?

Ayer mismo le dio fecha para su partida, «Mañana mismo, doña Antonia», tras haber recibido de la inspección provincial educativa la resolución de su cese como maestro en Encinar.

> *Resolución del expediente de inhabilitación del maestro nacional don Roque Martínez Solano:*
>
> *La Inspección Provincial de Educación comunica que, revisados los motivos para proceder a la inhabilitación de don Roque Martínez Solano como maestro titular de la escuela de Encinar de la Sierra, y en virtud del análisis de los actos que constan en su expediente personal y que, según lo establecido en las normativas vigentes, suponen una infracción a los principios de disciplina y valores patrióticos que esta institución tiene el deber de preservar, deja a criterio de la autoridad local competente la aplicación definitiva de la medida, que incluye el cese inmediato de sus actividades docentes.*
>
> *En Sevilla, a 12 de enero de 1956*

O lo que es lo mismo, pensó Roque nada más leer esa carta que le llegó por medio del alcalde a casa de doña Antonia, que la inspección dejaba la cuestión de su cese en manos del padre de Lola, quien, suponía el maestro, no había de estar muy por la labor de obrar muchos favores después del que acabó haciéndoles esa noche en las Casas de los Ingleses por intermediación de su padre.

Y él no era don Javier. Bien podría irle a don Francisco con el chantaje ese que oyó la noche que no existió, que había un buen número de irregularidades que pondrían en un buen aprieto al gobernador civil. Pero no, él no era su padre.

—Y ¿adónde irá? —le pregunta ahora doña Antonia, que tampoco disimuló un gesto de lamento al enterarse de la intención de su inquilino provisional.

—Iré algunos días a mi casa, que tengo pendiente una conversación con mis padres, y luego seguramente volveré a Madrid. Aunque hay un asunto que no he podido resolver aquí..., pero ¿qué voy a hacer, doña Antonia, si aquí no me quieren como docente?

La mujer no sabe cómo responderle. Sabía que Roque había despertado todo tipo de habladurías en el pueblo; muchos lo amaban, otros se mostraban críticos y desconfiados ante ese maestro que venía de la ciudad con ideas extrañas.

—Claro que lo quieren, hombre de Dios —lo anima la mujer con una palmada—. ¡No sabe *usté* cómo me hablaban en la lavandería o en el mercado las madres de sus alumnos! Que si mi chiquillo está gustoso por aprender. Que si le está leyendo cuentos a su hermanito. Eso no se lo va a quitar nadie, ¿sabe?

El maestro sonríe.

—Gracias, doña Antonia.

No, eso no se lo va a quitar nadie: las caritas ávidas por aprender de sus zagales, la magia de sus clases, sus preguntas traviesas, el corazón que le ha puesto a cada uno.

No habrá Estado inmenso ni omnipotente que se lo arrebate.

—Venga, le dejo terminar de hacer la maleta. —Doña Antonia se pone en pie para dirigirse a la puerta de la habitación—. Yo mientras le prepararé algo de cena. Y si quiere llevarse comida para el viaje, no dude en decírmelo, ¿de acuerdo?

Roque asiente volviendo la vista al galimatías de su equipaje.

Minutos después, cuando ya está próximo a cerrar la maleta, suena el timbre rasgado y metálico de la puerta. Roque supone que será alguna de todas esas visitas que doña Antonia recibe a lo largo del día, una de sus vecinas, o el aguador, o el lechero, o alguna de sus cuatro hermanas o uno de sus innumerables sobrinos, entre los cuales hay incluso un par de alumnos suyos, Gaspar y Rufino, dos chicos algo perezosos pero, sabe con certeza Roque después de un trimestre dándoles clase, con grandes posibilidades si en su entorno hallan las facilidades adecuadas para el estudio.

Pero no es doña Antonia quien recibe visita, sino él.

—Hola, Antonia, ¿está don Roque? —Oye en el recibidor de la casa.

Al reconocer la voz del alcalde, de don Isabelino, el maestro corre hacia la entrada y lo primero que ve es esa sonrisa en los labios con la que el regidor le anunciará que, al menos durante algo más de tiempo, aquella nostalgia del poeta habrá de esperar para una próxima partida, si es que hubiese de ocurrir alguna otra.

—Me alegro de ver que todavía no se ha marchado del pueblo, don Roque. Acabo de reunirme con don Francisco y, ¿sabe?, ya hemos tomado una decisión al respecto de su expediente.

Todavía no lo saben, pero el Club de los Calambures podrá seguir reuniéndose.

—¿Y bien?

Y recibirá nuevos miembros y otros se irán, y junto a los clásicos leerán a poetas nuevos —Gabriel Celaya, Gloria Fuertes, Blas de Otero, Ángela Figuera Aymerich—, en cuyos versos, al resonar en esas boquitas ávidas, habrá un arma cargada de futuro.

—Mañana mismo podrá volver a la escuela, don Roque.

37

Desde el cerro que conduce al castillo del pueblo, por el camino de los enamorados, Roque ve acercarse el Mercedes de sus padres. Paseaba con Lola a la espera de su llegada, el mediodía de un domingo de primavera incipiente, esos árboles en hilera hacia la construcción medieval. Y se lo pidió tal vez para templar sus nervios, que caminaran antes de afrontar un encuentro con don Javier que no se repetía desde la noche en las Casas de los Ingleses.

Esa noche que curiosamente no existió para nadie, porque el padre de Roque habrá de decirle a Petronela, su mujer, que nunca había estado en Encinar de la Sierra, porque tampoco hubo de mencionar ese suceso don Francisco, el padre de Lola, cuando, hace unos días, Roque los invitó a comer en una de las ventas a las afueras del pueblo, la de El Gallo, para pedirles permiso para poder verse con su hija.

Roque solo pudo resistirse a hacerlo hasta que les sirvieron el primer plato, porque, como Lola se había impacientado, deslizaba la mano por la pernera del pantalón de él y lo miraba con gesto pícaro y la impunidad de una libertaria, como si la pintara Delacroix, le dijo que no iba a parar —seguía reptando con la mano, buscando con el culebreo de sus dedos un secreto que ya no lo era para ella — hasta que no se atreviera.

Y así fue como lo hizo el maestro, tras aclararse la garganta y llamar la atención del matrimonio, que comía frente a ellos en aquella mesa de cuatro.

—Bueno, creo que ha llegado el momento de deciros por qué os propuse invitaros a comer. —Y esperó un instante hasta comprobar que Lola había retirado la mano con el mismo gesto sibilino con el que colonizó su pernera. Tras una mirada fugaz entre los dos, continuó—: Es probable que ya podáis suponer que Lola y yo congeniamos muy bien. Los dos nos dedicamos a la docencia y entendemos, ella desde la Sección Femenina y yo desde el magisterio nacional, la importancia de la educación...

Lola, impaciente, le hizo un gesto.

—Ay, hijo, que te enrollas como una persiana —lo interrumpió con su deje aflamencado—. Que nos gustamos, padre.

Y Roque se rehízo para retomar las riendas de la conversación.

—Sí, don Francisco, doña Mari. Lo que ha dicho su hija. Y que la razón de este encuentro es pedirles permiso para poder verme con ella.

El Mercedes afronta ahora el paseo de los enamorados hasta que frena ante los gestos de Roque y Lola, que, cogidos de la mano, esperan a la sombra de uno de los árboles en ristra. Primero se bajará don Javier —traje azul, zapatos brillantes, sombrero que se apresura a colocarse sobre la cabellera repeinada—, quien luego dará un rodeo hasta la puerta del copiloto para abrírsela a ella, a Petronela.

La mujer se baja del coche con su retahíla de siempre, «Ay, cómo conduce tu padre», y se recompone el peinado y las arrugas de su vestido primaveral —que no dijera su futura nuera que ella era una mujer anticuada— para afrontar el encuentro con Roque y esa chica de la que su hijo le habló por primera vez durante las Navidades pasadas.

—Ay, niña, eres mucho más guapa en persona —le dice la madre entremedias del abrazo con el que Lola y Nela se encuentran.

El saludo de la chica con don Javier —ambos hacen como que no se conocieron en la noche que no ocurrió— es algo más frío: dos besos, palabras cordiales, alusiones a lo bonito que es este pueblo, al horizonte de campos de cultivo tras aquel castillo en ruinas. Y luego llega el encuentro entre el padre y el hijo, otro abrazo, «¿Todo bien durante el trayecto?», el primero en mucho tiempo pero más frío, más apocado que los que aguardan, «Sí, solo paramos una vez, porque se orinaba tu madre». Cuando el abrazo se deshace, Nela, que no está al corriente de nada de lo que ocurrió esa noche, hace ver su sorpresa encontrándose con la mirada afable de Lola, ambas esperando a que termine el apretón de los hombres.

No tardará en preguntárselo a su hijo cuando lo coja del brazo, ella, a pesar de ser tan poco dada a la imprudencia, al atrevimiento.

—¿Me he perdido algo, Roque?

Enfilan el sendero de los enamorados de camino hacia el pueblo. El maestro, sonrisa puesta, jugará al misterio.

—Ya te contaremos, mamá. Confía.

Caminarán en esta mañana de primavera representando una suerte de familia.

—¿Y qué tal la reincorporación a la escuela? —le pregunta don Javier antes de una nueva calada al cigarrillo.

El rumbo del paseo los había llevado a la plaza de la escuela. Roque les explicaba cómo era su distribución, por dónde caía el patio de los chicos, cuáles de esas ventanas angostas de la fachada son las de su aula.

—Muy bien. Los chicos han agradecido mi vuelta, la verdad.

Roque no pudo evitar la emoción del rostro y la amplia sonrisa cuando entró de nuevo en el aula y los chicos arrancaron en un aplauso —sus carillas alegres y el júbilo de sus voces— y un unánime «¡Bienvenido!». Hubieron de contener la mayoría las ganas que mostraron de querer levantarse del pupitre y, contraviniendo el orden natural de la escuela, correr a abrazarlo. Porque no pudieron hacerlo, no al menos mientras don Enrique —entró en la clase justo después de don Roque— estuviera allí para decirles, como quien no da una buena sino una mala noticia: «Caballeros, como habréis podido suponer, don Roque está de nuevo con nosotros como maestro de la escuela».

Unos minutos antes, el director le había pedido que se vieran en su despacho —el Caudillo mirando con su gesto afable entre títulos de magisterio prerepublicanos, tratados viejos de pedagogía y trofeos que don Enrique habría recibido a lo largo de su dilatada carrera educativa—, y allí, sentados frente a frente, el directivo, con los codos sobre la mesa y la frente arrugada, le había anunciado: «La inspección educativa le ha dado una nueva oportunidad, don Roque. Pero no piense usted que ha sido ese inspector, al que, por cierto, he de decirle que impresionó gratamente por el nivel académico de los estudiantes. Quien le ha dado la segunda oportunidad es el régimen mismo, que espera de usted mucho más como maestro nacional. Que se olvide de todas esas ideas extravagantes. De usar la magia, de experimentar, porque la escuela no es un parque de atracciones, ¡caray! Orden, disciplina, tradición. Eso es lo que se espera de usted, ¿de acuerdo?».

Roque había titubeado unos segundos, sintiendo de pronto el impulso de poner pies en polvorosa, irse a algún lugar en el que pudiera ejercer en libertad la docencia —México, Francia, Argentina, qué sabía él—, pero en esa quietud de los dos educadores habían irrumpido de pronto las voces procedentes del aula, las de los chiquillos que o él o cualquier otro habrían de educar cada día, porque si bien podía esperar la revolución, no podían esperar ellos, pues su tiempo pasaba. Tragó saliva y, más sereno, había acabado por responder: «Descuide, don Enrique, que no recibirá queja sobre mis clases».

Y ahora, a petición de Nela, que ha charlado animosamente con Lola hasta que han asomado a esta plaza, Roque se dispone a enseñarles la escuela. El maestro echa mano de las llaves que guarda en su bolsillo, abre la puerta principal e invita a pasar a sus padres y a Lola. Al entrar en su clase —pulcra, los pupitres perfectamente ordenados en parejas de dos, los trabajos escolares con su letra torpe y sus colores dispares colgando de las paredes—, la madre esboza un gesto de asombro.

—¿Qué os parece? —les pregunta el maestro.

Su madre lo alaba, «¡Pero qué preciosidad y cuánto deben aprender los chiquillos!», pero él, Javier, se mantiene callado, dando un rodeo con la mirada a las cuatro paredes del aula y pensando, tal vez, que su hijo no será latifundista ni gobernará España, ni se adscribirá al Movimiento, pero sí que tendrá un reino de ilusiones, y que su trono no es otro que esa silla un poco más confortable que las de los pequeños pupitres.

Que hay muchas maneras de ser rey.

Segundos después, Roque les hace un gesto para salir de la clase.

—Venga, vayamos a comer, que tenemos preparado el almuerzo.

Roque y Lola han dispuesto una mesa preciosa en el salón de la casa del maestro: cristalería reluciente, platos de cerámica fina, un mantel blanco y, en el centro, un jarrón pequeño con flores silvestres al que rodean estratégicamente las bandejas con los entrantes, los panes, las chacinas, las gambas de Huelva.

No dejarán que ella, que Nela se ponga en pie ni se acerque a la cocina.

—Vete acostumbrando, mamá, que no eres la esclava de nadie.

Y observa a su padre, que no se da por aludido, pensando quizá en que esa conversación —la de que Petronela no vino al mundo para servirle a él— también debe llegar entre los dos, una de tantas que todavía tienen pendientes para destensar los nudos, los laberintos que conducen a la noche que Roque no sabe explicar muy bien todavía.

Esa conversación, la más pendiente de todas, la que le quema a Roque en la garganta, llegará en parte durante la sobremesa, con la segunda botella de vino, los platos recogidos y el humo denso de los cigarrillos a los que también se sumará Lola, como una forma de hacerles ver a sus futuros suegros que ella no es como las demás.

Nela y Lola los dejan a solas a propósito, a sabiendas de que padre e hijo precisan encontrarse en las palabras que nunca se han dicho, y salen al patio a que el sol las abrace con alguna de esas conversaciones que tendrán a partir de entonces: el amor, la familia, el deber.

En la casa, Roque extiende la mano sobre la mesa y acaricia el brazo de su padre.

—Muchas gracias por lo de esa noche.

Don Javier da una calada a su cigarrillo mientras con la otra mano sostiene su copa de tinto. Lo mira. Es la primera vez, en mucho tiempo, en años, que se permiten un gesto así, desde aquella adolescencia fugaz y luego la adultez, media vida en Madrid y otra poca en la sierra, los silencios, las ausencias, todo concentrado ahora en esa caricia.

—Hay mucho del pasado de lo que me arrepiento —le responde él, parco, temeroso, tan poco habituado a hablar de sus sentimientos, a arrepentirse, a dibujar otros futuros posibles con sus palabras.

Porque eso no es cosa de hombres. Lo de hombres es la acción, es la contundencia, es hacer primero y preguntar —o arrepentirte— después. No lo son las palabras, ni las excusas, ni los perdones. Así ha construido don Javier su personalidad, aquella de la que Roque ha huido desde hace tantos años.

—Hay mucho rencor que sigo teniendo adentro —dice el maestro—. Sé que me costará mucho tiempo, pero al menos ya hemos dado un paso, ¿no?

Don Javier asiente. Tampoco están acostumbrados a mirarse a los ojos.

—Así es, hijo —le responde haciendo un esfuerzo por no apartar la mirada.

—Lo importante, padre —continúa Roque, cálido, condescendiente—, no es lo que haya ocurrido en el pasado, sino lo que seamos capaces de construir en el presente.

Le aprieta el brazo, como diciéndole «Aquí estoy, papá», dispuesto a que, tal vez dentro de unas semanas, tal vez meses, tal vez años, pero no tal vez nunca, eso es seguro, vuelvan los dos a ser hogar, «Aquí estoy, de verdad», poniendo palabras a ese puente que empezó a cimentar gracias a la insistencia de Nela.

Hacen un silencio.

—¿Sabes qué, hijo? —le habla don Javier tras otra calada a su cigarrillo—. Que me ha gustado ver tu clase. Que al fin y al cabo debes de ser un gran maestro.

Roque comparte esa sonrisa dibujada bajo el bigotito de su padre.

—Gracias, de verdad.

Y piensa, de pronto, que en realidad no sabe si es maestro por su vocación docente o por encontrar en esa profesión la forma de rebelarse contra él.

—¿Y sabes otra cosa?

Oyen cómo afuera, en el patio, o Nela o Lola estallan en una carcajada. Cuánto alegra a Roque que las dos hayan congeniado de esa forma.

—Claro, dime.

—¿Recuerdas cuando hace tantos años te dije que a tus maestras las habían matado en la cárcel de Málaga? —le pregunta don Javier, para su sorpresa.

Roque asiente, «Sí, claro, ¿cómo olvidarlo?», comprobando cómo ahora es su padre el que echa mano a su brazo, el que se lo aprieta.

—Que en realidad nunca lo supe. Que nunca supe qué fue de ellas.

38

Ahora hay luz en este salón y ya no hay nadie que habite ese agujero. A casa de doña Asunción, a esta pequeña choza a las afueras del pueblo, parece haber llegado la alegría, un alborozo en forma de persianas abiertas, de sol y de canturreo mientras madre e hijo terminan de hacer el equipaje —ligero, porque no tendrán mucho de valor que llevarse— ante la mirada de Roque, que ha venido para despedirse.

El maestro sabe bien qué sienten ahora: lo difícil que es empacar una vida, ir de un lado a otro con tu casa a cuestas, sentir que en realidad no eres de ningún sitio.

—En Sevilla cogeremos un tren nocturno hacia Madrid, don Roque —le explica la mujer, dirigiéndolos a la habitación de Saúl, donde el chiquillo se afana por terminar de hacer su equipaje—. Mi marido ya nos ha encontrado una casita allí, ¿sabe usted? Y mientras estamos fuera, pondremos esta en alquiler. Aunque sé que no nos darán mucho por ella, porque se cae a pedazos. —Ríe mientras echa una ojeada a las vigas maltrechas, a las nubes de humedad de las paredes—. Y, si conseguimos echar raíces allí, quizá la vendamos.

Roque asiente con una sonrisa. Ya se lo dijo Saúl en clase hace muchos días. A su casa había llegado la postal de un tal Felipe García, que, con una letra clara y esbelta, les contaba que había encontrado trabajo en una imprenta, donde le trataban bien y no hacían demasiadas preguntas.

Saúl le enseñó la postal a Roque, preguntándole por el paisaje que reflejaba en el anverso. «Esto es el Palacio Real, Saulillo —le explicó el maestro—, y esto otro es la catedral de la Almudena. ¿Y ves estos árboles que se ven al fondo? Se llaman el Campo del Moro». Y el niño miró la tarjeta con gesto de admiración, la misma que pondrá la primera vez que sus ojillos contemplen en persona cómo de grande fue en otro tiempo la ambición de los hombres, los edificios enormes de la capital, el blanco de los mármoles, el barroco de los ornamentos, porque en Madrid parecía caber un imperio.

El texto de la postal concluía diciendo a sus destinatarios que, en unos días, estaría ya listo para recibirlos. Y que le dieran muchos saludos al maestro, y que muchas gracias por lo que había hecho por él.

Al asomar a la habitación de Saúl, el niño hace a un lado su equipaje y se apresura a saludar a los recién llegados. Esta misma mañana se ha despedido de sus compañeros con unas sentidas palabras que su maestro ha escuchado desde el estrado con una emoción contenida. Luego, en el patio, se han visto por última vez los miembros fundadores del Club de los Calambures. El maestro les ha recitado unos versos sobre despedidas y los chicos han detenido el tiempo en el calor de un abrazo.

—¿Necesita ayuda con algo, doña Asunción? —le pregunta Lola mientras Saúl le muestra a Roque cómo ha ordenado sus maletas, dónde ha guardado sus libros y sus enseres escolares.

La madre asiente, «Pues sí, me vendría bien tu ayuda», y ríe mientras le pide a la joven que la acompañe a su habitación para elegir «Qué modelitos me llevo» con un tono jovial que sorprende a la pareja.

Ella, la Loca, esa a la que nunca se veía sonreír.

Roque se sienta en el borde de la cama y posa su mirada en el muchacho.

—¿Y cómo estás? —le pregunta.

El niño responde con su deje serrano, «¡Uf, *deslomao*!», haciendo alusión a las faenas que ha debido cumplir en los últimos días en la finca de don Tristán. El maestro sabe que, ante la necesidad económica en su casa, Saúl no tuvo más remedio que volver a trabajar en aquel cortijo del que él lo sacó para que volviera a ocupar un pupitre.

—Ya sabe, don Roque, que en esas tierras no se deja de trabajar, ni siquiera cuando les anuncié que me iría. Incluso cuando dan diez minutitos para descansar, don Simón, el tío cascarrabias de la señora, no para de buscarle a uno para soltar alguno de sus sermones. —El chico vuelve a resoplar, dejando caer el resto del cuerpo sobre la cama, junto al equipaje a medio guardar—. Por suerte ya me he despedido de ellos.

Roque extiende la mano para acariciarle la cabellera.

—Tengo un pequeño regalo para ti, ¿sabes? —dice para sorpresa del chico, que jugueteaba a patalear en el reborde del colchón.

Saúl se incorpora.

—¿Un regalo para mí?

Y Roque asiente mostrándole esa bolsa de tela con la que ha entrado en la habitación y que el chico no advirtió de primeras. Se la ofrece.

—¿Qué es?

Se encuentran en una sonrisa.

—Ábrela.

El niño asoma al interior de la bolsa de tela: libros, un puñado de libros.

—¿Y esto?

—Estuve haciendo limpieza en mi biblioteca, y creo que no podía dejarte un mejor regalo que algo para leer, ¿no crees?

Vuelven a sonreírse. Él no estará ya con el chico, piensa Roque, pero los libros pueden acompañarlo. Sabe el maestro que los libros que uno tiene, los que ha leído y los que tiene por leer son su medida del mundo y, también, de cuánto del mundo hay dentro de uno. Tal vez su trabajo como docente se limite a agrandar el mundo de sus alumnos proponiéndoles libros como vehículos. Eso ha intentado en esta escuela rural cada vez que citaba a un autor o a una autora, o que leía esos versos que dejaban en sus chicos como el regusto de la miel en los labios.

Roque se incorpora sobre la cama para observar que el niño saca uno a uno los volúmenes que componen esta forma de herencia. Hay una novela de piratas, un principito sobre una luna, un Robinson Crusoe en una isla desierta y las aventuras de un chico que surca en una balsa el Mississippi.

—Puedes empezar por ese —le propone Roque—. *Las aventuras de Tom Sawyer* es uno de mis libros favoritos de siempre.

La primera vez que lo leyó fue hace casi veinte años, en aquel establo de los montes de León. Piensa en aquel lugar imprevisible de su memoria. En ese tipo al que decían Mediasuela. Mientras, Saúl sostiene la novela en las manos como quien ha recibido un relicario, y curiosea la ilustración de portada con esos chicos subidos a una balsa sobre un río manso. Roque le anima a que hojee su interior.

—Sé que tu padre siempre te ha leído cuentos y poesías, pero creo que ya estás preparado para leer novelas, Saúl. Y estas son para ti. Esa, por ejemplo, es la historia de un chico que, como tú, tiene que enfrentarse a muchas dificultades en la vida, pero siempre encuentra la forma de salir airoso y de soñar con aventuras. —Lo observa, bosquejando en sus ojos la inmensidad de un océano, la forma del agua en su mirada—. No dejes de soñar nunca, Saúl, ¿me oyes?

El chiquillo asiente. De pronto, Roque advierte en su rostro un gesto de congoja que se apresura a contener con la habilidad de los chicos que han aprendido a dominar sus emociones, porque llorar es cosa de niñas, porque emocionarse es de maricas.

—¿Qué ocurre, Saulillo?

Brillan sus ojos color aceituna.

Le hace un gesto para que lo suelte, que ya sabe que con él puede abrirse.

—Que no sé si quiero irme, don Roque.

Le zarandea cariñosamente el hombro.

—Todo irá bien, muchacho. Confía.

Se emociona cada vez que se lo imagina, a Saúl, a Sixto, a doña Asunción paseando por la Gran Vía, parándose en los escaparates de Preciados, tomándose una foto en Sol y, quién sabe, preparándose para un destino todavía más lejano, un barco rumbo a Latinoamérica o un autobús a Suiza o Alemania, allí donde sea que nadie pueda sospechar del pasado republicano del antiguo maestro, de ese hombre nuevo que firma las postales como Felipe.

Pero Saúl no parece todavía mentalizado para ese gran cambio, como si eso no dejara de ser una arcadia para él. Una quimera. El chiquillo sigue, por ejemplo, aferrándose a las clases de Roque, y así se lo hace saber.

—Las personas van y vienen en la vida, Saulillo. Algunas para quedarse más tiempo, otras para compartir contigo solo un lapso breve. Lo importante no es cuánto se quedan, lo importante es qué dejan aquí. —Le señala con el dedo índice en el pecho, buscándole en el lado izquierdo el corazón—. Ese es el lugar en el que se quedan las personas a las que queremos, Saúl. Y ahí estaré yo. Recuérdalo siempre.

Saúl asiente con una sonrisilla nerviosa. No tiene palabras porque aún es un niño, porque su mundo todavía cabe en pocos versos —los de Miguel Hernández, clandestinos, los de Quevedo y sus calambures—, porque hacerse adulto es dominar el lenguaje.

Hay un silencio entre los dos, húmedo, reposado. El niño se para a hojear con gesto curioso el libro que su maestro le ha regalado. En una de las páginas centrales, varios muchachos pintan una valla ante la mirada estricta de una señora que aguarda al otro lado. Saúl sabrá que se llama tía Polly, y que el único niño que no está pintando en la escena es ese tal Tom que da título a la novela de Mark Twain. En otra página, dos muchachos sostienen un gato en un cementerio lúgubre, con lápidas y hojas secas, dispuestos a probar un antiguo rito supersticioso del que no saldrán muy bien parados. Serán Tom y Huckleberry Finn.

La medida del mundo de Saúl comenzará navegando por el Mississippi.

El maestro levanta la vista para mirar hacia la ventana de la habitación, desde la que entra un potente sol. No quiere despedirse sin decirle una última cosa.

—Esto no va a durar para siempre, Saúl...

El niño, que hojeaba ahora el ejemplar de Daniel Defoe con un aventurero en portada, levanta la vista para arquear las cejas.

—¿El qué, don Roque?

Este se permite unos segundos para comprobar que doña Asunción y Lola siguen con su charloteo en la habitación marital, esa en la que el armario con la ropa ocultaba el agujero. Nadie los oye.

—La dictadura no durará para siempre, y llegará un momento en que tendréis que ser vosotros, los de vuestra generación, los que decidáis qué tipo de España queréis.

Justicia, amor, dignidad. Todo ello guiará la vida de este muchacho que ahora se aferra a las aventuras de Tom Sawyer como si fuese él el que navegara sobre esa balsa.

—¿De acuerdo?

Saúl asiente con un torpe: «S-sí».

En Madrid hallará un mundo nuevo que a veces le recordará a los versos que su maestro recitaba a los miembros del Club de los Calambures.

Roque, conforme con la respuesta del chico, esboza una sonrisa y le hace un gesto para que termine de hacer su equipaje. El chico asiente, y el maestro, sentado a los pies de la cama, da un rodeo con la mirada a la habitación, un dormitorio pequeño y austero. Se fija de nuevo en el escritorio, donde se amontonan algunas mudas de ropa que Saúl todavía tiene que guardar en su maleta. Es el mismo escritorio que él insistió a doña Asunción que su hijo necesitaba, un lugar donde pudiera estudiar o, al menos, escribir en sus ratos libres.

Es entonces cuando lo ve. Sobre el escritorio, junto a un rosario de plata, hay un papel a medio doblar que llama la atención del maestro. Roque extiende la mano y, curioso, lo desdobla, encontrándose con un texto de caligrafía aguda, afilada, casi gótica.

—¿Qué es esto, Saúl? —pregunta Roque enseñándole el papel.

Le resulta familiar, aunque no logra saber por qué.

El chico, que doblaba con esmero una de sus camisas, apenas levanta la mirada.

—¿Eso? Es un regalo que me han dado en casa de don Tristán, por mi despedida. Al menos han tenido ese detalle conmigo, ¿sabe?

Roque observa el rosario de cuentas negras rematado con una cruz de plata. No se refería a la sarta para el rezo, sino a la nota manuscrita que la acompaña.

—Ah, ¿el papel? Pues es un texto que me ha escrito don Simón. Si le soy sincero, no he entendido muy bien qué quiere decir, pero bueno. Yo me hice el agradecido. Léalo, don Roque, si quiere.

> La paciencia es virtud de los hombres santos, y la cruz, su destino. Reza, allá donde vayas, por la salvación de tu alma, pues aquellos que se apartan del camino recto serán castigados con el fuego eterno.
>
> Con mis mejores deseos,

Tras concluir la lectura, Roque palidece. Aprieta los labios y siente una punzada en el pecho releyendo el texto una y otra vez, parándose todas ellas en la firma del final. No le ha inquietado el mensaje, con esa letra pulcra, sino precisamente la rúbrica con la que su autor lo da por concluido.

No, no puede ser.

Ha necesitado un par de segundos para reconocerla, esa forma en que los trazos se unen en torno a esa pe final inconfundible de la firma, una pe que, por el amor de Dios, qué narices hace ahí, una pe que lo petrifica, que da respuesta a muchas de esas preguntas que lleva meses haciéndose. Levanta la vista y busca los ojos del niño.

—Saúl, tengo que preguntarte una cosa...

El niño, ajeno a la tormenta, continuaba con su equipaje, con el futuro que va construyendo a medida que llena el vacío de su maleta. Se miran.

Roque le señala la firma del documento. Le quema de repente la garganta.

—Dime que ese hombre no te ha tocado...

El niño arruga la frente y pregunta, desconcertado, un «¿Cómo?» tras el que Roque le agarra de los hombros y lo sacude como si con ello pudiera arrancarle la verdad.

Saúl nunca le ha visto esa mirada. Ese fuego.

—¡Dímelo, por favor! ¡Que no te ha tocado nunca!

39

Encinar de la Sierra (sierra norte de Sevilla), marzo de 1956

El joven aguarda en el apeadero del pueblo liándose un cigarrillo de picadura.

Nadie sabe quién es, pero este tipo al que un niño cedió el paso, «Señor, usted primero» —habrían de llamarle muchacho, más que señor, de no ser por las entradas incipientes—, sabe que alguien vendrá a buscarle. Acaba de bajarse de uno de esos incómodos autobuses que salen de Sevilla, tras llegar en tren a la ciudad hispalense proveniente de Madrid. En el largo viaje sobre raíles, ha aprovechado para leer, para tomar algunas notas para su nueva novela, pero ahora, ya en Encinar de la Sierra, apenas puede mantenerse quieto, y por eso intenta templar los nervios liándose un cigarrillo y ahogando sus miedos en el trémulo fulgor de las caladas.

Es mediodía y la primavera deja en el aire su inconfundible perfume a hierba húmeda, a albero que levanta el viento serrano, a estiércol y a paja seca de los campos de labranza. El joven, con el cigarrillo entre los labios, observa el horizonte que se entrevé desde el apeadero por encima de las fachadas encaladas de las casas. Allí, donde las encinas dibujan sombras irregulares sobre la tierra ocre, parece adivinarse el ritmo pausado de una yunta arando los campos.

Es el primer escritor que visita este pueblo desde que Federico García Lorca se detuviera aquí con su compañía de teatro, La Barraca, y dejara en los vecinos la impresión de no saber muy bien si habían asistido a la obra de un genio o de un farsante. Les encantó —las divagaciones de *La vida es sueño*, la acción de *Fuenteovejuna*, las luces, los trajes, la puesta en escena daliniana—, pero no entendieron nada.

—¿Justo?

A su espalda, la voz del pasado lo rescata de las divagaciones sobre la vida campestre, lenta y frugal, esa que tanto ha querido reflejar en su obra literaria pero que, en realidad, tan poco conoce.

—Hola, viejo amigo.

Mucho mejor la conoce, la vida rural, este maestro a quien saluda con el apretón de manos de los amigos antiguos.

—¿Qué tal el viaje, bien?

Hace unos días recibió de él esa carta que llevaba muchos meses esperando. El texto que contenía fue el que esperaba, críptico, escueto, no vayan a leer miradas ajenas o a interceptarla algún cuerpo de seguridad, y usó de intermediaria la librería de Ginés, esa en la que se pueden comprar desde textos panfletarios del régimen hasta ediciones prohibidas de los poetas olvidados.

> Ya lo he encontrado. Puedes venir cuando quieras.
> Atentamente,
>
> Roque

Cómo iba a saber Roque que la clave se escondía en aquel chiquillo en cuyo porvenir, tanto el suyo como en el de su familia, tanto se ha esforzado. En Saúl.

—Acompáñame al coche, Justo. No está lejos. —Roque lo coge por el hombro y lo dirige hacia una de las callejuelas que se apartan del apeadero—. ¿Querrás que te ponga al corriente, no?

El escritor asiente. Todavía no lo sabe, pero todo —es decir, las pesquisas que llevaron a Roque a solucionar lo que lo había llevado a este lugar— comenzó con una coartada, la que Saúl y su madre habían comenzado a propagar por el pueblo —lavando, a orillas del río, en el mercado, en la escuela y en la botica— un par de semanas antes de que se produjera su partida definitiva.

Que doña Asunción tenía una prima en Madrid que le había encontrado trabajo allí como limpiadora, en la casa de una familia de bien. Y que aquí no tenía ya familia ni arraigo más que su hijo, que se deslomaba como bracero y mozo en el cortijo de don Tristán. Y que eso no era vida para un chiquillo, caray. Y que por eso se iban a ir.

A Sixto, su marido, le fue algo más difícil encontrarles cabida de lo que en realidad les hizo creer en esa primera postal que firmó como Felipe —con la estampa imponente del Palacio Real y la Almudena—, y por eso el tiempo de espera inicial se convirtió en tres meses y en algún que otro favor —a Carmen, a Ginés— que el antiguo maestro habría de devolver algún día.

Roque le explica con el caminar lento de los pueblos, ese al que Justo debe hacer un esfuerzo por adaptarse, con el ritmo distinto que trae aún en sus piernas de ciudad.

—La clave fue mi alumno Saúl, el hijo del maestro que logramos sacar del pueblo...

Y le pone al corriente de lo que ocurrió hace unas semanas en la casa de doña Asunción, antes de la despedida del muchacho. Esa nota manuscrita que encontró sobre el escritorio el mismo día de su partida. Cómo le llamó la atención no el mensaje, sino la firma con la que el texto finalizaba.

Roque guarda un silencio momentáneo. La revelación que está a punto de hacerle a Justo le anuda la garganta, le aprisiona.

—La carta estaba firmada por Simón Tejada Pérez, y esa pe con la que la firma concluía la reconocí al instante. —El escritor asiente, ahí plantado en medio de la acera, los dos antiguos amigos frente a frente y entre ellos una tormenta—. Es él, Justo. Es él. No tengo ninguna duda.

Luego no hay palabras, solo la potencia de un recuerdo que,

sincronizado, se reproduce de pronto en la mente de los dos, como si la memoria de ambos condujera al mismo callejón oscuro.

A ese callejón: una noche fría, el Madrid de la sequía pertinaz, el estraperlo y la rapiña, el de los hombres de uniforme y los golpes en el pecho, un «Viene alguien» y a continuación una sombra alargada, como un ciprés, y luego una catarata de golpes, rastros de sangre sobre la nieve, Dios perdonando una vida.

—Pero ¿estás seguro, Roque?

El maestro asiente, todavía habitando esos recuerdos.

Le hace un gesto a Justo para que cruce de acera hacia una bocacalle. Su coche está ahí adelante. No el suyo, sino el del padre de Lola, que se lo deja a menudo en espera de que ese cuya compra tramitó hace unas semanas —un Renault 4CV compacto, ideal para llenar de niños los asientos traseros— esté listo en el concesionario de Sevilla.

—Sí, y te voy a decir el porqué. Cuando terminé de leer la carta, ¿sabes qué fue lo que le pregunté al pequeño Saulito? Si alguna vez se le había ocurrido tocarle. ¿Y sabes qué me contestó el chiquillo? —De repente hay rabia en su rostro, hay rechinar de dientes en su boca—. Que a veces se le apegaba demasiado, o le hacía cosquillas, o le preguntaba si podía verlo en la ducha. Pero el niño, que es más listo de lo que parece, me dijo que siempre evitó esos encuentros a sabiendas de que necesitaba ese trabajo.

Vuelven a hacer un silencio tenso, incomodado.

—Luego indagué un poco en aquella pista —continúa Roque, señalándole el coche azul aparcado en la acera contigua—. Hasta entonces yo llevaba meses buscándolo por este pueblo, como habíamos acordado, con toda la prudencia, con todo el disimulo posible. Tanto que ni siquiera Lola, mi novia, lo sabía. Y resulta que estaba buscando a la persona equivocada. Que él se cambió el nombre cuando fue ordenado sacerdote. Que lo suyo resultó, según me dijo alguien que había trabajado en casa de don Tristán, una revelación mariana. Que oyó lo mismo que

Jesús le dijo al primer papa: «Simón, ahora yo te digo: tú eres Pedro, y sobre esta piedra edificaré mi Iglesia». Así que aquí se escondía, como tú me pusiste en aviso hace dos años, Justo. En casa de una sobrina, la esposa del cacique del pueblo. Eso explica lo imposible que me ha resultado llegar a descubrir una pista que pudiera conducirme a él. Así fue como di con un nombre, Simón Tejada. ¿Y sabes otra cosa? —El gesto de Roque se enciende, excitado ante la intensidad de sus palabras, de los secretos desvelados—. Que de repente coincidía con las iniciales de aquella pluma que robaste en su despacho y que desencadenó todo lo que pasó. ¿Tú las has olvidado? Porque yo no...

—Ese, te, pe —recita Justo.

—Así es. Ese, te, pe. Simón Tejada Pérez. Ahí estaba ese tipo por el que yo había decidido venir hasta este pueblo cuando terminé la oposición. Ahí estaba don Pedro.

Vuelven a hacer silencio. Simón Tejada Pérez. Justo asiente al oírlo, con gesto torcido. Roque saca de su bolsillo la llave del coche de su suegro y, con un ademán cortés, le abre primero a su amigo. Luego, en el asiento del conductor, se ajusta rápido el volante y el espejo retrovisor y acciona el motor girando la llave del automóvil. El motor ruge.

—¿Quieres que vayamos a casa a descansar un poco o quieres que vayamos a verlo directamente? —le pregunta a Justo.

Descansarán esta noche, tras acabar varias botellas de vino y ponerse al día de la vida de cada uno. Lola también estará, porque Justo insistirá en conocer a la chica que ha logrado amarrar al maestro, y les dirá que él sigue soltero porque lo prefiere, porque él el amor lo entiende de otra manera, y reirán los tres, sobre sus cabezas flotando el humo de los cigarrillos, la música del viejo tocadiscos, la quietud de una noche silenciada en el pueblo antes de que mayo traiga las ferias de primavera y el jolgorio que acompaña a la floración de los olivos y a la última etapa de crecimiento del cereal.

Será esta noche cuando descansen, no en este preciso momento.

—Llevo muchos años esperando a encontrarme con él. —Y le hace un gesto a Roque para que inicie la marcha, golpeando ligeramente el salpicadero del coche—. Vamos ahora mismo.

Hace dos años, al acabar la ceremonia de graduación de Roque en la Universidad Complutense, el periodista y escritor novel quiso encontrarse con su antiguo amigo para hablarle precisamente de él.

O, más bien, para que lo ayudara.

—Creo saber dónde está… —le dijo Justo a Roque en el pasillo, frente al paraninfo de la facultad de Filosofía y Letras—. En la sierra norte de Sevilla. Allí se esconde.

Roque, con su pajarita y su traje de gala, torció el gesto y palideció de pronto.

—Y ¿cómo lo has sabido? —preguntó, vigilando con la mirada a su madre, que aguardaba en la puerta que conducía al exterior a que él terminara ese encuentro con su viejo amigo—. Me topé hace unos meses con don Santiago, ¿lo recuerdas? Participaba en un seminario sobre el futuro de la Iglesia, y yo lo cubría desde la redacción de *Pueblo*. Pues resulta que un curso después de que nos graduáramos en el San Miguel, él fue nombrado director. Y, según me dijo, propuso expresamente que la orden a la que pertenecía expulsara a aquel tipo de la congregación y, sobre todo, lo alejara de la enseñanza. Que, de hecho, había sido un requisito para aceptar un puesto que nadie deseaba. Yo le dije que quería hablar con él. Que no iba a descansar en la vida si no volvía a encontrármelo frente a frente. Vaciló, consciente de que, por muy comprensivo que fuera conmigo, aquello era un trapo sucio que la Iglesia lava y lavará en casa. Pero finalmente me lo dijo, o me dijo hasta cuanto quiso. Que de él sabían poco, en realidad. Que sus inicios fueron difusos. Que venía de una familia de emigrantes que acabó por comprar unas tierras en la sierra norte de Sevilla. Me dijo incluso que alguna vez lo oyó hablar de un pueblo llamado Encinar, pero que no podía decirme más nada, porque, cuando logró que lo apartaran del servicio sacerdotal, la orden se apresuró a borrar todo rastro de él, a sabiendas de que bajo su sotana se esconderían muchos más casos de abusos como el mío.

Justo guardó silencio para constatar que Roque había seguido todo su relato. El futuro maestro asintió, volvió a mirar en derredor e hizo una mueca con la que disimular su estupor ante la cercanía de un par de compañeros suyos, a los que saludó al verlos pasar por el pasillo de la facultad. El periodista continuó:

—Tras hablar con don Santiago, comencé a investigar. Sí, era cierto lo que me dijo el sacerdote: ni en el colegio San Miguel ni en la Iglesia había rastro de él. Así que empecé por entrevistar a otros profesores y antiguos alumnos del internado. ¿Y sabes qué, Roque? Que no solo había sido conmigo. Que, por lo que sé, había abusado por lo menos de una decena de chicos, pero que lo mismo podían ser cien. Y lo peor de todo, que todo el mundo lo sabía. Que aquel tipo tenía impunidad para tocar a los muchachos en la sala de proyecciones, en los confesionarios o en las tutorías en su despacho, y que nadie, hasta que actuamos nosotros, pudo o quiso hacer nada. Al menos, aquellos testimonios me ayudaron a afinar la búsqueda. Por lo visto, volvió a su pueblo cuando la orden lo apartó, a mediados de los cuarenta. Así que cogí mis cosas y me planté allí, en Encinar de la Sierra. Solo tenía un nombre y una referencia vaga..., pero nadie me dijo nada. Nadie quería hablar en aquel lugar. Era como si todos hubieran firmado un enorme pacto de silencio. Supe que allí golpeó la guerra con fuerza y que la represión fue feroz, pero no imaginé cuánto podía el pasado moldear el carácter de la gente. Y por mucho que lo intenté, no logré saber nada de don Pedro. Era como si se lo hubiera tragado la tierra.

Roque volvió a mirar hacia su madre, que le hacía un gesto al otro lado de la puerta acristalada, apresurándole para que concluyera la conversación y se dirigieran juntos a la cena de gala.

—Al verte en la programación del acto de graduación, Roque, de repente sentí que tenía que venir a verte. Por si tú sabías algo, por si tú recordabas algo que a mí se me hubiera escapado, algo que me ayude a dar con su paradero.

El futuro maestro vaciló y, a pesar de la marabunta de pensamientos que ese repentino encuentro le había provocado, hizo un esfuerzo por aclarar los recuerdos, aquella memoria difusa de hacía más de una década de la que tanto se había empeñado en desprenderse. Pero no dio con nada relevante.

—No sabría decirte nada, Justo. —Se dio por vencido—. Lo siento mucho...

Su viejo amigo chasqueó la lengua y, de pronto, contuvo en los dientes un gesto de rabia.

—¿Sabes qué, Roque? Que no dejo de imaginarme que ese malnacido sigue hoy dando misa. Que no dejo de pensar que es posible que siga enseñando a niños, que se los lleve al confesionario, que se quede a solas con ellos en alguna sacristía. Por eso no puedo dejarlo pasar, ¿me comprendes?

Roque asintió mientras lo recorría un escalofrío y pensaba en los quizá, en los tal vez, en esos muchachos posibles en los que la mano huesuda de aquel cura seguiría trazando los caminos de la infamia. También contuvo un gesto de furia.

—Hay algo que puedo hacer —dijo, con esos rostros anónimos imaginados, esas carillas que quizá respondieran al nombre de Pedrito o Marquiños, o al mote de Gafotas o de Gordinflón—. Cuando termine las oposiciones a magisterio, me gustaría asumir la plaza de una escuela rural. Es una vieja deuda que tengo con alguien del pasado. Alguien que me enseñó que incluso los muchachos de un valle perdido entre las montañas merecían la salvación... —Otro silencio, su vieja maestra en el recuerdo—. En breve me presentaré al examen e intentaré obtener la plaza en ese pueblo que dices, Encinar, por si allí pudiera yo encontrarlo, por si yo, como maestro, pudiera llegar adonde tú, como periodista, no has podido. ¿Sabes? Con los maestros suele abrirse la gente, o eso he pensado yo siempre.

Volvió a mirar a su madre, la única que quedaba tras la puerta acristalada.

—Ahora tengo que dejarte, Justo. —Le ofreció la mano en un apretón—. Confía en mí, ¿de acuerdo? Prometo ayudarte.

40

Muchas cosas sobre su estancia en aquel internado cobraron sentido para Roque solo con el paso del tiempo, como si hacerse mayor le proveyera de las piezas precisas para encajar un puzle que habría de continuar incompleto durante muchos años.

Que hubiera tantos chiquillos que no quisieran confesarse con don Pedro.

«Manolito, tú te sientas detrás en la proyección de cine, cerquita de mí».

Los claroscuros de ese despacho, la ventana siempre cerrada, la persiana echada, y cómo se dilataba el tiempo ahí dentro cuando había que regañar a algún muchacho que, en la mayoría de las ocasiones, no merecía estar allí.

Las miradas de recelo hacia él, que era monín.

Roque, que conduce el coche alemán del padre de Lola, piensa en ello, en esa palabra, «monín», en esos vacíos de aquella memoria ausente, mientras los viejos amigos afrontan la carretera de salida a Encinar de la Sierra, en dirección a las tierras de don Tristán. Tardarán —ha calculado Roque, que se encuentra al volante— algo más de diez minutos en llegar, y se lamenta, pensando en el pequeño Saúl, al comprobar la longitud de esta carretera, que atraviesa, como el corte de una herida, un horizonte de campos de trigo y de cebada, de olivares y de encinas. El chiquillo —le explica a Justo, con la vista puesta en el camino de tierra, que hace temblar al coche— echaba casi una hora caminando por este arcén, cuidando de que las chumberas y los matorrales no le arañasen las piernas. Una hora para allá y una hora para acá. A diario.

Justo asiente. Tal vez para templar los nervios —a Roque comienzan ya a subirle por la barriga, como un calor interno—, se dispone a cambiar el tema de la conversación, «Bueno, y por aquí entonces, ¿todo bien?», a lo que el maestro responde poniéndole al día de cómo concluyó lo de su inhabilitación. Será esta noche, con la compañía de Lola y los efluvios del vino, cuando entre en detalles.

—¿Y por Madrid? —le devuelve Roque la pregunta.

El periodista, con la vista puesta en ese horizonte, le pone al corriente de los sucesos recién ocurridos en la Universidad Complutense —de los que Roque oyó por la radio, en el pueblo— y que, según le cuenta, han puesto en jaque al franquismo desde la universidad, con disturbios que a lo largo del pasado mes de febrero han protagonizado las asociaciones estudiantiles contra el Sindicato Español Universitario, el SEU, que controla la Falange. Son bautizados como los «sucesos de 1956», concluyen con la destitución del hasta entonces ministro de Educación del régimen, Joaquín Ruiz-Giménez, y muestran que el primer antifranquismo, tras la derrota de los maquis que sobrevivieron a la guerra, había comenzado a surgir de los cachorros de clase media, esos de los que precisamente más orgulloso estaba su Caudillo.

Toman el último desvío hacia el sendero que conduce, a un centenar de metros, hasta la verja del imponente cortijo de estilo andaluz que el bisabuelo de don Tristán —del que pocos tienen ya recuerdos en el pueblo— construyó el siglo pasado con mano de obra esclava. Del dueño de todas estas tierras, de don Tristán, apenas sabe nada. Lo ha visto en el pueblo en contadas ocasiones, para las misas solemnes y las fiestas de guardar, pero el resto del tiempo, a pesar de la influencia que ejerce entre los vecinos —más que el alcalde, más que el gobernador civil, en realidad—, no suele prodigarse mucho por sus calles.

Todos sus hijos —el último en nacer, que ahora tiene tres años, es el número siete— son educados por institutrices y enviados a Sevilla para cursar el bachillerato y continuar con los estudios. La universidad está llena no solo de los primeros hijos de clase media de las ciudades, sino también de muchachos como ellos, sabe bien Roque, de los hijos de los señoritos de los pueblos, y de ahí los conflictos de los que han hablado durante el trayecto, los que parecen poder romper el franquismo desde las facultades.

Frente a la verja de hierro blanca, cuidadosamente pintada como lo habrían hecho los amigos de Tom Sawyer, Roque frena el vehículo y apaga el motor. Desde el asiento del copiloto, Justo extiende la mano y le toca el hombro.

—No tienes por qué venir conmigo. Puedes esperarme aquí, Roque. No quiero que esto te salpique a ti también...

Se miran. Justo se lleva la mano a la boca para toser. De pronto son esos chicos que se acostaban uno junto al otro en aquel frío y abarrotado dormitorio. Menos pelo, más arrugas, más cosas en la cabeza. Pero esos chicos.

—¿Tú sabes por qué a mí no me tocó don Pedro? —le pregunta Roque.

El periodista se encoge de hombros.

—Porque yo era hijo de quien era y, por ello, me consideró uno de sus monines. A los monines no nos tocaba. Sí a los muchachos cuyos padres no podrían reclamarle nada. O quienes no los tenían, directamente. Por eso quiero acompañarte y decirle que yo también lo hice. Que yo también lo odié. Y me da igual si me afecta en el trabajo o en mi situación en el pueblo. He salido de cosas peores. Y hace poco aprendí que a todo en la vida le llega alguna vez su oportunidad. ¿Sabes que acabé abrazándome a mi padre no hace mucho? —El escritor asiente con gesto afable, con una mano, casi decidida, puesta en el asidero de la puerta—. Pues a ese tipo de ahí dentro también le ha llegado la suya. Así que, venga, tú primero. Y yo detrás.

Le da una palmada, se insuflan ánimos mutuos y salen del

coche con el mismo arrojo que tuvieron como muchachos esa noche helada para escapar del internado por la puerta trasera. Justo asoma al enrejado de la valla y llama al timbre de la puerta, y, mientras esperan, mira brevemente al horizonte de campos de labranza y olivos, trabajados durante generaciones por los brazos y los lomos campesinos de este pueblo.

Ya casi ha anochecido.

—¿Hola? —pregunta el escritor a la inmensidad de la finca.

Desde la valla contemplan el pórtico de entrada a la casa, con su fachada encalada, el precioso jardín que lo precede y las columnas de estilo neomudéjar con arcos lobulados que dan a la escalinata principal. Al poco tiempo, ven acercarse a una mujer por el sendero de piedra flanqueado por setos floreados. Es doña Belén, la asistenta —Saulillo le habló de ella a Roque—, ataviada con un uniforme gris oscuro y una cofia blanca. Los saluda con cierta cautela. El maestro toma la iniciativa.

—Buenas tardes, doña Belén. Soy Roque, maestro del pueblo. Sé que hemos venido algo tarde, pero nos han dicho que el señor don Simón da misa en la capilla familiar. Mi amigo Justo, aquí a mi lado, es viejo conocido suyo y tiene mucha intención de poder saludarlo. ¿Podría ser?

La mujer escruta sus miradas.

—Don Simón está muy mayor...

Justo da un paso al frente y habla a un palmo del vallado.

—He venido desde muy lejos para poder saludarle, señora. Es una persona muy importante en mi vida. Fue maestro mío hace muchos años y, le aseguro, se pondrá muy feliz de poder vernos. Háganos el favor, ¿quiere?

Tras unos momentos de indecisión, la asistenta accede. Echa mano al bolsillo de su delantal y saca una llave para abrir la verja. Los conduce por el sendero empedrado y cercado por tiestos con flores que se dirigen, como un camino de baldosas amarillas, hasta el imponente pórtico de la casona.

—Ahí está la capilla familiar. —Les señala una discreta edificación anexa a la fachada principal, con una cubierta a dos aguas culminada por una pequeña cruz por los caídos de España—. Pueden esperar dentro mientras hago llamar al señor, ¿de acuerdo?

Los jóvenes asienten. La mujer se interna por la puerta de la casona y es Justo el primero en dirigirse al lugar indicado. Roque lo observa, le busca la mirada de camino hacia el templete. En los ojos de ambos hay arrojo, aunque les royan los nervios por dentro.

En el interior de la capilla se respira, a pesar de su reducido tamaño, la solemnidad de las catedrales, el aroma a madera de roble y a las velas que bosquejan, junto a los pequeños vitrales, una tenue iluminación ideal para el recogimiento. Tras las varias filas de bancos, alineados con precisión, se halla una pila —para los bautizos familiares, supone Roque— y un altar de madera oscura tallada, coronado por un crucifijo dorado.

Lo mira brevemente, a ese Dios en forma de hombre, a la ese que dibuja su cuerpo crucificado. Si Roque hubiera seguido con la costumbre de rezar, la que heredó de su madre, «Jesusito de mi vida, eres niño como yo...», y del intento de don Santiago de convertirlo en el monaguillo de las misas en el internado —una vez que don Pedro fue apartado de aquella institución—, se inclinaría ahora en uno de los bancos, postraría una rodilla en el reclinatorio y pondría a Dios en sus labios.

Pero hace mucho que no habla con él. No sabría qué decirle.

—¿Hola?

Justo y Roque dan media vuelta hacia la entrada de la capilla, sintiendo, de pronto, que se les ha helado el corazón, que ha dejado de bombearles sangre, como si abandonara sus funciones vitales.

—¿Quiénes sois?

Al trasluz de aquel sol en su deriva, de los claroscuros de la noche incipiente, su figura, su enorme figura, larga y estrecha, de eucalipto, de palmera levantina, da unos pasos torpes para adentrarse en la capilla; él, que caminaba por los pasillos del internado como lo haría Atila y que ahora necesita bastón; él, su rostro cadavérico y marcado por profundas arrugas, sus pómulos prominentes y ojeras violáceas, sus pequeños ojos, el tono ceniciento, casi traslúcido de su piel. Él.

—Hola, don Simón...

Está más anciano y el porte de autócrata que lo arropaba parece haber desaparecido, pero su voz es la misma: la voz de los agujeros profundos, la voz de los huracanes, la voz de un Dios que manda destruir Sodoma.

—Me habían dicho que queríais verme. —Su voz—. Que erais antiguos alumnos.

Da otro par de pasos al frente. Lleva chaqueta y pantalón de pana, y sobre su cabellera blanca luce una boina. Nada de aquella larga sotana oscura y del saturno —el sombrero de ala ancha sacerdotal— que gustaba portar siempre, como si él fuera un planeta al que rodearan anillos. Nada de todo ello, de su apariencia eclesial, porque hace diecisiete años un hombre bueno vino a apartarlo del rebaño.

Un hombre bueno como hay en todos los lugares.

—¿No nos reconoce, don Simón? —le pregunta Roque, haciendo un esfuerzo por que no parezca que, de pronto, siente como si siguiera siendo un niño delante de este señor—. O, mejor dicho, don Pedro...

Al oír ese nombre, el anciano arquea sus cejas pobladas y guarda silencio, llevándose la mano temblorosa al rostro, escrudiñando, tal vez, en aquel río Aqueronte que deben de ser sus recuerdos. Cuántos chicos deben estar ahí, sus almas nadando en las habitaciones oscuras de su memoria: cincuenta, cien, mil tal vez; todos los niños de España, quién sabe.

—Fuimos alumnos suyos en el internado San Miguel hace casi veinte años —continúa Justo—. A los dos nos mandó a trabajar a León, a cuidar de vacas y a trabajar las minas, vendiéndonos en un trabajo esclavo que repetía cada curso y del que luego se lucraba para ir al casino, ¿recuerda?

—N-no estoy seguro... —responde el hombre, visiblemente incomodado.

Justo da otro paso al frente, una mano sobre el madero de uno de los reclinatorios, el mentón alto, la dignidad de los que perdieron.

—¿Está seguro?

Se impone el silencio. De pronto, el periodista no puede contener ese brillo, cómo por sus mejillas baja un manantial sereno. Y parece no importarle, que lo vea llorar, aunque se ahorrarán ese detalle —el del llanto— cuando, diez años después, ese encuentro con don Simón Tejada Pérez protagonice un artículo del diario *Pueblo*.

—Es usted Martínez, ¿no? —responde el anciano, que señala a Roque buscando con sus ojillos arrugados al chico que era. A su monín—. Sí, ya sé, lo recuerdo a usted...

Saldrá el 7 de marzo de 1968, en portada, Justo Rebollo como autor.

Roque asiente, pero no pronuncia palabra porque quiere que todas sean de él, de su amigo. Justo lo mira, esbozando una media sonrisa.

—Sí, él es Roque Martínez. Y yo me llamo Justo Rebollo, ¿se acuerda de mí?

No podrá publicar el artículo hasta más de diez años después, muchos, demasiados, y le censurarán gran parte, pero saldrá al fin. Saldrá.

—¿Justo Rebollo? —se pregunta el antiguo sacerdote, como si con su voz hosca y ruda quisiera llamar a su memoria.

El artículo denunciará, con una dureza y contundencia para nada habituales en los medios de comunicación del franquismo, las condiciones de vida de los alumnos del San Miguel, las vejaciones, los maltratos y, de manera sutil —porque de otra forma no habría sido publicable—, aquellos abusos de despacho, de días de cine, de confesionario.

—¿No me recuerda de verdad, don Pedro?

Y toma aire. Y aguarda dos, tres segundos antes de soltarlo, con la mirada aún vidriosa, aún quebradiza pero con la fuerza, con el arrojo de los amaneceres. Y habla:

—¿Y si le digo que lo he odiado toda la vida? ¿Y si le recuerdo que un día, en su despacho, usted abusó de mí?

El hombre palidece, como si de repente pudiera abandonarle el poco color que todavía tiene, como si nada más que le quedaran las venillas que riegan su cuerpo huesudo. Titubea, «¿Co-cómo?», con la respiración entrecortada, esa que ha sido parte recurrente de las pesadillas de Justo durante todos estos años, y Roque aprovecha para dar otro paso al frente y poner la rabia en sus labios, esa que lo llevó a buscar su plaza de maestro en Encinar de la Sierra tras su oposición brillante, esa que le ha empujado a buscarlo hasta que estuvo a punto de darse por vencido, como si la impunidad siguiera librando de los pecados cometidos, por terribles que fueran.

—Si hemos venido aquí —le dice el maestro con voz firme, el pecho henchido y el mentón erguido—, es para asegurarnos de que no sigue habiendo niños como él. —Señala a Justo, a su lado—. Niños como todos aquellos de los que abusó en el San Miguel.

—Pienso hacer saber a todo el mundo —lo interrumpe el escritor, abriéndose paso hasta plantarse a un palmo del cura— quién es usted y qué es lo que nos hizo a todos los alumnos de los que abusó.

Vuelve a hacer una pausa para controlar el nudo de su garganta, la sacudida de su voz rota. Todavía tiene algo más que decir.

—Y una última cosa... Mírenos.

Señala los ojos de Roque y luego los suyos, sus dedos viajando de una mirada a otra, la una lacrimosa, la otra helada, titilante, los ojos de aquellos niños del internado, los mismos, sus ojillos, porque uno nunca deja de ser el niño que fue por mucho que los años te dirijan adonde se dirige todo el mundo de manera inexorable.

—Mire usted bien nuestros ojos. ¿No le suena, de verdad, nuestra mirada?

Don Simón «Pedro» no contesta.

Morirá unos años después sin haber visto publicado el artículo, sin sentir el escarnio de la gente, sin que las miradas y los curiosos lo busquen tras la valla de esta casona que, desde que don Santiago lo apartó de la orden, le ha servido de refugio al menos hasta hoy, porque de los ojos de Justo y de los de Roque no va a poder huir.

—Pues mírenos bien, porque estos ojos se encontraron con usted en un callejón de una noche nevada de enero del año 40, a la salida del San Miguel...

De repente, los tres vuelven a aquel recuerdo, a la nieve, a la sangre, a la violencia.

—Sí, mírenos bien. Fuimos él y yo. Lo hicimos nosotros.

Epílogo

Una clase

41

Sevilla, septiembre de 1972

—¿Que qué significa ser maestro? Yo creí saberlo tras haber terminado mis estudios en una escuela de magisterio como esta. Y luego, tras haber aprobado mi oposición con una nota brillante. Y ahí estaba yo, creyendo que iba a comerme el mundo... Y ¿sabéis qué? Que no podía estar más equivocado.

Roque zigzaguea por entre las bancadas de esta clase de la Escuela Universitaria de Formación de Profesorado —heredera de las antiguas Escuelas Normales de magisterio—, atrayendo sobre sí las miradas de los estudiantes, chicos jóvenes que decidieron alguna vez en su vida, por la más dispar de las razones, hacer de la docencia su vocación. Lo sigue el humo de su cigarrillo, el eco de las voces que deja atrás como la estela de un cometa.

—No fue hasta que me enfrenté al aula de verdad, con sus pupitres y las miradas expectantes de un grupo de niños que, en su mayoría, no esperaban mucho de mí, cuando lo comprendí.

Hace una pausa buscando la aprobación de sus ojos, de esas miradas que se centran en este hombre casi cincuentón, de frente huidiza y patillas blancas, con una curvatura en torno a la cintura producto del tiempo y los desayunos.

—Llevo casi veinte años vinculado al mundo de la docencia, y este es el mejor consejo que puedo daros...

Desde hace algunos años, colabora con los profesores de

esta escuela de magisterio —como don Jesús Jiménez, quien imparte clase a este grupo— con el fin de llevar a sus aulas experiencias reales, «Una cosa es la teoría y otra muy distinta, la práctica», y por ello, a principio de curso, se acerca hasta esta clase sacrificando tiempo de la suya propia para ponerse delante de los estudiantes y decirles:

—Enseñar no va de impartir lecciones ni de transmitir conocimientos tan solo, enseñar va de tejer relaciones humanas basadas en el compromiso, en los valores, en la dignidad. Oídlo bien. Relaciones hu-ma-nas.

Vuelve a guardar silencio, tras el énfasis en las tres sílabas de ese «humanas», para comprobar si el mensaje cala bien adentro en esos veinteañeros que al terminar la clase le rogarán que vuelva a enseñarles en otra ocasión. Es curioso, piensa el maestro, cómo con veinte o con diez años el gesto de quien está atento, de quien tiene la atención secuestrada es el mismo. Ese con el que lo miran ahora ellos, los maestros del futuro, los que educarán a la primera generación de españoles en democracia.

—¿Sabéis? A mí me lo enseñó una maestra sevillana que vino a mi pueblo a dar clase antes de la guerra. Era joven e inexperta, pero llegaba cargada de ilusiones. Nos decía: «Educar es cosa del corazón». ¿Sabéis cómo logró conectar conmigo? Pidiéndome que le enseñara a silbar. Así logró que yo, que era un estudiante bruto y desafiante, comenzara a interesarme por la escuela. Hoy en día, sigo intentando aplicar esa máxima no solo como docente, sino también como director de la escuela de niños de Encinar de la Sierra, cargo que ostento desde hace más de un lustro.

Don Jesús Jiménez lo había presentado ante sus alumnos precisamente como director, pero Roque se apresuró a corregirle; aunque dirigía la escuela, él era en realidad maestro, porque esa fue siempre su vocación. De hecho, a pesar de que sustituyera a don Enrique como director de la escuela tras su jubilación, Roque se aseguró de seguir dando clase, unas pocas al menos, porque, según decía, lo peor que un director podía hacer en su escuela era perder el contacto con el aula.

—¿Alguna pregunta que hacerle a don Roque, señores? —Don Jesús se dirige a sus estudiantes tras el silencio del invitado, que aprovecha para beber un poco de agua sentándose en el borde de la mesa del profesor—. Venga, aprovechen, que no todos los días podemos tener a alguien como él en nuestra clase.

Tras la vacilación inicial de los estudiantes, las preguntas comienzan a sucederse en el aula —¿cómo hacer para que te escuchen?, ¿cómo conseguir que los estudiantes lean?, ¿cómo llevar la democratización a las aulas?—, cuestiones a las que Roque se esfuerza por responder como habría querido que a él le contestaran en su época, en aquel tiempo, el suyo, en que la mayor preocupación del régimen para con sus maestros era que lograran concienciar a los niños y niñas de su servicio a la patria. Así lo establecía la Ley sobre Educación Primaria de 1945, vigente durante casi todo el franquismo hasta que, a finales de los años sesenta —los tiempos del desarrollismo, del Seat 600 y del pelotazo urbanístico—, el régimen decidió renovar el sistema educativo. Con la intervención de figuras clave, como José Luis Villar Palasí y Ricardo Díez Hochleitner, y de los expertos de la Unesco, se redactó la Ley General de Educación de 1970, que, aunque al principio Roque la aplaudió por su intento de modernizar el sistema, acabó mostrándose insuficiente por plantear la renovación desde arriba, es decir, sin contar realmente con el profesorado. Por ello, en 1973, Roque secundará junto con miles de docentes la primera huelga de maestros de la historia de España.

—Bueno, como ya se nos ha acabado el tiempo, vamos a darle un fuerte aplauso a nuestro invitado Roque Martínez. —El profesor universitario despide al maestro desde el estrado de su aula con una amplia sonrisa—. ¡Muchas gracias por venir!

Es entonces, cuando la clase termina y algunos estudiantes se ponen en pie para hablar con él, cuando Roque advierte una mirada familiar.

—¿Eres tú? ¡Vaya, será posible!

Una hora después, en su casa de Encinar —cuarenta minutos en coche tras los veinte de atasco habitual para salir de Sevilla—, se oye el tintineo de las llaves y luego el traqueteo de la cerradura. Aun así, debido a la música que suena en el tocadiscos, ni los hijos ni la madre advierten que el cabeza de familia abre la puerta y se interna por el recibidor dejando atrás un pequeño aparador donde reposan un jarrón con flores, un cuenco para las llaves y unas fotografías familiares.

—¡Ya estoy aquí, familia!

Los hijos lo aprendieron del padre, de Roque, que todo ocurría mejor si había música de por medio, y por eso, de entre la enorme colección que la familia tiene de discos de vinilo, hay muchos que son «de su propiedad» —rock, pop inglés y americano, Los Panchos y el Dúo Dinámico—, de Francisco Javier y de Pepita, de trece y siete años.

Cuando Roque llega a casa, suenan los Beatles, ese disco blanco que el maestro compró en Madrid en su último viaje. La música psicodélica y el rock están abriendo una brecha entre la generación de los padres, «Cada día se hace música más extraña», y la de los hijos, que abrazan cualquier tipo de disidencia, porque las revoluciones ahora empiezan con la música. Los niños estudian en el salón, cada uno habitando lugares distintos pero en compañía mutua, como los bebés que todavía juegan en paralelo. El maestro y director asoma a los apuntes de los chicos y les pregunta un «¿Qué tal?» tras el que apenas levantan la mirada. Será durante la cena cuando Francisco Javier y Pepita muestren mayor atención a su padre, que hoy trae a la mesa una anécdota interesante.

—¿A que no sabes qué, Lola?

Lola es su mujer. Cuando era joven, ella también soñaba con ser maestra, y Roque no dejó que las habladurías del pueblo ahogaran esa vocación docente que la chica logró canalizar a través de la Sección Femenina. «¿Para qué vas a estudiar o trabajar, si ya lo hace tu marido?», le decían. Pero Roque la apoyó. Lola estudió magisterio como él y acabó montando su propia escuela infantil en el pueblo.

—Dinos, cariño —responde Lola, sirviendo el caldo de pollo en los cuatro platos dispuestos en el comedor.

El suyo es un matrimonio bien avenido: dos sueldos a final de mes, hijos que leen antes de dormir y quieren ir a la universidad, un pisito en la playa de Rota y el futuro prometedor del desarrollismo. En el futuro, Francisco Javier y Pepita habrán de pensar que ellos no vivieron en una dictadura, pero ahí estará su padre mientras pueda para recordárselo.

—Al terminar la charla de hoy a los estudiantes de magisterio, se me ha acercado un muchacho —les explica Roque, sentado a la mesa y sirviéndose de la jarra de agua fría que ha sacado del frigorífico—. Al principio no pude reconocerlo, pero, en cuanto abrió la voz y me dijo: «Hola, don Roque», supe enseguida quién era. ¿Te acuerdas de José, el hijo de Paco, el guardia civil? Pues ¡mira tú por dónde!, estudiante de magisterio. Y me ha pedido además si puede hacer prácticas en la escuela conmigo. ¡Le he dicho que sí, por supuesto!

Lola asiente, con una sonrisa y ese mismo hoyuelo que enamoró a Roque hace casi veinte años, cuando llegó al pueblo y aquel extraño amor de los dos fue una forma de resistencia compartida. Se miran. Delante de sus hijos prefieren no mencionar el recuerdo de aquel chiquillo, José, y de su padre en la noche en las Casas de los Ingleses —ahí siguen, la ruina de otro tiempo en pie—, cuando Sixto pudo huir del pueblo con ayuda del padre de Roque.

—Pero ¿a que no sabes qué me ha enseñado? El muchacho, que sigue teniendo la misma cara del niño que era cuando le di clase, guarda todavía los poemas que escribió en el club de poesía que organicé durante mi primer curso de docencia en Encinar.

Roque no había podido evitar el gesto de sorpresa y una risilla nerviosa al asomarse a aquel cuaderno ajado que el joven José le mostraba, con el que, orgulloso, explicaba al resto de sus compañeros que si consiguió escribir esos poemas a tan tierna edad no fue sino gracias al maestro que los visitaba. Roque, visiblemente emocionado, leyó para sí esos versos con letra de colegial, «Mi perro siempre juega, corre, salta y nunca niega», esas rimas sencillas, «El sol sale por la mañana, y la luna, por mi ventana», esas torpes aproximaciones a las figuras retóricas, a la metáfora, «Las nubes son algodones», a la hipérbole o al calambur, «El camaleón es la cama de un león».

«Y de los demás ¿sabes algo? —le había preguntado Roque a su antiguo alumno, aún asomado a aquella curiosa cápsula del tiempo que lo lleva a la casa del maestro que ya no está por las reformas en la escuela, al patio del colegio, al despacho del director—. Yo sé que Manolito sigue en el pueblo. Y lo último de Saúl es que trabaja con su padre en la imprenta en Madrid, y que sueña con ser escritor».

«Fernando trabaja aquí, en Sevilla. —En la respuesta de José, su cara barbilampiña y el gesto cándido de un chico de pueblo—. Miguelillo es jornalero en la finca de don Tristán. Isidro ayuda a su padre en el taller. Ah, y Joaquín se metió en lo militar».

Roque había asentido, reflexivo. Tantos chicos que han pasado ya por delante de él, tantas vocecillas, tantas ganas de aprender... Y en su mayor parte han acabado por desarmar la utopía y olvidar la poesía por un oficio sórdido, por la espalda doblada, por la ruina conyugal. Tantos chicos que fueron chispas condenadas... Pero algunos serán futuro: Saúl al menos será un escritor que imaginará otros mundos, Isidro al menos será un mecánico que alguna vez disfrutará con la lectura, Fernando tendrá una tiendecilla y sonreirá cada mañana, y José, ay, este José, habrá de coger el testigo de Roque y seguirá enseñando a la espera de que en algún alumno encuentre la solución al rompecabezas político de España —¿qué habrá de pasar después de la muerte del dictador?—, la cura a alguna enfermedad como el cáncer o un nuevo premio Nobel de Literatura. Porque eso es también parte de su oficio, el de maestro —había pensado Roque frente al estudiante de magisterio—, que una ola cubra a la otra en su imparable avance hacia la orilla.

Lola extiende la mano para acariciar con ternura el hombro de su marido, en cuyos ojos advierte el brillo de los pasados que vuelven en forma de nostalgia. Segundos después, cuando Roque cambia de tema, «A ver, Francisco, cómo va ese examen de mates de pasado mañana», la mujer se pone en pie y les sirve las croquetas que ha preparado esta misma tarde, un par para cada uno y algunas más que aguardan a quien decida repetir.

—Ah, por cierto, Roque, esta tarde te llamó Justo —recuerda de pronto Lola, que se asoma a la encimera de la cocina en la que ha dejado una nota manuscrita con el número de teléfono del viejo amigo de su marido—. Toma, me dijo que le llamaras a este número cuando quisieras.

El maestro se pone en pie y, con un aire intrigado en el rostro, «¿Justo? ¿Cuántos años hace que no hablo con él?», se dirige al salón de la casa, donde se encuentra el teléfono fijo. Toma asiento en el sofá frente al televisor y marca en el dial los números que Lola le ha dejado escritos en el papel.

—Roque, ¿eres tú?

La última vez que se vieron fue hace tres o cuatro años, cuando el escritor presentó en una librería de Sevilla su última novela, *Todo lo que sé del amor.*

—Sí, ¿querías hablar conmigo?

—Espero que estéis bien, Roque. Te había llamado para contarte algunas cosas.

El maestro enrosca el cable del teléfono con el dedo índice.

—Claro, dime.

—He logrado que le publiquen su primer poemario a ese muchacho tuyo, Saúl.

—¿De verdad? —Sonríe Roque.

Encuentra la mirada curiosa de Lola en la cocina.

—En cuanto me dio a leer el primer borrador, supe que ahí había material. Que solo tenía que encontrar al editor adecuado, y había alguno que me debía algún favor. Se lo va a editar Visor, finalmente, y se titulará *Cuando acaba la noche*. Le dije a Saúl que te mandara un ejemplar. Te encantará, ya verás.

La sonrisa de Roque y su respiración de pronto agitada lo inundan todo en este salón al que solo llegan los claroscuros de la noche a través de la luz del pasillo. Llama a Lola con la mano, porque la noticia le quema, porque se sabe en parte responsable de los logros de aquel chiquillo cuyos primeros pasos en la literatura tuvieron forma de club clandestino, de calambures traviesos, de jugueteo con las palabras.

—¿Y a que no sabes qué me dijo el muchacho? Que no habría llegado a escribir si no fuera por los cuentos de su padre y por las poesías que compuso contigo, Roque. Así que déjame darte la enhorabuena, maestro. Porque Saúl no es el primero... —Ríe, de pronto, en alusión a aquella vocación que Roque despertó en él hace tantos años.

Lola ha llegado a su lado a tiempo como para oír esa felicitación a través del auricular, «Gracias, Justo», lo necesario como para compartir con Roque esa emoción en sus ojos, que a fin de cuentas ser maestro no son todo sinsabores, que hoy, casualmente hoy, se ha llevado ya dos alegrías.

—Pero no solo te había llamado para contarte esto, Roque...

Pero no será la última.

—Di-dime —responde, suspicaz.

Lola sigue abrazada a él.

—Pues te llamaba porque hoy ha entrado una noticia en la redacción del periódico que no sé si has podido ver, pero que te interesará mucho.

Justo trabaja en *Pueblo* desde hace casi veinte años, los mismos que Roque lleva en la escuela de Encinar. Hace cuatro años logró que le publicaran ese reportaje de investigación sobre el colegio San Miguel que llevaba en la nevera desde que lograra encontrar a don Pedro en el cortijo de la sierra norte de Sevilla. Y aunque la Conferencia Episcopal intentó que lo censuraran, la dirección del diario se mantuvo firme y el reportaje salió a la luz.

Fue una forma de demostrar que algo estaba cambiando en la dictadura.

Que estaba llegando a su final.

—Pues no, hoy no he podido leer el periódico —responde el maestro—. He tenido mucho lío en el colegio y luego en la escuela de magisterio. Dime, ¿qué noticia es?

Los ojos de Roque y Lola vuelven a encontrarse, a un palmo esta vez.

—Es Lali. Aquella maestra tuya de la que tanto me hablaste. Que ha vuelto a dar clase en un colegio de Sevilla después de más de treinta años.

Al otro lado del teléfono no hay voz. Casi no hay respiración.

—¿Roque?

«Maestra incansable vuelve a dar clases tras 34 años», dirá el titular.

—Sí, sí, estoy aquí.

Y lo acompañará una foto de ella, brazos en jarra y con una pizarra detrás. Ella, la misma sonrisa que podría acabar con las guerras a pesar de las arrugas, del gesto cansado, de su pelo blanquecino. Ella, la maestra a la que enseñó a silbar.

—Pues eso. Pensé que querrías saberlo.

42

Es una escuela de primaria construida en el cinturón industrial de Sevilla para dar cabida a los hijos de las familias que han dejado el campo por la fábrica. Roque lo conoce bien, ese éxodo, porque de Encinar de la Sierra salieron muchas con la promesa de que la modernidad no era otra cosa que una casa prefabricada en la Macarena, carreteras anchas para su seiscientos y una tele japonesa a plazos.

—Aquí es, Francisco. Este colegio.

El maestro aparca frente a la puerta de acceso al centro educativo y le hace un gesto a su hijo, en el asiento del copiloto, para que se apee del coche. Se ha cogido el día libre —como director, no ha de rendir cuentas a nadie— y ha sacado a su hijo de la escuela sin darle muchas explicaciones a su tutor, «Que me lo llevo a Sevilla a conocer a una vieja amiga», un maestro jienense que vino a ocupar la plaza que quedó vacante tras la jubilación de don Enrique.

—¿Y si no te reconoce, papá? —le pregunta Francisco, atravesando el umbral de la puerta con apertura mecánica que les ha abierto el conserje desde su garita.

Roque le sonríe.

—Claro que me reconocerá, hijo. ¿Y sabes cómo? Solo tengo que silbar así para que lo haga...

Y emite un fiu, fiu, fiuiuiu con el que entona una melodía de preguerra, una de tantas que solían estar en la boca de alguna mujer que lavaba en el río o de algún labrador con su azada.

El chico ríe. Qué lejos le queda a él, a su generación, aquel viejo sufrimiento de la guerra, piensa Roque. Esta es una mañana de septiembre, con el sol todavía sofocante, el ruido de las máquinas y las voces de los albañiles que extienden Sevilla hacia el norte, el olor de los campos de cultivo que aún quedan cerca y sobre los que habrá de caer la rururbanización, el rumor de las aulas y su chiquillería. Al conserje —un tipo orondo, bigote y patillas, gesto serio— le dice que viene a ver a Eulalia, pero este, de primeras, parece no saber a quién se refiere.

—Ah, sí, la maestra nueva. Da clase en el pasillo de arriba. Espere unos minutos, está a punto de terminar.

Roque asiente. No ha sabido identificar el tono que el hombre ha usado al referirse a Lali como la maestra nueva, como si desconfiara de ella, como si no creyera la historia de vocación y entrega de la que se hacía eco el diario *Pueblo*, con aquella noticia que ya ha leído un millón de veces desde que fue a preguntar en el quiosco de José Luis. «¿El *Pueblo* de ayer? —quiso confirmar el quiosquero—. Pues tienes suerte, maestro, de que aún no se han llevado los ejemplares sobrantes. Voy a mirar, a ver...». Y sí que estaba, el periódico con la noticia sobre Lali y el nombre de esta escuela en la que esa «maestra incansable», que había superado la depuración por unas acusaciones infundadas, manifestaba ella, había vuelto a dar clase. Acusaciones de las que, sabe Roque, su padre hubo de ser partícipe, como el cura del pueblo y el alcalde, pero de lo que hoy no le guarda rencor, porque aquello quedó atrás, como todo lo malo.

—¿Por dónde podemos subir? —le pregunta al conserje, tras dar un rodeo con la mirada a la recepción de la escuela.

—Suban por esas escaleras y luego a mano derecha.

El maestro asiente. Por el camino se para a contemplar la decoración de los pasillos, los trabajos escolares colgados, las consignas en pro de la educación a la que nunca habrían de renunciar los colegiales. Sabe que Lali no lleva mucho tiempo en esta escuela, pero cree sentir su influencia, aquella creencia que la joven sevillana tenía, casi ilusoria, de que la educación podía cambiar las cosas.

—¿Estás nervioso, papá? —le pregunta de pronto Francisco Javier.

El hijo se ha parado a observarlo en su caminar nervioso, en cómo se sostiene las manos y se mordisquea el labio inferior. Roque no lo oculta, «Sí, hijo, lo estoy», y le pide con una sonrisa que lo coja de la mano, que así le ayuda a calmar estos nervios que no le han dejado dormir esta noche, en un insomnio como los que le sobrevenían hasta bien entrada la adultez cuando aún no se había arreglado con su padre.

Mientras suben las escaleras, suena por sorpresa el timbre que da por terminadas las clases. Instantes después, la estampida que Roque tan bien conoce llena el pasillo de chicos, una algarabía de voces y empujones en el afán por ser el primero en salir de la escuela.

Roque, que ha aguardado unos segundos a que el silencio vuelva a este enorme edificio de hormigón y chapa —tiene varias caracolas prefabricadas donde se dan algunas clases—, llega a la clase de la que le ha hablado el conserje.

El corazón le da un vuelco. Asomado al marco de la puerta, contempla a Lali, que limpia la pizarra con la tranquilidad y la templanza de quien disfruta de la soledad del aula, que pasa el borrador de una punta a otra del encerado como el pintor que esboza con pincel grueso los trazos enormes que dibujarán un cielo nocturno.

Sabe cómo tiene que llamar su atención.

¡Fiu fui fiuiuiu!

La maestra se vuelve hacia la puerta. Se encuentran sus miradas. Ella es una mujer delgada, de piel pálida y un cabello blanquecino que le cae en suaves ondas sobre los hombros. Va vestida con una camisa con chorreras y unos pantalones vaqueros, moderna, hija de un tiempo que suena a los Beatles y al mayo del 68, que casi no tiene que ver con su generación, sino con la de los hijos de Roque. Este, a pesar del innegable paso del tiempo, la observa y la reconoce al instante como la joven que una vez fue: aquella chica de aspecto aniñado, siempre rodeada de libros, con una energía que desbordaba su frágil figura, con la sonrisa de un sol. Aunque los años han dejado huella, en sus ojos aún brilla esa misma determinación que tenía cuando les enseñaba no solo a leer y escribir, sino a imaginar un mundo mejor que provenía del viejo sueño de los docentes que dibujaban —en sus pizarras, en sus lecciones innovadoras, en su forma de concebir la educación— una utopía.

—Disculpe que la haya sobresaltado, señora. ¿Podemos pasar?

Pero ella no lo reconoce, no de primeras, como tampoco, lógicamente, a su hijo, a quien Roque ayuda a entrar en el aula tras la anuencia de la maestra, a la que se acercan ambos con pasos tímidos, con los andares de quien está interrumpiendo una intimidad.

—¿Quería algo? —le pregunta Lali, dejando el borrador de la pizarra sobre su mesa y sacudiéndose la tiza con un par de palmadas.

—¿Me recuerda, señora?

Se miran a los ojos y entonces, sí, ella se lleva la mano a la boca y suelta un «Ay...» como si los hubiera reconocido de repente: los mismos ojillos que conoció en Alcalá del Valle.

—¿Roque?

Se encuentran en un apretón de manos, en el calor de sus palmas, en la fuerza de sus dedos que entrelazan dos tiempos.

—La vi en el periódico y supe que tenía que acercarme a saludarla, señorita Lali. Este es mi hijo, mi Francisco Javier, ¿sabe? Y quería que viniese a conocerla.

Y advierte en el rostro de ella la emoción, el brillo de aquella mirada mientras vocaliza un «¿P-por qué?» que está a punto de quedársele en los labios.

—Porque siempre le he hablado de usted, ¿sabe? —responde Roque con una sonrisa y las dos manos sobre los hombros de su chico—. Quería que conociera a la mujer que me hizo ser maestro.

Lali guarda silencio, estupefacta. Se humedece su mirada, esos ojos en los que una vez cupo el futuro de una veintena de chicos, el amor de los luceros a los que dedicaba las poesías que recitaba, la lengua de las mariposas que se enroscaban como un pirulí.

—¿Maestro? —repite.

Roque asiente.

El rumor de las voces de los colegiales se aleja mientras por el pasillo algunos docentes dicen adiós. Lali no recobra la compostura hasta un par de segundos después, todavía en shock, habitando —piensa Roque— aquellos lugares recónditos de su memoria que él alguna vez protagonizó.

—¿Te parece si comemos juntos y nos ponemos al día? —le propone al maestro—. Tenemos mucho que contarnos, ¿no?

Él mira a su hijo y este, todavía rodeado por sus brazos, se apresura a asentir, porque sabe cuánto ansiaba su padre este momento, porque sabe que mamá y su hermana les perdonarán el retraso.

—Por supuesto, señorita Lali.

Una vez que la maestra ha terminado de recoger sus cosas, los tres salen del aula con la extraña sensación de habitar una quimera. Luego comerán en la cantina que al lado de la escuela ofrece menús populares, con todos esos obreros a los que Lali saluda con su sonrisa de docente, con esa misma sensación de irrealidad manifiesta, de que todo al fin y al cabo es un sueño.

Y ahí, en ese limbo que difumina el sueño de la realidad, las regiones vividas de la memoria de ese plato combinado con patatas fritas, salchichas y un huevo que todavía chisporrotea cuando lo dejan sobre la mesa, ahí comenzará Roque, nervioso, manoseando una servilleta, el relato de su vida.

—Yo era un bruto, un zopenco, usted lo sabe bien. De mí poco parecía poder sacarse, como si…

Aunque permite que el pequeño Francisco Javier se asome por primera vez a algunas de esas cosas que su padre solo le ha dejado entrever, Roque no concluirá su relato hasta varios días después, ya en la intimidad de una conversación a dos voces que requieren las partes complejas de esa historia: la agresión sexual en aquel despacho del internado, la paliza en la nieve, cómo renegó de todo para abrazar Madrid, sus contactos con el antifranquismo en la Complutense, la compleja relación con su padre —con el que acabó reconciliándose y teniendo una relación cordial en la que a veces cabían incluso los cariños y los abrazos— y la búsqueda de aquel sacerdote cuyo paradero solo llegaron a resolver de casualidad, tras la marcha de su alumno Saúl, ese que logró escapar del pueblo con su ayuda y que ahora, para sorpresa del maestro, está a punto de publicar su primer libro.

Todo ello se lo contará a Lali cuando visite Encinar de la Sierra en compañía de Clemente, su marido, y recorran los pasillos de esa escuela que Roque acabó haciendo suya tras convertirse en director y exigir a su suegro, el gobernador civil, que se acometieran de una vez las obras que el viejo edificio necesitaba, y coman en abundancia, y tomen vino de la sierra, y dialoguen acaloradamente sobre el futuro que aguarda a España —ese que los maestros han ido forjando desde las aulas—, y rían entonando viejas historias que en su mayor parte acabarán con algún comentario socarrón, con algún chascarrillo de Clemente. Y no será hasta cuando los dos maestros, Roque y Lali, vuelvan a quedarse a solas paseando por la calle que bordea el pueblo en dirección al castillo, esa en la que Lola le dio el primero de sus besos hace tantos años, cuando él se lo pida. Lo que ha estado esperando.

—Ahora te toca a ti, señorita Lali. Contarme tu historia.

Ella, su maestra, su «señorita», guarda silencio con un gesto sosegado, en el rostro la brisa serrana, el pelo contoneándose, dos luceros en los ojos. Mira a su antiguo alumno y luego levanta la vista hacia el horizonte de campos de labranza de los que los separa la ribera que traza los contornos del pueblo.

—Uf, es una historia larga, ¿eh? —Le sonríe, de pronto—. Aunque, ¿sabes una cosa, querido Roque?

Por el sendero de los besos se alternan los árboles frutales que dan cobijo a todos esos pájaros que comenzaron a piar tras la caída del sol. Es el final de la tarde.

—En realidad, mi historia ya la has contado tú.

Su sonrisa traviesa traza el camino hacia ese pasado que comparten, hacia aquel lazo rojo con el que algún dios justiciero pareciera haberlos anudado hace casi cuarenta años.

—¿Cómo?

Al otro lado de la mirada, Roque tiene, de pronto, trece años. Ella veintipocos.

—Tú también te darás cuenta, si no lo has hecho ya. —Se miran—. Que la historia de un maestro no es más que la de los logros de sus alumnos.

Nota del autor

El final de la Guerra Civil trajo una depuración del magisterio nacional que, según las estimaciones de los investigadores, afectó a un tercio del cuerpo docente de España. Decenas de miles de maestras y maestros fueron obligados a abandonar las aulas —como Lali y Juana en esta novela y, sobre todo, en *La maestra*— y, en algunos casos, no volvieron a ellas hasta que el régimen franquista fue practicando un olvido deliberado, aunque nunca un perdón. Esta novela, a pesar de ser una obra de ficción, nace de las preguntas que cualquiera de nosotros podría hacerse tras conocer la historia de esos docentes: ¿qué fue de los que continuaron dando clase y en qué condiciones lo hicieron? ¿Qué ocurrió con aquella educación inspirada en la Institución Libre de Enseñanza o en la obra de los pedagogos que intentaron transformar la práctica educativa? ¿Cómo pudo ejercer el magisterio aquella primera generación de maestros que, si bien educados por los docentes republicanos, hubieron de impartir clase durante el franquismo?

Pues bien, el proceso de documentación que he llevado a cabo y buena parte de los testimonios que he recopilado para escribir esta novela me han revelado que, a pesar del férreo control que el franquismo mantuvo sobre sus docentes a través de múltiples actores —la gobernación civil de los municipios, la inspección educativa y todos los demás de los que habla el historiador Nicolás Sesma en su libro *Ni una, ni grande, ni libre*—, un buen número de maestros y maestras ejercieron entonces un magisterio comprometido con unas prácticas pedagógicas y unos valores que a menudo chocaban con lo que el régimen preconizaba.

Por otro lado, el control que el franquismo llevó a cabo sobre la infancia —en el libro *Los niños de Franco. Entre el control, la pobreza y la picaresca (1939-1969)*, coordinado por la doctora Gloria Román, se ahonda en esta cuestión— encontró su ejemplo más paradigmático en aquellos colegios internos que, en su mayoría bajo la dirección de instituciones religiosas, se convirtieron en muchos casos en un entorno propicio para los abusos y vejaciones que hoy en día se encuentran en proceso de reparación desde que el papa Benedicto XVI proclamara, a comienzos de su pontificado, la «tolerancia cero» contra la pederastia. En su libro *Los internados del miedo*, los periodistas Montse Armengou y Ricard Belis profundizan en muchas de estas historias —por ejemplo, la del trabajo semiesclavo de muchos muchachos en León—, que inspiran en esta novela los sucesos en el ficticio colegio San Miguel. El artículo que escribe para el diario *Pueblo* el personaje de Justo sí que tiene un reflejo directo en la historia: el 7 de marzo de 1968, ese periódico, en un reportaje que firmaban el periodista José Luis Navas y la fotógrafa Joana Biarnés, destapó, tal vez por primera vez durante el franquismo —al menos con esa especial dureza y contundencia—, la violencia ejercida en un internado madrileño contra sus estudiantes. El relato se centraba en un sacerdote que inspira al don Pedro de esta historia, y que, como él, fue apartado del ejercicio de la docencia una vez conocidos sus abusos.

Otro de los ejemplos del control social que la dictadura ejerció desde que terminó la guerra es el trato dispensado a los vencidos, sobre los que cayó un feroz proceso de *damnatio memoriae* —condena y erradicación de la memoria— como vinieron haciendo los antiguos romanos hace siglos. El pueblo de Encinar de la Sierra, aunque es ficticio, se inspira en uno de tantos municipios rurales —como los que hay en el entorno en que lo he situado, la sierra norte de Sevilla— sobre los que la represión fue feroz. Muchos vencidos y sus familiares fueron condenados a la pobreza, la mendicidad o la prostitución, y a todos ellos la guerra los continuó castigando por otros medios. Algunos sobrevivieron a la represión echando el cerrojo en sus casas y viviendo durante décadas en una suerte de exilio interior; son los que, en 1977, los periodistas Manuel Leguineche y Jesús Torbado llamaron los «topos». Documentaron más de una veintena —solo una mujer entre ellos— que no salieron de su hogar en muchos casos hasta la Ley de indulto de 1969; en ellos encuentran la inspiración los personajes del maestro Sixto y su familia.

Estas historias del franquismo se relacionan con lo que los investigadores vienen a llamar las «resistencias cotidianas» —de las que, por ejemplo, habla también Gloria Román en su libro *Franquismo de carne y hueso. Entre el consentimiento y las resistencias cotidianas (1939-1975)*—, que fueron más numerosas de lo que podemos pensar hoy en día y que afectaron a múltiples facetas de la sociedad, tanto en el mundo urbano como en el rural. De hecho, estas resistencias comenzaron a germinar en un antifranquismo más precoz de lo que habitualmente se cree; por ejemplo, en los sucesos de 1956 en la Universidad Complutense de Madrid —mencionados brevemente en esta novela—, que fueron protagonizados por los primeros «cachorros» de la dictadura, los hijos de la clase media que, dos décadas más tarde, serán algunos de los actores principales de la transición a la democracia.

Por último, con respecto a la resistencia en el ámbito educativo —el tema central de *El alumno*—, los testimonios orales que he recopilado han solido hablarme de docentes que, durante aquellos años de educación nacionalcatólica, ejercían en muchos casos un magisterio muy distinto a lo que el régimen exigía, con prácticas que, como otra forma de resistencia, se alejaban de la máxima de «la letra con sangre entra». He creado al protagonista de esta historia en memoria de todos ellos. Si bien es un personaje de ficción, se inspira en esos maestros y maestras que dieron clase a los niños de la dictadura, a esos muchachos que tal vez fuiste tú o fueron tus padres, o quizá tu abuelo o abuela, y en cuyos corazones hubo de quedarse algún Roque particular.

A la memoria de todos esos Roques y de todos sus alumnos va dedicada esta novela.

Agradecimientos

Si mi carrera como escritor no se hubiera convertido en un proyecto familiar, no habría podido continuar escribiendo. Es por eso por lo que esta novela es tan mía como de Irene —te quiero una y un millón de veces— y de mis dos soles, Carmen y Abril —prometo devolveros el tiempo que he empeñado delante del ordenador, hijas mías—, tanto de mi hermana, Meli, como de los abuelos entregados, los lelos y los yayos. Gracias por entender que no podría vivir sin escribir, que esto me nace como nos nacen las pulsiones básicas, que este es uno de los sueños de mi vida y que quiero seguir soñando.

Además, este sueño —el de un niño que encontró en la escritura una forma de evasión— tampoco habría podido convertirse en una carrera literaria sin las dos mujeres que hasta ahora han sido los pilares en los que ha podido cimentarse; una es Sandra Bruna, mi agente, la otra es Clara Rasero, mi editora. En este mundo que corre —líquido, cambiante, artificial—, sé que no es fácil ofrecerle a un autor joven la confianza que siempre he sentido que habéis depositado en mí. Gracias a vosotras y a todo vuestro equipo.

Por supuesto: gracias a ti, mamá, por todo lo que desde el cielo sigues dándome a mí y a la familia que construyo, y para la que eres nuestro ángel particular.

No quiero olvidarme tampoco de todas esas personas que me han ayudado, del resto de mi familia, de mis amigos —son a fin de cuentas la familia que uno va eligiendo a lo largo de la vida—, de los libreros que con tanto cariño habéis colocado mis libros en vuestros estantes o me habéis abierto vuestra librería para algún acto, y, sobre todo, de vosotros, quienes estáis leyendo esto, mis lectores. Cuando un escritor dice aquello de que no sería nadie sin vosotros, tiene toda la razón, creedme. Sois el otro gran pilar que me sostiene como autor, el más importante quizá: todos los que me habéis leído alguna vez y a los que quiero desde aquí mandar mi más enorme agradecimiento.

Por último, si te ha gustado esta novela o tienes algo que decirme, déjame que te ofrezca mi correo electrónico, lacunadehalicarnaso@gmail.com, y mi cuenta de Instagram, @joseanlucero, para que puedas escribirme. Con mucha ilusión —disculpa si tardo algo más de lo habitual en responderte— leeré tu mensaje.

Y déjame decirlo otra vez, porque sé que es de bien nacidos ser agradecidos, porque así se manifiesta de la más pura forma el amor: ¡gracias de todo corazón!